BLACK-OUT

P.F. THOMÉSE

BLACK -OUT

ROMAN

2024 Prometheus Amsterdam

Eerste druk augustus 2024
Tweede druk september 2024
Derde druk september 2024

De auteur ontving voor het schrijven van deze roman een subsidie van het Nederlands Letterenfonds.

Nederlands
letterenfonds
dutch foundation
for literature

Omslagontwerp Suzan Beijer

Foto auteur Fjodor C. Buis
Zetwerk Mat-Zet bv, Huizen
www.uitgeverijprometheus.nl
ISBN 978 90 446 5721 0

Het ontbrekende is overal

1.

Niemand had de zwarte SUV zien aankomen.

Het was de laatste dag voor de zomervakantie en de mensen in 'het reservaat', zoals ze het villadorp in de duinen onder elkaar noemden, verheugden zich alvast op de zorgeloze dagen, zo zalig zelfverdiend.

De schaduwrijke lanen, de strak gesnoeide hagen achter de afrasteringen van de eindeloze privépercelen met hun zwembaden en tennisbanen, guesthouses en theehuisjes, de landgoederen met hun eeuwenoude bomen, de hockey- en cricketvelden aan de voet van de duinen: het leek een droom, maar dan een die na het ontwaken gewoon echt was blijven bestaan. Ook was de lucht hier blauwer, de schapenwolkjes donziger en het gras groener. In de tuinenweelde kwinkeleerden de zangvogels er lustig op los, op een glooiend gazon trok een computergestuurde grasmaaier zacht zoemend zijn voorgeprogrammeerde baantjes. Het paradijs bestond nog steeds, al hielden ze dat tegenwoordig liever voor zichzelf.

Als je hier niet vandaan kwam, had je geen idee wie er achter deze ondoordringbare hagen en uit het zicht verdwijnende bochten schuilgingen. Een enkele witgepleisterde villa liet zich onverhuld bewonderen, maar vertoonde geen teken van leven achter de glazig spiegelende ramen. Er verscheen zelfs geen gecertificeerde waakhond grommend aan het hek. Het bleef een perfect uitgelicht glossy plaatje.

Maar wanneer je zoals een vogelspotter voor je observaties de tijd zou nemen, zou je van alles en nog wat opmerken. Zelfs de nodige drama's. Ook rijke mensen werden immers ziek en gingen dood, en anders waren er wel de drama's die men zichzelf aandeed en die voortkwamen uit ontevredenheid onder aan de streep. Ook hier slikte men de bittere pillen van het tekort. Wat men miste, bleef onduidelijk. Er moesten niet zelden bevriende advocaten aan te pas komen om de eisen onder woorden te brengen, al werd daar zelden iets mee gewonnen.

Vandaag leek echter zo'n dag waarop alles klopte en de tijd zich behaaglijk uitrekte om zich als een lome eeuwigheid aan de gelukkigen voor te doen. Niets bleef er te wensen over, er viel in het gulle zomerlicht eenvoudig niets beters te verzinnen. Je was geneigd te vergeten dat er ook nog iets anders bestond.

Ergens was een kinderpartijtje aan de gang. Achter een pas aangeplante beukenhaag buitelden de stemmetjes over elkaar heen en tinkelden zilverig opwaarts in het hemelsblauw van deze uitverkoren vrijdagmiddag. Het perceel lag aan een scherpe bocht in de smalle duinweg. Zeker als je bovenlangs kwam en de weg hier niet kende, moest je bij het afdalen wel even verdomd goed opletten. Maar verkeer dat hier niet hoefde te zijn, kwam hier eigenlijk nooit.

Aan het stuur van de zwarte SUV zat een moeder en op de achterbank zat een kind, maar op het feestje verderop hadden ze niets te zoeken. Hun aanwezigheid hier berustte op een vergissing. Kwestie van een verkeerde afslag. Het toeval had hen omgeleid naar deze wirwar van stijgende en dalende, steeds weer achter lommerrijke bochten wegschietende laantjes en duinweggetjes. Het leek allemaal zo sterk op elkaar dat het zelfs met Google Maps soms moeilijk viel uit te maken welke afslag de juiste was. Als je niet alert genoeg was, blééf je rondjes rijden in dit miljonairsdoolhof, dat net zo onnavolgbaar was als hun belastingaangiften.

Bijna was het kinderfeestje niet doorgegaan. De vader des huizes had voor een naderende deal plotseling naar Singapore gemoeten. Toch hadden de ouders besloten dat het te erg was om het partijtje op de valreep te cancelen. De overgang van Pippa naar groep drie was in beider ogen een moment dat het waard was om gevierd te worden. Alle beschikbare vriendinnetjes, moeders, babysitters, oppasmoeders en au pairs waren opgetrommeld. Op het grind stond een met kindvriendelijke dieren beschilderde foodtruck vol traktaties: van chocoladetaart tot sushi, van priklimonade en vruchtenbowl tot rosé en gin-tonic voor de volwassenen. En als verrassing was er vanuit Singapore op de dag zelf nog een gigantisch springkussen geregeld, dankzij een belletje naar een goed vriendje. Mark had daarna ook nog snel een kinder-dj gecharterd, maar die was door Tessel weer weggestuurd omdat ze een vervelend voorgevoel bij deze figuur had gekregen. Mark had dat complete onzin gevonden. De jongen was nota bene het neefje van een clubgenoot van hem, safer kon het niet. Hij vond het bijna beledigend dat Tessel de indruk wilde wekken dat hij niet bezorgd genoeg was om Pippa's veiligheid en vanuit het buitenland in het wilde weg pedofielen op hun kleine onschuld afstuurde. Was hij niet degene die zo attent was geweest om het afdekzeil over het zwembad uit te rollen? Over gevaren gesproken. Jazeker, dat was heel verstandig van hem geweest. Maar ze stelde hem pas echt gerust door hem een filmpje te sturen van die blije meisjesbende op 'zijn' roze springkussen.

Top, appte hij terug vanuit zijn *sky experience* restaurant met panoramisch uitzicht op de baai, de metropool en zijn bord, een zwart natuurstenen object, waarop in het midden een kunstige garnaal glinsterde in een gedoetje van gefrutsel. Tevreden viste hij de garnaal er met zijn blote vingers tussenuit en stak hem in zijn mond. Alles liep op rolletjes.

De vrouw achter het stuur van de zwarte SUV bezocht voor het eerst van haar leven de verscholen enclave waar haar ex sinds kort was neergestreken. Nieuwe vriendin, baby op komst, en ineens moest alles volgens het plaatje. Het perfecte gezinnetje. En hún kind dan? Dat mocht ze zelf komen afleveren, want meneer had op het laatst gebeld dat er iets tussen was gekomen en hij het helaas niet zou halen. Hoewel ze ertegen opzag om hem en vooral haar te moeten bezoeken, was ze stiekem wel benieuwd, alleen al om achteraf aan iedereen te kunnen berichten hoe triest en smakeloos zijn nieuwe liefdesnest was.

Ze moest toegeven dat ze hun dochtertje in de nieuwe situatie gemakkelijker aan hem overdroeg dan in de eerste tijd, toen haar ex zich gewetenloos had ondergedompeld in een roes van zelfbedachte vrijheid.

Volgens Google Maps moest ze er nu toch wel zo'n beetje zijn. Nog 642 meter, meldde de display. Ze was ter hoogte van een vers aangeplante beukenhaag achter een verweerde houten omheining, precies op het moment waarop de kinderen rondom de tuintafel met luidruchtige toewijding aan hun chocoladetaartpunt wilden beginnen.

De bestuurster van de zwarte SUV had van dit alles geen weet. Opeens begon het voor haar ogen te draaien. Er verscheen een zwarte vlek die zich in razend tempo uitbreidde en alles in zich opslokte.

In de tuin werden ze opgeschrikt door een gigantische dreun, die klonk als een explosie, zo dichtbij dat hij alles en iedereen verdoofde. Er trad een vreemde stilte in, die van binnen kwam, alsof de lucht uit alles en iedereen was weggezogen.

En van het ene op het andere moment bestond er alleen nog dit andere moment. Gegil, gekraak van breekbaarheden. Overal doorheen toeterde monotoon een autoalarm. Hè? Wat deed dat enorme zwarte gevaarte hier ineens? Tafels, parasols, vrolijke limonadebekers: de complete feestelijkheid was alle kanten op gevlogen en neergedwarreld als confetti. Er waren diepe voren in het grasveld geploegd, helemaal tot aan het terras. Afgerukte slingers hingen als onbegrijpelijke trofeeën aan de ruitenwissers. Her en der stonden of lagen kleine meisjes op het grasveld. Een enkeling krijsend of jammerend, de meesten met stomheid geslagen. Moeders renden radeloos van de ene naar de andere lieveling, totdat ze de juiste gevonden hadden. Een vrouw met een papieren punthoedje op haar hoofd stond te rillen en te klappertanden, alsof ze met alle macht een gat in de werkelijkheid probeerde te boren waardoor ze veilig terug kon glippen naar het vorige moment.

Het duurde lang tot iemand doorhad dat er een kind onder het rechtervoorwiel lag geplet. Misschien kwam het doordat het een beeld was dat niemand meteen thuis wist te brengen.

Het leek op niets wat men kende, ook het meisje zelf scheen geen idee te hebben waar ze in terechtgekomen was. De situatie ontging haar – gelukkig maar, voor zover je onder deze omstandigheden van geluk kon spreken. Het gezichtje drukte eerder verbazing uit dan angst of pijn. Het onbevattelijke school in de bekendheid van de losse details: de brede allseason voorband met zijn stevige profiel, het prinsessenjurkje van roze tule, de witte sokjes in de zwarte lakschoentjes, het kindervel zo glad en gaaf. Het enige vreemde was het verband waarin de verschillende op zich vertrouwde elementen tot elkaar stonden. Als je stap voor stap de situatie doorliep, dan klopte er niks meer van. Hoe verhielden die lieve beentjes en dat schattige roze tule zich tot de rest? Het wiel belemmerde het zicht. Er was maar één armpje te zien. Ach, dat samengeknepen knuistje. Een middenstuk leek er niet te zijn – zoals bij de klassieke doormiddenzaagtruc van de illusionist, wanneer het meisjeshoofd van de bevallige assistente wordt gescheiden van het onderstel. Het verbaasde gezichtje in de slagschaduw van de enorme autoband bleek, als je beter keek, niet ongeschonden. Het goudblonde haar was in de war en bovendien was er bloed, een hele mond vol, zo te zien. Nee, zo hoorde een kind van bijna zes er niet uit te zien.

De ontzetting kwam in golven. De eerste die het zag, kon het niet geloven. Zei niets, dacht niets. De tweede keek de eerste aan en probeerde aan haar gezicht af te lezen of het waar was wat ze zagen. De derde gilde. En zo werd stukje bij beetje duidelijk hoe gruwelijk wreed en onaanvaardbaar de situatie was. Zodat er niets anders op zat dan als waanzinnigen te schreeuwen tegen elkaar en tegen de hemel en tegen zichzelf, dat dit niet kon, dat er iets moest gebeuren, en wel nu. Deze onbestaanbare situatie moest met spoed gereduceerd worden tot iets wat wél te bevatten was, tot iets waarmee te leven viel. Kan iemand bellen? Maar iemand belde al.

2.

Wanneer Grace Rainville ontwaakt in wat een ziekenhuisbed blijkt te zijn, is het eerste waar ze aan denkt haar kleine Noor, want als zij hier in haar eentje ligt, waar is haar dochtertje dan? Steekvlam van angst. *Lieverd, waar ben je?* Duizend kinderdoden sterft ze wanneer ze bedenkt wat er allemaal gebeurd zou kunnen zijn. De mogelijkheden van rampspoed zijn onbegrensd, de wrede verbeelding weet niet van ophouden. Ze wil haar telefoon pakken, Dave bellen. Verdomme, waar heeft ze dat rotding gelaten? Treetje voor treetje daalt ze af in de tijd, om stapsgewijs vanzelf haar kleine schat en ook haar telefoon tegen te komen. Ze probeert haar donkerste gedachten te overstemmen met hoop, Noor is vast bij Dave, dat kan haast niet anders. Hoe laat is het eigenlijk? En welke dag? Ze wordt er gek van dat ze haar telefoon nergens kan vinden.

Tastend en vragend probeert ze de verdwenen werkelijkheid uit het zwarte gat van haar geheugen op te duikelen. Tevergeefs. Niets komt er boven, niets wat ze tot haar opname in dit ziekenhuis kan herleiden. Voorbij de Magic Media-studio reikt haar herinnering niet. Daar zit ze in haar eentje in een geluidsdichte cabine de rol van 'Maria' te dubben voor haar Zweedse kinderserie. Dat was dus donderdagochtend. Dan brengt ze Norah altijd eerst naar de crèche.

Er doemt een verpleegster op aan haar bed, groot en glimlachend. 'Ha, mevrouw Rainville, daar bent u eindelijk.'

Grace wil iets terugzeggen, maar ze kan haar stem niet meteen vinden. En ineens weet ze niet meer wat ze wou zeggen. Haar telefoon, was dat het? Nee, maar ze wil hem wel heel graag terug, verbinding zoeken met het verloren continent van gisteren, waar haar dochtertje moederziel alleen is achtergebleven.

'Hebt u mijn telefoon ergens gezien?' Is dat haar eigen stem? 'Ik moet namelijk mijn man bellen.' Ja, dat is haar stem, al klinkt die raar hees. En ze baalt ervan dat ze haar ex niet gewoon haar ex noemt – alsof ze zich nog steeds aan het schamen is voor de scheiding. 'Hoe laat is het eigenlijk? Ik bedoel, welke dag? Mijn dochtertje –'

Ze wil opstaan en merkt dan pas dat ze aan allerlei draden en infusen vastzit.

'U kunt maar beter rustig aan doen. *Safri-safri*, mevrouw Rainville.'

'Huh, wat? Saffie saffie?' mompelt ze.

'O sorry, mevrouw, ik dacht Rainville, Paramaribo weet u wel. U bent toch ook Surinaams?'

'Nou ja, eh, half. Ik ben dubbel. Mijn vader –'

'Dubbel, dat is mooi toch. Nou, u heeft anders ook geslapen voor twee hoor, dat is zeker.'

En zichzelf begeleidend met een gulle schaterlach heupwiegt de verpleegkundige de gang op om de behandelend arts of een andere medisch bevoegde het goede nieuws te brengen dat patiënt is ontwaakt.

'En m'n telefoon dan?' roept Grace haar achterna.

Meteen draait ze zich om en helpt haar zoeken. 'Sorry hoor, ik ging een beetje snel, hè?' Maar het laatje naast haar bed is leeg en in de zak met haar bezittingen bevindt-ie zich ook niet. Het kan niet waar zijn, het mag niet waar zijn, toch is het zo. Hij is echt weg. Haar geheugen is een doolhof waar alle afslagen doodlopen.

De verpleegkundige heeft met haar te doen. Heel lief haalt ze haar eigen telefoon tevoorschijn, een monsterlijk roze geval met een rood hartje en gouden glitters erop geplakt. Ze knipoogt. 'Je man kan je missen hoor, maar het is vreselijk als je niet weet waar je dochter is. Bel haar maar. Ik ben zo terug.'

Gered maar radeloos toetst ze uit haar hoofd het nummer van haar ex in. Het ergert haar dat haar lichaam zijn nummer nog steeds meteen weet. Het ergert haar nog meer dat hij niet opneemt. Ze heeft zin om die stomme telefoon weg te gooien, maar in plaats daarvan toetst ze zijn nummer opnieuw in. Nu neemt de eikel wel op. 'Hallo?' Hè, wat onaardig. O ja, onbekend nummer, natuurlijk, vandaar.

'Dave? Hallo, ja, met mij. Ik –'

'Grace! O, gelukkig. Ja sorry, ik herkende het nummer eerst niet. En ook sorry dat ik geen tijd had om je... maar enfin. Hoe gaat het met je, wat zeggen de artsen?'

'Goed, geloof ik. Maar waar ik voor bel... Is Noor bij jou?'

Zodra ze de naam van hun kind uitspreekt, moet ze huilen. Ze hoopt dat hij het niet merkt.

'Dat hebben we meteen geregeld. Kelsey zorgt voor haar.'

'Is alles met Noor... ik bedoel: heeft ze... is ze...?'

'Maak je geen zorgen. Die stoere grote meid heeft niks, geen schrammetje. Wat een wonder mag heten gezien het ongeluk. Je hebt wel wat aangericht, mijn hemel. Ik –'

Ze hoort alleen wat ze wil horen: dat Norah veilig is. Ze kan haar huilen niet meer verborgen houden. Dave, weet ze, kan hier niets mee. Het kan haar eventjes geen reet schelen, want Norah is ongedeerd.

Door haar tranen heen ziet ze een dokter naar haar toe komen. Of eerder een arts-assistent, aan de leeftijd te oordelen.

'En trouwens, er is nog iets. Maar dat komt later wel,' hoort ze Dave zeggen voordat hij ophangt.

De dokter steekt haar hand uit, stelt zich onverstaanbaar voor en mompelt dat ze blij is dat patiënt zo snel weer bij bewustzijn is gekomen. Snel laat ze haar blik over de status glijden en ze geeft aan dat ze patiënt graag een paar vragen wil stellen.

Grace merkt dat ze nog steeds die belachelijke roze telefoon in haar hand heeft. Tien cijfers van haar kleine liefste vandaan. Tot haar spijt kent ze het nummer van Kelsey niet.

Daar komt de Surinaamse lieverd alweer binnenwaaien in een wolk van opgeruimdheid. 'Alles oké met de kleine? Ik zie het al. Tranen van vreugde. Mij houdt u niet voor de gek hoor, mevrouw Rainville.'

De arts glimlacht plichtmatig en gaat door met haar anamnese. Bij elk antwoord van de patiënt knikt ze instemmend, alsof ze het al had verwacht. Met elke goed beantwoorde vraag past Grace beter in het beeld, al wordt haar niet verteld welk beeld. Wel begint het haar te dagen dat er iets ernstigs is gebeurd. Een ongeluk, had Dave het over. En ook de arts verzekert haar nu weer dat ze van geluk mag spreken. Verder vragen durft ze niet, omdat ze bang is dat het dan alleen maar erger wordt.

3.

Dave komt haar ophalen. Samen met Norah nog wel – wat een verrassing. Ongelooflijk om haar kleine allesje hier plotseling te zien. Verdomme, weer die rottranen. Net nu ze zich heeft opgemaakt. Dat heeft ze met een basismake-upsetje van het ziekenhuis snel even gedaan, vooral vanwege een lelijke blauwe buts op haar jukbeen. O, wat heeft ze ernaar verlangd om Noortje veilig in haar armen te houden en nooit meer los te laten. Maar nu het moment daar is, blijkt haar kind afwachtend en behoedzaam. Ze tast, half verscholen achter haar papa, wantrouwig de onbekende situatie af. Pruillipje, op één voetje draaien, wegkijken. Dan breekt een heerlijke lach haar gezichtje open. Eén brok stralende blijheid is het opeens. Grace kan wel huilen, maar met Dave erbij houdt ze zich in.

Als ze naar de liften lopen, rent Noor voor hen uit. Grace wil het spel meespelen en achter de kleine aan rennen maar ervaart dat alles aan haar lijf stram en stijf en pijn is. Alsof ze door een abusievelijke verwisseling niet in haar eigen lichaam is opgestaan.

Dave heeft het over de zwarte SUV, haar ouwe trouwe Volvo XC90, die feitelijk natuurlijk de zijne is, maar die zij sinds de scheiding mag blijven gebruiken van hem, aangezien hij het niet ziet zitten om zijn kleine prinsesje door haar armlastige moeder in een tweedehandsje buitenkansje van Ome Joop in het drukke snelverkeer te laten rondcrossen, met alle risico's van dien. Zelf wilde hij sowieso upgraden naar iets exclusievers, iets wat meer bij zijn nieuwe status past.

Hij weet niet hoeveel ze zich van het ongeluk herinnert, zegt hij, maar de Volvo hebben ze na forensisch onderzoek op de plaats delict moeten wegtakelen en veiligstellen voor aanvullend onderzoek. Nou, van hem mogen ze hem daar lekker houden. Hij hoeft dat ding niet meer op zijn naam te hebben. Na wat ermee is gebeurd. Honden die iemand hebben doodgebeten worden ook afgemaakt. Maar dat laatste houdt hij wijselijk voor zich.

Grace hoort alleen de woorden 'plaats delict' en 'forensisch onderzoek'. Ze kent ze van het nieuws en van misdaadseries. Het brandt op haar lippen om Dave te vragen wat er in haar afwezigheid precies is gebeurd. Tegelijk schrikt ze terug voor de onherroepelijkheid van zijn antwoord. En vervolgens te moeten aanhoren hoe onverantwoordelijk ze zich tegenover Norah heeft gedragen. Moet je je voorstellen dat niet jij maar Noor in coma was geraakt. Nee, dank je, dat wil ze zich niet voorstellen.

Als ze bij de liften staan te wachten, pakt Norah haar bij beide knieën vast en drukt zich strak tegen haar aan. Niet meer weggaan, smeekt het tere meisjeslijfje.

Dave legt zijn hand op het kinderbolletje met dat alle kanten op springende kroeshaar. Ach, dat ontembare haar. In een flits herkent ze in haar dochtertje zichzelf als klein meisje. 'Weet je, ze is erg geschrokken van het ongeluk. Ze schijnt de hele tijd muisstil in haar tuigje op de achterbank te hebben gezeten, zo stil dat ze eerst helemaal niet doorhadden dat zij ook nog in de auto zat. Hè, Noortje, stoere meid van papa.'

Grace krijgt het er koud van. Dat beeld van een doodsbange Norah, terwijl zij bewusteloos achter het stuur moet hebben gezeten. Niets komt er bij haar boven. Geen autorit, geen ongeluk, niks. Het blijft een verhaal, een verzinsel. Ze weet het omdat het haar wordt verteld. Het laatste wat ze zich herinnert van voor het ziekenhuis is het inspreken van haar overdub in het geluidsstudiootje van Magic Media. Haar geheugen is in die goed geïsoleerde cabine blijven steken, haar blik afwisselend op het script en op de secondeteller om de vertaalde woorden exact in het juiste tempo en op het juiste moment uit te spreken. Op het scherm ziet ze de gezichtsuitdrukkingen, de gebaren en de lichaamshouding van de echte Maria, een helblonde Zweedse actrice op wie ze totaal, maar dan ook totaal niet lijkt, maar daar hoort de kijker straks niets van.

'Voor alle zekerheid heb ik een advocaat stand-by gezet. Een goede vriend van me. Je moet het zelf maar zien, maar het leek me handig voor het geval dat.'

'Een advocaat?'

Hij legt uit dat het routine is bij dit type verkeersongevallen dat de politie proces-verbaal opmaakt. Het betekent dat ze enkele vragen zal moeten beantwoorden. In een dergelijk geval is het raadzaam om iemand mee te nemen die de wet kent, zodat je weet waar je wel en waar je niet op hoeft te antwoorden.

Haar hoofd tolt. Ze wordt letterlijk duizelig van alles wat op haar afkomt, ze moet even gaan zitten. Dave denkt dat het komt door het ongeluk en vraagt of ze ook hersenscans hebben gemaakt. Even niks meer vragen, houd alsjeblieft even je mond. Laat me, ik wil het allemaal nog even niet zeker weten.

Norah kijkt haar stilletjes aan en legt voorzichtig een handje op haar knie. Grace glimlacht en tilt haar op schoot, begraaft haar gezicht in het kroeshaar van haar kleintje, de laatste veilige plek op aarde.

Buiten op de parkeerplaats van het ziekenhuis is ze gedesoriënteerd. Het gebouwencomplex en de voorbijrazende asfaltweg roepen bij haar niets op, al ben je bij zulke betonnen waailocaties zelden op bekend terrein. Maar nee, ze weet het bijna zeker. Dave stelt voor dat ze met Norah bij de ingang blijft wachten. Dan hoeven ze niet het hele eind mee. Hij rijdt de auto wel even voor.

Als hij over de parkeerplaats wegloopt, constateert ze dat hij is veranderd. Rustiger geworden, volwassener. Ze kan aan hem zien dat hij gelukkig is in zijn nieuwe relatie. Maar als hij even later aan komt rijden in die halve vrachtwagen van een Range Rover en ze hem trots ziet glunderen achter het stuur, weet ze niet meer zo zeker of het Kelsey is die hem gelukkig maakt of toch dit opgepoetste verlengstuk van zijn mannelijkheid.

Ze gaat achterin zitten, naast Noortje in d'r kinderzitje. De crèmekleurige kalfsleren achterbank is zo ruim dat ze liever naar het midden doorschuift, veilig naast het vertrouwde kinderlijfje. In de binnenspiegel schrikt ze van haar eigen gezicht. Maar ze is te uitgeput om zich er op dit moment over op te winden.

Dave vraagt haar niets, zegt ook niet waar ze heen gaan. De Range Rover rijdt licht en geruisloos, de weelde verdooft haar weldadig. Noor is al weggedommeld. Ze merkt het nog maar half. Ze is zo moe, zo duizelingwekkend moe dat ze abseilt in een droomloze slaap.

Als ze haar ogen opslaat, lijken ze in zijn nieuwe villadorp te zijn aangekomen. Dat moet het haast wel zijn, met overal die heggen, die bochten en die hellingen. Of bevindt ze zich nog steeds in een droom?

'Weet je wat het eigenaardige is, Grace?' hoort ze David zeggen. Zijn stem bereikt haar door de tunnel van haar halfslaap. 'Dat laantje waar jij zo gruwelijk de fout in bent gegaan, ligt helemaal niet op de route. Wat ik me steeds afvraag, is: wat had jij daar in godsnaam te zoeken? De politie zal dat ongetwijfeld ook van je willen weten. Nou ja, laten we er straks bij mij thuis samen eens rustig naar kijken.'

4.

Met hun grindverslindende offroadprofiel knerpen de 20 inch-terreinbanden over de oprijlaan van Daves droomvilla. Grace snapt niet waarom Noor en zij hiernaartoe zijn gebracht. Ze wil naar huis, naar haar eigen, overigens door hem betaalde appartement in de stad, daar uitgebreid voor de badkamerspiegel haar gezicht inspecteren, haar lichaam verzorgen, weer zichzelf worden.

Kelsey staat al bij de voordeur te wachten en zwaait enthousiast wanneer ze uitstappen. Vanwaar dat enthousiasme? Het komt enigszins triomfantelijk over, vindt Grace.

Met haar elegant gedragen bolle puntbuikje ziet het ex-topmodel er weer net zo puur uit als op haar professionele foto's, alsof haar maagdelijk witte huid, haar lange helblonde haren en haar doorschijnend blauwe ogen van binnenuit worden verlicht, koud noordelijk licht dat doet denken aan eindeloze, onbevaarbare ijszeeën.

In die zin is ze het diapositief van bruinogige Grace, wier innerlijke licht juist vanuit een gloeiende warmtebron straalt. Normaal gesproken dan. Nu voelt ze zich te dof en te moe om de strijd aan te gaan. Ongenaakbaar schijnen, je soevereiniteit showen, dat soort kinderachtigheid: sorry, nu even geen zin in.

Dit biedt Kelsey de kans om zich met superieure barmhartigheid over haar te ontfermen. Ze nodigt haar uit mee naar boven te komen om daar in een van de privévertrekken iets aan haar uiterlijk te doen – het valse kreng.

Grace doet haar best niet onder de indruk te zijn van de omvang van Daves nieuwste onroerendgoedtrofee. Het lijkt wel een paleis. Alleen al die hall, daar past haar hele Amsterdamse woonkamer minstens drie keer in. Hun hakken, hun stemmen, elk geluid dat ze maken kaatst en galmt en echoot weg. Aan weerszijden leiden brede trappen naar een bovengalerij. Daar moeten ze naartoe, de gastvrouw gaat hun ondanks haar zwangere buik soepel voor. De kleine Noor beklimt de treden met handen en voeten alsof ze een berg bedwingt.

'Let maar niet op de rotzooi,' waarschuwt Kelsey als ze een deur door gaan, maar er is nergens rotzooi te zien.

Het blijkt een walk-incloset, maar dan zo groot als een kledingwinkel. Kelsey trekt de ene na de andere schuifdeur open. Jurken, rokken, blouses, jasjes, mantels, broeken. Planken met truien, truitjes, shirts. En meer planken, en meer hangkasten. En schoenen, eindeloos veel schoenen. Heeft Dave dit allemaal voor haar betaald?

'Toe maar, neem wat je nodig hebt. Geneer je niet. Ik –' Ze wrijft liefkozend over haar zwangere buik. 'Ik heb er momenteel toch niks aan. Dus ga alsjeblieft je gang. Dan voel je je vast beter. Dat heb ik ook altijd. Normaal gesproken dan. Mijn garderobe is in feite de optelsom van al mijn ongelukkige momenten. Natuurlijk heb ik nooit zoiets afschuwelijks meegemaakt als jij… dat bedoel ik niet.'

Zoiets afschuwelijks, hoezo? Wat is dat nou weer!? Ze is juist opgelucht dat Norah ongedeerd is gebleven. Maar doorvragen over dat ongeluk durft ze niet. Ze gunt haar plaatsvervangster die macht niet over haar.

Kelsey loopt voor haar uit. Ze helt al iets achterover, constateert Grace, en ze probeert zich te herinneren hoe zij zelf rond die tijd was.

'Je kunt hier iets aan je gezicht doen hoor, als je dat wilt. De badkamer wordt nog verbouwd, dus je zult je een beetje moeten behelpen.' Kelsey trekt een deur open en laat haar een royale zijkamer zien die wel iets weg heeft van de kleedkamers die ze zo goed kent van studio's en theaters, maar dan spiksplinternieuw als een showroom.

Norah grijpt haar kans op aandacht. Zodra de gloeilampen rondom de spiegel aanflitsen, klimt ze op de stoel voor de kaptafel, trekt rare bekken en bekijkt zichzelf als een diva en profil – alsof ze een toneelstukje aan het mimen is waarvan ze de tekst niet kent.

'Zie je dat, Grace? Toptalentje, hoor. Let maar op, dat kleine dametje wordt later succesvoller dan wij.' Ze kijkt opzij, maar Grace wil geen 'wij' met Kelsey zijn en ze heeft er al helemáál geen zin in om Norah met haar te delen.

Het liefst was ze samen met Noor meteen weggegaan, veilig

naar haar eigen huis op driehoog. Maar het is of ze nog niet helemaal wakker is. Ze is nog steeds niet helemaal in het heden geland.

Met verhulde afgunst kijkt ze naar de decadente overvloed aan dure designermerken. Als dit een pas geopende winkel in de stad was geweest, ja, dan misschien wel, dan had ze zich misschien laten gaan, maar nu niet. Niet hier, niet bij Kelsey. Nee, geen denken aan.

Normaal gesproken maakt het haar rustig: je vingers als een zakkenroller langs exclusieve snits en stoffen laten gaan, behoedzaam graaiend tussen al die verbeterde versies van jezelf, die ineens een bereikbare mogelijkheid zijn. Als het maar de juiste maat is, maar dat zit meestal wel goed. Knappe vrouwen staat alles, zei Dave vroeger. Even snel je ogen dichtknijpen tijdens het afrekenen, en je komt als een ander mens naar buiten.

Als ze weer beneden zijn, blijkt er op het overdekte achterterras een advocaat te zitten die speciaal voor haar hiernaartoe is gekomen. Dave legt uit dat het een vriendje van hem is. Knipoog, niks aan de hand. 'Gewoon informeel. Samen de mogelijkheden een beetje aftasten.'

'Ron,' zegt de man als hij opstaat en haar zijn hand toesteekt. 'De Vooys. Als u er geen bezwaar tegen hebt, wil ik graag met u even wat zaken doornemen en op een rijtje zetten, zodat u straks niet voor onaangename verrassingen komt te staan.'

'De politie,' verduidelijkt Dave.

O ja, de politie, denkt Grace, terwijl angst zich in haar maag nestelt. Weer die vragen. En weer blijft haar stem in haar keel steken.

'Het is het beste als u zichzelf aangeeft. Dat bespaart u de meeste narigheid. Er is in principe sprake van een verkeersdelict.'

Het woord flasht in haar op als een zwaailicht: *verkeersdelict.*

'Gezien de verzwarende omstandigheden van het ongeval zult u worden aangehouden en door de politie verhoord. Dit betekent dat u op het hoofdbureau een paar vragen zult moeten beantwoorden. Dat moet u nauwkeurig doen, en daarom ben ik hier om u te adviseren. Op basis van uw antwoorden zal namelijk worden bepaald wat er verder met u gaat gebeuren.'

Grace raakt totaal versuft door het procedurele jargon dat haar ontkent en haar reduceert tot een x of een y in een gegeven werkelijkheidsmodel, waarin ze met meedogenloze logica zal worden weggestreept.

Ron merkt dat hij te snel gaat en kijkt Dave aan of die zijn exvrouw niet aan het verstand kan brengen dat er vanaf nu prudent gehandeld dient te worden. Anders kan artikel 5 van de Wegenverkeerswet 1994 zomaar artikel 6 worden en dan zit mevrouw serieus in de problemen, wil hij maar zeggen.

'Grace, het is misschien handig als je Ron precies vertelt wat je weet. Dan kan hij bepalen wat je straks op het bureau wel en niet kan antwoorden.'

'Het klinkt misschien bizar, maar ik herinner me niets.'

'Niets?' Ron kijkt haar indringend aan. 'Je bedoelt: helemaal niets? Ik mag toch wel "je" zeggen?'

Grace knikt.

'Dat is mooi – in principe althans. Want je had toevallig toch niet gedronken? Of iets gebruikt, drugs en dergelijke? Artikel 8 is immers foute boel.'

'Nope. Zelfs geen sigaret. Sinds mijn zwangerschap ben ik rein als een baby'tje.' Ze zoekt vergeefs haar ex' blik voor de bevestiging van haar zuivere staat.

Ron is alweer verder. 'We moeten eerst zien of... Heeft het ziekenhuis, of nee, laat ik het zo formuleren, ben je in het ziekenhuis onderzocht en is jou daar een medische rapportage verstrekt?'

'U bedoelt of ik iets had?'

'Jij mag ook "je" zeggen, hoor.'

Grace maakt een verontschuldigend gebaar.

‘Je bent een tijdje weg geweest, is mij gezegd. Dat is interessant. Zo’n black-out kan een medische oorzaak hebben. Neurologisch, cardiologisch, vasculair. Een dergelijke diagnose zou heel goed passen in een adequate verdedigingslijn.’

Grace haalt haar schouders op. Ze zou het niet weten. Haar hebben ze in elk geval niks verteld.

‘Geen probleem. Dat zoeken we later wel uit. Voor nu is het voldoende.’

‘O ja, ze zeiden dat ik geluk heb gehad.’

‘Nou, laten we hopen dat je juridisch net zoveel geluk zult hebben. Ik ga in elk geval mijn best voor je doen.’

Snel wisselt hij een bezorgde blik uit met Dave, maar het kan zijn dat hij in de gauwigheid ook even knipoogde.

Grace merkt dat er van alles over haar hoofd heen wordt bedisseld. Ze laat het maar zo, want van juridische zaken weet ze niets. Het hoort er kennelijk allemaal bij. Ron voert de regie, terwijl zij als stand-in van een onbekende hoofdpersoon op aanwijzingen wacht. Het is een onmogelijke rol om te spelen, maar een andere wordt haar niet aangeboden.

5.

Norah huilt hartverscheurend als ze in de gaten krijgt dat haar moeder opnieuw van haar wordt afgenomen. Kelsey probeert haar te paaien door met een idioot hoog stemmetje de ene na de andere belofte te verzinnen, maar het kleintje laat zich niet foppen. En zeker niet nu de nepmoeder haar vertelt dat ze in dit grote, vreemde huis haar eigen kamer krijgt. Wat moet ze met die onzin? Ze heeft thuis toch al een kamer? Bij mama. Na dit misleidende voorstel wil ze helemaal met haar eigen mama mee. Ze worstelt zich los en rent op haar blote voetjes over de scherpe witte kiezelstenen achter haar aan.

Grace hurkt neer voor haar ontredderde dochtertje en laat zich omhelzen, of liever: omknellen. 'Ach meisje, liefje. Mama moet heel eventjes met meneer Ron ergens naartoe. Daar is het niet leuk voor kinderen. En saai is het ook nog eens een keer. Echt supermegasaai, eerlijk waar. Je mag daar echt helemaal niks. Niet spelen, niks. Er zijn daar alleen maar grote meneren.'

In supermegasaaie grote meneren heeft Norah geen zin. Na de nodige waarom-vragen en de verzekering dat mama snel terugkomt, laat de kleine zich gewillig door Dave op de arm nemen, zodat Grace gauw bij de advocaat kan instappen. Op het stuur ziet ze aan het logo van de drietand dat dit sierlijk gestroomlijnde model een echte Maserati is. Ron is haar als een vriend voorgesteld, zijn hulp als een vriendendienst, maar ze begint toch te vrezen voor een factuur met allerlei toeters en bellen van zo'n advocatenkantoor met een heleboel dure namen. Ze hoopt dat Dave iets heeft afgesproken. Anders is ze straks niet alleen haar auto kwijt, maar ook haar huis en haar inkomen, en daarmee haar kind, haar leven.

Onderweg probeert ze iets meer te weten te komen over het ongeluk. Ze stelt voor dat Ron misschien even langs de betreffende locatie kan rijden. Misschien komt er dan vanzelf weer iets terug.

Uitgesloten, zegt Ron. Hoe minder ze weet, voorlopig althans, hoe gunstiger dat is voor haar verdediging.

Hij legt uit dat de politie haar zal confronteren met allerlei extreme details, bedoeld om haar uit haar evenwicht te brengen, zodat ze dingen gaat zeggen die ze echt niet moet zeggen als ze niet in onoplosbare problemen wil komen. 'Ze gaan je vreselijke dingen vertellen, die ze echter totaal niet kunnen bewijzen. Afschuwelijke dingen die je liever niet had willen horen. Maar houd je aan je verhaal, namelijk dat je geen verhaal hebt. Onthoud dat dit over andere mensen gaat, andere kinderen liever gezegd, en dat jij hier letterlijk en figuurlijk buiten staat. Je was buiten bewustzijn, je herinnert je niets van die fatale dag. Je was daar, maar in de praktijk was je daar dus niet. Niets wat daar is gebeurd, kan jou worden aangerekend, hoe overtuigend ze het ook zullen brengen.'

Als ze zogenaamd niks mag weten, waarom strooit hij dan met zulke akelige suggesties – waar ze nu wel over móet piekeren, of ze wil of niet? Kinderen, zei hij dat? Ja, hij zei het echt. *Kinderen*?

'Wat voor kinderen!?' Ze schreeuwt het – of wordt het alleen in het donker van haar eigen lijf gekrijst?

Tot haar schrik remt hij meteen en parkeert de auto langs de kant van de weg. Het ergert hem klaarblijkelijk dat ze haar zelfbeheersing verliest en zo emotioneel wordt.

'Zo,' zegt hij en hij zucht eens diep. 'Misschien ben ik niet duidelijk genoeg geweest.' Hij trekt er zo'n vermoeid gezicht bij dat mannen zo goed kunnen trekken als ze tegen een vrouw spreken. Datzelfde minderwaardige gevoel kreeg ze geregeld tijdens haar huwelijk met Dave. Het plaatje was perfect, zijn plaatje welteverstaan. Alleen verpestte zij met haar onvolmaaktheid het briljante idee. Ook toen veel diepe zuchten, al slaakte Dave die bij voorkeur in vreemde bedden.

'Goed, mevrouw Rainville, ik zal proberen het u zo goed mogelijk uit te leggen.'

'We zouden toch "je" zeggen?'

'Nu even niet, mevrouw Rainville. Laat ik duidelijk tegen u zijn. David is ten gevolge van uw gedrag in een buitengewoon lastige positie gemanoeuvreerd, aangezien de bij het ongeval betrokken auto op zijn naam staat. Niet zo handig, heb ik hem gezegd. Maar zo is het nu eenmaal. De politie is zelfs bij hem aan de deur geweest toen u niet aanspreekbaar in het ziekenhuis lag. Liever had David er niets mee te maken gehad, dat moge duidelijk zijn, maar nu dat niet tot de mogelijkheden behoort, hoopt hij dat de kwestie zo discreet mogelijk wordt afgehandeld.'

'Dat vroeg ik niet. Ik vroeg u: welke kínderen? Voordat u verdergaat met uw juridische slimmigheden moet u mij eerst vertellen wat er precies is gebeurd. Daar heb ik recht op.'

'Recht? Dan weet u meer dan ik. Maar als u dat pad op wenst te gaan, kunt u eenvoudig op uw smartphone de betreffende berichtgeving aanklikken, al raad ik het u liever af.'

'Ik ben mijn smartphone kwijtgeraakt. Door het ongeluk trouwens. Dus ik zou het waarderen als u –'

'De politie zal het u straks vertellen, en zij kunnen dat vast veel beter dan ik.'

'Ik wil dat u… ik wil het nú horen.'

'Goed. Omdat u het zo vriendelijk vraagt. Welnu, wat de politie u zal voorleggen, is een aanrijding met dodelijke afloop.'

Even wordt het stil. Ze schrikt van een gil. 'Nee…! Nee…! Nee…!' Het moet haar eigen stem zijn die ze hoort. Haar wanhopig tekeergaande lichaam bevindt zich in de Maserati van mr. Ron de Vooys, maar zelf heeft ze zich teruggetrokken op een stil plekje om alles op een rijtje te krijgen.

'Er is één persoon overleden. Een kind inderdaad.'

Grace kijkt verdwaasd over het notenhouten dashboard naar de bosrijke omgeving waar de welgestelden zich met hun gelukkige gezinnen in villa's tegen de buitenwereld verschansen. Ook moet er ergens in dit weelderige groen een villa zijn waar een kind wordt gemist en waar een geamputeerd gezin ontroostbaar in de dagen staat. Door háár. Door háár schuld. De gedachte dat zij een kind heeft doodgereden, maakt haar misselijk. Letterlijk. Ze voelt zich draaierig worden en voordat mr. Ron de Vooys iets in de gaten heeft, kotst ze zijn Maserati onder. Het dashboard, de voorruit, de smurrie zit overal. Het komt in peristaltische golven, ook haar eigen kleding komt onder te zitten. Van schaamte barst ze in huilen uit.

Ze weet nu al dat ze zich dit moment voor altijd zal herinneren. Voor altijd zal móeten herinneren.

Ron hapt in de zure lucht naar woorden. Het interieur van zijn Maserati, zijn waargemaakte droom, zit onder de smeerlapperij. Als jurist is hij zich binnen elke werkelijkheid bewust van de mogelijkheden, de alternatieven, de addertjes onder het gras. Eventualiteiten vormen de grondslag van zijn werk. Snel schakelen is zijn tweede natuur. Maar deze scène heeft hij dus totaal niet zien aankomen. Hij weet dan ook niet wat hij moet doen. Hij is geen taxichauffeur op zaterdagavond, hij is met deze materie verder niet bekend.

Walgend van zichzelf veegt Grace het ergste braaksel van de voorruit en het dashboard. Het wordt er niet veel beter op, dat zien ze allebei.

Uiteindelijk keert Ron met alle raampjes open terug naar Dave. Die betaalt immers de rekening.

Alleen Norah is blij om haar moeder zo onverwacht snel terug te zien. Met een vies neusje houdt Kelsey de kleine van haar vandaan, alsof Grace aan een besmettelijke ziekte lijdt. 'Mama vies,' waarschuwt ze. 'Straks Norah ook vies.' Ze schakelt meteen de huishoudelijke hulp in. Esmeralda Imaculada *from Brasil*. Die mag het verder oplossen.

Ron wendt zich tot Dave. 'In dat ding kan ik dus niet meer rijden.' Met andere woorden: of Dave, als indirecte veroorzaker en aansprakelijke rechtspersoon, dit verder voor hem in orde maakt.

Ook Dave komt niet verder dan Esmeralda. Maar die is al druk met het afhozen van Grace, op een rustige plek achter de garages, uit het zicht van beide heren.

Met gebogen hoofd onderwerpt Grace zich aan deze vernedering. Ze verdient het, houdt ze zich voor, vies en vuil als ze is, vanbinnen en vanbuiten. Ontkleed tot op haar ondergoed wendt ze haar gezicht af zodra de koude straal op haar schuldige lichaam wordt gericht. Ze kan alleen maar denken aan de verschrikking die ze die onbekende familie heeft aangedaan. Het dode kind dat ze zich daarbij voorstelt, heeft het gezicht van Noor. Dat is nog het allerergste. Daardoor beseft ze pas goed hoe vreselijk, hoe onvoorstelbaar vreselijk het is wat ze heeft aangericht.

Als ze zich in de garage met het grote badlaken heeft afgedroogd, is de penetrante lucht er nog steeds. Of zit het enkel nog in haar neus en mond?

Kelsey komt met een stapeltje schone kleren aanzetten. Het blijkt een tennistenue te zijn. Wimbledon-wit. 'Sorry voor de rare keuze, maar ik vind het een beetje zonde van mijn andere kleding.'

Dof staart Grace naar het lullige bundeltje witgoed, inclusief een string en een sport-bh: vergeefse vijgenbladeren voor haar niet te bedekken schaamte.

Ze ziet ertegen op om zich onder Kelseys toeziend oog te moeten verkleden. Het setje ruikt naar wasverzachter. Pas als haar gastvrouw zich terugtrekt, kleedt ze zich haastig en slordig aan. Het getailleerde shirt blijkt nogal strak te zitten, maar het gaat net.

'Je kan zo de baan op!' lacht Kelsey, die komt aanzetten met een paar witte sokken en witte sneakers. 'Ik heb ook deze nog gevonden. Anders staat het zo raar, weet je, met je eigen schoenen eronder.'

De sneakers zijn helaas een maatje te groot. Maar met een enkelsokje in de neus gepropt passen ook die haar prima. Dave blijft in elk geval min of meer trouw aan dezelfde maten.

Op het witte grind voor het huis wordt nog geprobeerd de verontreinigde Maserati gebruiksklaar te krijgen, maar dat schiet niet op. Esmeralda 'from Brasil' doet haar best, maar de zure smurrie is heel geniepig in naden en roosters gaan zitten, waar je het niet goed wegkrijgt. Dave stelt voor dat Ron en Grace dan maar de gloednieuwe Porsche Taycan van Kelsey nemen, een ultrahip lila geval – een idee waar Ron even aan moet wennen, alsook aan het feit dat deze strak gesneden, 'toch wel geile slettenbak' (dixit Dave) elektrisch rijdt. 'Als het goed is, is ze helemaal opgeladen en ready to go.'

Ron vindt het maar niks. 'Kan ik niet je Range Rover lenen? Ik kan niet zo goed overweg met dat e-gezeik. Ik ben nog zo'n ouderwetse ronker die graag een flinke dot CO_2 de natuur in blaft.'

'Sorry, Ron, maar dat gaat niet. Ik heb 'm vanmiddag helaas zelf nodig. Joh, doe niet zo moeilijk, dat e-rijden wijst zich vanzelf. Het voornaamste waar je aan moet wennen, is dat je niks hoort. Alleen de vogeltjes. Het is alsof je door de wind wordt voortgeblazen.'

6.

Mark Blijenberg verkeert op Changi Airport nog in de waan dat het straks hopelijk mee zal vallen. Het tijdsverschil brengt hem op de irrationele gedachte dat er zes uur extra tijd is waarin door een reddende hand alsnog ingegrepen kan worden. Het ligt in zijn aard en in zijn levensstrategie om altijd op het positieve te focussen, zelfs wanneer dit volstrekt onredelijk lijkt. Het helpt hem om zijn rust te bewaren. Die is noodzakelijk om de juiste beslissingen te kunnen nemen. Zo heeft hij hier in Singapore de rationele afweging gemaakt om de in een cruciale fase belande fusiebespreking met de delegatie van het Aziatische consortium in allerijl te verlaten. Zijn privéomstandigheden staan verantwoorde beslissingen in de weg. Maar nu hij op zijn terugvlucht wacht, is zijn hoofd zo lucide dat het wel een droom lijkt. Het is alsof al zijn krachten, de bekende en die verborgen waren, zich tot een soort magische wilskracht hebben samengebundeld om in het zwarte gat dat zijn gezin op slag geworden is een goede afloop af te dwingen.

Tessel liep met horten en stoten vast in een totaal onsamenhangend verhaal. Af en toe brulde ze als een dier, waardoor hij de telefoon op armlengte van zich af moest houden. Ook na rustig doorvragen kon hij er geen wijs uit worden. Hij heeft daarom geprobeerd om zelf het ziekenhuis te bellen waar Pippa naartoe scheen te zijn gebracht, maar daar bleek men van niets te weten. Ligt ze in een ander ziekenhuis? Toen hij Tessel terugbelde voor nieuwe, betere informatie, schreeuwde ze: 'Ik weet het niet, ik weet het niet, ik weet het niet.' Zo heeft hij haar nooit meegemaakt, zo radeloos en redeloos en reddeloos. In de bekende multiple choice bij noodgevallen (*fight-flight-freeze*) beschouwt hij zich graag als het heldentype, aangezien hij nooit zal weglopen voor zijn verantwoordelijkheden, dat weet hij van zichzelf. Het is dus goed dat hij naar huis komt om orde op zaken te stellen.

Het is Tessels paniektoestand (*freeze*) die hem de meeste schrik heeft aangejaagd. Dat er met Pippa iets ernstigs aan de hand is, staat wel vast, maar het lukt hem niet zich er een concrete voorstelling van te maken. Zijn angst is als een muur. Niet te voorbarig oordelen, houdt hij zich voor. Zolang je het niet weet, kan het ook níet waar zijn. Hij beschouwt zichzelf als een realist. Hij ziet alleen wat er is. Zolang het tegendeel niet bewezen is, blijft Pippa het vrolijke, blije meisje dat 'papa, papa' roepend op hem afrent wanneer hij voor de verandering een keer voor achten thuiskomt. En zo verwacht hij haar straks ook terug te zien. Ja, dat moet. Dat kan niet anders. Maar wanneer hij zich met laptop en smartphone heeft geïnstalleerd in het toestel van Malaysian Airways verliest ook hij de greep op de realiteit. Het komt door de privéberichten die binnenstromen op zijn smartphone en waarvoor hij eindelijk de tijd vindt om ze te lezen. Vriendjes van de hockeyclub, zijn golfmaatjes, jaarclubgenoten, mensen uit de buurt. Ze weten niet wat ze horen, kunnen het niet geloven. Ze leven met hem mee, wensen hem en Tessel kracht toe, staan klaar om te helpen. Merkwaardig, de eensluidendheid van deze digitale schouderklopjes, alsof het van tevoren zo is afgesproken en op elkaar is afgestemd. Niemand die hem vertelt wat er precies aan de hand is. Hij belt het eerste het beste contact dat hij in zijn appberichten tegenkomt, om te horen hoe het nou zit daarginds. Maar voordat de telefoon overgaat, verbreekt hij de verbinding. Hij heeft er geen trek in om zich door een buitenstaander te laten inlichten over de toestand van zijn eigen gezin. Dit houdt hij zich tenminste voor. Dan hoeft hij niet toe te geven aan zijn angst om iets te horen wat voor eeuwig onomkeerbaar is. Het is beter om, zolang hij in de lucht hangt, alle opties open te houden.

Als hij na het opstijgen zijn veiligheidsgordel losgespt, weet hij dat hij begonnen is aan de langste reis die hij ooit heeft gemaakt. Hij probeert dingen op een rij te zetten, dat maakt hem rustig – normaal gesproken dan. De onzekerheid waarin hij verkeert, is echter onverdraaglijk. De wachttijd waarin deze onzekerheid is verpakt, dat ondoordringbare wolkendek van uren en uren en nog meer uren, maakt hem gek. Wat hem tijdens het wachten en het boarden nog een extraatje had geleken, een soort bedenktijd waarin alles nog ten goede kon veranderen, is nu een vacuüm waarin hij niet kan ademen. Hem overvalt een blinde angst om wat er met Pippa kan zijn gebeurd. Hij wil schreeuwen, iets in elkaar trappen, een willekeurige passagier de schuld geven, Malaysian Airways aanklagen. Maar hij weet dat hij door het noodlot op de proef wordt gesteld, dat hij zich moet zien te beheersen. Nu niet zichzelf verliezen, in godsnaam, hij is Tessel niet. Hij doet zijn *buteyko*-oefening om zijn ademhaling onder controle te krijgen. Het liefst zou hij in het gangpad kalm zijn hele yogaprogramma afwerken om lichaam en geest weer met elkaar in harmonie te brengen, maar dat gaat nu eenmaal niet. Het zou lijken alsof hij zijn zaken niet onder controle heeft. En een man die zijn zaken niet onder controle heeft, valt uit elkaar. Van zo iemand blijft uiteindelijk niets over. Om dat te voorkomen besluit hij zich te concentreren op het springkussen dat hij heeft laten plaatsen, een roze gevaarte in de vorm van een prinsessenkasteel. Hij kantelt zijn stoel naar achteren en sluit zijn ogen. En op. En neer. En op. En neer. En op en neer springen de meisjes op de roze wolk.

7.

Normaal gaat de slagboom al open voordat Ron zijn naam heeft kunnen uitspreken. Ditmaal moet hij zich legitimeren. Vanwege de lila e-Porsche Taycan. Geen nummerbordherkenning. Hij voelt zich sowieso niet zichzelf na de brute aanranding van zijn Maserati, want zo heeft hij de gore aanslag op het zachtleren interieur ervaren. Hij haat deze vrouw, al ziet ze er wel verdomd sexy uit in die retestrakke witte polo en met die gezonde bruine benen onder dat rokje, dat kan hij niet ontkennen. Maar vrouwen van vrienden, die doet hij niet. En vrouwen van cliënten al helemaal niet, ook al is het hun ex. Hij houdt zijn zaken graag zuiver.

Binnen begroet hij allerlei politiemensen, maar haar stelt hij niet voor. De blikken voelt ze in haar rug prikken, over haar billen strijken, maar als ze terugkijkt, kijkt iedereen betrapt van haar weg. Naakt, dat is hoe ze zich voelt. Ze weten natuurlijk alles al: wie ze is, wat ze heeft gedaan en waar ze voor komt – ondanks haar maagdelijke vermomming als Blankendaals eerste donkere tenniskampioen. Deze vrouw heeft een kind doodgereden. Dat zie je meteen. Kijk, het bloed schijnt er gewoon doorheen. Kijk, ze lekt. In haar angstgedachten wijst iedereen haar na. Ben *ík* dit, gebeurt dit in *míjn* leven? Ze voelt zich een soort stand-in. Het lijkt op een gastrol in een reallifeserie. Ze hebben direct iemand nodig en konden zo snel niet iemand anders krijgen. En toch is ze het zelf. De kinderdoodrijdster. Het is niet voor te stellen en toch is het onloochenbaar. Iedereen denkt het, dus moet het zo zijn. Ze kleedt zich in het wit, maar ze is schuldig als bloed. Alle vingers wijzen naar haar. Ja, Grace Rainville, jij bent het. Jij bent het zelf.

Kom, zegt Ron. Hij legt zijn hand op haar onderrug alsof ze een karretje of een ander gebruiksvoorwerp is dat hij in de juiste richting moet sturen. De warme mannenhand voelt vies, ze voelt zelf vies. Ze moeten naar boven. Hij wijst met zijn hoofd. Er heeft zich professionele opwinding van hem meester gemaakt. Hij ruikt de bloedgeur van het gericht, de strijd om het gelijk aan zijn zijde, waar elke advocaat verzot op is. De grenzen opzoeken, het randje vinden. Meesterlijk vinden ze dat. Grace voelt zich daarentegen steeds meer een naakt en bezoedeld voorwerp worden en laat zich willoos meevoeren.

Het is voor het eerst dat ze een politiebureau vanbinnen ziet. Ze verbaast zich over de verwaarloosde staat waarin het almachtige overheidsgebouw verkeert. Zelfs de talrijke vertimmeringen en tijdelijke verbeteringen zijn hard aan renovatie toe. Ze passeren gescheurde posters van oude voorlichtingscampagnes en prikborden met lijsten en vergeelde memo's. Muren, plinten, deurposten: gebutst, afgebladderd. Ramen: vuil. Het is hier zo uitgewoond dat er niets meer kapot lijkt te kunnen. Het enige wat hier nog kapot kan gaan, is zijzelf.

Voordat ze de verhoorkamer binnengaan, duwt hij haar op de gang op een wachtbankje en gaat dan naast haar zitten. 'Even snel nog het volgende. Twee dingen moet je goed onthouden. Eén: geef geen antwoord wanneer je iets niet helemaal zeker weet. En twee: zodra je aarzelt, laat je mij het woord doen. Je bent niet verplicht om te antwoorden. Had je verder nog iets? Nee? Dan gaan we nu naar binnen.'

In een staat van dissociatie volgt Grace het verhoor. Ze zit naast Ron achter een grijze formicatafel. Het is een soort examenopstelling. Tegenover hen zitten de twee gewapende politieagenten. De vrouw, in burger, presenteert zich als de oudste en belangrijkste van de twee. Het is zo'n stevig blond type uit de Hollandse no-nonsenseschool. Zij voert het woord, terwijl de andere, een wasbleke, geüniformeerde jongeman met vaal stekeltjeshaar, zich als een dommige scholier stierlijk lijkt te vervelen. Ron valt de senior politievrouw een enkele keer in de rede om haar de les te lezen over een of ander wetsartikel of een bepaalde procedure die hij veel beter zegt te kennen dan zij. Af en toe kijkt iedereen naar haar, merkt Grace. Dan wordt er over en weer bevestigend geknikt.

Tijdens het spreken houdt de politievrouw soms de blik langdurig op haar gericht, wat haar behoorlijk zenuwachtig maakt. Ze durft niet terug te kijken en buigt het hoofd. Als een veroordeelde, schiet het door haar heen. Mijn lichaam verklaart mij schuldig.

'Even wat feiten. Klopt het dat uw volledige naam luidt: Grace Kelly Rainville? Geboren Almere, 24 juni 1993.'

'Voor alle duidelijkheid,' appelleert Ron, 'dit is een onderzoek en geen verhoor. Cliënt is niet aangemerkt als verdachte en wordt dus gehoord als getuige.'

'Meester De Vooys, alstublieft, ik vroeg alleen haar naam.'

De jonge agent met het stekeltjeshaar moet erom grinniken. Als hij ziet dat Grace het ziet, trekt hij zijn fletse gezicht gauw weer in de plooi.

'Mevrouw Rainville, zou u ons willen vertellen hoe uw toestand momenteel is?'

Grace kijkt opzij naar Ron.

Dan, als Ron niks zegt, haalt ze haar schouders op. Nou, gewoon, wil ze daarmee zeggen. Kweetniet.

'Kunt u misschien iets specifieker zijn? U bent in het ziekenhuis opgenomen geweest.'

Weer kijkt ze aarzelend naar Ron.

Weer haalt ze haar schouders op. Ze wil wel iets zeggen, maar ze kan haar stem zo gauw niet vinden.

'We kunnen misschien proberen uw geheugen wat op te frissen. Op vrijdagmiddag 21 juli jongstleden reed u omstreeks vier uur op de Hoge Duinweg in een zwarte Volvo XC90 de tuin in van perceel nummer 14, alwaar een kinderfeestje gaande was. Die confrontatie is niet bepaald onopgemerkt gebleven. Komt er al iets bij u terug?'

Ron ziet dat Grace over haar hele lijf begint te trillen, alsof ze een of andere aanval krijgt. Ook de agenten zien het en geven haar toestemming om even de gang op te gaan. Ron wil haar daarbij ondersteunen, zijn handen zijn ineens overal. Grace laat hem merken dat ze graag zelf over haar lichaam beslist. Ze wil ook niet dat hij met haar meeloopt, maar dat doet hij dus wel. Hij beroept zich op haar recht op bijstand.

Op de gang probeert ze haar zenuwen weer de baas te worden. Ze weet alleen niet of ze het aankan: in geuren en kleuren te horen krijgen wat er precies is gebeurd. Ron zegt dat ze het heel goed doet en zich nergens zorgen over hoeft te maken.

Als ze binnen hun plaatsen weer hebben ingenomen, kijken de beide politiemensen haar vragend aan. Kennelijk verwachten ze van haar een verklaring.

'Hopelijk heeft de time-out met mr. De Vooys uw geheugen enigszins opgefrist. De situatie van vrijdagmiddag jongstleden hebben we inmiddels grotendeels in kaart gebracht. Maar toch willen wij graag dat u in uw eigen woorden vertelt wat er naar uw mening precies is gebeurd.'

Ze kijkt opzij naar Ron. Die knikt haar bemoedigend toe. Daarop bevestigt ze wat ze van hen gehoord heeft, namelijk dat ze in haar zwarte Volvo in de straat die zij noemden maar die zij nu even vergeten is, een tuin is ingereden waar een kinderfeestje aan de gang was, en dat daarbij op zeker moment een persoon, een kind is omgekomen. Al kan ze zichzelf van het een noch het ander ook maar iets herinneren. Het is allemaal totaal onwerkelijk voor haar. Deze woorden, die ze nu uitspreekt, passen helemaal niet bij haar. Ze hoopt daarom dat er een vergissing is gemaakt. Een persoonsverwisseling, als dat zou kunnen. Misschien dat die andere persoon in haar zwarte Volvo XC90, terwijl zij in het ziekenhuis... nee, onzin. Ze zal de aangeboden rol op zich moeten nemen. Als de feiten er zijn, zijn ze er niet voor niets. Als iedereen het zo gezien heeft, zal ze inderdaad zelf degene zijn geweest die in haar naam en in haar plaats, in haar auto ook, met Norah op de achterbank, o god, wat verschrikkelijk, iets onvoorstelbaars heeft aangericht. In dit niet te bevatten drama zal de rol van Grace R. door Grace Rainville zelf worden vertolkt. Zij zal optreden als haar eigen stand-in en ze zal alle stunts en intieme scènes zelf uitvoeren.

'Ik moet hier toch ingrijpen, vrees ik.' Ron draait zich half in Grace d'r richting, zonder haar werkelijk te zien, en richt zich vervolgens tot de ondervragers. 'Indien u, zoals u postuleert, al zoveel weet over die fatale vrijdagmiddag, dan weet u vast ook dat cliënt ten gevolge van bewustzijnsverlies geen actieve herinneringen heeft aan de door u aangeroerde omstandigheden.'

De politievrouw lijkt even na te denken. 'Wel, ik zou het inbrengen van een medische verklaring zeker toejuichen. Duidelijkheid hieromtrent kan zeker nuttig zijn voor het onderzoek, mevrouw Rainville. Ik richt mij expliciet tot u, want u bent degene die hier wordt gehoord en niet uw raadsman.' Ze kijkt Ron vernietigend streng aan. 'U wordt niets gevraagd, mr. De Vooys. En dat weet u donders goed.'

Hij wil iets opmerken, maar houdt zich bijtijds in. Het blijft voor hem een spel, en daarom juist houdt hij zich aan de regels. Het zijn immers de regels die het spel mogelijk maken. Hij heeft makkelijk praten, hij is altijd de kat en nooit de muis.

'Mooi, een medische verklaring dus,' zegt Ron, als ze teruglopen naar Kelseys hyperhippe 'slettenbak'. 'Als ik jou was zou ik als de sodemieter teruggaan naar de behandelend arts en vragen om een attest waarin het geheugenverlies medisch wordt bevestigd. Dat zijn ze wettelijk verplicht te geven volgens de WGBO artikel 7:454

lid 1 BW en anders wel volgens de Wet aanvullende bepalingen verwerking persoonsgegevens in de zorg. Voor als je het thuis nog even zou willen opzoeken.'

Grace baalt ervan dat ze haar telefoon – haar tweede geheugen – nog steeds niet terug heeft. Volgens Ron houdt de politie haar iPhone vast voor een of ander technisch onderzoek. Nu kan ze niks zelf checken. Ze krijgt stukjes en beetjes te horen, het overzicht ontbreekt totaal. In cognitieve zin bevindt ze zich daarom in zekere zin nog vóór het ongeluk. In haar hoofd moet het allerergste nog gaan plaatsvinden. Hypothetisch is daardoor nog van alles mogelijk. De magische gedachte dringt zich op dat het lot alsnog een andere wending zal kunnen nemen. Zo werd iedereen op het nippertje toch gered. Tegelijk weet ze dat ze onvermijdelijk alles uit haar handen zal laten glippen: stuur, gaspedaal… Er flitsen beelden op van een kinderfeestje. Ze denkt aan haar auto, hoe die… Wegrennende, gillende kinderen. En dan is het weer weg. Herinnering of fantasie, ze weet het niet, het kwam te onverwacht, het ging te snel. Net als een nachtmerrie, maar dan een met wijd open ogen op klaarlichte dag.

8.

Tessels jongere zusje Stéphanie is uit Den Haag overgekomen om haar te helpen. Helpen overleven. Er komt zoveel tegelijk op haar af, dat kan ze niet alleen. Het verlamt haar. Gek wordt ze ervan. Haar huis is compleet onherkenbaar geworden. Dit is haar huis niet, dit is niet haar leven. En dit is zij niet zelf. Er is een kwaadaardige prank met haar uitgehaald, een bizarre verwisseling. Straks is alles weer normaal. Dat moet, dat kan niet anders. Daarom wil ze dat Pip hier is, thuis, bij haar – nu, direct – en dat is Stef voor haar aan het regelen. Ook is Stef al twee keer naar het mortuarium in de stad gereden om met haar naar de diepgevroren pop te kijken, het ijsachtige lichaampje te strelen, ontroostbaar te huilen en te gillen in dat functionele niemandsland in de kelder van het academisch ziekenhuis. Bang is Tessel niet om de verminkingen te zien, zeker niet. Het liefst nam ze ze onmiddellijk van Pip over. Een arm, een been, een oog sowieso, maar ook haar hart, haar leven: alles zou ze geven om haar kind uit de vrieskou terug te halen. Maar de tijd gaat zo snel, zo onvoorstelbaar snel. Het feestje, waar Pip zo naar had uitgezien en waar ze met haar vriendinnetjes in dolle pret op het roze springkussen op en neer had gestuiterd en van haar chocoladetaart had gesmikkeld, is al weggetuimeld in de bodemloze afgrond van het onbestaanbare. Gisteren is vandaag een verzinsel geworden. Ineens slaat haar de angst om het hart dat Pip reddeloos achterop is geraakt in de tijd. Verkeerde knop. Bestand verplaatst – maar waarheen? Zelf is Tessel geteleporteerd naar een onbewoond eiland in de dodelijke ijszee, waar het noorderlicht met zijn koudvuur aan de nachthemel haar schimmen van een andere wereld voortovert. Van de huisarts heeft ze daarom Seresta Forte voorgeschreven gekregen, overdag de enkele, 's nachts de dubbele dosis. Dat helpt. Alleen was ze vanochtend bij het ontwaken even vergeten dat Pip er niet meer was. Ze moest naar adem happen en kreeg hartkloppingen toen de waarheid een seconde later tot haar doordrong. Toen heeft ze voor de zekerheid toch maar weer een dubbele dosis genomen.

Stef richt zich op de praktische zaken, zonder welke het dagelijks leven niet mogelijk zou zijn. Dingen regelen, koken, mensen informeren, pottenkijkers buiten de deur houden. Maar tot het praktische behoren in de eerste plaats de twee kleintjes, de tweeling Flop en Mees, waar Tessel zich geen raad mee weet, omdat de onverdraaglijk schattige knulletjes doorleven alsof er niks is gebeurd: pap eten, elkaar met autootjes bekogelen en in alarmerend geblèr uitbarsten bij de minste of geringste kinderklachtjes. Op hun beurt weten Floppie en Mees zich geen raad met mama. Ze lijkt wel iemand anders te zijn geworden, zo onherkenbaar boos en gemeen is ze de hele tijd tegen hen. De jongetjes vrezen de kwaaie dag dat ze met hun broodkruimeltjes zullen worden achtergelaten in een donker bos waar de grote boze wolf likkebaardend op piepvers kindervlees staat te wachten. Ze passen dus goed op om mama niet nóg bozer te maken. Gelukkig is hun lievelingstante gekomen om hen te beschermen en te vermaken.

Het breekt Stefs hart, want ze weet hoeveel die twee boefjes normaal gesproken voor haar grote zus betekenen. Voor haar vormde het enorm volwassen leven van Tessel en Mark altijd het perfecte plaatje, dat voor haarzelf niet leek weggelegd. Drie geweldige kinderen, een kast van een huis met een paradijs van een tuin eromheen, Marks briljante carrière als fusieadvocaat, Tessels talent om mensen met elkaar te verbinden en overal waar ze komt sfeer en leven te brengen: zelf voelde het kleine zusje zich daarbij vergeleken een onverbeterlijke rommelaar die zich meestal juist met veel gedoe tussen twee banen en twee relaties in had gemanoeuvreerd. En plotsklaps is die permanente successtory van haar grote zus veranderd in een horrorfilm, waar in het doodstille huis op de onmogelijkste uren iedereen wakker schrikt van een ijselijke schreeuw of rauwe brul die uit de ouderlijke slaapkamer klinkt.

Toen ze hier de dag na het ongeluk aankwam in haar Fiatje Cinquecento, herkende ze de plek niet en was ze de inrit al voorbijgereden. Het gat in de bouwvallige houten omheining en de jonge beukenhaag was afgezet met een rood-wit politielint. In haar hoofd was het droomhuis nog intact, ze had gewoontegetrouw uitgekeken naar het ideale plaatje. Dat maakte dat het ongeluk alsnog hard bij haar binnenkwam. Kennelijk was ze ervan uitgegaan dat de sporen al zouden zijn opgeruimd. De ravage in de tuin overviel haar zo, dat ze bijna niet door het hek naar binnen durfde te gaan. Het doorploegde en vertrapte gras, de omgevallen tuintafel, de rondgestrooide tuinstoeltjes, platgestampte bekertjes, hoedjes, toeters en dat idiote roze gevaarte van een opblaaskasteel: het was alsof iedereen luttele seconden geleden in allerijl was gevlucht. Het was een bevroren moment, losgeraakt van de chronologie en nu niet meer terug te plaatsen in wat voor ordening dan ook. De scène leek wel exact nagemaakt, de props zorgvuldig gearrangeerd in een dramatische setting. Dit effect werd versterkt door de omstandigheid dat er verder aan niks viel af te lezen dat er zo'n weerzinwekkend ongeluk had plaatsgevonden. De zwarte SUV was door de politie opgetakeld en weggesleept, dus als je niet beter wist, was hij hier nooit geweest. De donkergrijze Mercedes G van Mark en de roomwitte Cooper van Tessel stonden op het witte grind voor de dubbele garage geparkeerd, alsof elk moment het dagelijkse succesvolle leven hervat kon worden.

Het gazon moet natuurlijk nodig opgeruimd worden. Misschien zou zij dat zelf moeten doen, maar ze durft de plek des onheils nog steeds niet te betreden, uit een kinderlijke angst dat ze per ongeluk op iets engs zal trappen, een nog niet helemaal opgedroogde bloedplas, een kinderschoentje, misschien zelfs een piepklein platgereden kindje, of een deel daarvan, dat door iedereen over het hoofd is gezien. In haar dwangfantasie is de plek zichtbaar én onzichtbaar besmet geraakt door wat er is gebeurd. Niets aanraken dus. Het zit in alles en je krijgt het er niet meer uit.

Binnen valt nergens aan te zien dat hier het noodlot genadeloos heeft toegeslagen. De foto's, de aankleedpop, de regenlaarsjes, het eerste pianoboek van Folk Dean: overal rekenen de dingen erop dat Pip er straks gewoon weer zal zijn. Stéphanies verwarring wordt in de hand gewerkt doordat er nog twee kleintjes rondlopen die hun slordige sporen achterlaten, zodat het er de schijn van heeft dat het kinderleven hier geen moment aan vrolijkheid heeft ingeboet. Maar er is juist helemaal niets gewoons aan dit ogenschijnlijk gewone gezinsleven. Bij alles wat Stef ziet, mist ze haar nichtje. Haar afwezigheid ervaart ze plotseling overal, het missen vindt zijn weg tot in de verste hoeken en gaten van dit onmetelijke huis. Alle rijkdom en luxe kan niet verhullen dat dit voorgoed het huis is geworden waar een klein meisje op afschuwelijke wijze is gestorven.

Stéphanie kan zich niet voorstellen dat Tessel en Mark hier nog willen blijven wonen. Zelf vindt ze het al griezelig dat ze hier moet blijven slapen, al heeft ze dat natuurlijk niet tegen haar zus gezegd. Ze mag, als ze wil, ook in het guesthouse overnachten, maar dat vindt ze helemaal eng omdat ze dan in haar eentje 's nachts de donkere tuin in moet. Wie weet waar ze dan onderweg allemaal per ongeluk in stapt en op trapt. Nu slaapt ze op de divan in Marks kantoor op de begane grond, een soort mancave, waar alles aan Mark doet denken (ingelijste foto's van zijn Leidse jaarclubvrienden met de bijpassende kroegjool en van een off the road autotocht met ook zo'n vriendje dwars door beschermde natuurgebieden in Afrika, een reclamefoto van een zeiljacht met hem aan het roer, een kampioenssjaal van de Rotterdamse hockeyclub Victoria, allerhande diploma's en certificaten) en niks aan Pippa.

Door Tessels alles en iedereen overspoelende verdriet is haar eigen verdriet op het tweede plan gekomen, maar ook voor haarzelf vallen er aldoor gaten in de werkelijkheid waarin haar onvoorstelbaar dode nichtje haar alsmaar weer ontglipt.

Pippa is de eerstgeborene in hun generatie, ze is daardoor in zekere zin een beetje ieders kleine meisje. En zeker ook ieders lieveling. Stéphanie werd tot haar geluk regelmatig gevraagd om te babysitten, zodat tante en babynichtje direct een hechte band ontwikkelden. Ze studeerde indertijd nog. Ook de levens van Tessel en Mark hadden in die periode nog iets studentikoos: ze woonden op die gezellige etage in de Amsterdamse binnenstad en gingen geregeld uit, al werkte Mark ook toen al bij dat internationale advocatenkantoor.

Sinds dat prille begin is ze altijd bij haar grote zus blijven babysitten, als het zo uitkwam, maar god, wat is er intussen veel veranderd. Ze is de enige die in al die tijd haar oude zelf is gebleven. Nog steeds geen vast huis, geen vaste vriend, geen vaste baan. Alleen de toekomst heeft zich in de tussentijd aangepast. Die is namelijk niet meer wat zij geweest is. Het is niet meer die grandioze illusie van een magisch later waarin alle problemen vanzelf zullen zijn opgelost. De toekomst heeft haar toverkracht verloren en krijgt steeds meer de gedaante van een soort oneindig heden, waar alle dromen verveeld op doodslaan. Maar nu ze ziet wat Tessel is overkomen, prijst ze zich op een perverse manier gelukkig dat de volwassenheid voorlopig aan haar is voorbijgegaan.

Als ze de tweeling aan het voorlezen is uit *Het rode treintje* (want dat moet van de jongens: 'Treintje doen! Treintje doen!'), komt Tessel binnenvallen. Ze vraagt of Stef vanavond bij haar in het grote bed wil komen liggen. Toe, net als toen we klein waren, fleemt ze. Ze kan niet alleen zijn, ze kan niet tegen het donker, ze kan niet tegen zichzelf, zegt ze. Ze kan niet stilliggen, haar benen trillen, haar hart slaat op hol, ze wordt gek van zichzelf. Die kut-Seresta's helpen ook voor geen meter.

'Treintje doen! Treintje doen!' joelen Flop en Mees in een poging hun moeder te overstemmen. Ze zijn erbij gaan staan in hun beide ledikantjes en klemmen hun knuistjes om de spijlen.

Oké, nog één keer dan, leest Stéphanie *Het rode treintje* voor. En vooruit, nog een keer. En ook nog een laatste keer, een allerlaatste en een allerallerlaatste keer. Pas dan mag het uitgeputte treintje eindelijk de remise in.

Als Stef de ouderslaapkamer binnengaat, raapt ze eerst het doosje Seresta Forte op dat op de grond is gevallen of gesmeten en legt het terug op het nachtkastje.

9.

Iedereen heeft gehoopt dat de thuiskomst van Mark voor een ommekeer zou zorgen – Mark zelf in de eerste plaats. Als hij aankomt, bezit hij nog die achteloze flair van het internationale zakendoen, waar grenzen geen betekenis hebben (tenzij je ze in je voordeel kunt laten werken), waar deals vanzelf tot nieuwe deals leiden en er een synergie vrijkomt waar iedereen beter van wordt. Iedereen die meedoet althans. If you're not in, you're out. Hij stapt uit de Mercedes s van zijn vaste taxibedrijf, het grind knerpt onder zijn Italiaanse leren zolen, en daar staat hij dan, in zijn maatpak, zijn Etro-hemd, zijn zijden das met dubbele windsor. Even is er een duizeling, die hem dwingt om steun te zoeken.

Hij vermant zich. Als hij zich door zijn emoties laat meeslepen heeft niemand iets aan hem. 'It's the unemotional, reserved, calm, detached warrior who wins, not the hothead.' *The Art of War* van Sun Tzu is al jaren zijn lijfboek. De militaire wijsheden zijn wonderwel op alles van toepassing.

Maar als hij met zijn sleutel zelf de voordeur opendoet en Pippa niet 'papa! papa!' roepend op hem af komt rennen, wordt hij alsnog knock-out geslagen door de meedogenloze werkelijkheid. Hij weet het, hij weet wat hij altijd al wist, maar tot aan dit moment heeft hij de confrontatie kunnen ontlopen. Allemaal onzin, beseft hij nu. Het is echt gebeurd. Het komt nooit meer goed. De weerzinwekkende waarheid laat hem kokhalzen. Het liefst zou hij zichzelf binnenstebuiten keren om zich in één guts te bevrijden van zijn hele innerlijk.

In plaats van Pippa komt de tweeling enthousiast op hem af gehobbeld en gestruikeld. Daar is hij heus ook blij om. Hij noemt hun namen, alsof die hem ineens te binnen schieten. Om de beurt tilt hij hen op. 'Nog een keer!' joelen ze. Vooruit, nog een keer. Ja, nog één keertje dan. Jij ook, Mees? Een allerlaatste keer. Dit is echt de allerlaatste, Flop. Elke tilbeurt kost hem meer moeite, al denkt hij zijn tegenzin voldoende te hebben kunnen verbergen.

En toch, en toch gaat hij naar Pips kamer, in de valse hoop dat ze daar heel geconcentreerd met al haar meisjesvlijt een tekening zit te maken voor papa en niet heeft gehoord dat haar allergrootste held zo-even is thuisgekomen. Heel voorzichtig opent hij haar kamerdeur. Hij wapent zich op voorhand tegen de ontgoocheling, maar die komt toch. De waarheid springt als een aap op zijn nek. Het is hem te veel, de aanblik van al die lieve kleinemeisjesdingen, dat hele grotemensenleven-in-het-klein en in het roze. Wat een spijt heeft hij ineens van al die plechtig aan hem geschonken kladdertekeningen, die hij stuk voor stuk niet heeft bewaard. Hij gaat op haar eerste, en naar nu blijkt laatste, grotemensenbed zitten, op het dekbed met de gekleurde spikkeltjes, en opeens zit hij daar te janken als een kind.

Als hij Tess op de gang hoort lopen, droogt hij gauw zijn tranen af aan het beddengoed en staat hij op, alsof hij bang is betrapt te worden bij iets onoorbaars.

Ze schrikken allebei evenzeer van elkaar als ze tegen elkaar opbotsen op de drempel van Pippa's kamer.

'Jij?'

'Jij?'

'Ik wist niet...'

'Ik was al...'

Hun woorden weten de weg niet meer. Mark en Tessel zijn weer vreemden geworden die elkaar voorzichtig moeten aftasten. Hij is bang dat ze ziet dat hij heeft gehuild. Zij is bang dat hij haar sinds zijn thuiskomst bewust aan het ontlopen is. Beiden vermijden ze de waarheid, aangezien die niet te verdragen is. Er moet een verhaal opgetuigd worden, een verklaring waarmee te leven valt. Tessel is de eerste die ermee komt. Ze wil dat hij Pippa ophaalt uit het mortuarium. Uit het ziekenhuis, zegt ze, alsof het om een patiënt gaat. Nu meteen, want het is al laat. Ze brengt het op een toon alsof hun dochtertje naar een slaapfeestje is gegaan. Zo van: Mark is terug uit Singapore en nu kan alles weer gewoon zijn zoals het was voordat hij halsoverkop vertrok. Hij knikt. Hij is opgelucht dat hij weer de man kan zijn die dingen oplost.

Ik ben blij dat je weer thuis bent, zegt ze. En even denkt hij zelf ook dat hij blij is dat hij hier is. Voor even lijkt het dat alles weer normaal gaat zijn.

10.

De metallic-lila Porsche Taycan zoeft licht als de wind over de Waldeck Pyrmontlaan en zal straks het bochtenwerk van het Blankendaalse doolhof in duiken en geruisloos voortgeblazen worden naar Daves nieuwe villa, waar Norah wacht en waar Ron verslag zal uitbrengen aan zijn goede vriend en cliënt. Grace denkt: wat doe ik hier in deze ongemakkelijke outfit bij deze griezel? Ze snakt ernaar eindelijk thuis te zijn en, al is het maar voor even, een escape te vinden uit deze seriële nachtmerrie. Ze wil zich eindelijk eens fatsoenlijk kunnen douchen, haar eigen kleren aantrekken, haar eigen parfum opdoen, Noortje knuffelen, haar zien en voelen en bij zich weten. En ook, ja dat ook, wil ze eindelijk achter haar laptop kruipen om voor haarzelf uit te zoeken wat er tijdens haar black-out nou werkelijk allemaal precies is gebeurd. Ze snakt ernaar om eindelijk weer verbonden te zijn met de echte wereld. Haar smartphone krijgt ze om de een of andere reden nog niet terug van de politie. *Disconnected* is ze daardoor, gewist, van de aardbodem weggevaagd. Ze moet de werkelijkheid terugvinden, ze moet zichzelf in de werkelijkheid zien terug te vinden en tegelijk is ze daar als de dood voor. Alles wat ze vandaag heeft gehoord – van Ron, van de politie – maakte haar misselijk van angst en schaamte, maar tegelijk leek het over een andere Grace te gaan. Iemand die zij in feite niet zelf geweest kan zijn. Een kind doodrijden. Dat is niks voor haar. Met Norah op de achterbank nog wel. Zoiets kan ze zich niet eens voorstellen. Voor haar gevoel klopt het niet: zij in dit verhaal. Daarom wil ze alles lezen en bekijken wat er over het ongeluk bekend is geworden. Ze moet zich verdiepen in degene die zij in de ogen van iedereen schijnt te zijn. Is het mogelijk dat je in het echt iemand anders bent geweest? Ja, je kunt kennelijk iets doen buiten jezelf om. Het beangstigt haar dat ze het werkelijk heeft gedaan, iets wat zo afzichtelijk is dat ze er straks waarschijnlijk niet eens naar durft te kijken.

'Wees maar blij dat je niet op je telefoon kunt.' Volgens Ron kan ze haar zalige onnozelheid beter zo lang mogelijk blijven koesteren – alleen al om haar getuigenis voor de politie en mogelijk straks voor de rechtbank 'zuiver' te kunnen houden. 'Zuiver' is in zijn terminologie waarschijnlijk iets juridisch, vermoedt Grace. Of hint hij op haar peristaltische reactie in de Maserati, toen ze het verschrikkelijke nieuws te slikken kreeg en ze het letterlijk niet meer hield? Dat was niet zuiver, nee, dat was behoorlijk smerig van haar.

Als het aan Ron ligt, gaan ze het – sorry hoor – even niet over het ongeluk hebben. Hij wil het liever over Dave hebben en haar duidelijk maken wat haar ex allemaal heeft moeten doorstaan door haar toedoen. Ja, door haar toedoen, dat heeft ze goed verstaan. De auto zelf, de Volvo, is daarbij nog de minste van zijn zorgen. Dat is uiteindelijk alleen geld, dat valt voor hem financieel wel op te lossen. Maar stel je eens voor. De positie die Dave met veel zorg en moeite heeft opgebouwd in Blankendaal: zijn netwerk, zijn lidmaatschap van de Golf & Country Club, al dat soort zaken die een man maken tot iemand die ertoe doet, dat is nu ineens allemaal *in jeopardy*.

Ron heeft links en rechts al heel wat onaangename posts voorbij zien komen. Ja, ook van mensen uit het 'reservaat', voor zover de aliassen te herleiden zijn natuurlijk. Onaangename racistische opmerkingen soms. Het is voor Dave de eerste keer dat hij hier in Blankendaal om zijn Antilliaanse achtergrond wordt gediscrimineerd, als hij tenminste verwijzingen naar 'apen' en 'oerwoud' correct interpreteert. Nooit heeft Dave erbij stilgestaan dat hij ondanks zijn nieuwe Range Rover, zijn villa van dik vier miljoen, de perfecte pasvorm van zijn modelechtgenote Kelsey de Boer en zijn kersverse lidmaatschap van de Golf & Country Club hier in Blankendaal een buitenstaander blijft, een vreemdeling met een getinte huid, kroezend haar en een achternaam die hem met onzichtbare ketenen vastklinkt en hem tot slaaf maakt van het koloniale verleden. 'Dit is de voornaamste reden dat Dave me heeft gebeld, want als ze jou gaan lynchen, dan hangt hij ook.'

Opnieuw wordt ze verrast door Rons botheid, maar ditmaal krabbelt ze bijtijds overeind. Ze dwingt hem vaart te minderen en zodra het veilig kan, de Porsche Taycan aan de kant te zetten.

Grace doet haar best in en uit te ademen via haar middenrif, zoals ze het op de theaterschool heeft geleerd. Niet knijpen maar loslaten. Dan komt de stem vanzelf. Als de adem te hoog zit, neemt de woede haar woorden over en gaat ze domme dingen zeggen waar ze spijt van krijgt. Bij Ron moet ze op haar tellen passen. Hij kan haar kapotmaken, dat voelt ze.

'Ik wil gewoon een paar dingen weten voordat we bij Dave aankomen. Je zei dat ze me gaan lynchen. Wat bedoel je daarmee?'

Hij kijkt strak voor zich uit, zucht dan diep. Ook hij zoekt kennelijk de rust van zijn middenrif. 'Goed,' zegt hij dan, 'ik heb nog geen signalen ontvangen van het Openbaar Ministerie, maar daar is het momenteel ook nog wat vroeg voor. Toch zou het me verbazen als ze er geen werk van gingen maken. Het is daarom essentieel dat er een onomstotelijk medisch dossier wordt geproduceerd, zoals we hebben besproken. Zo niet, dan kan je zaak voor een meervoudige strafkamer nog lelijk uitpakken.'

Hij kijkt naar haar benen, die zich bloot en weerloos in zijn blikveld bevinden. 'Onschuld, mevrouw Rainville, blijft toch het mooiste dat er is.'

11.

Mark heeft besloten om door te pakken. Hij schakelt de uitvaartondernemer in om Pip thuisbezorgd te krijgen. Dat is het minste wat hij kan doen. Daarna belt hij een goed vriendje dat voor hem moet uitzoeken wat er via de verzekering en via een civiele procedure valt te verhalen op de idioot die dit op zijn geweten heeft. Hij wil schadeloosstelling, niet vanwege het geld, maar om het recht dat dient te geschieden, wat voor recht dat ook moge zijn. Hij wil vooral iets regelen, iets tot stand brengen. Dat geeft hem het positieve gevoel dat het de goede kant op gaat. Stilzitten maakt hem gek, dat herinnert hem veel te veel aan de dood.

Tess wil dat hij met haar meegaat naar het ziekenhuis, maar daar ziet hij als een berg tegen op. Hij kan het niet aan om in het koude tl-licht met Pip geconfronteerd te moeten worden. Haar geschonden, verminkte lichaampje... de gedachte eraan maakt hij niet af. Hij wil er niets mee te maken hebben. Liever denkt hij aan haar zoals ze is. Het is beter dat Tess met Stéphanie naar het mortuarium gaat.

'Nee, dat is níet beter. Ze heeft je nodig, Mark. Je dochter heeft je nodig. En ik ook.'

Wat zegt ze nou? Ze zal haar verstand toch niet aan het verliezen zijn? Tegelijk wordt hij gepaaid door haar irreële hoop. Nodig zijn voor zijn lieveling – waarom niet? Hij heeft immers alleen gehóórd dat Pippa bij het ongeluk in de tuin is omgekomen. Hij heeft het niet met eigen ogen kunnen vaststellen, waardoor hij er nog steeds aan twijfelt of het waar is. Het waren alleen maar woorden, wie zegt dat ze kloppen. Jezus, man, straks is ook hij zijn verstand aan het verliezen, zijn briljante verstand dat hem als advocaat in no time aan de top van de merger & acquisition-business heeft gebracht. Rustig blijven ademhalen. Net op tijd heeft hij alles weer onder controle.

'Kalm maar, liefje. Pip heeft niemand meer nodig. Wij zijn het die haar nodig hebben.' Hij heeft geen idee waar hij die zin vandaan heeft gehaald. In elk geval niet uit Sun Tzu's militaire handboek.

Plots voelt hij zich sterk genoeg om naar het ziekenhuis te gaan. Voorstellingsvermogen speelt hierin geen rol. Zijn besluit is louter gebaseerd op wilskracht. Wilskracht is abstract als een schema. Het gaat door roeien en ruiten, het kent enkel het principe van de rechte lijn. Een streep die door alles heen wordt getrokken. Recht op het doel af. Laten we gaan, zegt hij, blakend van vierkante onverzettelijkheid. Hij beseft dat hij Tessel overdondert en verwart, maar hij mag niet van de rechte lijn afwijken. Hij slaat een arm om haar heen en duwt haar op die manier alvast in de richting van de voordeur. 'Laten we de Mercedes G nemen. Als jij snel pakt wat je nodig hebt, dan keer ik hem alvast met zijn neus de goede kant op.'

Verderop in het reservaat wordt al even stevig doorgepakt. Grace mag met Norah eindelijk terug naar haar eigen, zij het door hem bekostigde appartement in Amsterdam. Wel heeft Dave van haar geëist dat ze vanwege de gewenste medische gegevens eerst langs het ziekenhuis rijden. Hij heeft Ron het voorwerk laten doen; Grace kan vandaag langskomen om haar dossier op te halen.

Dave en Grace hebben er geen idee van dat hogerop in het reservaat Mark en Tessel op weg gaan naar hetzelfde ziekenhuis. Hoe zouden ze ook? Het ene Blankendaal is het andere niet. Ook in zo'n klein gebied bestaan er werelden van verschil. Het ene stel bevindt zich voor het andere stel bij wijze van spreken op de achterkant van de maan en vice versa.

De Range Rover en de Mercedes G zouden elkaar onderweg straal voorbijrijden als ze elkaar tegenkwamen. De bestuurders zitten nu eenmaal niet in hetzelfde kringetje, al zijn ze elkaar ongetwijfeld wel eens per ongeluk tegen het lijf gelopen, wellicht op de golfbaan of in het clubhuis van de hockeyclub na een wedstrijd van Heren 1 en anders, wie weet, een keer in de lokale hotspot Le Canard. Gezien, maar toch onopgemerkt gebleven.

Het ziekenhuis waar de twee stellen op dit moment naartoe rijden, is het dichtstbijzijnde met een kinder-ic. De hulpdiensten die Grace uit de Volvo XC90 hebben gered, waren dezelfde die niets meer voor Pippa konden doen. Wel zijn ze, Grace zowel als Pippa, achter elkaar in vliegende vaart naar ditzelfde ziekenhuis gebracht.

Hoewel de kans reëel is dat de Mercedes G en de Range Rover elkaar straks in de wirwar van laantjes en weggetjes zullen kruisen en ze elkaar anders misschien passeren op de provinciale weg of op de snelweg, zal men in het ziekenhuis zelf zeker niet op elkaar stuiten, aangezien Grace bij neurologie op de derde verdieping moet zijn en Pippa in het mortuarium in de kelder is ondergebracht.

De kelder heeft een aparte ingang aan de achterzijde van het complex, ver van de zalen waar verkreukelde geluksvogels naar genezing mogen snakken. Tess weet precies waar ze moet zijn. Hij staat zelf nog te treuzelen boven aan de betonnen treden die naar een bunkerachtige ondergrondsheid leiden. Niets aan de stalen deur beneden wijst op toegankelijkheid, maar Tess praat al in een intercom die hij zo gauw niet had opgemerkt. Uit haar slagvaardigheid spreekt iets hoopvols. Het is een kracht die hij nog niet van haar kende.

Zelf maakt hij nog steeds geen aanstalten om af te dalen. Hij onderzoekt eerst zorgvuldig alle uitvluchten, want hij is erachter gekomen dat hij hier bij nader inzien liever toch niet wil zijn.

Tess is al naar binnen. Ongeduldig kijkt ze over haar schouder waar hij blijft. Ze gedraagt zich alsof ze op weg is naar het reguliere dagelijkse bezoekuur. Het ontbreekt er nog maar aan dat ze snoepgoed, kleurboeken en knuffelbeesten bij zich heeft.

Met zijn cynische distantie camoufleert hij zijn angst voor wat er beneden duidelijk zal worden. Hij heeft nog nooit een dode in het echt gezien. Ja, de geliefde familiehond in zijn ouderlijk huis. Deirdre heette ze. Een Ierse setter. Hij vond haar 's ochtends vroeg op de bank in de kamer beneden. Hij dacht dat ze sliep, maar toen hij haar aaide, was ze helemaal hard en koud. Walgend trok hij zijn hand terug. Deirdre was ineens iets griezeligs en vies geworden waar hij zich geen raad mee wist. Hij durfde het ook niet aan zijn ouders te vertellen, hij zou niet weten hoe. In plaats daarvan heeft hij gauw zijn boterhammen gesmeerd en is hij snel naar school gefietst, een halfuur te vroeg.

Hij volgt Tess door een functionele ruimte, waar alles van beton, glas, metaal en witte verf is, naar een andere, even functionele ruimte, waar een beheerder hen wijst waar ze moeten zijn, maar Tess weet het al. Ze buigt zich over iets heen wat hij niet goed kan onderscheiden. Hij schrikt zich een ongeluk als hij zich realiseert dat het zijn eigen dochter is. Dus toch, het is dus toch echt waar. Daar, onbereikbaar dichtbij, ligt Pippa. Hij zou nu naar haar toe moeten rennen, vol van rouwende en berouwvolle liefde, maar hij staat aan de grond genageld. Een onzichtbare wand houdt hem tegen. Hij ziet hoe Tess het kind verzorgt, haar goudblonde haren borstelt, een kleinigheidje aan haar kleding verschikt. Hij ziet hoe ze met haar kind versmelt, hoe moeder en dochter samen één liefdevolle figuur worden – terwijl hij de achtergrond invult met zijn loze gestalte van toeschouwer, voorbijganger.

Vanuit Singapore terugvliegend had hij zijn vaderrol nog duidelijk voor zich gezien: rust uitstralen, het overzicht bewaren, de problemen een voor een benaderen en niet allemaal tegelijk. Ook iets wat te groot lijkt, bestaat uit allemaal kleine stukjes. Maar nu hij dichter bij de kinderdood is gekomen dan hem lief is, onderscheidt hij niets meer. Hij is ziende blind. Hij ziet dus niet eens de concrete tekenen: de verminkingen en verkleuringen die Pip hebben veranderd van iemand in iets. Een organisch voorwerp. En zelfs dat voorwerp neemt hij niet waar, doordat hij alleen de geïdealiseerde moeder-dochterverstrengeling ziet. De concrete situatie van het vrieskoude kinderlijkje dringt niet tot hem door.

Pas wanneer Tess hem smeekt hun dochtertje van dichtbij te komen aanschouwen (alsof het een onbegrijpelijk heilig kleinood is), ziet hij, kan hij niet anders dan zien hoe vreselijk toegetakeld en morsdood zijn kleine lieveling is. Maar hij wil het niet, hij wil het niet weten. Het mag niet, het mag niet waar zijn. Hij kan dit niet aan. In het vliegtuig had hij nog genoeg tijd, het probleem was als het ware on hold gezet, hoe kan het dan nu opeens zo hopeloos te laat zijn? Nog voordat hij zijn hoofd in afschuw en ongeloof heeft kunnen afwenden, begint alles al te draaien – een waterkolk die weggorgelt in een afvoerputje. Hij probeert iets vast te grijpen, maar hij weet al niet meer waar hij is, wat boven is en wat onder. Tijdens het vallen ketst hij ook nog eens lelijk tegen een punt van de loden snijtafel, maar daar voelt hij al niets meer van. Wel hoort hij heel in de verte het geschreeuw van Tess. Het komt van het einde van een lange gang of tunnel. Er is daar ook een schel licht met fonkelende sterretjes, dat echter bij de eerste aanblik dooft.

12.

Als Grace de sleutel omdraait, is het alsof ze een verkeerd huis binnengaat. Maar de enige die verkeerd aandoet, is zijzelf. In het tennistenue van Kelsey voelt ze zich een slecht gecaste figurant voor *Gooische Vrouwen*. Ze ziet hoe Norah de kamer in rent en blij naar haar omziet. Kijk, mama, kijk. Het is echt, het bestaat, we zijn echt thuis. Maar Grace beziet het interieur met de vreemde ogen van iemand die na jaren is teruggekeerd in haar land. Het is een stuk kleiner en schameler dan ze zich herinnert, de kleuren fletser en valer, de constructies van spaanplaat en bordkarton, alsof de hele IKEA-rotzooi elk moment in elkaar kan flikkeren. Het is hierbinnen net zo wankel en kwetsbaar als zij zich voelt.

Hoewel het buiten nog licht is, trekt ze meteen de gordijnen dicht, om de buren met hun duizend onzichtbare ogen buiten te sluiten. Het is of iedereen het weet en iedereen het ziet. Hier woont een vrouw die een kind heeft doodgereden. Heb je 't ook gehoord? Een meisje van bijna zes. En jaja, rara, die vrouw weet zelf zogenaamd van niets.

Het eerste wat ze doet, is die geleende kleren uittrekken en iets anders aandoen, zo vies voelt ze zich van alles. Douchen, zich opmaken misschien. Weer een beetje zichzelf proberen te worden.

Als ze zich heeft uitgekleed en onder de douche stapt, bedenkt ze dat ze Norah niet zo lang alleen kan laten. 'Noor? Noortje, liefje, wil je mama helpen met inzepen?'

Zodra de kleine het douchewater in de bak hoort roffelen, komt ze aangerend. 'Ik ook, ik ook!'

Terwijl de schuimende shampoo over haar donker opglanzende huid in witte waaiers afzakt en langs haar benen in de douchebak vloeit, probeert Noor het schuim op te vangen in haar gevouwen handen en uit te smeren over haar eigen lijfje. Ze gilt het uit van de pret. Daarna gaat ze met de badborstel proberen om het wegstromende schuim tegen te houden. Dat lukt beter als ze ontdekt dat ze ook met haar billen op het doucheputje kan gaan zitten.

Grace kan niet van dit kinderplezier genieten. Ze moet de hele tijd denken aan de moeder van het meisje dat ze heeft doodgereden. Het voelt alsof ze haar Norah-geluk van deze vrouw heeft afgepakt.

Na het douchen wil Noor samen met haar op de bank naar *Fantasia* kijken. '*Fantasia* kijken' betekent eindeloos 'De dans van de suikerfee' terugspoelen. Het is geen kijken maar dromen. Dromen met open ogen. Op de hemelse klanken van de celesta uit Tsjaikovski's *Notenkraker* maakt de roze fee haar vederlichte entree. Als een vuurvliegje zweeft ze de donkere wereld binnen, alles wat ze in het voorbijgaan aanraakt, licht op, het is een caleidoscopisch feest van kleuren die eerst opgloeien en dan uitvloeien. Grace kijkt ernaar, elke keer een beetje glaziger, maar Norah zuigt het telkens weer gretig in zich op. Met heel haar hebben en houden verdwijnt het kleine meisje in het fantasieland, dat voor haar reëler is dan wat dan ook om haar heen. En als ze eruit valt, wil ze er meteen in terug. Nog een keer, mama, nog één keer. Alles is voor haar voor altijd, en als het toevallig een keer niet zo is, dan moet het over en over en over, tot het vanzelf een eeuwigheid wordt.

Grace voelt hoe het warme kinderlijfje zo strak als maar kan tegen haar is aangekropen. Er is geen micromillimeter ruimte over tussen moeder en dochter, ze vormen samen één gestalte. Maar de geest van het kleine meisje daarentegen trekt zich van geen begrenzing iets aan. Als een vuurvliegje, als een roze fee zweeft ze door het duistere universum en alles wat ze aanraakt, wordt vorm en kleur. Wat ze ziet en wie ze is, zijn één. Als bij toverslag popt de droom op, waar ze ook kijkt. Ze weet niet hoe ze het doet. Daarom moet ze het fragment telkens opnieuw zien, want de code kraakt ze niet. Het geheim blijft onaantastbaar. De betovering kan niet worden verbroken.

Langzaam gaat het dromen met ogen open over in dromen met ogen dicht. Grace weet dat het verleidelijk is om haar nu snel op te tillen en in haar bedje te leggen. Maar het risico bestaat dat ze wakker wordt en dan begint de hele cyclus opnieuw, in die huppelige driekwartsmaat van Tsjaikovski's balletmuziek. Daarom laat Grace haar nog wat langer tegen zich aan liggen, hoe lastig dat ook is. Ook de film laat ze aanstaan, al zet ze wel het geluid iets zachter.

Ze wil de laptop pakken, wat een hele toer is met het aan haar vastgeklampte kangoeroekind dat niet wakker mag worden. Via allerlei geïmproviseerde toeren lukt het haar om de laptop in de gewenste positie te manoeuvreren. Wanneer haar vingers over het toetsenbord ratelen, opent Noor even verbaasd haar ogen, maar gelukkig slaapt ze meteen weer verder.

Met een mengeling van angst en nieuwsgierigheid probeert Grace lukraak enkele zoektermen uit, waarna ze al snel naar de plek wordt geleid waar ze moet zijn. Maar het eerste nieuwsbericht dat ze leest, met een blik die onrustig over het scherm schiet, blijkt bij nader inzien over een ander ongeluk te gaan, in een andere gemeente, en ook in een ander jaar.

Zodra ze beter zoekt, komt ze terecht bij een reeks actuele berichten. Eerst wil ze niet geloven dat het 'haar' ongeluk is. En toch moet het zo zijn. De feiten kloppen. Er is een zwarte Volvo XC90 bij betrokken, de 31-jarige bewusteloze bestuurster is met spoed naar het ziekenhuis overgebracht. *Het is dus echt gebeurd.* Een schok jaagt met elektrisch geweld door haar lijf. Haar vingers trillen bij het scrollen en het door- en terugklikken, bevreesd als ze is voor de afschuwelijkste details die ze misschien nog tegenkomt. De feiten laten veel vragen open. Hoe het meisje is doodgegaan staat er niet bij, zodat ze dwangmatig aan het fantaseren slaat en zich verliest in de gruwelijkste voorstellingen. Walgend rijdt ze over het hoofdje, dat openbarst als een volle tas. Bijna kotsend ramt ze het kindje op de bumper tegen de stenen terrasmuur. Half in shock ziet ze het met grote, bange ogen over de motorkap op haar af roetsjen en tegen de voorruit klappen. Als in een horrorfilm staat het kindje op en sterft opnieuw, want opnieuw rijdt ze op haar in. De ruitenwissers smeren het bloed in rode waaiers uit over de voorruit, zodat ze algauw niets meer ziet.

Met haar hoofdje op haar moeders schoot ligt Norah te slapen, terwijl in *Fantasia* de feeën, vissen, bloemen en nijlpaarden inmiddels zijn uitgedanst. De muziek van Paul Dukas' *De tovenaarsleerling* maakt duidelijk dat we aan het einde zijn gekomen. Het is de sequentie waarin Mickey Mouse als eigenwijze leerling van de grote tovenaar de bezems betovert. Zijn plan is om de bezems het schoonmaakcorvee van hem over te laten nemen. De ondeskundig betoverde bezems slaan eigenmachtig op hol. Schrobbend en dweilend veroorzaken ze een overstroming waarin Mickey Mouse spartelend kopje-onder gaat. De tovenaar redt hem, maar jaagt hem vervolgens met een reusachtige schop onder zijn kont weg uit de magische wereld.

Kon ik maar zo slapen als mijn kleine meisje, denkt Grace vertederd, terwijl ze Norah voorzichtig tussen het kraakverse beddengoed vlijt en het dekbedje met overdreven zorgvuldigheid verschikt. Meteen daarop doemt in haar gedachten de onbekende moeder op die van haar dochtertje is beroofd en die op ditzelfde moment in haar veel te grote villa met holle ogen naar een onbeslapen kinderbedje staart.

13.

Het dodelijke ongeluk is er meteen weer wanneer ze de volgende ochtend wakker wordt. In de kamer heeft Norah de tv aangezet. Aan de stemmen valt niet te horen waar ze naar zit te kijken. Grace laat het voorlopig maar even zo. Eerst wil ze haar laptop checken.

Onder 'Geschiedenis' vindt ze de door haar aangeklikte nieuwsberichten terug. Dwangmatig moet ze alles opnieuw lezen, alsof ze het nog niet helemaal kan geloven. Het is of ook de dienstdoende verslaggevers het niet kunnen vatten. De werkelijkheid glipt tussen de regels weg. De terminologie hinkt erachteraan in manke ambtelijkheid. Eén slachtoffer. Voor zover bekend. De bestuurder van het voertuig. Vervolgens wordt het voertuig een zwarte Volvo XC90 en zijzelf een 31-jarige inwoonster van Amsterdam. Nog steeds herkent ze zichzelf er niet in. Het slachtoffer wordt een vijfjarig meisje dat ter plekke aan haar verwondingen is bezweken. Allejezus, vijf jaar. Twee jaar ouder dan Noor. Ze probeert zich voor te stellen dat haar eigen dochtertje hoogstens twee jaar te leven zou hebben. Maar het blijft een ander kind, een ander verhaal.

Toch begint de werkelijkheid door de spleten en kieren van de ambtelijke formuleringen heen met felle lichtnaalden in haar ogen te prikken. Het is de aanwezigheid van dit andere meisje in de berichten die haar draaierig en misselijk maakt en naar adem doet happen. Doodgereden. Door haar. Even voelt ze dat ze weer moet kotsen. Het onvoorstelbare is gebeurd en het kan nooit meer ongedaan gemaakt worden. Al haar overbezorgde angsten om Norah worden geprojecteerd op dit meisje. Ze probeert het te verdringen, maar de gedachten blijven stromen. Wat had er niet met haar eigen liefste kunnen gebeuren? Zelf was ze door het ongeluk immers totaal van de wereld. Ze weet niet eens dat ze die tuin is binnengereden, ze herinnert zich zelfs niet dat ze in Blankendaal was. Bij haar weten was ze daar nog nooit geweest. Niets had ze kunnen doen om Norah te behoeden. In schaamtevolle stilte prijst ze zich daarom gelukkig dat haar eigen kleintje gespaard is gebleven en het lot het andere meisje heeft aangewezen om te sterven.

De lokale zender heeft na het ongeluk direct een drone de lucht ingestuurd. Op die opnamen zijn ambulancebusjes, politiewagens en een wagen van de brandweer te zien. Ze vormen een bizar contrast met het weelderige struweel, de royale tuinen met zwembad, de lommerrijke lanen en de door bosschages omzoomde sportvelden.

Het lijkt wel een rampgebied, maar tussen de dichte boomkruinen is het even zoeken naar de eigenlijke plek des onheils. De drone toont een landhuis met bijgebouwen, terrassen, een oprijlaan en een afgedekt zwembad. Het lijkt een model op schaal. Als ze goed kijkt ziet ze ook een soort roze opblaasbadje en ja, ook iets wat heel goed haar auto zou kunnen zijn, al ziet die er op dit beeld veel kleiner uit. Mensen of kinderen vallen er in deze overview niet te ontdekken. Terwijl zij zich ook daar ergens moet bevinden, in de auto die de hare zou kunnen zijn of in een van de ambulances. Gebiologeerd blijft ze naar de beelden van de drone staren. Soms lijkt het of het frame stilstaat, soms beweegt de drone speurend als een roofvogel op jacht naar een prooidier. Een keer ziet ze een ambulance wegrijden zonder zwaailicht, dus onverrichter zake. Of ligt het meisje daarin en is ze al…? Ze durft niet verder te denken. De drone volgt de ambulance eventjes, raakt hem kwijt en zwenkt dan een andere kant op voor een vogelvlucht boven andere grote groene percelen met kasten van huizen. Uiteindelijk blijft hij hangen boven de hockeyvelden, waar de traumahelikopter is geland. Het bezorgt Grace een vreemde spanning, alsof het achteraf toch nog goed gaat komen. Maar misschien staat hij er al een hele tijd geparkeerd. Het komt niet bij haar op dat die helikopter daar misschien speciaal voor haar is geland en dat zijzelf het noodgeval is. Ze kan alleen maar aan het meisje denken dat daar op die beelden a) al dood is of b) nog gered kan worden. Ze leeft hevig mee, alsof het in deze film toch nog goed zou kunnen komen. Maar de opname stopt abrupt. Midden in het gebeuren is het afgelopen, zonder dat er ook maar iets duidelijk is geworden. Gebiologeerd bekijkt ze de beelden nog een keer. Het gekke is dat het in haar beleving niet opnieuw begint, maar gewoon verdergaat waar ze gebleven was. Het is al gebeurd of het staat nog te gebeuren, dat valt niet met zekerheid te zeggen. Daarom blijft ze kijken, het is haar plicht om hier getuige van te zijn, ze moet te weten zien te komen hoe zij in deze werkelijkheid past.

Verder zoekend komt ze ook allerlei tweets tegen, meestal ondertekend met achterbakse aliassen als JoJo17, Reetscheet en KodyKluns. Deze reaguurders zijn gedetailleerd op de hoogte of doen alsof ze dat zijn. Zo leert ze door hen de naam van het gestorven meisje kennen. Pippa Blijenberg. Er was juist een feestje aan de gang waar ze met al haar vriendinnetjes de overgang naar groep drie aan het vieren was. Haar vader is een advocaat die in het villadorp nogal belangrijk schijnt te zijn. Maar ook haar zijn ze op het spoor gekomen. Reetscheet weet te melden dat de Volvo op naam staat van 'ene' David Alexander Martha uit het Rozenlaantje en dat diens ex achter het stuur zat. De verontwaardiging hierover is zo groot dat anderen die het bericht retweeten met graagte het n-woord en ander vernederend vocabulaire inzetten om Dave en haar letterlijk zwart te maken. Vooral het feit dat het dochtertje van 'de moordenares' (dixit Reetscheet) het ongeluk wél heeft overleefd, zorgt voor verontwaardiging bij de reaguurders. Blijf van mijn kind af, brult het moederroofdier in haar. Die hyena's mogen haar naam niet noemen, ze mogen niet eens weten dat ze bestaat. Ze probeert erboven te blijven staan, maar dat lukt haar niet. Toch moet het, ze moet sterk zijn. Die racisten mogen niet onder haar huid kruipen. Ze is het niet zelf, houdt ze zich voor. Het is maar een beeld dat ze zich hebben gevormd. Haar zien ze niet. Ze weten niet wie ze is.

Grace moet terugdenken aan een oud-docent van haar, Gé, een in het progressieve circuit bekende acteur met een bepaalde reputatie. Gé van Osch. Hij was altijd maniakaal op zoek naar vriendjes voor de nacht, omdat hij bang was om met zichzelf alleen te moeten zijn. Stand-ins noemde hij ze, in plaats van onenightstands. Zo'n tijdelijk lichaam vertrouwde hij meer dan zijn eigen onvolmaakte zelf. Hij vond dat gelegenheidslichaam ook altijd mooier en beter dan dat van hemzelf. In de depersonalisatie van die instantintimiteit kon hij eindelijk leven met zichzelf. Dat gebeurde paradoxaal genoeg door zichzelf te verliezen. De vervreemdende blik, noemde hij dat. Of de ontvreemdende blik, dat is ze vergeten. 'Het ik is een lege plek waar twee vreemden elkaar in het voorbijgaan ontmoeten en voor even één worden.' Hij beschouwde het als essentieel voor zijn acteren: jezelf met vreemde ogen zien. Jezelf zijn is iemand worden in andermans ogen. De leegte vanbinnen kan alleen door een ander worden ingevuld.

Ze had die theorie altijd raar gevonden, bullshit eigenlijk, een schijnargument om aan zijn dwangmatige erotomanie een vleugje artisticiteit te verlenen. Voor haar was acteren juist een innerlijke zoektocht, waarbij de blik van de ander verstorend werkte. Ze kon alleen op het toneel staan omdat het publiek in het donker verborgen bleef. De gestalten die zij al acterend vond, waren uitvergrotingen van haar verborgen zelf.

Nu is er bij haar bepaald geen sprake van een geslaagde toneelcarrière, dus wat dat betreft heeft Gé meer recht van spreken dan zij. Sterker nog, achteraf moet ze hem misschien wel gelijk geven. Inderdaad meent ze zelf een glimp te hebben opgevangen van het soort waarheid dat hij tijdens zijn nachtelijke escapades najoeg. Ze bedoelt die leegte in zichzelf, die lege plek waar je met een vreemde samenvalt. Het begint haar warempel te dagen. Die rare Gé van Osch, dus toch. Ze ondervindt nu aan den lijve dat anderen bepalen wie zij is. Op die lege plek achter het stuur van de Volvo wordt zij door anderen neergezet. Het is een rol die ze in haar eentje niet zou kunnen spelen. Ze kan zich er niet in verplaatsen, zo wezensvreemd en walgelijk komt de situatie haar voor. Maar je bént het ook niet, lieve schat, zo leert Gé haar. Eindelijk dringt zijn les tot haar door. Het is een ander geweest die het heeft gedaan. Zijzelf is slechts de lege plek waarop het kon gebeuren. ('Wij arme acteurs stellen zelf niets voor, lieve schat, het zijn onbekenden die ons onze vorm aanreiken. Wij bestaan enkel dankzij de omhelzingen van het toeval.') Zo wordt ze, of ze wil of niet, door toedoen van onbekenden zelf de vrouw in de zwarte SUV. Het toeval heeft haar omhelsd. Ze is haar eigen stand-in geworden. Het verschil met Gé is dat die er elke ochtend weer als een haas vandoor kon gaan, terwijl zij op haar lege plek voor altijd met die vreemde samenvalt.

14.

Tessel ligt 's avonds in haar grote, lege bed te tollen en te malen. Ze wordt elke keer helemaal manisch en panisch wanneer het haar duidelijk wordt dat ze te laat is. Telkens weer komt ze door de open glazen schuifpui het terras op gerend. En telkens is ze net die ene seconde te laat. Een seconde die in een oogwenk een eeuwigheid wordt. Met opengesperde ogen scant ze de tuin. Waar is ze, waar is Pip? Natuurlijk is ze ook bezorgd om de andere meisjes. Nee, dat is ze niet, als ze eerlijk is. Ze kan alleen aan Pippa denken. Iedereen is opgesprongen, de lange tuintafel met de papieren taartbordjes lijkt ontploft: banken, stoeltjes, de parasols, alles omgekieperd. Er liggen vrolijke bordjes, stukken taart overal in het rond. En in het midden van die chaos troont die monsterlijk grote zwarte auto die godweetwaarvandaan is gekomen en die claxonneert met regelmatige tussenpozen, als een soort morsesignalen, bestemd om door iemand ergens te worden vertaald in een bericht. Pas dan dringt ook het gegil tot haar door, met uitschieters tegen de gehoorgrens aan. Het is een geluid dat ze nooit eerder heeft gehoord. Het lijkt ook meer op het gehuil of gekrijs van dieren dan op het gegil van kinderen. Iedereen weet het al, alleen zij niet. Ze gillen naar haar: zie je het niet, zie je het dan echt niet?

Ze wil het niet zien. Ook nu, in bed, in de herhaling, wil ze het niet zien. Zolang ze het niet ziet, is het er nog niet, kan er nog een andere mogelijkheid worden overwogen. Het leven bestaat uit mogelijkheden. Afwegingen maken, je keuze bepalen. Bij alles wat je onderneemt, dienen zich verschillende oplossingen aan. Dus waarom nu niet? Ja, waarom nu niet?

Een voor een loopt ze de keuzes na. 1) Waarom ze naar binnen ging. Antwoord: om twee stukjes taart naar Flop en Mees te brengen, die met Denise van de Oppascentrale naar *Finding Nemo* zaten te kijken. 2) Waarom ze niet meteen naar buiten is gerend. Antwoord: omdat de klap zo hard was dat ze eerst dacht dat er binnen iets was ingestort. 3) Waarom ze, toen ze buiten kwam, niet meteen onder het voorwiel van de zwarte SUV heeft gekeken. Antwoord: omdat ze dacht dat Pippa zich tussen de gillende meisjes bevond.

Steeds is de gemaakte keuze plausibel. Achteraf is het alleen niet zo'n goed idee geweest om zich zo druk te maken om Floris en Mees. Als ze niet naar binnen was gegaan, had ze de auto zien aankomen en had ze verscheidene mogelijkheden gehad om Pippa te redden: 1) haar snel wegtrekken uit de baan van het aanstormende zwarte monster of 2) ervoor springen om hem a) tot remmen te dwingen of b) een andere baan te laten volgen, waarbij de eerste mogelijkheid achteraf de meest kansrijke lijkt te zijn geweest.

Het komt erop neer dat twee rottige stukjes taart Pip het leven hebben gekost. Taart die aan de tweeling niet eens besteed bleek. Hoe heeft ze zo stom kunnen zijn? Wat heeft haar bezield om uitgerekend op dat fatale moment naar de jongens te gaan?

Hoe ze het ook bekijkt, met redelijkheid of met onredelijkheid, telkens blijkt dat ze helemaal niet te laat had hoeven zijn. Als ze niet naar die twee verwende snotapen was gegaan, had Pip nu nog geleefd. Daar komt het op neer. Het is allemaal háár schuld, het is háár onoplettendheid geweest die de zwarte SUV de mogelijkheid heeft geboden om Pippa voor altijd van haar af te nemen. Zij, zijzelf is de doodsoorzaak.

Eerder die avond heeft ze ruziegemaakt met Mark. Hij vond dat ze Pippa nooit alleen had mogen laten, waarop zij hem toeschreeuwde dat hij degene was die naar Singapore was vertrokken, alsof dat niet veel en veel verder weg was dan haar gangetje naar de videokamer. Hij bleef uiterlijk kalm en gevoelloos, hij ging met opzet heel rationeel doen, wat haar razend maakte. Ze schreeuwde dat ze dankzij dat rotgeld van hem dit rothuis hadden gekocht. Als ze ergens anders hadden gewoond, was er niks aan de hand geweest. Dan hadden hier andere mensen gezeten en was die vreselijke auto bij hen dood en verderf komen zaaien. Hij legde haar rustig uit dat er zonder hem überhaupt geen huis en ook geen Pippa was geweest, dus waar had ze het over? Op dit punt snapte ze hem niet meer en zichzelf niet meer, ze kon alleen nog gillen en huilen en glazen op de plavuizen keukenvloer kapotgooien.

Was hij maar dood, was iedereen maar dood. Maar niet zij, niet haar liefste, niet haar Pip, haar kleine Pippaatje, haar Pippeloentje. Zei ze het of dacht ze het alleen? Ze had het gevoel dat alle contact met de aarde verbroken was; waar zij was, was niemand meer.

Stéphanie was geschrokken uit de kamer van Flop en Mees aan komen lopen, maar bleef toch maar op veilige afstand afwachten tot haar grote zus misschien vanzelf zou kalmeren.

Dat was het dubbele voor Tessel: weliswaar werd ze helemaal gek en gewelddadig en stond ze vrijwel te schuimbekken, maar tegelijk keek ze van grote hoogte neer op haar eigen theatrale druktemakerij, die haar vanuit die positie volkomen futiel toescheen. Ze zag vanuit haar hemelse perspectief hoe Stef bezorgd naar haar wanhopige woede-uitbarsting keek. Ze zag ook de tweeling, rechtop in hun bedjes met wijd open ogen het donker doorborend, omdat ze probeerden te zien wat ze alleen konden horen. Zelfs zag ze Mark in zijn mancave op de rand van Stef d'r logeerbed zitten, de handen voor het gezicht, de duimen in de oren om niets te hoeven meemaken van haar 'scène', want als haar man iets haatte, dan was het chaos.

Heel vreemd, ineens besefte ze dat ze met Pippa's ogen keek, vanuit de lucht of de hemel of de ruimte of vanwaar dan ook, en zag wat zij achter zich had gelaten. En toen Tessel ook zichzelf als een idioot zag krijsen en glazen kapot zag smijten, wist ze zeker dat het Pippa was die keek en haar zag. Ze werd er stil van, letterlijk. Ze stond stil en zwijgend te midden van de aangerichte ravage in de eetkeuken. Niet bewegen, dacht ze, deze bovennatuurlijke toestand niet verstoren. De tijd als het ware even laten bevriezen.

Het deed haar denken aan lang geleden, toen ze met haar natuur liefhebbende vader mee mocht (of mee moest) naar de Koninklijke Domeinen en er daar een nachtegaal onzichtbaar in een bosje scheen te zingen. Ingespannen luisterde ze, maar steeds wist ze niet zeker of ze het wel goed hoorde. Was het één vogel of waren het er meer? Haar vader maande haar tot beweginglooheid. Met zijn ene wijsvinger voor zijn mond wees hij met zijn andere. Daar! Maar ze zag niets. Ze zag alleen een onooglijk bruin vogeltje, maar dat kon hem niet zijn. Toch hadden de gewijde stilte en de daarin besloten vogelliefde een grote indruk op haar gemaakt. En nu ervoer ze iets vergelijkbaars. Ook nu was het de gewijde stilte die het hem deed. Het vogeltje liet zich ook ditmaal niet determineren.

En zo is het moment voorbij voordat ze het heeft kunnen begrijpen. Ze kijkt op uit haar woede, alsof ze wakker schrikt.

15.

Ron belt. Hij heeft via via begrepen dat het Openbaar Ministerie de zaak heeft voorgelegd aan de rechter-commissaris. Aan zijn stem hoort Grace dat dit iets ernstigs is. Het gaat ongetwijfeld om artikel 6 van de Wegenverkeerswet, zegt hij: roekeloos of onoplettend rijden. Als dat van toepassing zou zijn, kan haar in het theoretische geval dood door schuld worden aangerekend. Daar staat maximaal drie jaar gevangenisstraf op. Ze hoort het en ze hoort het niet. Ze hoort alleen dat het iets heel erg bedreigends is.

Ron beweert dat het 'in principe alleen voor de bühne' is wat het Openbaar Ministerie nu doet. 'Ze vinden kennelijk dat ze met iets moeten komen. Je hebt zelf misschien ook meegekregen dat de gemoederen in Blankendaal behoorlijk hoog zijn opgelopen.' Grace denkt meteen aan de racistische en seksistische haattweets over haar en Dave. 'Bij sommige villabewoners is al een tijdje verzet tegen beroepsverkeer dat over de duinweggetjes scheurt en daarbij de veiligheid in gevaar brengt. En nu, met het ongeluk, hebben ze eindelijk beet. Onze zaak wordt aangegrepen om te betogen dat je in Blankendaal nergens meer veilig bent – niet eens meer in je eigen tuin.'

Ze zoekt het snel op. Inderdaad, op de website van het actiecomité Bezorgde Blankendalers is een foto geplaatst van haar Volvo XC90 met daarboven de tekst: 'Veilig? Dacht het niet!' Met daaronder de vermelding van de naam, het adres, de bedrijfsgegevens en een pasfoto van de eigenaar, die wordt getypeerd als een 'nieuwkomer van Antilliaanse herkomst'. Ook van de 'dader' is een foto geplaatst, maar die is van een andere vrouw, die niet eens op haar lijkt. Wel staat haar eigen naam erbij. Het krenkt haar dat ze wordt gezien als een inwisselbare donkere vrouw en dat ze als (stem)actrice kennelijk niet bestaat. Tegelijk wil ze zich niet druk maken om deze mensen. Maar dat kan ze volgens Ron beter wel doen. 'Deze mensen kun je beter niet tegen je krijgen.'

Ron legt uit dat er voor haar maar één verdedigingslijn mogelijk is: een beroep op 'verontschuldigbare onmacht'. 'Daar gaan we nu nog harder aan werken.'

Hij voorspelt dat haar geloofwaardigheid de komende tijd vanuit Blankendaal systematisch zal worden ondermijnd. 'Nu nog hebben ze de verkeerde foto geplaatst, maar je moet niet schrikken als ze binnenkort allerlei privégegevens zullen publiceren. Je zult daarover worden aangesproken. En niet alleen jij, maar ook mijn goede vriend Dave – en dat is de reden dat ik je terzijde sta. Zijn eer en goede naam zijn in het geding, terwijl hij puur uit goedheid handelde door jou het gebruik van zijn auto toe te staan. En kijk wat een ellende hem dit heeft gebracht.'

Grace krijgt het nare bijgevoel dat Ron meer als een soort aanklager optreedt dan als haar verdediging. Ze heeft nog nooit van haar leven een advocaat gehad, dus vergelijkingsmateriaal heeft ze niet, maar helemaal koosjer is hij volgens haar niet. Dat aanstellerige gepraat en dat gekoketteer met 'mijn goede vriend' maken haar wantrouwend. En razend. Ze kan zich deze hele Ron de Vooys trouwens totaal niet herinneren uit haar tijd met Dave, al bleef er toentertijd wel meer voor haar verborgen.

Het liefst zou ze iemand anders raadplegen, maar persoonlijk kent ze geen advocaten. Ze kent alleen mensen die leuk zijn en zo, maar nu dit haar overkomt, realiseert ze zich dat ze niemand weet die haar serieus zou kunnen bijstaan. De enige bij wie ze zou kunnen aankloppen is inderdaad Dave. Niet dat ze hem zo geweldig vertrouwt, maar hij is wel iemand die snapt hoe financiële en administratieve dingen werken. Het is voor haar ook altijd vanzelfsprekend geweest dat hij alle geld van de wereld heeft. Over het hoe en wat daarvan heeft ze nooit een seconde nagedacht. Voor haar komt het uit een of andere bron waarover hij nu eenmaal beschikt, een soort benzinepomp waaruit hij onbeperkt kan bijtanken. Ze moet ineens aan Kelsey denken, die heel wat praktischer en voortvarender opereert dan zij heeft gedaan. Zelf is ze daar behoorlijk naïef in geweest; voor haar was zijn rijkdom een soort natuurverschijnsel: ze keek gewoon even naar de lucht als ze wilde weten wat er die dag haar kant op zou komen waaien.

Het idee dat er op een dag met rente zou moeten worden terugbetaald, is nooit bij haar opgekomen. Te laat beseft ze dat haar onafhankelijkheid slechts schijn is. Nog steeds zit ze met zijden draden vast aan Dave. Haar appartement in de stad huurt ze van hem.

Gratis, dat wel, als een soort alimentatie. Hij heeft haar afgekocht, daar komt het op neer, en haar als het ware op nulurenbasis weer ingehuurd. Financieel en juridisch is ze nog steeds van hem. Het ongeschreven flexcontract behelst de zorg voor zijn dochtertje, dat hij na de scheiding dankbaar bij haar heeft gestald. Had hij zijn handen vrij om te doen waar hij zin in had. Nu zijn perfecte blonde ex-topmodel in verwachting is, verandert dat wellicht. Wie weet, wil hij Norah dan alsnog toevoegen aan het ideale plaatje – om de succesfamilie compleet te maken. Wanneer het zover is, zal mr. Ron de Vooys zich ongetwijfeld opnieuw bij haar aandienen.

16.

De gewelddadige dood van Pippa Blijenberg begint in Blankendaal de contouren van een event te krijgen. Bij het gat in de omheining worden nog steeds bloemen gelegd. Aan de talloze koekblikken en scootertjes te oordelen, komt het publiek niet alleen van hier. In het begin ontroerde het Tessel dat haar dappere kleine meid zoveel teweeg weet te brengen bij zo veel onbekende mensen, maar langzamerhand krijgt ze het vermoeden dat het niks met haar Pip te maken heeft. Die mensen doen het puur voor zichzelf. Met al die in de zon verleppende boeketten dichten ze het donkere gat in zichzelf, de autobiografische afgrond waar ze zelf niet in durven te kijken. Tessel vindt het afschuwelijk, die potsierlijke brandstapel van dode bloemen. Het lijkt wel een offerplaats voor een bijgelovig ritueel. Ze heeft de politie al gebeld, maar die zegt dat het verstandiger is om de bloemen voorlopig te laten liggen. ‘Zolang ze het verkeer niet hinderen,’ werd er ook nog bij gezegd, ‘valt dit onder vrijheid van demonstratie.’

Mark vindt dat ze dergelijke kwesties voortaan beter aan hem kan overlaten. Dat belooft ze dan maar, oké, Mark, jij hebt zoals altijd weer gelijk. Ze wil niet gillen en een scène maken. Ze vermoedt dat hij het stiekem machtig interessant vindt, al dat publieke vertoon. Hoe meer aandacht hoe beter. Alles wat hem afleidt van Pippa zelf, pakt hij met beide handen aan. Met dezelfde eendimensionale daadkracht heeft hij zich op de logistiek van de begrafenis gestort. Hij is nu eenmaal oplossingsgericht, vindt hij zelf, laat hem nou maar. Ondertussen is hij bezig er iets belachelijk groots van te maken, iets wat de omvang van hun gemis moet uitdrukken. Hij denkt in aantallen: hoeveel sprekers, hoeveel aanwezigen en hoeveel bloemen. Wat wil hij daarmee, wil hij het wereldrecord eigen kind begraven verbreken? Maar Tessel heeft even niet de puf om tegen dit mannelijkheidsvertoon in te gaan.

Dus krijgt ze ook niet mee dat Mark in gesprek is met de Bezorgde Blankendalers om Pippa tot het nieuwe gezicht van deze club te maken. Het stemt hem trots dat zijn dochter op zo'n jonge leeftijd zo veel mensen weet aan te spreken en te inspireren. Maudy Ruychrock, een oudere dame die ook op de Hoge Duinweg woont en die de voorzitster is van het comité, heeft al aangeboden om te komen spreken op de begrafenis. Ook andere leden blijken diep geraakt te zijn en zullen zeker willen komen, wat het statement volgens Maudy alleen maar sterker maakt. Mark telt en rekent. Uit gesprekken met de kleuterjuf en met iemand van de Oppascentrale heeft hij opgemaakt dat Pippa buitengewoon geliefd is geweest en dat heel, heel veel mensen en kinderen bij de uitvaart aanwezig willen zijn. Op dat moment is het idee ontstaan van een afscheidsronde door het villadorp, zodat iedereen de gelegenheid krijgt om Pip een laatste groet te brengen. Een erehaag vanaf hun huis, via de particuliere basisschool en langs de hockeyvelden, tot aan de oude begraafplaats aan het Vossenpaadje. Mark krijgt tranen in zijn ogen bij de gedachte dat hij dit voor papa's eigen Pippa tot stand heeft weten te brengen, maar tegelijk bestormt hem de intrieste gedachte dat de lieverd hier zelf niet bij kan zijn om te merken hoe hartstochtelijk ze wordt gemist – zelfs door onbekenden!

Hij zou zenuwachtig kunnen worden dat de uitvaart van zijn dochtertje gigantisch uit de klauwen begint te lopen, maar zo is Mark niet. Voor hem moet een groot probleem worden opgedeeld in een aantal kleinere problemen, die op hun beurt kunnen worden uitgesplitst in een heleboel probleempjes van niks. Zo bezien – en zo beziet hij het – is er in wezen niets aan de hand.

17.

Grace wil per se naar de plek waar het gebeurd is. Ze wil er zijn, de werkelijkheid zelf aanraken. Ze moet het met eigen ogen zien, al weet ze nog niet wat ze met 'het' bedoelt. Zien of er iets terugkomt, misschien. In elk geval heeft ze genoeg van de versies die haar van alle kanten worden opgedrongen. Ze wil voor zichzelf kunnen opkomen, haar eigen verhaal kunnen vertellen.

Alleen weet ze niet een-twee-drie hoe ze op de plaats van het ongeluk moet komen, want ze heeft momenteel geen auto en ook geen rijbewijs. Beide zijn meteen na het ongeluk in beslag genomen door de politie. Iemand zou haar moeten rijden. Dave en Ron in elk geval niet. Die willen haar dom houden. De enige die ze kan bedenken, is Gertjan Hoek, de geluidstechnicus van Magic Media. Ja, Gertjan, prima idee. Hij heeft haar heel lief terug geappt toen ze zich had afgemeld voor de eerstvolgende opnamesessie. Hij is er altijd voor haar, hij wil haar helpen waar hij kan. Nou, GJ, dat moment is hierbij dan officieel aangebroken. Als ze erheen gaat, naar de plek, zal ze wel incognito moeten blijven, aangezien er inmiddels op het internet foto's van haar circuleren. Met haar donkere huid en haar tegenwoordig in cornrows gevlochten haar valt ze in dat witte bolwerk sowieso op.

Misschien moet ze het verschil extra aanzetten, in een rol duiken – zoals overvallers hun signalement expres overdrijven door snorren op te plakken en rare hoedjes op te zetten. Getuigen herinneren zich dan alleen deze misleidingen. En direct heeft ze een idee: haar niet-van-hier-uiterlijk extra vet aanzetten: hoofddoek omdoen, hoog sluitende jurk aantrekken en zich voordoen als een moslima die door haar Nederlandse man (starring Gertjan Hoek) naar haar nieuwe schoonmaakadres wordt gebracht. De ene gekleurde bril is immers de andere niet. Slim bedacht, miss Rainville. Tja, waar een toneelopleiding al niet goed voor is.

Op de dag dat ze eigenlijk haar Zweedse Maria hoort in te spreken, zit ze verkleed als moslima samen met Norah op de achterbank van de naar sigaren en natte honden stinkende Ford Fiesta, die jarenlang het trotse bezit van Gertjans vader is geweest.

Ze heeft zo goed haar best gedaan op haar vermomming dat Gertjan van bewondering spontaan tussen zijn tanden fluit wanneer ze de deur uit komt. Boven in hun appartement heeft Norah de hele tijd om haar heen gedraaid terwijl ze eindeloos met de hoofddoek aan het experimenteren was. Op YouTube vond ze een hijabinstructiefilmpje en voor de badkamerspiegel imiteerde ze telkens opnieuw de bewegingen. De shawl die ze heeft uitgekozen, is een werkelijk schitterende kani pashmina met een motief van blauwe pauwen en witte kraanvogels, een schuldig liefdescadeau van Dave uit India. Voor een moslima zijn die levende vormen waarschijnlijk totaal haram, maar in zo'n villadorp merkt niemand dat. Noor wilde 'ook ook' een hijab om haar hoofd, maar de shawls die ze opduikelde, waren allemaal veel en veel te groot voor haar schattige kinderkopje.

Ze zetten haar bij de crèche af, waar de kleine actrice niet kan wachten om met haar roze haarband een verpletterende entree te maken. Wanneer de praktijk bitter tegenvalt, wil ze bij nader inzien liever weer met mama meegaan, maar die verdoezelt haar verraad met een kus en een knuffel en nog een kus, waarna de gevallen ster beteuterd en belazerd bij de leidsters achterblijft.

Als ze weer instapt, merkt Grace dat Gertjan zich voor dit tripje gedegen heeft ingelezen. Zonder het bij haar te hoeven checken voert hij het adres in op Google Maps. Ze kijkt hem van opzij verbaasd aan.

'Je zult het vast raar vinden, maar sinds ik weet dat jij hierbij betrokken bent, verzamel ik alle informatie die ik over deze zaak kan vinden.' Zijn lichtschuwe hoofd kleurt rood tot aan zijn hals. 'Ik kan aan niks anders meer denken.'

Het is gek, denkt ze, voorheen was hij alleen een functie voor me, een verlengstuk van de knoppen en schuiven die hij achter het studioglas bedient. Nu heeft hij een gezicht en een verlangen – naar haar, vreest ze. Ze weet niet wat ze ervan moet vinden dat deze stille technicus zich dag en nacht met haar bezighoudt. Als ze het negeert, wordt hij hopelijk vanzelf weer een functie. In elk geval is het behoorlijk functioneel dat hij haar naar de juiste plek brengt. Zelf zou ze die niet zo gauw hebben weten te vinden.

Inderdaad rijdt hij er soepel heen, al blijft het binnen in de auto nogal stroef.

Nog steeds lijken alle lanen, laantjes en duinweggetjes sprekend op elkaar. Ze komen haar inmiddels vaag bekend voor, maar het verband ontgaat haar ten enenmale. Links of rechts, ze zou het niet weten.

Als Gertjan de Hoge Duinweg inslaat, heeft ze niet door dat hier, op deze weg, de fatale laatste minuut is ingegaan. 'Herken je iets?'

'Hè, is het hier al?' Ze ziet links en rechts omheinde, omhaagde en beboste percelen, waar de rijkeluisresidenties zich met succes afsluiten voor opdringerig klootjesvolk. 'Nee, het is iets verderop.'

Verderop is er een bres geslagen in het ondoordringbare. Ze had kunnen weten dat het daar moest zijn. Er staan auto's geparkeerd, er liggen bloemen, bergen bloemen, en er hangt een rood-wit politielint. Op het wegdek is met witte verf een leus gekalkt. VEILIG, staat er. Het andere woord is al onder de auto verdwenen voordat ze het heeft kunnen lezen. Dit moet ik hebben aangericht, realiseert ze zich, deze toestand. Ineens weet ze niet meer of het zo'n goed idee was om hierheen te gaan.

Gertjan parkeert zijn Ford Fiesta achter een andere gewonemensenauto. 'Hier is het dus.'

Door het zijraampje ziet ze mensen bij de toegangspoort staan en mensen bij de bloemen. Ze gluren onbekommerd naar binnen en schamen zich niet dat ze daar staan.

'Daar waar nu die bloemen liggen moet je de macht over het stuur zijn verloren en die tuin binnen zijn geknald.' Hij lijkt hierover even verbaasd als zijzelf. Net als die opdringerige mensen wil hij ook uitstappen, ook naar binnen gluren. Proberen te zien wat hij anders niet kan geloven.

'Kom.' Maar als zij geen aanstalten maakt, blijft hij ook in de auto zitten. Het lijkt tot hem door te dringen dat het voor haar allemaal wat ingewikkelder ligt.

Grace kan alleen maar denken aan de moeder van Pippa Blijenberg, die zich daar ergens binnen moet bevinden, alleen met haar paniek en onmacht en radeloosheid, terwijl hier de ramptoeristen rondhangen om een glimp op te vangen van iets – van wat eigenlijk? Ze beseft dat ze zelf ook deel uitmaakt van deze walgelijke invasie. Met haar hoofddoek om voelt ze zich een bedrieger en een provocateur. Ze is iemand die onder valse voorwendselen opereert en met haar maskerade moedwillig het verdriet van de ontroostbare moeder met de lege kinderkamer bespot. Ze walgt van zichzelf. En – omdat dat gemakkelijker is – ook van Gertjan, die zo diep in de zaak is gepenetreerd dat ze het als een ongewenste intimiteit ervaart. Wat heeft hij hier te zoeken? Ze wil dat hij weer gewoon haar geluidstechnicus is, die 'Maria' tegen haar zegt en haar vraagt of ze het nog één keer opnieuw wil inspreken, en dan graag met iets meer klemtoon op het op één na laatste woord.

Gertjan bekent dat hij hier al eerder heeft rondgekeken en rondgesnuffeld. Zo heeft hij de bocht nagetrokken die haar auto heeft moeten maken om in de tuin terecht te komen. Hij heeft geconcludeerd dat ze onverwacht heeft moeten uitwijken voor een tegenligger. 'Dat kan haast niet anders.' Hij laat haar in zijn notitieboekje een schets zien die hij met potlood heeft gemaakt. Ze ziet afbuigende lijnen, scherpe hoeken, loodlijnen en is het spoor meteen al bijster. Hij niet. 'Kijk, kijk,' zegt hij steeds. Hij wil haar meenemen, maar zij voelt alleen duizeligheid en angst om te vallen in een diepte zonder bodem.

Gertjan probeert haar aandacht te vangen met iets concreters: de beveiligingscamera's die hier overal zijn opgehangen. Zijn theorie van de toedracht moet bevestigd kunnen worden. Als er een tegenligger is geweest, moeten daar beelden van te vinden zijn.

Ze hoort hem, maar ze luistert niet. Het enige wat er bij haar binnenkomt, is de wetenschap dat ze een kind heeft doodgereden, een meisje van vijf. Ze denkt aan Norah, die na de zomer voor het eerst naar de basisschool zal gaan. Ze is al een keer geweest om te wennen. Grace denkt aan mevrouw Blijenberg en probeert zich tevergeefs voor te stellen hoe het zou zijn als haarzelf zoiets overkwam. Het valt niet te begrijpen, het is iets wat ze nooit zou aanvaarden. Alsof er een orgaan met blote, bloederige slagershanden uit je ingewanden wordt gerukt. Je lever, je nieren. Nou, dan nog liever zoiets meemaken dan je kind te moeten verliezen. Ze staart langs de pottenkijkers bij de dodebloemenzee en bij het dubbele toegangshek. Ziet ze het goed, vangt ze voorbij de dunne beukenhaag en tussen de bomen en struiken door ineens een glimp op van het huis? Ja, het lijkt erop dat het daar is: een wit landhuis met een rieten dak. Het staat daar teruggetrokken, badend in onbevattelijke rust en vrede. Daar dus, gruwelt ze, daar ben ik geweest om iemands kind te doden. In een opwelling van zelfhaat rukt ze haar vermomming van haar hoofd en smijt de pashmina op de achterbank.

Gertjan, nog met verborgen beveiligingscamera's in zijn hoofd, schrikt van haar. Dit is niet goed. Ze moeten hier niet gaan opvallen. Hij zegt: als ze weg wil, dan kunnen ze gaan, hij heeft er begrip voor dat het misschien te veel voor haar is, de emoties en zo.

Het enige wat hij haar nog graag had willen laten zien, is de helling in de tuin, direct achter de omheining. 'Die helling loopt namelijk nogal steil af. Het is meer een soort talud. Kijk.' Weer haalt hij zijn notitieboekje tevoorschijn en wijst hij op een aantal meetkundige figuren, waar hij allerlei getallen aan heeft toegevoegd. 'Ik ga je nu niet vermoeien met berekeningen, die zijn trouwens uit de losse pols, maar ik wil je gewoon even laten zien hoezeer het dalingspercentage van de helling mede jouw snelheid heeft bepaald.'

Grace kijkt hem glazig aan.

'Goed, laat ik het anders zeggen. Stel dat mijn theorie klopt. Dan heb jij in die bocht boven op het duin moeten uitwijken voor een voorbijrazende bestelbus. Of een patserbak. Of een brommer. Of een vrachtwagen – wat dan ook. Er wordt hier al tijden geklaagd over hardrijders, er bestaat zelfs een actiegroep die daartegen protesteert. Nou, jij schrok zo en moest zo abrupt uitwijken dat je' (hij bladert gejaagd door zijn notitieboekje om de juiste schets te vinden) 'deze bocht moest maken.' Hij trekt de curve over met zijn wijsvinger. Daarna wijst hij naar buiten. 'Daar ging je, zie je. Je kon niks anders meer doen dan tegen die omheining knallen.'

Ze volgt zijn wijsvinger op diens spannende parcours, maar kan zich er niets bij voorstellen. En zichzelf al helemaal niet.

'En dan nog iets. Anders dan dit oude barrel' (hij slaat op het stuur van zijn Fiesta) 'heeft zo'n Volvo XC90 airbags. Die zijn meteen na de impact uit het dashboard recht in je gezicht geblazen. Je hebt niks meer kunnen zien of doen, terwijl je auto over die helling met een initieel stijgingspercentage van zo'n 20 procent naar beneden de tuin in denderde. Je had geen schijn van kans.'

Ze snapt het. Wat hij haar duidelijk wil maken, is dat ze er niks aan kan doen. Het is de schuld van de tegenligger, van de airbags, van de steile helling. Straks gaat hij ook nog beweren dat het de schuld van die mensen is om een kinderfeestje te organiseren. Tel daarbij op dat ze zelf in het ziekenhuis is beland en ze voor, tijdens en na het ongeluk haar geheugen tijdelijk is kwijtgeraakt. Dan moet je concluderen dat zij er was, zelfs aan het stuur zat, de tuin in reed, die arme Pippa doodreed en toch volkomen onschuldig is.

Zelfs als het waar zou zijn, dan nog wil ze het niet geloven. Ze wil niet geloven dat het mogelijk is om een kind te doden en vervolgens doodleuk vast te stellen dat je het in wezen niet zelf bent geweest. Wie dán? Wie heeft het dán gedaan, als zij onschuldig aan het stuur heeft gezeten? Als dit onschuld is, dan is het een onschuld waar ze niet mee kan leven. Ze is Gé van Osch niet. Ze wil geen lege plek zijn.

Tegen Gertjan zegt ze alleen: 'Zullen we nu teruggaan? Sorry voor m'n gedrag van daarnet. Ik ben mezelf geloof ik niet.'

18.

Het is Mark gelukt om Pippa weer naar huis te krijgen. De verloren dochter ligt in haar eigen kamer in haar eigen bed, met een koelelement met een molton onderlaken in plaats van haar vertrouwde matras. Gelukkig ligt ze toegedekt onder haar eigen lievelingsdekbed met de spikkeltjes, dat wel. De thuisopbaring zou in principe alleen voor de laatste dag en de laatste nacht zijn, maar de begrafenis is op last van de burgemeester uitgesteld. 'Wegens bijzondere omstandigheden', wat dat ook moge betekenen. Het klinkt een beetje alsof God vanuit de hemel ouders en kind twee dagen respijt heeft gegeven.

Tessel heeft naar deze thuiskomst uitgezien, het was voor haar het ultieme verzet tegen het onaanvaardbare, maar ze moet bekennen dat het resultaat haar tegenvalt, nu ze het heeft bereikt.

Om te beginnen moet ze Flop en Mees uit de buurt van hun grote zus zien te houden. Een liefdevolle aanraking van het koude, hard als steen geworden lichaampje zou voor die kleintjes traumatiserend kunnen werken. Ook voor Tessel zelf trouwens is het confronterend om de springlevende boys gedachteloos te zien ravotten rondom de stijf opgebaarde, toch wel morsdode Pip. Steeds keert het moment terug dat ze net te laat is om haar voor die monsterauto weg te trekken. En dan keert ook dat fucking stuk taart voor die verwende krengen weer terug. Ze weet diep in haar hart dat ze onschuldig zijn en dat wil ze graag zo houden. Ze wil niet de hele tijd aan die rottige taartpunten denken. Evenmin wil ze eraan herinnerd worden dat Flop en Mees alleen oog hadden voor het zoekgeraakte clownsvisje Nemo en de noodlottige toestand van hun grote zus volledig aan zich voorbij lieten gaan. Voor zulke dingen zijn ze nog te klein, houdt Tessel zich voor. De dood bestaat niet voor hen – nog niet. Hun werkelijkheid wordt gevormd door animatie: alles beweegt en wat niet beweegt, kan elk moment weer gaan bewegen.

Het is voor Tessel moeilijk om te moeten aanzien dat Pip niet meer in haar eigen bed past, niet meer in haar kamer en niet meer in haar ouderlijk huis. Haar dierbaarste is een wezensvreemd object geworden. Daarom heeft ze er spijt van dat ze haar heeft teruggehaald en niet gewoon in dat vrieskoude dodenrijk heeft laten rusten. Daar was ze meer op d'r gemak met haar steendode lieveling dan hier.

Ook Mark heeft het moeilijk met Pippa's geforceerde thuiskomst. Hij is als de dood om alleen met haar te moeten zijn. Die absolute negativiteit kan hij niet aan. Hij wil zijn dochter blijven zien via de blikken van anderen, van al die bekende en onbekende mensen die zo meeleven. Dat geeft hem een positief gevoel, dat is iets waar hij iets mee kan. Hij denkt aan de dagelijkse bloemenhulde en stelt voor dat ze in een van de twee garages een kapel-aan-huis creëren, waar Pippa wordt opgebaard en iedereen afscheid van haar kan nemen.

'Ben je helemaal gek geworden?!'

Hij snapt niet wat er mis is met dit idee.

'Omdat ik al die mensen niet in mijn huis wil!' Ze moet oppassen dat ze niet wéér doorslaat. Ze heeft zich de laatste dagen zoveel mogelijk voor hem proberen af te sluiten, hem emotioneel te blocken. Het verbijstert haar hoe ver, hoe mijlenver hij in een paar dagen van haar af is komen te staan.

Het is haar dan ook ontgaan dat hij op eigen houtje allerlei smakeloze dingen is gaan organiseren om hun dochter 'te eren'. Zo is Pippa's schoolfoto de homepage van de Bezorgde Blankendalers gaan sieren. Verder blijkt er een digitaal condoleanceregister in het leven te zijn geroepen waar ook wildvreemden hun commentaar mogen achterlaten. Maar dat was voor Mark nog niet genoeg, hij wilde ook een condoleanceregister op een fysieke plek, om de mensen een gevoel van nabijheid te geven. Die plek blijkt het gemeentehuis te zijn, want Mark heeft uitgebreid contact gehad met de nieuwe interim-burgemeester, ene Gijs Wildervanck, om de verwachte toeloop rondom de uitvaart in goede banen te leiden, de route van de afscheidsronde te bepalen en de officiële sprekers vast te leggen.

19.

Grace heeft Dave gevraagd of ze Norah een dagje langer bij hem mag laten. De reden die ze opgeeft, is dat ze meer tijd voor zichzelf nodig heeft. Ze heeft gemerkt dat ze zich op een rare manier schuldig voelt als ze de hele tijd met Noor bezig is. Zij wel en die andere moeder niet. Alsof ze haar moedergeluk van die ander heeft afgepakt. Vervolgens komt de gedachte op hoe het zou zijn als háár kind door een vreemde mevrouw was doodgereden. Meteen is er de angst slapende goden wakker te maken, een nieuw ongeluk uit te lokken. Maar het gedachte-experiment valt niet te stoppen. Ze kan Norah niet meer los zien van het meisje dat is doodgereden – alsof ze samen één plaats innemen.

Het is onterecht dat ze zich niets herinnert. Het is de belangrijkste en verschrikkelijkste gebeurtenis in haar leven – en zij, het middelpunt en de veroorzaker, weet als enige van niets. Dat kan toch niet waar zijn? Ze kan van zoiets gruwelijks toch niet zomaar wegsluipen, alsof het niet werkelijk is gebeurd, en doodleuk doorgaan met haar eigen leven? Ze wil verantwoording afleggen, gelooft ze. Ja, daar raakt ze langzamerhand van overtuigd. Ze wil instaan voor haar daden, staan voor wie zij is. Zo iemand is ze altijd geweest.

Ze denkt veel na over wat Gertjan haar heeft proberen te vertellen. Zijn hypothesen, zijn situatieschetsen, zijn wiskundige benadering zeiden haar op het moment zelf weinig, maar met de nodige vertraging landen zijn aanwijzingen een voor een in haar hoofd en beginnen daar tezamen een soort van verhaal te vormen. De grote bruine bestelbus die ineens op haar afkomt, zij wijkt uit, verliest de macht over het stuur, ziet met grote snelheid een hek, een heg naderen. Dan wordt alles wit. Natuurlijk, dat is het. De airbag. Het is bijna of het een herinnering is, zo scherp ziet ze het voor zich. Maar het lijkt meer op een actiescène uit een speelfilm, als ze eerlijk is. De automatisch opgeblazen airbag ontneemt haar het zicht, precies op het moment dat ze het gruwelijke speelveld betreedt.

In een opwelling besluit ze Gertjan te bellen om haar hypothese te toetsen aan zijn bevindingen. Dat moet nog even via Skype, de politie heeft haar iPhone nog steeds niet vrijgegeven. Helaas, het is niet anders. Dus is het even slikken om Gertjan Hoek in zijn persoonlijke omgeving te moeten betrappen. Hoewel, persoonlijk? Hij lijkt zich in een soort magazijn te bevinden, tussen de opslag. Boeken, overal boeken. En apparaten, of wat zijn het eigenlijk? 'Let maar niet op de troep.' Maar dat doet ze juist wel. Gertjan hecht zich makkelijker aan dingen dan aan mensen, dat is het beeld dat zich opdringt. In principe onderscheidt hij zich daarin natuurlijk niet van de andere mannen die ze kent. Alleen zoekt Gertjan het – hoe zeg je zoiets netjes? – meer in rotzooi en troep en minder in de afgelakte en met prijskaartjes gelabelde perfectie van statussymbolen.

Gertjan zit er wat onwennig bij. Het maakt hem verlegen om Grace in close-up zo vol in zijn gezicht te krijgen. Van zo dichtbij is ze bijna onverdraaglijk mooi, alsof zijn ogen in brand vliegen zodra hij haar aankijkt. Bijna niet meer echt, zo mooi. Hij heeft nooit gesnapt dat ze door producenten alleen vanwege haar stem wordt gevraagd, al is die stem er een uit duizenden. Het is voor hem sowieso een voorrecht om haar bij Magic Media elke week in zijn headphones te hebben.

Grace verontschuldigt zich omdat ze hem misschien stoort op dit ongebruikelijke tijdstip, maar Gertjan zegt dat ze hem altijd mag bellen. Hij leeft gewoon hartstikke met haar mee.

Meteen vraagt hij haar waar ze die UPS-bestelbus ineens vandaan haalde.

'Hoezo, UPS? Heb ik dat dan gezegd?'

'Je had het over een grote bruine bestelbus. Misschien is je geheugen aan het terugkeren. Of was die bestelbus er alleen bij wijze van spreken?'

Ze weet het niet, zegt ze, ze weet het niet meer.

Zo naderen ze voorzichtig speculerend het gruwelijke speelveld dat achter de blanco werkelijkheid van de airbag schuilgaat.

Voor Gertjan blijft haar persoonlijke aandeel aan die werkelijkheid maagdelijk wit, wat er verder ook gebeurt. Hij kan niets anders dan in alles haar onschuld zien. Het is daarom met de grootst denkbare terughoudendheid dat hij haar voorgaat in de duisternis van het dodelijke ongeluk. 'Het is maar een veronderstelling,' zegt hij telkens. 'Pin me er niet op vast.' Van de snelheid van de SUV blijft langzamerhand weinig of niets meer over. Het speculeren leidt tot een soort stop-motion. Beeldje voor beeldje. Van de ene still naar de volgende. Van stilstand naar stilstand. Het tragische meisje Pippa Blijenberg lijkt op die manier makkelijk te redden. De auto komt nauwelijks vooruit, alsof die zelf ook terugdeinst voor het mysterie.

Ze schuiven het gevreesde moment eindeloos voor zich uit, met steeds weer nieuwe slagen om de arm. Grace merkt dat ze ergens in deze terugplooiende tijd het verongelukkende meisje moet zien te vinden, alsnog, nu het nog kan. Ze moet hier ergens zijn, verborgen in de eeuwigheid van deze middag. Heeft ze niets in de gaten of rent ze juist weg, maar de verkeerde kant op, haar noodlot tegemoet? Waar ben je, meisje Pippa? Kom gauw, dan kan ik je alsnog ontwijken.

Volgens Gertjan heeft het arme kind echter geen schijn van kans – ook in retrospectief niet. Het is iets met massa maal snelheid, drukpunten en lichaamsoppervlak, zoals hij het ziet. In de abstractie van de natuurkundige getalsmystiek is het wél gewettigd ernaar te kijken. Gertjan waagt zich niet aan een beschrijving van de bloedige gruwel waarin het lichaampje obsceen ligt opengereten, voor iedereen te zien. Zo'n beeld hoort niet door omstanders te worden toegeëigend. Daarvoor missen ze de innigheid. Hun blik is enkel geschikt voor spektakel: het bloed, de pijn, het lijden. Ze hebben de liefde niet om het slachtoffertje ongeschonden te zien opstaan uit haar wonden. Dat kunnen alleen haar naasten, en misschien die zelfs niet.

Gertjan gaat het om Grace. Haar redden. Een ontsnappingsroute uitdenken – want oplossingen, daar is hij goed in. Wat het ook is, uiteindelijk komt het neer op een technisch probleem. Zijn eigen technische mankement is dat hij dit allemaal uit eigenbelang doet. Uit begeerte naar haar. Vanavond, nu hij haar gevangen heeft in zijn laptop, is het kristalhelder dat ze onbereikbaar voor hem is. En anders wel hoort te zijn. Grace Rainville en hij – het idee alleen al is een belediging voor haar. Nee, het is hem genoeg om in haar buurt te mogen zijn en haar af en toe te mogen helpen. Helpen om haar onschuld te bewijzen. Dát is zijn vak en zijn talent: alle ruis en bijgeluiden wegwerken tot het hele zaakje er perfect op staat.

20.

Op de dag van de begrafenis krijgt Tessel een paniekaanval. Het mag niet, niet nu al, ze is er nog niet klaar voor. Alsjeblieft, laat alles nog even zoals het is. Mark zegt: we hebben al twee dagen respijt gekregen van onze nieuwe interim-burgemeester, ja, Thijs Wildzang of iets dergelijks, nee, meer kunnen we niet vragen. Bovendien is alles al gepland. De rondrit, de wegafzettingen. Over een halfuur komt de koets met de witte paarden. Maar snapt hij dat dan niet, dat zijn juist de dingen die haar benauwen. De burgemeester, de wegafzettingen, de witte paarden. Waarom in godsnaam, waarom die heisa? Laten we dicht bij Pip blijven, zegt ze. Laten we het simpel houden. Daar is ze wel wat laat mee. Mark weet niet wat hij er nu nog aan kan veranderen.

De uitvaartleidster staat al voor het hek, ziet hij via de deurcamera. Tegen Tessel zegt hij hier niks over, dat maakt de boel alleen maar ingewikkelder. Hij vraagt aan zijn schoonzusje of zij Tess een beetje in de gaten wil houden. Oxazepam of hoe heten die pammen, kijk maar even, er ligt vast nog wel wat in de badkamer. En wil ze er ook op letten dat Tess die crèmewitte zijden jurk aantrekt, weet je wel, dat hoog sluitende crêpe-georgettegevalletje? Fijn dat ze dat wil doen. Dan kan hij aan de slag, het wordt een drukke dag. Stéphanie zegt dat ze ook al de tweeling onder haar hoede heeft. De jongens zullen de witte paarden prachtig vinden, maak je daarover geen zorgen. Paardje, paardje! Hij hoort het de boys al roepen. En weg is hij, om het hek elektronisch te openen en de uitvaartleidster te ontvangen.

De reuring van deze spannende ochtend herinnert hem aan hun trouwdag. De paniek die om hem heen tot ontploffing komt en hij die te midden van de algehele onrust het hoofd koel houdt en het overzicht bewaart: dan is hij in zijn element, dan is hij op zijn best. Andermans paniek maakt hem ongelofelijk koel en geconcentreerd. Hoe meer verantwoordelijkheid er op zijn schouders neerkomt, hoe sterker hij wordt. Vandaag voelt hij zich onoverwinnelijk. Onsterfelijk zelfs, als het in deze context niet zo ongepast zou klinken.

Anja, zegt de uitvaartleidster en schudt hem stevig de hand. U hebt mij al een paar keer aan de telefoon gehad. Ah ja, Anja, zei u? Hij heeft in de aanloop hiernaartoe vooral gedeald met een man, ene Van Vliet, maar die is kennelijk verhinderd. Dat klopt, dat is Dick, mijn man. Hij bekijkt haar nog eens, in het besef dat hij het vandaag met haar zal moeten doen, met deze Anja van Vliet. In haar witte rokkostuum ziet ze er een tikkeltje variétéachtig uit. Daarbij kleedt het wit bepaald niet af. Maar met een all white funeral kun je nu eenmaal niet met zwarte kraaien aankomen. Dan maar liever een beetje variété. Pip zou het in elk geval prachtig gevonden hebben, daar is hij van overtuigd. Dat is het belangrijkste, want het gaat om haar, dat mogen we niet vergeten.

Er is gisteren namens Persephone Ultimate Care een witgelakte kinderkist afgeleverd, zegt Anja. Dat klopt. Die staat tijdelijk in de garage. Maar meneer Blijenberg, het was de bedoeling dat u zelf… Ja, ja, natuurlijk, ik weet het, maar mijn vrouw, ziet u, vindt het allemaal nogal confronterend. Ze gedraagt zich erg beschermend naar onze dochter. Anja laat het op zich inwerken, geeft geen oordeel. Goed, zegt ze. Mag ik in dat geval misschien even met uw vrouw spreken? Het is belangrijk dat we over een paar zaken duidelijkheid hebben. Hij knikt, leidt haar opgelucht naar Pippa's kamer.

Mee naar binnen gaat hij niet. Hij kondigt Anja bij Tessel aan, zodat ze weet waar het voor is. Vervolgens trekt hij de deur achter haar dicht, alsof het een alchimistisch proces betreft dat niet verstoord mag worden. Wel blijft hij achter de dichte deur staan wachten, in de hoop dat alles straks op wonderbaarlijke wijze zal zijn opgelost.

Als Anja naar buiten komt, ziet Mark tot zijn schrik dat ze gehuild heeft. Hij negeert het en zijzelf gelukkig ook. Professioneel legt ze uit dat ze twee grooms heeft meegenomen die samen met haar de kistlegging zullen verzorgen. Misschien kan meneer zich in de tussentijd om mevrouw bekommeren, haar helpen om aan deze dag te beginnen. Hij knikt dankbaar en denkt meteen aan Stéphanie. Die kan mooi haar grote zus bijstaan met het aankleden en het opmaken en zo.

Vanaf nu gaat het snel. Vanzelf eigenlijk. Van een leien dakje zogezegd. Een goede organisatie is als een mechaniek: de tandraderen grijpen in elkaar en alles gaat lopen. Dan hoef je hoogstens hier of daar een scheutje smeerolie toe te voegen. Dat is het enige wat hij vandaag hoeft te doen: met een oliekannetje rondlopen om waar nodig bij te schenken.

Snel belt hij Stéphanie om te zeggen dat de paarden er zijn. Waarom neemt ze niet op, verdomme! De paarden zijn niet wit, ziet hij nu pas. Ze hebben enkel een wit dekkleed om. Ze zijn trouwens een stuk groter dan hij had verwacht. Hij vraagt zich af hoe zulke joekels straks gaan keren met z'n tweeën naast elkaar en die koets erachter. Het is anders wel verdomd indrukwekkend, deze edele dieren hier voor het huis. Jammer dat... Hij belt zijn schoonzusje opnieuw. Gelukkig, ze neemt op. Kom, kom snel, zegt hij, de paarden zijn er!

De koetsier manoeuvreert de witte gesloten koets en de paarden beheerst over de oprijlaan, de grote ijzerbeslagen wielen knarsen over het grind, de paardenhoeven knerpen. Mark complimenteert Anja met de voortreffelijke dressuur. Ze vertrouwt hem toe dat de man een voormalige wedstrijdmenner is die voor Nederland ooit zilver heeft gewonnen op het EK voor vierspannen. Het zijn z'n eigen paarden. Kampioenspaarden dus? Nee, dat zou ze moeten navragen, of het dezelfde paarden zijn. Ineens krijgt Mark de indruk dat de koetsier met een bepaald wedstrijdonderdeel bezig is. Zodra de kist is ingeladen, heeft hij voor deze oefening genoeg punten behaald en mag hij door naar het volgende onderdeel.

Ondertussen vraagt Mark zich af waar zijn boys toch blijven. Geërgerd loopt hij terug het huis in en treft ze aan in de audiovideokamer, waar ze als zombies liggen te staren naar een of andere tekenfilm met vissen. Hij vertelt hun dat de paarden zijn aangekomen. De paardjes, zegt hij. Pippa's paardjes. Kom, laten we gaan kijken, laten we ze gaan aaien. Maar de jongens willen liever naar getekende vissen kijken. Als hij de film uitzet, beginnen ze te schreeuwen en wild in het rond te trappen. *Nemo* kijken! *Nemo* kijken! Ze jutten elkaar op, ze steken elkaar aan tot steeds heftiger protest. Oké, oké, dan moeten jullie straks maar naar de paardjes gaan kijken. Hij zet de film weer aan en laat het er verder bij zitten. De triomfantelijke schittering in de twee paar blauwe kinderogen ontgaat hem geheel. Er is al meer dan genoeg wat deze ochtend zijn aandacht vereist.

21.

Maudy Ruychrock van het actiecomité Bezorgde Blankendalers heeft een anonieme tip gekregen over een UPS-bestelbus die een rol gespeeld zou kunnen hebben bij het rampzalige ongeluk op de Hoge Duinweg. De tipgever moet een van hun buren zijn, want hij of zij heeft het over camerabeelden waarop al dan niet iets verdachts te zien zou zijn. Herbert is het aan het uitzoeken.

Persoonlijk zou het haar niet slecht uitkomen als zo'n lelijke bestelbus erbij betrokken zou zijn. Ze verafschuwt de bezorgdiensten die tegenwoordig het dorp terroriseren met hun maniakale racepraktijken. Wat moeten de mensen met al die gratis thuisbezorgde spullen? Ons soort mensen heeft alles toch al? En vaak nog dubbel bovendien. Herbert heeft haar uitgelegd dat pakketdiensten een track-and-tracesysteem hanteren, waarbij vrij nauwkeurig valt na te gaan waar een bestelbus zich op welk moment bevindt. Nou, heeft ze dus tegen Herbert gezegd: mooi klusje voor jou. En nu zit hij achter zijn computer de ganse dag te tracken en te tracen.

Als het waar is van die bestelbus, dan staan de Bezorgde Blankendalers er geweldig voor. Misschien kan ze vandaag in haar toespraak voor het gemeentehuis al iets zeggen over dat idiote gerace met die nare busjes. Dat levensgevaarlijke gedrag is in haar ogen tot dusverre ernstig onderbelicht gebleven. In de discussie over verkeersveiligheid gaat het alleen nog maar over mensen die hier niet zouden thuishoren, en dan met name mensen met een zogenaamde 'vreemde achtergrond'. Nu hebben Herbert en zij ook een bepaalde achtergrond, zoals dat nu eenmaal het geval is bij hun soort mensen, maar wat hier bedoeld wordt, is iets naars, iets, ze haat het woord, iets racistisch.

Ze vindt het dan ook ongemakkelijk dat Herbert op de website een heel gedoe maakt van de Surinaamse of Antilliaanse (die twee haalt ze altijd door elkaar) afkomst van de vrouw die de dood van dat arme kind op haar geweten heeft. Maar Herbert is nu eenmaal erg handig met computers en hij wilde het per se zo doen. Alle feiten zijn afkomstig van de politie, zegt hij, daar kan hij moeilijk iets aan veranderen. Zo is het een feit dat die Surinaamse vrouw niet van hier afkomstig is. Haar auto wel, die staat op naam van de heer P. Martha, Rozenlaantje 5. En deze meneer Martha is geboren op Curaçao. Daar kan Herbert ook niks aan doen, dat is nu eenmaal zo.

Herbert, heeft ze hem op de man af gevraagd, jij bent toch geen racist? Nee, zei hij toen, ik ben een realist.

Dus nu aarzelt ze of ze in haar toespraak iets zal zeggen over de rondracende pakketdiensten. Ze aarzelt sowieso over wat ze zal zeggen. Als je over iets begint te twijfelen, ga je binnen de kortste keren aan alles twijfelen, waarschuwt Herbert. En dat is precies wat haar nu overkomt.

22.

Het gerucht over de bestelbus van UPS heeft ook Dave bereikt. Meteen heeft Ron geprobeerd bij het Openbaar Ministerie bevestiging te krijgen. In dit stadium van het onderzoek blabla, het bekende riedeltje. Maar het wordt niet keihard ontkend. Een gunstig teken, oordeelt Ron. Het verklaart in elk geval waarom er nog geen dagvaarding de deur uit is gedaan. Graag zou hij het technische rapport van de Volvo inzien, maar zolang de inbeslagname niet is opgeheven, kunnen ze daarnaar fluiten. Pas als de auto door de technische recherche wordt vrijgegeven, kan het rapport worden opgevraagd.

'Overigens kan het nog een dure grap worden voor je ex. Wanneer ze schuldig wordt bevonden, beginnen de ouders van het doodgereden meisje ongetwijfeld een civiele procedure om van alles en nog wat te claimen. Dat kan een onverkwikkelijke affaire worden. Zulke verdrietige mensen gaan meestal tot het gaatje.'

Ron kent de polisvoorwaarden niet en wil daarom nergens op vooruitlopen. Toch vermoedt hij dat die niet volledig dekkend is of zelfs helemaal niet dekkend. Daarom drukt hij zijn vriend op het hart dat het nergens voor nodig is om bij zijn ex voor Sinterklaas te gaan spelen. Vervolgens onderwerpt hij hem aan een korte ondervraging.

'Voor wie doe je dit allemaal? Voor je dochter toch? Correct of niet?'

Dave beaamt het aarzelend.

'Jij probeert als goede vader je dochter te beschermen, zo simpel is het. En dat doe je door haar moeder te beschermen. Correct?'

Zo is het.

Maar heeft hij – en hier begint Ron zachter te praten, alsof ze mogelijk worden afgeluisterd – er dan nooit aan gedacht dat hij zijn dochter misschien effectiever kan beschermen door juist níet voor haar moeder op te komen?

Dit kan hij even niet volgen.

'Wel, in principe is het háár probleem, zoals we samen hebben vastgesteld. Zij is verantwoordelijk, zij wordt verdacht en zij is straks mogelijk schuldig. Jij bent dat allemaal niet. Het enige wat jij feitelijk hoeft te doen, is je van haar loskoppelen.'

'Ze is de moeder van mijn dochter, Ron. Dat kan ik toch niet zomaar laten gebeuren?'

'Dat begrijp ik. En ik waardeer je verantwoordelijkheidsgevoel. Het heeft iets ridderlijks, iets van sprookjesboeken. Maar stel, en ik bedoel dit inderdaad hypothetisch, stel dat ze in detentie wordt genomen. We zullen er natuurlijk alles aan doen om dit te voorkomen, maar stel dat het gebeurt. Dan is ze niet in staat om haar moederlijke plicht te vervullen. In dat geval wordt de volledige voogdij aan jou toegewezen. Kelsey is zwanger, een zusje of broertje is in aantocht. Wat een gezinsgeluk zou dat zijn. Ik schets het nu even in grote lijnen. Voor jou is het beeld natuurlijk veel gedetailleerder. Maar je begrijpt waar ik heen wil. Het is, en het zal je niet verbazen dat ik dit zeg, vele malen eenvoudiger om Grace te laten vallen dan om te proberen deze zaak voor haar te winnen. Naar alle waarschijnlijkheid worden het straks zelfs twee zaken: één strafrechtelijk en één civiel. En in beide gevallen geef ik haar weinig kans.'

David valt stil, alsof de stekker er abrupt uit is getrokken.

'Ik zie dat ik je ermee overval. Denk er eens rustig over na. Ik vertel je dit als vriend, niet als advocaat. Formeel ben ik overigens háár advocaat.'

23.

Het kanaal RTV Blankendaal Lokaal covert het hele event in een livestream met meerdere camera's. Vanuit het studiootje boven de makelaardij van Pepijns ouders zal er worden gecoördineerd. Het is voor het eerst dat Pepijn centraal met meercameraregie mag werken. Gelukkig wordt de livestream – boven op de jaarlijkse subsidie van de gemeente – wederom 'mede mogelijk gemaakt door Van der Made Makelaars'. Er zijn 'wegens de bijzondere omstandigheden' zelfs enkele eenmalige donaties binnengekomen. Lekker, vindt Pepijn, want nu heeft hij budget voor een professionele cameraman naast Teun, die normaal zijn vaste compagnon is voor de wedstrijdinterviews rondom de jaarlijkse play-offs op de velden van de Koninklijke Hockey Club Blankendaal. Met de ingehuurde Sylvester de Jong heeft hij een doorgewinterde professional binnengehaald. Volgens diens cv heeft hij jarenlang 'aan het front gestaan' voor SBS6's *Hart van Nederland* en heeft hij talloze promotiefilms gedraaid voor prominente bedrijven en instellingen, waaronder C1000 en Mainport Zeeland. Dat belooft wat. Een ander vriendje, Bas, eigenlijk een dj, bedient de drone. Normaal doet Pepijn dat zelf, maar aan de meercameraregie heeft hij zijn handen meer dan vol. Gisteren hebben ze proefgedraaid, maar dan zonder de professionele cameraman, want Sylvester had op dat moment nog een andere klus. Maar ook zonder hem liep het prima, dus Pepijn, Teun en Bas hebben er alle vertrouwen in.

Op de dag zelf blijkt er een vriendin te zijn meegekomen. Een vriendin of de vriendin, dat is niet duidelijk. Sylvester geeft hoog van haar op. Sammy heet ze. Sammy Vega. Hij werkt vaker met haar bij schnabbels. 'Natuurtalentje. Ze presenteert alsof ze je bij haar thuis uitnodigt, zo naturel, zo soepel.' Als hij het beteuterde gezicht van Pepijn ziet, knipoogt hij. 'En nou niet meteen doorlopen naar de slaapkamer, hè? Ik zag je wel loeren. Geintje, man. Maar serieus, met Sammy mogen jullie in je handjes knijpen.'

'Ik word er een beetje door overvallen. Wij werken normaliter niet met presentatoren. Het gaat om een rouwstoet en dan is een presentator een beetje, hoe zeg je dat? Ordi.' Hij schrikt er zelf van. 'Nee, ik bedoel het niet beledigend. Het is alleen –'

'Fok, man, schei toch uit. Don't you get it? Het is emo, man. En niemand is zo vet geil in emo als Sammy. Mark my words.'

Het idee is dat Sammy langs de route mensen uit het publiek interviewt. 'Weet je wel, wat de impact is op de community hier. Die mensen gaan natuurlijk allemaal door iets heen. Zo'n klein meisje, shit man, je moet er niet aan denken toch? Het zal je kleine zusje maar wezen. Of je buurmeisje. Of weet ik veel, vul het maar in.'

Pepijn heeft het gevoel dat hij wordt beroofd en aangerand waar hij bij staat. Deze platte gast kost hem mét camera 1200 euro per dagdeel. Exclusief btw. Daar had hij zelf een prima Sony FDR-AX700-camcorder voor kunnen kopen. WTF, als je daaraan denkt. En straks factureert hij Sammy's ongevraagde bijdrage ook nog voor zo'n soort bedrag.

Het lukt Pepijn niet om Sylvester van zich af te houden. Diens professionaliteit is niet meer te stuiten. Pepijn zegt dat de meercamerarepetitie gisteren perfect verliep. Daarom is het onverstandig om op de uitzenddag alles om te gooien.

'Dus jij noemt mij onverstandig? Ik ken jou niet, dus ik weet niet wat jij zoal gepresteerd hebt, maar ik draai denk ik wel een tijdje langer mee. Commercials, tv-werk, you name it. Ik heb 't allemaal gedaan. Googel me maar als je me niet gelooft. Streamen zonder presentatie? Kansloos. Kan je net zo goed naar beveiligingsbeelden zitten staren. Houden de mensen niet van. Bij Sammy blijven ze hangen, wat zeg ik: plakken. Moet je haar zien, kijk dan. The camera loves her, man. And she loves the camera, nietwaar, Sam?'

24.

Tessel ondergaat het allemaal in één grote verdoving. Ze slaapwandelt door de dag, met dank ook aan de dubbele dosis diazepam die ze heeft geslikt. Stéphanie heeft haar in de zijden crêpejurk van Ralph Lauren gehesen. 'Stef, wat doe je allemaal, ik ga toch niet trouwen?' Het gehannes met dat onwillige, verdoofde lichaam roept herinneringen op aan grandioos verspilde studentenavonden. Maar de slappe lach ontbreekt, de melige eeuwigheid van struikelen en weer opstaan en elkaar gierend in de armen vallen. Dat waren andere mensen die dat deden.

Er gaat een schok of een rilling door haar heen, het is alsof ze wakker schrikt en haar te binnen schiet dat ze iets is vergeten. Nog voordat Stéphanie de rits op de rug heeft kunnen sluiten, haast Tessel zich de slaapkamer uit, de hall door. Een gil, meer een brul. Stéphanie erachteraan. Tessel komt alweer terug uit de kamer van Pippa, waar ze heeft ontdekt dat het lichaampje is weggehaald. Zelfs de koelplaat is verdwenen. 'Wat hebben ze met haar gedaan?

Ik wil haar terug, ik wil haar nú.' Ze klampt zich aan haar jongere zus vast. 'Stef, Stef, weet jij het? Jij weet vast waar ze haar heen hebben gebracht. Mark? Mark! Wat is er met Pip gebeurd?'

Inmiddels is iedereen de hall in komen lopen: Anja de uitvaartleidster, Mark, zelfs de boys hebben hun onderwaterfilm ervoor onderbroken. De ontreddering van hun moeder op haar blote voeten in die half opengeritste trouwjurk wordt door hen met argusogen gevolgd.

Anja gaat op haar tenen staan om Mark snel iets in het oor te fluisteren. Hij knikt en fluistert iets terug, waarna Anja haastig naar buiten loopt. Pip is al gekist. In verband met de labiliteit van Tessel hadden ze besloten haar er niet bij te betrekken. Maar de uitvaartleidster ziet in dat het voor de rouw en de traumaverwerking beter is als de moeder de gelegenheid krijgt een laatste blik op haar dochter te werpen.

De kist is al ingeladen. De twee grooms staan een sigaretje te roken, maar springen acuut in de houding als ze Anja gehaast naar buiten zien komen. Nog net op tijd weten ze met de schoenpunt hun respectievelijke peuken onder het grind weg te schoffelen.

'Hij moet open. Til 'm er dus maar weer uit.'

De uitvaartmedewerkers horen mevrouw binnen schreeuwen en huilen, alles door elkaar. Ze kijken elkaar even aan, dat is alles, en gaan onverstoorbaar voort met het losschroeven van het deksel. Anja vraagt of ze een katafalk bij zich hebben om de open kist op te plaatsen. Zo niet, dan moet ze meneer vragen of er binnenshuis een tafel beschikbaar gesteld kan worden. Nee, er is geen katafalk. Zelfs geen pedestal. Niet op gerekend, op deze onvoorziene wending. Dus loopt Anja snel naar binnen om meneer in te schakelen.

Mark is opgelucht dat hij wordt afgeleid met een logistieke kwestie en gaat achter Anja aan, ook naar buiten. Eerst ziet hij alleen de imposante paarden, die allebei een minstens even imposante berg paardenvijgen op het witte grind hebben gestort.

Verder staan de dieren opmerkelijk rustig te wachten in hun vol ornaat. Dan wordt hij overvallen door de aanblik van de kist. Wat is die klein ineens. Alsof hij hem nu pas op ware grootte ziet. Om zich een houding te geven bazelt hij zomaar wat. 'O ja, de kist, daar is-ie.' Hij maakt zijn gedachte niet af. De waarheid beneemt hem de adem. Hij heeft alles aan Anja overgelaten, maar dit is het dus geworden. Het is alsof iemand hem onverhoeds keihard op zijn plexus solaris heeft geramd, zodat hij even geen lucht meer krijgt. Hij wordt duizelig en is bang dat hij zal vallen, wat in deze situatie buitengewoon gênant zou zijn, met deze mensen erbij. Door zich te concentreren op de Tweede Wet van Newton (kracht is massa maal versnelling) weet hij zich te herstellen. De grond voelt weer vast onder zijn voeten.

Als een dief glipt hij weg – dankbaar een excuus te hebben. Hij is naar binnen om een passende plek te vinden waar Tess de kist op haar gemak kan bekijken. Alleen het oproepen van dit beeld (huiselijk tafereel met Pip in haar lijkkist) maakt hem al draaierig. Hij besluit de opkomende paniek met pure wilskracht te onderdrukken. Een tafel, waar is een geschikte tafel? Zo gemakkelijk is dat niet. De eetkeuken – neeeee, gatver. De glazen salontafel – ook niet. Geen enkele plek lijkt zich te lenen voor een funeraire uitstalling.

Uiteindelijk acht hij de grote terrastafel het minst ongeschikt, en dat laat hij Anja meteen weten. Hier ongeveer is Pip immers gestorven. Handig drapeert de uitvaartleidster een witte doek als een soort tafellaken over het blad. Helaas komt het in de lengte net te kort. Jammer dan. Voor nu is het goed genoeg. De twee grooms tillen de kist licht als een veertje op de tafel. Anja waakt zorgvuldig over de symmetrie. Dan pas wordt het losgeschroefde deksel gelicht. Mark is al weg, hij kwijt zich liever van de taak om Tess te kunnen geruststellen met de mededeling dat Pip nog steeds hier is, veilig in hun eigen huis. Dat is immers wat ze wil horen.

De uitvaartmedewerkers bespreken ondertussen de verminkingen, de verkleuringen alsmede de algehele decompositie van de overledene en zijn het erover eens dat een open kist ongepast is. Mevrouw mag vanzelfsprekend nog een keer afscheid nemen, maar als ze straks gaan rijden, moet het deksel zijn vastgeschroefd. Meneer heeft trouwens een bed van witte orchideeën uitgekozen, dat wordt op de kist gelegd.

Mark dacht dat Tess vanochtend haar pillen had geslikt, maar hij begint nu toch te twijfelen. Al lijkt het hem onverstandig om er op dit moment naar te vragen. Ze is zo onberekenbaar, ze is een granaat die om het minste of geringste in je gezicht ontploft. Terwijl het hiervoor toch redelijk goed leek te gaan.

Als Tessel hoort waar Pippa is, rent ze erheen. Als ze het witte doodskistje op de terrastafel ziet staan, barst ze in huilen uit. Dit hoort niet, dit past niet bij haar eerstgeborene en meest gekoesterde. De witte overhemden van Anja en de twee medewerkers lijken wel uniformen van een bewakingsdienst. 'Wie zijn jullie, wat doen jullie hier? Blijf van mijn kind af.' Huilend stort ze zich op het nog maar matig geconserveerde lichaampje.

Mark kan slecht tegen chaos en hij kan nog slechter tegen onbeheerste emoties. Juist in dit soort omstandigheden is het belangrijk je te houden aan regels en protocollen, en niet in de troebele diepten van een subjectief verdriet te verdrinken. *Keep calm and carry on.* Maar dat is duidelijk niet wat Tess nu wil horen. Ze heeft zich helemaal vastgebeten in haar onredelijkheid. Ze gijzelt het hele gezelschap ermee, dat is kennelijk haar manier om greep te houden op de situatie, die op zichzelf beschouwd natuurlijk onbestaanbaar is. Mark is zo analytisch ingesteld, dat hij zelfs dát begrijpt. Wat iets anders is dan er begrip voor hebben. Het kan niet wat ze nu doet. Ze pakt Pip uit de kist, klemt haar tegen zich aan en loopt zo terug het huis in.

'Tess, lieverd, alsjeblieft. Probeer redelijk te blijven. Het wordt een drukke dag vandaag, we hebben onze beheersing en ons verstand hard nodig om hierdoorheen te komen. Ik weet hoe je je voelt, ik voel me precies zo. Maar daarom juist moeten we ons niet laten meeslepen door emoties die ons alleen maar nog verder verwarren.'

Tessel hoort het niet, luistert niet, wil het niet horen. Zijn appèl aan de redelijkheid spreekt haar duidelijk minder aan dan hemzelf.

Anja ziet haar hele draaiboek in de war gestuurd worden. Dit heeft ze niet eerder meegemaakt: nabestaanden die het lijk uit de kist halen en ermee aan de haal gaan. De afscheidsronde door het dorp is geklokt op een uur. Dat is best krap. Daarna is er een korte manifestatie voor het gemeentehuis, waar gesproken zal worden door de waarnemend burgemeester en door twee andere sprekers. Vervolgens zal worden halt gehouden bij het gebouw van de Blankendaalse Schoolvereniging, waar de leerlingen langs de weg zullen staan opgesteld om hun klas- en schoolgenootje de laatste eer te bewijzen. Een druk programma kortom, dus het moment om misbaar te maken is door mevrouw, hoe begrijpelijk ook gezien de omstandigheden, niet erg gelukkig gekozen.

25.

Grace mist Noor. Ze heeft er vreselijk spijt van dat ze haar langer dan gebruikelijk bij Dave heeft gelaten. Ze verlangt naar de intimiteit van het kleine warme lichaampje dat tegen haar aan kruipt, in haar kruipt, waarna ze heerlijk achter elkaar steeds dezelfde film kijken waarvan ze de scènes stuk voor stuk kunnen dromen. Maar dan denkt ze aan de moeder op de Hoge Duinweg. Waar ze zich het meest voor schaamt, is het perverse overwinningsgevoel dat haar kind godzijdank wél leeft. Ze kan wel janken van geluk dat Norah op de achterbank gespaard is gebleven en dat het noodlot een ander meisje heeft uitgekozen. Maar in plaats van te janken van geluk krimpt ze van schuld en schaamte ineen.

Het is Dave die via Skype contact opneemt om te vragen wat ze met Noor van plan is. Wat hem betreft, mag de kleine meid zo lang blijven als ze maar wil. 'Kan Kelsey alvast wat oefenen met het moederschap.' Hij bedoelt het waarschijnlijk gekscherend. Toch gaan bij haar alle alarmbellen af. Die blonde paspop blijft van haar kind af, dat is een ding dat zeker is.

'Ik kom meteen, ik kom haar vandaag halen. Dat was ik toch al van plan.'

'Besef dan wel dat het halve dorp is afgesloten in verband met de rouwstoet. Vandaag wordt dat meisje begraven, weet je wel. Misschien is het niet zo handig om je gezicht hier dan uitgebreid te laten zien.'

'O shit, is dat vandaag?'

'Dat kun je wel zeggen, ja. Ze hebben hier ook al voor het hek staan filmen en fotograferen. Gelukkig staat er nog niks op internet, maar Blankendaal Lokaal heeft al aangekondigd met een livestream te zullen komen.'

Grace weet even niets te zeggen.

'Dus het is beter om na het weekend weer contact op te nemen.'

Zijn veranderde houding alarmeert haar. Zo kent ze hem helemaal niet, zo bezitterig ten aanzien van Noor. Is het Dave die ze hoort – of klinkt Kelsey erdoorheen? Hij heeft de dagelijkse zorg altijd heel handig afgewenteld, zodat hij zijn handen vrij had voor zijn obscure afspraakjes. En nu ineens wil hij Noor dagenlang extra bij zich houden – vreemd. Of van haar weghouden, dat kan natuurlijk ook. Nu geen scène schoppen, zo spreekt ze zichzelf toe. Maar ook niet toegeven. Ze merkt dat ze ijzingwekkend koel wordt. Alles om haar kind te redden.

'Zo lang wil ik Noor niet missen, Dave, dat begrijp je toch wel? Er valt vast iets anders te regelen. Als die tv-camera's het probleem zijn, dan kun jij haar misschien naar mij brengen. Dat zou voor mij sowieso een stuk makkelijker zijn.'

'Wat kun jij soms egoïstisch zijn. Werkelijk, hoe haal je het in je hoofd? Dus uitgerekend op de dag dat ons hele dorp uitloopt om de rouwstoet van dat dode meisje te zien, moet ik Norah gaan rondshowen in mijn Range Rover. Wat zullen ze daarvan vinden? Is die nieuwkomer er soms trots op dat zijn dochtertje wél leeft? Als je eens wist wat ik de laatste tijd allemaal naar mijn hoofd geslingerd heb gekregen. Maar jij vindt dit dus een prima plan. Volgens mij besef jij niet eens half wat je met jouw ongeluk hier in Blankendaal teweeg hebt gebracht.'

Grace weet niet of ze woedend of verdrietig of bang is – of alle drie tegelijk. Tegen zijn overdonderend woordgeweld kan ze niet op. In zulke situaties klapt ze dicht, wil ze overal zijn behalve binnen gehoorsafstand van zijn verbale dominantie.

Het is vooral de onderliggende boodschap die haar bang maakt. Hij is moedwillig de afstand aan het vergroten tussen haar en Noor. Dat kan niet, dat mag niet en toch gebeurt het.

Wanneer hun Skype-strijd is beëindigd, blijft ze lang met haar gezicht in haar handen voor haar laptop zitten. Ze weet niet eens meer of ze nog huilt. Het liefst zou ze brullen van woede. Nog liever zou ze linea recta naar die kakkerskolonie rijden om haar kind uit die gouden kooi weg te halen. Maar dat gaat niet, dat begrijpt ze ook wel. Ze denkt aan Noor en meteen denkt ze ook aan dat andere kind, dat ze niet kent en dat in haar verbeelding dus vanzelf een soort Noor wordt. Er popt een beeld op van een eindeloze begrafenisstoet tussen de villa's, een moeder als een schaduwgrauwe weduwe verborgen achter haar voile. En meteen schaamt Grace zich ervoor dat ze het zo erg vindt dat ze Norah een dag langer moet missen. Zo pijnlijk zelfzuchtig. Precies wat Dave haar verwijt. Er is op dit moment twintig kilometer verderop een moeder bezig haar kind te begraven. Die moeder is ertoe veroordeeld om levenslang te blijven wachten op een dochter die elke dag opnieuw niet thuis zal komen. En dan durft zij erover te treuren dat haar kind een dagje extra bij haar ex doorbrengt. Zou de ontroostbare moeder eigenlijk weten dat de vrouw die haar dochter heeft doodgereden zelf ook een dochter heeft? Eentje die hetzelfde ongeluk wél heeft overleefd. En wat zou er in die moeder omgaan wanneer ze zou weten dat de doodrijdster het op de dag van de begrafenis pas echt erg heeft gevonden dat haar eigen dochtertje hierdoor een dagje later thuis kon komen dan was afgesproken? Nou, Grace Rainville, vertel 't maar.

Ook daarom houdt ze haar handen voor haar gezicht geslagen. Een armoedig toneelgebaar, maar meer heeft ze niet in huis. Het verwoestende gevoel dat binnen in haar woelt en walgt, krijgt ze niet over het voetlicht. Het blijft weggestopt in het duister. De vreselijke vrouw die ze in de ogen van anderen is, wil ze niet zijn. Zo'n vrouw wil niemand zijn. En toch, zij is het. Kijk maar, daar achter die handen, daar zit ze. Zeker weten, ze is het zelf.

26.

Door Tessels onberekenbare gedrag dreigt het hele uitvaartschema in de war te worden geschopt. Terwijl Mark door de dichte slaapkamerdeur op haar inpraat, is Anja buiten op haar smartphone aan het uitzoeken waar er op de route tijd teruggewonnen kan worden. Dat zal lastig worden, aangezien het draaiboek in overleg met de tijdelijke burgemeester tot stand is gekomen en de politie het niet zal waarderen als er door de stoet ineens ongepland ergens een shortcut wordt genomen – alleen al vanwege de mensen die anders ergens vergeefs aan de kant staan te wachten om hun gevoelens te uiten. De eenvoudigste manier om tijd te winnen is het schrappen van één of misschien zelfs twee speeches. Dat worden dus die twee bij het gemeentehuis. Ze zal het aan meneer voorstellen, zodra hij mevrouw tot rede heeft gebracht. Want dat moment komt altijd, weet ze uit ervaring.

Tessel, verschanst in de slaapkamer, klampt zich vast aan het dochterlijkje als een kind aan haar pop. Ze drukt het verstijfde lijfje tegen zich aan, zo stevig dat het als het ware in haar omhelzing verdwijnt. Ze bezielt het levenloze omhulseltje met al haar liefste gevoelens en tederste gedachten en negeert de kou die door haar kleren heen ook in haar eigen lichaam trekt. Met alles wat ze heeft – en ook met alles wat ze verloren heeft – verzet ze zich tegen de onvermijdelijkheid. Mark is een overloper, een verrader. Hij kan achter de deur staan praten wat hij wil, ze luistert toch niet. Hij luistert immers ook niet naar haar.

Wat ze wil is... maar ze weet niet wat ze wil. Ze heeft geen eisen. Het zijn de anderen die eisen hebben. Het enige wat ze wil is een moment, één moment maar. Alleen wil ze niet dat dit moment ooit voorbij zal gaan, hoe breekbaar het ook is. Daar is ze nu mee bezig: zich samen met Pip verstoppen in deze zelf gecreëerde plooi in de tijd. Ze maakt zich zo klein mogelijk, in de hoop er precies in te kunnen verdwijnen.

Dan knalt de deur open. Het is alsof hij wordt ingetrapt of opengebroken, zo gewelddadig komt het op haar over. Mark is er juist van overtuigd dat hij heel omzichtig te werk gaat, met het verschuldigde respect aan haar overigens volstrekt onredelijke gevoelens. Tessel schreeuwt van schrik, en omdat ze zo schrikt, misschien wel van haar eigen schreeuw, begint ze te huilen. Het is meer een soort brullen, dat hij niet per se met haar in verband zou brengen. Het is alsof het zijn Tess niet is, maar iemand anders, een vreemde die in haar is gevaren. Het beangstigt hem, deze geestverhuizing. Daarom probeert hij het te negeren. Rustig blijven praten, dat kalmeert haar hopelijk. Hem kalmeert het in elk geval wel wanneer hij zich de situatie schematisch, als het ware wiskundig blijft voorstellen.

Door zijn reducerende benadering valt hem de aanwezigheid van zijn dode dochtertje niet op. Hij ziet alleen de moedergestalte en niet het koude kind dat ze tegen haar borst heeft gedrukt. De twee samenstellende componenten zijn in zijn waarneming samengevloeid tot een en hetzelfde lichaam.

Achter hem langs is ook Stéphanie de slaapkamer binnengeglipt. Zij doet waartoe hij niet bij machte is: een arm om Tess heen slaan en met behulp van huid en warmte dit eenzaamste lichaam ter wereld proberen te troosten.

Stilzwijgend krijgt Stéphanie gedaan wat Mark met al zijn redelijke argumenten niet is gelukt. Samen staan de zusjes op. Stéphanie ondersteunt haar grote zus, die haar dode kind stijf tegen zich aan gedrukt houdt. Zo gaan ze de kamer uit en de hall door naar buiten, de tuin in. Het is een spontane plechtigheid waar iedereen door bevangen raakt, de zusjes zelf, maar ook degenen die er getuige van zijn: Mark, Anja, de twee grooms. Het is alsof Tessel en Stéphanie in trance verkeren en als slaapwandelaars door de werkelijkheid schrijden. Niemand hoeft hun een aanwijzing te geven. Als vanzelf worden ze geleid naar het terras, waar het witte kinderkistje op de tot katafalk omgeturnde buitentafel staat te wachten. Daar vlijen ze het lijfje met zo veel tederheid en liefde in de doodskribbe, dat je zou zweren dat Pippa enkel te slapen wordt gelegd en dat ze straks als herboren uit haar houten bedje klimt.

27.

Grace heeft na enig zoeken de juiste link te pakken en is op haar laptop live verbonden met Blankendaal. Ze moet het zien, ze moet weten wie de mensen zijn wier levens ze heeft verwoest. Voorlopig staat het beeld op freeze. Of nee toch, het beweegt. De camera staat gericht op de elektronisch beveiligde toegangspoort. Ze herkent het, maar toch ook weer niet. Haar aandacht wordt getrokken door de imposante witgedekte paarden en de witte koets achter dat hek. Het doet haar denken aan een Britse koninklijke bruiloft of iets dergelijks. Op straat staan mensen te wachten. Af en toe loopt er eentje door het beeld. Ze tuurt voorbij die nieuwsgierigen dieper het beeld in. Achter de witgedekte paarden en de witte koets lijken nog twee paarden en nog een witte koets op te doemen. Eerst denkt ze dat ze het dubbel ziet, een vreemde weerspiegeling. Bij nader inzien is de achterste koets groter en hoger, de wielen zijn ook hoger, het lijkt wel een diligence uit een oude kostuumfilm. Hoe dan ook, ze is onder de indruk van de aristocratische illusie van het paardentafereel, maar ze beseft dat ze misleid wordt. Elk moment kan zich iets voordoen wat haar bij de kladden zal grijpen en meesleuren in een emotionele maalstroom.

Ze durft niet te kijken en tegelijk is ze ongeduldig, kan ze niet wachten om het te zien: de moeder, de kist – om te zien wat ze heeft aangericht.

Gertjan mailt dat er een livestream van de begrafenis op de website van Blankendaal Lokaal is. Ja, antwoordt ze, dat weet ik, ik zit er al naar te kijken.

Als ze het bericht heeft weggeklikt, is er op de livestream ineens een ander beeld. Eerst denkt ze dat er een fout is gemaakt. Dan herkent ze het hek van Daves nieuwe villa. Pal ervoor staat een jonge verslaggeefster met een microfoon. O god, nee toch?

De verslaggeefster is in het zwart gekleed, maar stemmig is haar outfit (leren jeans, strak zwart topje, hoge laarsjes) niet te noemen. Ze heeft de microfoon in haar ene hand en haar smartphone in de andere. Vanaf het schermpje leest ze een tekst voor. 'Goedemorgen, lieve Blankendalers, op deze droevige dag. Ik ben Sammy Vega en zal vandaag voor u verslag doen van dit dieptragische evenement.' Ze draait zich half weg en de camera draait met haar mee, zodat er een indruk kan worden gegeven van de grootte van het perceel. 'We staan zoals u ziet voor de luxe droomvilla van David Alexander Martha, de eigenaar van een zwarte Volvo XC90, jazeker, dezelfde zwarte Volvo die vorige week heel Blankendaal heeft opgeschrikt door de alom geliefde Pippa Blijenberg, nog geen zes jaar oud, wreed uit het leven weg te rukken en haar ouders, Mark en Tessel Blijenberg, en haar broertjes Floris en Mees ontroostbaar achter te laten in hun zeer riante miljoenenvilla aan de Hoge Duinweg, hier niet zo ver vandaan. Maar tot nu toe houdt David Alexander Martha zich liever schuil, evenals zijn ex, de actrice Grace R., die volgens de eerste berichten het moordvehikel heeft bestuurd tijdens de fatale afdaling in de spectaculair glooiende tuin waar ter ere van Pippa Blijenberg juist een kinderfeestje werd gehouden.'

Grace voelt haar hartslag omhooggaan. Het is alsof ze, veilig verborgen achter haar laptop, toch betrapt wordt. Ja, Grace R., kom maar tevoorschijn, we hebben je wel gezien daar achter je computertje.

En weer switcht het beeld, en ook daar schrikt Grace van. De witgedekte paarden zijn in beweging gekomen. Op de bok van het voorste rijtuig – de lijkkoets – zit een in het wit geklede koetsier met een witte cilinderhoed. Naast hem steekt een enorme zweep de hoogte in, terwijl hij met witte handschoenen aan het dubbelspan in toom houdt. Als de paarden de weg op draaien, krijgt ze goed zicht op de lijkkoets waarin het dode meisje bedolven ligt onder een zee van witte orchideeën. De mensen die langs de kant van de weg staan te wachten beginnen te klappen en houden daar niet meer mee op.

Het applaus verwart haar. Je applaudisseert als er iemand opkomt, denk aan een beroemde acteur of dirigent, en je applaudisseert uit enthousiasme na afloop van een indrukwekkende voorstelling.

Maar klappen voor een dood kind dat niet eens heeft mogen leren lezen en schrijven – wat moet dat betekenen? Ergens vermoedt ze dat het indirect tegen haar is gericht, dit applaudisseren. Hoe langer het aanhoudt, des te honender het op haar overkomt. Het is alsof de omstanders haar toebijten: wees er maar trots op, Grace R., dat je dit allemaal in je eentje voor mekaar hebt gekregen.

Ze vindt het moeilijk om ernaar te kijken en toch kijkt ze. Na de lijkkoets draaien er twee, nee vier paarden met de volgkoets de duinweg op. Op de bok van dit vierspan zit naast de witte koetsier een al even smetteloze bijrijder, met een witte pet in plaats van een hoge cilinder. Het zou ook kunnen dat de mensen klappen voor de rijkunsten van de beide koetsiers, want de scherpe, steil oplopende bocht ziet er beslist niet eenvoudig uit. Achter de raampjes van het rijtuig ziet ze hoofden – maar vaag. Ze kan niet eens onderscheiden of het mannen of vrouwen zijn. Wel is de lijkkoets zo eenzaam ineens, met alleen dat dode meisje erin en die ene koetsier op de bok. De volgkoets daarentegen, ruimer en comfortabeler, oogt met al die mensen erin en met dat tweetal gebroederlijk op de bok een stuk gezelliger. Zij hebben elkaar nog, zo lijkt het, terwijl het meisje aan haar lot is overgelaten.

Gertjan Hoek heeft nauwkeurig uitgezocht wie deze mensen zijn die daar in die volgkoets zitten opgehokt. Wie ze zijn en wat ze voorstellen. Mark Blijenberg, de vader, is een internationaal succesvolle advocaat, partner bij Clifford Chance. Hoog in de boom noemt Gertjan dat. Haar zegt het allemaal niks. De moeder heet van zichzelf Tessel van Alkemade, zij schijnt een soort van adel te zijn, wat dat ook moge betekenen. En de zoontjes Floris en Mees vormen een tweeling. Grace neemt het in zich op zoals iemand die een rijtje vreemde woorden uit het hoofd moet leren. Het blijven voor haar namen zonder gezichten, zonder lichamen. Alleen het dode meisje Pippa leeft voor haar, maar dat komt doordat ze telkens Norah voor zich ziet.

Ze vraagt zich af hoeveel deze mensen van haar afweten – van de verdachte Grace R., zoals de verslaggeefster haar heeft genoemd. Mogelijk hebben ze haar antecedenten nagetrokken. Zulke rijke mensen hebben overal toegang toe. Bovendien heeft ze niets te verbergen, dus is ze gemakkelijk op te sporen. Misschien weten ze zelfs dat zij op dit moment via de livestream naar hen zit te gluren.

Het kan natuurlijk ook zo zijn dat de Blijenbergs juist níet willen weten wie de dood van hun dochtertje op zijn of haar geweten heeft. Zolang je niets weet, kan de waarheid nog alle kanten op. Dan kan een dode misschien zelfs weer gaan leven. Als ze er zo in staan, dan hoeven ze vast niet te weten dat de veroorzaakster van hun niet te verkroppen verdriet hen van achter een laptop ademloos zit te begluren. Ja, dat zou voor iedereen het beste zijn: dat zij niet bestaat voor hen. Die mensen willen het liever zuiver houden op deze laatste dag. Hun wanhopig-hartstochtelijke verdriet is het enige wat ze nog hebben, daarin is terecht geen plaats voor haar. Vandaag willen ze iets intact houden, iets wat hierna nog lang genoeg kan blijven breken – tot er niets heels meer over is.

28.

Tessel begrijpt niet wat ze te zoeken heeft in deze muffe en benauwde koets, gescheiden van Pip, die in haar eentje vooropgaat. Vanuit de koets is de verlorene al niet meer te zien. Tessel zit met haar rug in de rijrichting en rijdt dus als het ware achteruit, de verkeerde kant op. Ze heeft het gevoel dat ze wordt afgevoerd, de falende moeder, overbodig geworden. Onder luid applaus van de toegestroomde rouwtoeschouwers is ze uit haar huis weggehaald. Daar heeft ze niets meer te zoeken, ze heeft nergens meer iets te zoeken. Tegenover haar, aan weerszijden van Stef, zitten Mees en

Flop, ieder bij hun eigen raam, waar ze alleen doorheen kunnen kijken als ze op de bank gaan staan. Ze wil moederlijke gevoelens voor hen hebben, maar dat gaat nu even niet. Hun stompzinnige levendigheid is op dit moment niet te verteren.

Zo-even nog, toen ze Pip in haar armen mocht hebben, voelde ze verbondenheid. Ze voelde dat ze dat moest doen, het was een drang die sterker was dan zijzelf. Natuurlijk, dit doet ze óók voor Pip, deze idiote processie door het dorp. Hoewel het bepaald niet haar idee is om zich zo pompeus tot de buitenwereld te richten, wil ze het toch goed doen. Dat is ze aan haar dochter verplicht. Haar liefste had het zelf vast prachtig gevonden, daar heeft Mark gelijk in. Het wit, de paarden, de koetsen. En ook zou ze bevangen zijn geraakt door de sombere ernst, die, hoewel het hoogzomer is, als een loodzware hemel op alles en iedereen drukt. Ja, dat is wat haar aan de boys tegenstaat: ze merken zo weinig op. Ook nu: ze koekeloeren naar buiten, maar wat zien ze met die vierkante schermoogjes van ze? Voor de paarden zijn ze doodsbang. Ze kijken naar het draaien van de grote ijzerbeslagen wielen, ze kijken ernaar, ieder aan hun eigen kant, als tamme hamsters naar hun eigen tredmolen. Het is oneerlijk zo over hen te denken, ze weet het, het zou haar juist moeten vertederen. En toch kan ze het kapotdenken niet stoppen. Ze kan niet anders dan het stompzinnige leven ervan beschuldigen dat het doorgaat alsof alles er nog is. En het sterkst toont het leven zijn ongevoeligheid in die twee zelfzuchtige droomkoninkjes. De onnozelheid van kinderen, zeggen ze dan, maar het is de wreedheid van het leven. En even flitst als een offermes de mogelijkheid door haar gedachten: zou ik een van de twee, eentje maar, willen geven om Pip terug te krijgen? Maar dat slaat natuurlijk nergens op. Dat is de goden verzoeken. Zo mag ze niet denken. Straks maakt ze een vergeten wraakgod wakker uit zijn duizendjarige slaap. Om zichzelf te corrigeren buigt ze zich naar voren om de kleintjes een voor een een warme knuffel te geven. Nee, mijn god, stel je voor, nee hoor, haar terrible twins zijn haar net zo dierbaar, al voelt het nu misschien eventjes niet zo.

Het zou prettig zijn als er een raampje open kon. Het begint al behoorlijk warm te worden, al is het nog ochtend. Mark vindt het geen goed idee. Hij wil niet het risico lopen dat Flop en Mees jolig naar buiten gaan hangen. Door zijn bezorgdheid over de beeldvorming realiseert Tessel zich dat haar benauwdheid niet van binnen maar juist van buiten komt. Het zijn niet de dichte raampjes, maar de blikken van de toeschouwers langs de kant van de weg die de beklemming en opgeslotenheid veroorzaken. Ze zijn gevangen in hun blikken, ook Pip. Ja, juist zij. Waarom is ze ook zo idioot van hen gescheiden? Konden ze niet samen in een rijtuig? Kon zij, als moeder, niet samen met haar dochter? Maar Mark wuifde alles weg. Dat kon niet, dat hoorde niet. Dat deed niemand. Het zou een belachelijk gezicht zijn geweest, zij die in een parade samen met haar afgelegde dode dochter door het dorp werd rondgereden. Nou, dat is het juist helemaal niet volgens haar. Een moeder met een dochter, hoe komt-ie daarbij, daar is toch echt helemaal niets raars aan. Dit is pas raar: met zijn allen op een kluitje achter haar eenzame karretje aan hobbelen zonder haar te kunnen zien, zonder contact met haar te hebben. En het raarste is dat al die mensen langs de kant een glimp van hen proberen op te vangen, alsof zij een stel beroemdheden zijn, uitverkorenen, op tournee tussen het gewone volk. Het ontbreekt er nog maar aan dat ze naar die mensen moeten gaan zitten zwaaien.

29.

Pepijn krijgt in zijn studiootje boven de makelaardij van zijn ouders niet de beelden binnen die hij wil. Sylvester staat op de verkeerde plek, dus nu loopt Teun in zijn eentje met de rouwstoet mee, waar hij erg veel moeite heeft met de handheldcameravoering. Zijn beeld zwabbert soms alle kanten op, het is niet te doen. Normaal, tijdens de hockeyevenementen, filmt hij van statief. Dit is nieuw voor hem. Pepijn snapt er trouwens niks van dat Sylvester per se naar het huis van die Antilliaan, die Martha, wilde gaan. Juice past totaal niet bij Lokaal. Noblesse oblige, in het reservaat. Tja, dat snapt zo'n burger niet.

De drone van Bas werkt gelukkig prima. Vanuit de lucht is pas goed te zien hoeveel mensen zich langs de route hebben verzameld. Maar je kunt de viewers niet de godganse tijd in de lucht laten hangen, dus noodgedwongen schakelt hij toch weer terug naar de schokkerige beelden van Teun. Wel goed is dat hij met zijn compacte handheld heel dichtbij kan komen. Hij heeft de kleine kist tussen die twee grote dragers al vet close in beeld gehad. Wel moet hij de hele tijd oppassen niet door geïrriteerde toeschouwers te worden weggeduwd. Een paar keer leek het erop dat hij met zijn camera tegen de paarden aan werd gedrukt. Hij zou ook best eens bij de volgkoets naar binnen mogen filmen, om de nabestaanden in beeld te krijgen, maar dat durft hij nog niet goed.

Sylvester laat weten dat hij niet naar de rouwstoet komt, maar meteen 'doorstiefelt' naar het gemeentehuis. Volgens het draaiboek komt de stoet daar over tien minuten aan. 'Misschien kan Sammy die burgemeester van jullie hoe heet die gast… Wildervanck, o ja… Misschien kan ze die alvast aan de praat krijgen.'

'Nee, alsjeblieft. Geen interviews. Het is een liveregistratie. Laat de beelden nou gewoon voor zich spreken.' Maar Sylvester heeft al opgehangen.

Teun heeft het zwaar. Ze rijden nu over de Oude Daalseweg. Het gaat daar op een bepaald punt behoorlijk steil naar beneden. De koetsiers hebben dan ook alle moeite om de paarden in toom te houden, het is een ware krachtproef. Teun liep eerst achterstevoren voor de stoet uit, maar dat achteruitlopen naar beneden ging hem niet goed af. Hij werd bijna door de voorste koets overreden en inmiddels loopt of rent hij achter de achterste koets aan, wat geen gezicht is. Gauw terug dus maar naar Bas voor een beetje rust vanuit de lucht.

Op het previewscherm van camera 2 ziet Pepijn dat Sylvester Sammy heeft opgesteld bij het portaal van het bekende witte neoclassicistische 'tempeltje' waar de gemeente Blankendaal zetelt. Daar zal Wildervanck straks naar buiten komen om de overledene en haar directe nabestaanden te ontvangen en kort toe te spreken. Sylvester laat weten dat Sammy al gezenderd is en dat ze 'fokking hot is om een paar lekkere quootjes uit dat burgemeestertje los te trekken'. Pepijns opwelling is om het geluid niet door te schakelen, maar hij beseft snel dat hij de geluidsverbinding ook nodig heeft voor de korte speech die Wildervanck heeft toegezegd.

Opeens ziet hij dat Sylvester iets anders aan het filmen is. 'Snel, snel,' hoort hij hem roepen. 'Schakel 'm effe door. Ik heb wat voor je.' 'Oké, camera 2, je bent nu in de uitzending.'

O nee, denkt Pepijn. Hij ziet mevrouw Ruychrock, met in haar kielzog haar onvermijdelijke echtgenoot, druk gebarend op de camera van Sylvester afstormen. Ze wekt de indruk dat ze niet gefilmd wenst te worden, maar dat kan Pepijn zich niet voorstellen. Het mens is continu bezig met aandacht vragen. Nu is het toevallig de verkeersveiligheid, maar de vorige keer, herinnert hij zich, was het de faunaverstoring door de nieuwe lichtmasten rondom de hockeyvelden. En daarvoor de verruimde sluitingstijd van het enige café van het dorp. Als ze niks kan vinden, dan verzint ze wel wat. Maar nu is er dus dat dodelijke ongeluk in de tuin van de familie Blijenberg. Wat een aandacht. Het kan niet op.

Volgens het schema dat hij heeft gekregen, mag mevrouw Ruychrock als Bezorgde Blankendaler na de burgemeester kort iets zeggen over de verkeersveiligheid. Tijdens een begrafenisplechtigheid! Welke onzalige idioot heeft dit bedacht? Enfin, het kan, het mag, dus het gebeurt. In het reservaat gelden de regels der beschaving alleen voor anderen.

Sylvester probeert Maudy Ruychrock en Sammy samen in één beeld te vangen, wat niet meevalt. Ten slotte kiest hij ervoor om Sammy van achteren te nemen, terwijl ze mevrouw vraagt of ze aan de kijkers kan vertellen wie ze is en wat haar relatie is tot de begrafenisplechtigheid. Maudy kiest meteen de aanval. Haar bijdrage is zonder overleg op het allerlaatste moment geschrapt. Razend is ze hierover. 'Ik vermoed politieke opzet, wat natuurlijk abject is bij een intens trieste aangelegenheid als deze. Het bewijst dat verkeersveiligheid niet telt voor dit college. Er vallen nu al doden, en nog is men op het gemeentehuis niet wakker. Elke dode is er een te veel, dat moge duidelijk zijn. En zeker deze ene, want het arme kind woonde bij ons in de straat. Dan komt zoiets extra hard aan. Dat mag u gerust weten.'

Op zijn previewscherm ziet Pepijn dat de rouwstoet elk moment bij het gemeentehuis kan arriveren, dus schakelt hij snel over naar camera 1. Teun loopt half achter de tweede koets, waardoor hij straks de mogelijkheid heeft om én de rouwstoet én het gemeentehuis in één beeld te vangen. Hopelijk wordt het niet te schokkerig. Camera 2 heeft nu beeld van burgemeester Wildervanck die naar buiten komt en plaatsneemt achter het geïmproviseerde spreekgestoelte. Deze opstelling heeft hij afgekeken van de Amerikaanse president, mede omdat hij er graag over fantaseert dat het witte neoclassicistische gemeentehuis in de verste verte een heel klein beetje op het echte Witte Huis aan Pennsylvania Avenue lijkt.

Pepijn wacht nog even af of Teun met zijn totaalshot van de witte rouwstoet en het witte gemeentetempeltje komt, mooi beeldrijm zou dat zijn, maar als de burgemeester het sprekende hoofd naar de microfoon neigt, schakelt hij meteen naar camera 2. Shit, juist op dit moment ziet hij het gezochte totaalplaatje met het gezochte beeldrijm op camera 1 verschijnen. Beautiful! Maar het is onprofessioneel om bij multicameraregie snel te switchen. Rust bewaren, rust betekent overzicht. En dat is wat de kijker zoekt. Die wil weten waar hij is.

Waar de kijker nu is, is bij de burgemeester die wordt lastiggevallen door Maudy Ruychrock. Ze is niet gezenderd, dus niet te verstaan. Sammy is zo handig om háár microfoon ertussen te steken, zodat de kijkers van de livestream kunnen meegenieten van Maudy's ongezouten kritiek op het falende Blankendaalse verkeersveiligheidsbeleid.

Pepijn heeft er dubbele gevoelens bij. Met spijt moet hij aanzien dat zijn plechtige registratie van een aangrijpende kinderuitvaart verpest wordt door activistische rellerigheid. Anderzijds gaat het waarschijnlijk deze smakeloze actie zijn die het aantal views op zal stuwen tot ongekende hoogte. Hoe lager je mikt hoe hoger je scoort. Dat is de professionele les die Sylvester de Jong speciaal voor hem heeft meegenomen uit zijn rijke carrière.

Het pijnlijkste is nog dat de witte rouwstoet halt houdt voor het gemeentehuis en dat de woordenwisseling bij het spreekgestoelte onverminderd doorgaat. Pepijn heeft teruggeschakeld naar camera 1, waar Teun enigszins zwabberend blijft mikken op de twee koetsen en er niet in slaagt om het gemeentehuis óók in het kader te vangen. De echte Blankendaler snapt waarschijnlijk wel dat ze nu voor het gemeentehuis staan, maar voor de kadrering van het plaatje is het een gemiste kans.

Daarom is het beter om weer over te schakelen naar camera 2, waar nu Sammy Vega zelf het woord heeft genomen om uit te leggen dat ze geen flauw idee heeft waarover burgemeester Wildervanck en 'die mevrouw' staan te ruziën, 'op een dag die in het teken hoort te staan van het diepste verdriet denkbaar, de gruwelijke dood van een kind van nog geen zes, die deze hechte gemeenschap heeft opgeschud'.

Uiteindelijk lukt het de burgemeester om het woord tot de aanwezigen te richten, 'in het bijzonder,' zoals hij zegt, 'de ouders en de broertjes van Pippa Blijenberg, voor wie deze dag...' Hij heeft niet verstaan wat Sammy heeft gezegd, dus hij komt óók aanzetten met 'het diepste verdriet denkbaar' en ook hij is van mening dat 'deze hechte gemeenschap is opgeschud'. 'Woorden schieten tekort,' luidt zijn conclusie, 'om ook maar bij benadering te kunnen aangeven wat u in uw koets nu doormaakt.'

30.

In de volgkoets verstaan ze geen woord van wat er voor het gemeentehuis wordt gezegd. Mark zit zich binnen in het muffe gevaarte op te vreten, hij zou het liefst briesend naar buiten stormen om verhaal te halen. Die Maudy Ruychrock, wat een verschrikking is dat mens toch ook altijd. En wat doet die halfnaakte motormeid op het bordes – wie verzint dit allemaal? En die Wildzang, wat staat-ie daar toch te neuzelen? Die vent is werkelijk een aanfluiting. Ach, als hij iets in zijn mars had gehad, dan was-ie nooit van z'n leven blijven steken als waarnemend burgemeester, moet je maar denken, en al helemaal niet in een gemeente waar zelfs de minst gesitueerde ingezetene waarschijnlijk nog welgestelder is dan hij.

De grooms, die als twee verdwaalde kelners achter de volgkoets aan hebben gedraafd, hebben zich inmiddels aan weerszijden van de koetsdeur geposteerd. Anja, die de hele tijd als een soort oppermajorette voor de stoet uit heeft gelopen, gebaart vragend of de familie uit wil stappen of liever in de koets blijft zitten. Ze gebaart ook in de richting van het gemeentehuis, waarna ze misprijzend haar hoofd schudt.

Anja's bevestiging van de wanvertoning van de plaatsvervangende burgervader en die twee opgefokte Walküren wekt bij Mark een golf van woede op. Zie je wel, zie je wel, die belastingverspiller kan niks, hij kan helemaal niks. Ja, Pippa's perfecte laatste dag verpesten, dat kan hij. Het draaiboek was zijn houvast geweest. Deze dag moest perfect worden, de perfectie was zijn pantser – dat hij nodig had om niet uiteen te vallen. Het moest iets sprookjesachtig moois worden, iets wat hij Pippa wilde meegeven, wat hij haar gunde, wat bij haar paste. Alles moest in het teken van zijn geliefde dochter staan. Zoals de mens vroeger naar de nachthemel tuurde om in die duisternis naar de juiste stand van de maan en de sterren te zoeken, zo streefde hij naar een organisatie die tot in de puntjes klopte. Een transparante organisatie was het licht dat hem door de duisternis van de totale verstandsverbijstering moest leiden. Maar dat is nu allemaal kapotgemaakt door die klojo. Daar staan ze dan met hun witte koetsen en hun wit afgedekte paarden, terwijl er op het bordes een gemeentelijke klucht wordt opgevoerd. Een belediging is het, deze parodie, een belediging voor hun intense, afgrondelijke wanhoop. Het lot van Pippa zou deze idioten tot nadenken hebben moeten stemmen en tot verinnerlijking moeten brengen, maar het onmenselijke offer is kennelijk niet besteed aan deze armoedzaaiers.

De kleintjes vervelen zich in de koets en zeuren dat ze eruit willen. Stéphanie trekt ze telkens geduldig terug op hun plaats, maar inmiddels is er geen houden meer aan.

Mark, die wel iets anders aan zijn hoofd heeft, valt vreselijk tegen ze uit. 'Het gaat nu even niet om jullie. Het gaat vandaag om jullie grote zus. Het zou fijn zijn als jullie daar respect voor op zouden kunnen brengen.'

Ze snappen geen woord van wat hij zegt, maar ze horen de agressie en kijken hem met grote, bange ogen aan.

Opgefokt door zijn eigen woede belt hij Anja met nieuwe instructies. Hij ziet van achter het raampje van het portier dat ze verrast wordt door haar eigen ringtone. Als ze meneers nummer ziet, kijkt ze hem verbaasd aan. 'Wegwezen hier,' sommeert hij haar. 'We rijden meteen door naar de begraafplaats.' Hij schreeuwt het met zo veel kracht, dat ze het ook zonder telefoon wel hoort.

De jongetjes kijken hem bang en wantrouwig aan, alsof ze er niet zeker van zijn of deze grote schreeuwende man nog wel hun vader is of dat een boze tovenaar papa heeft weggetoverd en hun deze harde schreeuwer ervoor heeft teruggegeven.

Zodra de stoet zich in beweging zet, voelt Mark dat alles vergeefs is. Niets wat hij doet, zal nog betekenis hebben. Hij heeft dit niet gekund, hij heeft niet eens deze laatste dag van zijn dochter behoorlijk kunnen organiseren. Hij heeft zichzelf en zijn gezin, maar vooral Pippa ernstig teleurgesteld met deze faliekante faal. Eén perfecte dag, deze alsjeblieft, meer heeft hij niet gevraagd. Op magische wijze heeft hij steeds geloofd dat haar dood iets tijdelijks was en dat ze na de begrafenis gewoon weer met hen mee naar huis zou gaan. Het was een test. Als hij het maar perfect deed, als hij maar zou slagen. Dan zou alles weer normaal worden. Maar nu ze met de hele stoet linea recta naar de begraafplaats doorrijden, zonder tussenstops en zonder verdere officiële plichtplegingen, beseft hij dat hij zich met deze grandioze uitvaart grandioos voor de gek heeft gehouden. Ze rijden met heel veel omhaal en uiterlijk vertoon naar iets wat uiteindelijk een gat in de grond zal zijn.

31.

Grace kan zich moeilijk losmaken van wat ze op haar scherm allemaal ziet. Niet ziet, om precies te zijn. Het feit dat in het begin van de uitzending haar naam werd genoemd, of liever van haar verdachte lookalike Grace R., maakt dat ze aldoor benauwd is dat ze er weer bij wordt gesleept. Toch wil het er bij haar niet in dat ze het zelf is. Ze beleeft het alsof ze er helemaal buiten staat. Haar stand-in Grace R. is een eigen leven begonnen in een virtuele werkelijkheid die zich hier op het scherm voor haar ogen afspeelt. De optocht van de witte koetsen en de witte paarden en die eigenaardige mevrouw stapvoets voor de stoet uit, als een soort verkenner of aanvoerder: ze beleeft het als een enscenering. Het is voor haar een soort re-enactment van een of ander bizar kostuumdrama, of misschien zelfs een parodie daarop, gezien dat applaudisserende volk langs de kanten en die geluidloze slapstickwoordenwisseling voor het gemeentehuis.

Emotie voelt ze pas wanneer er wordt overgeschakeld naar een bosrijke begraafplaats ergens in de duinen. Idyllisch, denkt Grace geroerd. De eeuwenoude eiken en beuken, waar piepjonge zangvogeltjes hun nestvreugde veelstemmig in de rondte kwetteren, vormen een beschutte plek waar het prettig is om jezelf even te kunnen verliezen in vrij zwevende overpeinzingen. Er wordt ingezoomd op een rijtje graven. Kindergrafjes, ziet ze tot haar ontsteltenis. Die zijn enger dan gewone graven. Doodeng, in hun onmogelijke combinatie van kind en overleden zijn. De camera houdt de veelal vrolijk vormgegeven zerkjes tergend lang in beeld. Tijd genoeg om – onvermijdelijk – de naampjes te lezen, de leeftijdjes, het immense verdriet. Het is ook een hulpeloos verdriet, want het komt handen, armen en tranen tekort en klampt zich in wanhoop vast aan uitgekauwde troostwoorden.

Grace wordt getroffen door de pietepeuterige zorg die aan de grafjes is besteed, alsof het kinderbedjes zijn, kinderkamertjes, speelhoekjes – vol dingetjes en gedoetjes: ballen, beertjes, poppen, dat soort gebaren. Het zou ook iets akeligs of zelfs belachelijks kunnen hebben, zo'n imitatiewerkelijkheid, maar zo zit het niet bij haar. Wat ze ziet, is hoe ver ouderliefde kan gaan: voorbij alle redelijkheid tot aan de waanzin aan toe. Met alle macht en bijgeloof die ze in zichzelf kunnen vinden, houden de verweesde ouders hun kindergrafje in leven. Ze zorgen ervoor zoals ze nog nooit voor iets hebben gezorgd, want toen hun kind nog bij hen was, was het zorgen iets dagelijks en vanzelfsprekends, een sleur zelfs soms. Pas nu het verloren is geraakt in de tijd, ontdekken ze hoe bovenmenselijk veel ze van hun kind hebben gehouden. Wie weet groeit het in de donkere ondergrond stilletjes door en verrast het hen op een dag, precies zoals ook de geboorte hen verrast heeft. Zolang deze magische mogelijkheid niet mag worden uitgesloten, houden ze stilletjes rekening met het onwaarschijnlijke scenario dat hun verloren ziel op een dag de weg naar huis zal weten terug te vinden. En dus zijn er voetballen, poppen, teddyberen, geplastificeerde foto's van geliefde honden en katten, en zelfs een fonkelnieuw kinderfietsje bij de ingang naar de onderwereld achtergelaten; elk geschenk wordt uitgeprobeerd om hun onbereikbare lieveling te verleiden terug te keren onder de levenden.

Na een rijtje zerkjes en minimonumentjes voor onder anderen 'lieve, dappere Anouk', 'Petertje', onleesbaar en 'Valentijn het mocht niet zo zijn' houdt de camera halt bij een vers gedolven graf. De uit de grond geschepte aarde ligt er als een bergje achter. De spade staat rechtop in de rulle aarde, alsof de grafdelver op heterdaad is betrapt en er halsoverkop vandoor is gegaan. Daar kan ze zich wel iets bij voorstellen. Op het delven van een kindergroeve is niemand trots. Het gat ligt er nu zielloos te gapen, in onverschillige afwachting van zijn vulling.

De camera houdt het beeld tergend lang vast. Grace weet dat het niet zo is, maar toch bekruipt haar het achterdochtige gevoel dat het beeld speciaal voor haar zo lang wordt vastgehouden. Kijk maar eens goed, you b****. Dit gat is wat jij die arme ouders hebt gegeven, Grace R.: een gat in de grond met een berg aarde ernaast om de boel dicht te gooien. Weg ermee, zand erover. Dat is jouw bijdrage aan het leven van deze mensen. Dankzij jou begraven straks twee ouders in deze kuil hun hoop en hun vertrouwen en jij geeft ze er wanhoop en vertwijfeling voor terug.

Net wanneer Grace het niet langer meer kan aanzien, schakelt de regie over naar de rouwstoet. Die is aangekomen bij het gesloten hekwerk van de begraafplaats. Enkele paarden maken van het oponthoud gebruik om van onder de staart terloops een vers pak glanzende paardenvijgen te droppen, terwijl het begrafenispersoneel in geacteerde plechtigheid bezig is het gietijzeren hek op de voorgeschreven waardige wijze te openen.

Als dat gebeurd is, weet even niemand hoe het verder moet. Ongemerkt is het namelijk nogal druk geworden. Het zijn de mensen die in losse groepjes achter de grote en de kleine koets aan zijn gegaan. En nu dringen ze op het tamelijk smalle bosweggetje om de koetsen heen, ze kunnen het kistje met hun blote handen aanraken als ze willen. Arme ouders, denkt Grace schuldbewust. Ook dit doet zij hun aan. Enkele bijdehante types willen zelfs voor de paarden langs als eerste naar binnen glippen, zo begerig zijn ze naar wat komen gaat. Ze hebben er genoeg van om achter de gebeurtenissen aan te hobbelen. Er is gaandeweg een recht ontstaan, het is ook hun gat dat aanstonds gevuld gaat worden, ze willen vooraan staan.

Het spontane initiatief zorgt voor een paniekerige reactie bij de medewerkers van de uitvaartonderneming, die hier duidelijk geen rekening mee hebben gehouden. Chaos is de gruwel van de branche. Anja staat te gebaren als een verkeersagent, maar niemand lijkt zich erom te bekommeren wie zij is en wat zij hier staat te doen. Twee eveneens in het wit geklede uitvaartassistenten proberen op waardige wijze het dubbele hek weer dicht te duwen. Ook die poging is kansloos, want er zijn er zoveel meer die het hek juist willen openduwen.

Grace verbaast zich over het ongepaste gedrag van het uitvaartpubliek. Van Blankendalers zou je toch iets meer decorum verwachten. Zulke lieden laten zich graag voorstaan op hun goede afkomst en dito manieren. Maar ze zullen achteraf wel weer de buitenstaanders de schuld geven van de misdragingen. 'Deze mensen komen van buiten het reservaat, we kennen ze niet. Een echte Blankendaler is gesteld op zijn rust en zijn regels.'

De koetsier van de kleine koets probeert zijn tweespan voorzichtig naar binnen te manoeuvreren. De voordringers hebben godzijdank het fatsoen om opzij te gaan, dat valt Grace dan wel weer mee van ze. Er is een met fijn grind bestrooid voorhof waar de paarden nog uit de voeten kunnen, maar daarna wordt het pad al snel te smal. De koetsier besluit om halt te houden. Het is door de drukte niet goed mogelijk om de grote koets met de vier paarden binnen de hekken te krijgen. De poging wordt halverwege gestaakt. De paarden worden te onrustig, het is niet verantwoord. Ze kunnen niet verder, maar ook niet terug.

De beeldregie schakelt naar de kuil met de berg aarde erachter. Het vormt een vreemd contrast met de commotie bij het hek, deze verstilde rust. Maar als Grace er langer naar kijkt, kan ze de vibraties van de chaotische taferelen verderop als het ware bijna voelen.

Als het beeld weer terugkeert naar de ingang, ziet ze dat het kinderkistje uit de lijkkoets is getild en door twee man wordt gedragen, zo licht is het kennelijk. Een meisje van bijna zes met wat spaanplaat eromheen, dat weegt haast niks. De ouders lopen er schoorvoetend achteraan, met ieder een jongetje aan de hand. Vooral de vrouw draagt de ontroostbaarheid met zich mee in heel haar verkrampte lijf. Maar ook de man oogt verslagen. Dit zijn ze dus, denkt ze, dit zijn dus de mensen wier kwade genius ik ben, de onbekende godheid die met vaste hand het ongeluk hun kant op heeft gestuurd en op klaarlichte dag hun levens heeft verwoest. Ze weet nu wie haar slachtoffers zijn, ze kende eerst alleen de namen, nu ook de gezichten, maar die mensen zelf weten van niets, weten niet dat hun onheilbrengster via twee camera's minutieus hun tragische verrichtingen volgt en de kuil al kent waar zij nog naar op weg zijn.

32.

'Nee, Sylvester, echt niet, dat gaan we dus effe mooi niet doen.' Pepijn wordt helemaal gek van die gast. Nu wil hij per se dat Sammy een stand-upje doet bij het lege graf en dat ze gaat proberen de ouders kort te interviewen. 'Alleen een quootje. Puur voor de emo, weet je.' 'Godverdomme, Sylvester, fuck off, man. Dat kan je niet maken, gast. Het is geen voetbalwedstrijd of zo.'

Op het andere schermpje ziet hij haar al bij het grafje staan warmdraaien. Lippen tuiten, broek optrekken, iets aan haar topje verschikken. Dit is verdomme de uitvaart van een meisje van vijf. Dankjewel, Sammy Vega, dat je je lichaam met ons wilt delen, maar daar zitten we nu even niet op te wachten. Blankendaal Lokaal is een familiezender met jaarlijks tienduizend euro subsidie van de gemeente en een betrouwbare hoofdsponsor, dus je moet niet gaan zitten kutten en klootviolen.

Pepijn hoopt dat hij het met één camera ook redt, al heeft Teun het zwaar. Het pad is te smal en te druk om naast de kist en naast de ouders handheld te filmen, dus hij heeft ervoor gekozen om vooruit te gaan en zo goed en zo kwaad als dat gaat achterstevoren te lopen. Gelukkig is Rutger erbij, een vriend van hen beiden, en die zorgt ervoor dat Teun strak op het pad blijft en niet ineens over een graf struikelt. Irritant is dat die uitvaartleidster in dat witte circuskostuum de hele tijd in de weg blijft lopen. Ook de kist komt er niet goed op. Daarom stelt Pepijn voor om toch maar achter de ouders te filmen. Teun gaat naast het pad staan, op een grafsteen, en filmt hoe de kist en de ouders voorbijkomen. Er lopen de hele tijd mensen hinderlijk door het beeld. Hij wordt ook nog geduwd, ondanks Rutgers pogingen om hem af te schermen. Wanneer hij pal achter de ouders aansluit, wordt hij door iemand lomp in de rug gepord, waardoor het beeld hevig schokt. Graag was Pepijn direct overgeschakeld naar camera 2, maar op het schermpje ziet hij dat Sylvester nog steeds enkel oog heeft voor Sammy. Ze lijkt een proefstand-upje te doen. Als hij het geluid aanzet, hoort hij haar vertellen dat de rouwstoet er 'elk moment' kan zijn. Dankjewel, Sammy, voor je interessante informatie. Maar sorry hoor, daar hebben we nu even geen tijd voor.

Het beeld van camera 1 is niet wat Pepijn ervan verwacht heeft. Hij had gehoopt het verdriet en de verslagenheid te kunnen aflezen van de ruggen van de ouders. Teun zit er veel te dicht op, de ruggen worden grijze vlakken en domineren het hele beeld. Van de kist is niets meer te zien. Wat te doen? Teun is ingesloten in de stoet, het zal niet makkelijk voor hem zijn om eruit te stappen en snel weer naar voren te lopen, met al die mensen overal. Toch naar camera 2? Het kan zijn dat Sylvester de stoet al ziet naderen. 'Camera 2, heb je de stoet in beeld?'

Sylvester antwoordt met zijn camera. Yes! Pepijn schakelt onmiddellijk over.

Schitterend, hij kan niet anders zeggen. Het beeld is perfect. Het lijkt wel een scène uit een Italiaanse speelfilm. De stoet daalt vanaf een hoger gelegen punt af richting de camera. Er zit ook nog een slinger in het pad, zodat het een indrukwekkende intocht wordt, met voorop dat kleine kistje dat door die twee witte wachters wordt gedragen. Het wit van de dragers, van de kist en van de ouders steekt scherp af bij het groen van de begraafplaatsbegroeiing en het allegaartje van de gewone volgers. Het heeft iets hemels, dat witte rouwvertoon, alsof de dode en degenen die haar dragen en naar het graf begeleiden al niet meer tot deze wereld behoren. Complimenten, Sylvester de Jong. Dat heb je, eerlijk is eerlijk, zeer professioneel neergezet.

Het jammere is dat Rutger en Teun met hun camera storend in beeld verschijnen, wanneer de stoet dichterbij komt. Teun is erg druk in de weer. Hij denkt vast dat hij nog steeds on air is. Toch besluit Pepijn hem niet te callen. Dat zou te veel ergernis geven bij de rouwende ouders pal voor hem. Het beste is dat Teun zelf gaat snappen dat zijn frame met al die grijze vlakken fucking shit is. Dat hij dat niet allang heeft gezien – onbegrijpelijk. Tja, en ondertussen loopt die sukkel daar achter de rug van die arme mensen voor de kat z'n kut heel overdreven de cameraman uit te hangen.

Als de stoet bij de kindergrafjes is aangekomen, verspreiden de mensen zich, op zoek naar een geschikte plek om te staan. Ook dit brengt Sylvester voortreffelijk in beeld, niks op aan te merken. Hij is naar achteren gestapt. Hij staat nu op een verhoging zodat hij een mooie overview kan maken van de schuifelende, ademende massa die zich stilzwijgend groepeert rondom de ineens wel héél kleine kuil. Men probeert zoveel mogelijk op het pad te blijven, maar onvermijdelijk beginnen mensen ook op graven te stappen. Het is er eenvoudigweg te krap.

Pepijn zoekt contact met Teun. Het zou mooi zijn als hij close-ups kan maken, liefst van de ouders of die zoontjes, maar anders van andere omstanders. Emoties moet hij hebben, beleving.

En dan gaan alle alarmbellen bij hem af. Sammy is zo te zien ook op een graf geklommen, want ook zij torent, net als de camera van Sylvester, boven de aanwezigen uit. Het zou raar zijn om nu weg te schakelen, ook omdat het beeld van camera 1 nog niet zendklaar is. Er zit niets anders op dan Sammy haar gang te laten gaan. Ze probeert duidelijk eerbied in haar performance te leggen, onder andere door omfloerst te spreken, fluisterend eigenlijk. Wat ze zegt, pakt hij daarom niet goed op. Hij blijft hangen in het hoe. 'We staan hier... we zijn hier getuige van... onnoemelijk leed, verdriet, verlies, gemis... woede, dat ook...' Pepijn voelt haar ietwat hese stem als een tong in zijn oor kriebelen.

Op het kleine schermpje van camera 1 ziet hij dat Teun in de problemen is geraakt. Hij heeft geprobeerd een voxpopje te halen bij een van de omstanders, maar dat is niet goed gevallen. Nu wordt hij hardhandig weggeduwd. Aan het draaierige beeld te zien, wordt hij omvergeduwd. Bomen, voeten, vertekende gezichten komen in een draaikolk voorbij. Hopelijk kan Rutger hem bevrijden, maar de onsamenhangende beelden voorspellen niet veel goeds.

Tijd om zich zorgen te maken heeft hij niet, dus is het byebye camera 1 en concentreert hij zich op camera 2, waar Sammy een stapje terug heeft gedaan en het beeld vredig rust op het witte kistje en de witte nabestaanden. Het is een perfect moment, denkt Pepijn. Een perfect beeld, bedoelt hij. En het heeft er de schijn van dat de witte mensen er zelf ook zo over denken. Ze willen de toestand niet verbreken, zo lijkt het. Onbeweeglijk staan ze daar, bevroren in het moment. Het zijn de twee dragers die, op een nauwelijks waarneembaar teken van de uitvaartleidster, het kistje optillen en het op de twee balkjes boven het graf leggen. Daarna worden de touwen door de handvatten van het kistje getrokken en is het gereed om af te dalen in de donkere aarde.

Als een rechter in een rechtszaal vraagt de uitvaartleidster of er iemand nog iets wil zeggen. Het lijkt alsof de vader wordt aangesproken, maar deze schudt schichtig het gebogen hoofd.

Op dat moment komen er twee extra uitvaartemployés uit de menigte tevoorschijn om zich bij het tweetal aan het graf te voegen. De uitvaartleidster geeft een knikje, waarop de touwen aan de vier uiteinden precies tegelijk strak worden getrokken. Vervolgens bukt ze om eerst het ene en daarna het andere balkje onder de kist vandaan te trekken, waarna het ding een beetje wiebelig boven het gat komt te hangen. Voorzichtig beginnen de touwtrekkers de kist zachtjes te wiegen, zoals een kind wordt gewiegd om het te laten slapen.

Hier houdt de moeder het niet meer. Ze wil haar kind niet loslaten, deze poppenkast heeft nu lang genoeg geduurd. En met een dierlijke brul stort ze zich op het verdwijnende kistje, in een wanhopige poging te redden wat er al niet meer te redden valt. De vier uitvaartemployés proberen met al hun krachten de zaak zwevende te houden, tussen hemel en aarde als het ware, maar de neerwaartse druk is te groot en de vrouw dondert met kist en al in de kuil. Weer een schreeuw, maar nu van een omstander. De verbijstering plant zich als een bolbliksem voort door de rijen. Wat was dat? Gebeurde dat echt? Niemand ziet iets natuurlijk. Alleen camera 2 heeft het perfect in beeld.

Op het kleine controleschermpje ziet Pepijn dat Teun zich herpakt heeft en ook op een van de volwassen zerken achter de kindergrafjes is gaan staan. Vanuit die camerapositie heeft hij vol zicht op de vader, de twee jongetjes en hun tante. Full house. Bingo. Pepijn weet niet hoe snel hij over moet schakelen. De camera leest de verbijstering, het medelijden, maar ook de schaamte van de gezichten van de twee volwassenen. De kinderen daarentegen proberen zich los te wurmen uit de hand die hen vasthoudt om over de rand te kijken en te zien wat hun moeder daar in dat gat voor leuks en spannends aan het doen is.

Het is de uitvaartleidster die handelend optreedt. Eerst laat ze de touwtrekkers een poging wagen het hele zaakje voorzichtig weer op te takelen, maar dat lukt niet, ook omdat de moeder daar beneden bepaald niet tot rust is gekomen, wat natuurlijk funest is voor het evenwicht. Ze moet de vrouw aan haar armen of onder haar oksels uit de groeve omhoog zien te hijsen en haar vervolgens op de kant trekken. Maar daarvoor moet ze haar proberen te scheiden van datgene wat ze onder geen beding wenst los te laten. En dat is hetzelfde als iemand vragen om zijn arm of been af te zagen.

Naarmate de opstanding van de moeder uit het graf van haar kind langer uitblijft, groeit de onrust. Het gekwinkeleer van de zangvogels wordt overstemd door het geroezemoes van de geschokte aanwezigen, die allen hun versie van de gebeurtenissen toetsen aan die van anderen. Het is één grote rondgonzende uitruil van gebrekkige informatie, die niet tot inzicht leidt maar hooguit tot het vage gevoel iets sensationeels te beleven, al heeft men zelf niets kunnen zien.

'Begraaf mij ook maar! Als jullie haar onder de grond willen stoppen, zullen jullie ook mij mee moeten nemen! Het is mijn kind!' hoort Pepijn op zijn headphones – dankzij Sammy, die haar microfoon met windkap zo'n beetje in het graf heeft gestoken.

Pepijn schakelt meteen terug naar camera 2. Ook die hangt nu boven het grafje. Het is een vreemd gezicht, die volwassen vrouw in die te krappe kuil, haar witte jurk besmeurd met vegen modder en aarde. Van het kinderkistje is niets meer te zien.

'Wees maar niet bang, mama is bij je, Pippie, m'n kleine meisje, m'n allerliefste Pippita Pippeloentje.'

De uitvaartleidster biedt aan dat ze alles wil doen om mevrouw en haar dochter te helpen. Als mevrouw wenst dat haar dochter weer uit de groeve wordt gehaald, dan kan dat. Daarvoor moet mevrouw natuurlijk wel eerst van de kist af. Anders krijgen de mannen die onmogelijk opgetakeld.

Het verzoek blijkt effect te hebben. De moeder klautert onhandig overeind, laat zich door haar man uit de kuil hijsen en staat in haar besmeurde jurk verwilderd om zich heen te kijken, alsof ze nu pas beseft dat al die mensen, tientallen, nee honderden, er ook zijn. Velen herkent ze, zonder ze werkelijk waar te nemen, ze kijkt door hen heen, alsof het schimmen zijn, afkomstig uit het dodenrijk van haar vorige leven.

Niemand weet goed wat er nu moet gebeuren, al heeft aan het toenemende geroezemoes te oordelen iedereen er een mening over. Ondertussen moet er wel een knoop worden doorgehakt. Het is niet mogelijk om de kist eindeloos boven het gat te laten zweven. Het is evenmin mogelijk de moeder stilletjes af te voeren.

33.

Mark slaat een arm om haar heen, maar het voelt allerminst vertrouwd. Het is de arm van een vreemde, wat opdringerig aanvoelt, zodat ze zich onder de aanraking uit draait. Sorry, mompelt ze, het ligt niet aan jou. Ze voelt geen enkele spijt of schaamte om haar ontregelende gedrag. Het is iets wat ze heeft moeten doen. Binnen in haar, in het oog van de waanzin, was het volstrekt helder. Niets mocht onbeproefd blijven, ze moest alles aangrijpen om haar Pip te behouden – zelfs het onmogelijke. Nee, juist het onmogelijke. Ze weet dat dit niet uit te leggen valt en daarom probeert ze het ook niet eens.

Niets doet er nog toe, zelfs de lelijke vegen op haar witte jurk kunnen haar niks schelen. Het is alsof zijzelf ook is gestorven – net als Pip. Ja, net als Pip, dat zou mooi zijn. Het leven om haar heen komt op haar over als een wezensvreemd hiernamaals: reeds geleefd en gedoemd om uitentreuren herhaald te worden. Het doet er niet meer toe, het raakt haar niet meer. Haar hart is dood, haar ziel gevlogen. En het dringt niet tot haar door hoe wreed en oneerlijk het is tegenover de twee jongens, tegenover Mark en ook tegenover haar kleine zusje. Ze weet het misschien, maar ze voelt het niet zo. De enige aan wie ze zich hecht, is in haar andere, haar echte leven achtergebleven, het is alsof ze allebei zijn achtergebleven in die wereld die niet meer bestaat. Zonder Pip is er alleen deze treurige nazit waarin niets ooit nog goed gaat komen.

Ze merkt hoe bang iedereen voor haar is geworden. Niemand durft iets te doen, iedereen kijkt naar haar, de koningin van het bal in haar besmeurde jurk. Alsof het een publieke executie betreft, geeft ze Anja het teken waarop door iedereen wordt gewacht.

'We doen dit voor haar, lieverd,' fluistert Mark, terwijl hij een arm om haar heen slaat. 'Dit zijn we aan haar verplicht.'

Tessel rukt zich van hem los. Hij weet niet waar hij het over heeft. Dit heeft niets met Pip te maken. Deze uitvaart is er voor Mark, voor hem is rouw en verdriet een logistieke operatie, een goed geregelde show. Ze haat het. Of haat ze hem? Deze hele toestand lijkt een poging om Pip van haar af te nemen en haar nagedachtenis te modelleren tot een showpiece in dat internationale succesbestaan van hem. Maar voor haar is Pip niet iemand buiten haarzelf. Pip is geen ander. Ze leeft binnen ín haar, precies zoals ze samen ook begonnen zijn. Zij en haar eerste kind. Helder als de werkelijkheid ervaart ze dat gevoel van toen, een gevoel dat sterker is dan pijn en dood. Het is een gevoel dat alles overleeft.

Achter een waas ondergaat ze de teraardebestelling, het handje zand dat ze op het kistje moet gooien, de camera die haar zo hondsbrutaal van dichtbij filmt. Het is alsof ze het niet zelf is en alsof het Pip niet is die hier onder handjes zand bedolven wordt. Zij, zoals ze hier staan, zijn al andere mensen geworden. Pip zou hen bij wijze van spreken niet eens meer herkennen.

En ineens is daar, vanwege die handjes zand, de herinnering aan hun korte zon-en-zeetrip naar Bonaire in de meivakantie, toen Pip zich gierend van de lach liet begraven door de kleine handjes van haar graafgrage broertjes en proestend uitriep: ah! nu ben ik dood, ah! nu ben ik dood. En al haar onthechting ten spijt, moet Tessel zomaar opeens keihard en ontroostbaar huilen. Het overweldigt haar, het neemt bezit van haar. Er komt een misselijkheid opzetten, in haar buik woelt een pijn die haar binnenstebuiten keert. Ze is zichzelf niet meer, ze weet niet meer wie ze is. Haar hele lichaam lijkt zich binnenstebuiten te keren. Iets moet eruit. Iemand moet eruit, iemand die daar gevangenzit. Het moet, het moet, maar het gebeurt niet. Ze zou haar lichaam met haar blote handen willen openscheuren.

34.

Grace klapt haar laptop dicht, maar de beelden gaan niet weg, ze veroorzaken een knoop in haar maag. Was Noor maar bij haar, haar warme lijfje, haar eigenwijze poppensnoetje. Lichtpuntje in haar verduisterde bestaan. Ze wil haar voelen, tegen zich aan drukken. Dave houdt haar wel erg lang van haar weg. Straks wil hij haar definitief bij zich houden om zijn aanstaande gezinnetje alvast wat vorm te geven. Ze heeft altijd aangenomen dat zijn financiële zorgzaamheid voortkwam uit schuldgevoel over zijn eigen emotionele nalatigheid jegens zijn kind. Dat hij met geld probeerde de gevoelens goed te maken die hij niet had. Maar nu verdenkt ze hem ervan dat hij haar al die tijd bewust onder curatele heeft gehouden met die giften en gunsten van hem. Ze is compleet van hem afhankelijk geworden: zijn Volvo, zijn appartement in de stad, en nu zelfs zijn advocaat.

Voor het eerst sinds hun scheiding is ze bang dat Dave Noor werkelijk van haar zal afpakken.

Het komt ook door wat ze via de livestream heeft gezien en wat direct als beeld verschijnt wanneer ze haar ogen sluit. De dierlijke, verscheurende wanhoop van de moeder heeft haar aangegrepen als weinig anders in haar leven. De eerste gedachte is: dit heb ik haar aangedaan, ik ben de bron van dit ondraaglijke verdriet. Vervolgens begint ze te vermoeden dat ze zo'n vrouw zelf ook kan zijn: een van haar kind beroofde moeder die zich wanhopig vastklampt aan het onmogelijke, wanneer dat alles is wat ze nog heeft. Ze probeert het weg te drukken. Het idee dat ze haar dochter nooit meer zou kunnen aanraken, zou haar gek maken, gewelddadig, suïcidaal. Ze zou er niet mee kunnen leven.

Haar vingers tikken al een berichtje aan haar ex. Kunnen we even contact hebben over Noor?

Het verontrust haar dat hij niet per omgaande antwoordt. Nee, hem nóg een keer mailen, dat werkt niet. Beter is het om haar gedachten te verzetten, maar dat lukt niet op bevel. Het enige wat helpt, zijn yogaoefeningen, maar daar kan ze de rust niet voor vinden. Stel dat hij helemaal niet antwoordt, nu niet, maar straks ook niet. Gek wordt ze ervan, haar hoofd ontploft. Zie je wel, ik dacht het al, schreeuwt het in haar. Hij probeert Norah van me af te pakken.

Haar gedachten gaan uit naar de moeder die naar huis teruggkeert nadat ze haar dochtertje met haar volle verstand heeft moeten achterlaten in een gat in de grond. Weer komt het beeld in haar op van die wanhopige duik of val, wat was het, in het open graf. Als het aan de vrouw zelf had gelegen, bevond ze zich nu nog steeds op de begraafplaats. Anderen moeten haar gedwongen hebben mee te komen. Uit zichzelf heeft ze die plek nooit kunnen verlaten. Dat is emotioneel niet mogelijk. Ze hebben haar los moeten scheuren. Bloedend uit een onzichtbare wond is ze afgevoerd, maar morgen zal ze er weer zijn, zal ze zich opnieuw op de donkere aarde werpen.

Iets van die natuurkracht van de moeder voelt zij op dit moment ook. Naar Blankendaal gaan, naar het Rozenlaantje, om haar lieveling op te halen, ja. Ze trekt haar schoenen al aan. Dan herinnert ze zich Daves waarschuwing over de publieke opinie, dat het gekkenwerk is om zich op deze indrukwekkende en aangrijpende dag op de plek des onheils te laten zien. En weg ebt de natuurkracht. Wat blijft hangen, is de schaamteloosheid dat ze zich heeft willen vergelijken met uitgerekend de moeder wier leven door haar toedoen is vernietigd. Bezwaard en verward verzinkt ze in oplossingsloze gedachtespinsels.

Meer nog dan Dave en zijn machtige vriendjes jagen de huiselijke manipulaties van Kelsey haar vrees aan. Haar ex heeft bij haar niets in te brengen, dat heeft ze wel gemerkt. Hij adoreert zijn topmodel als de eerste de beste tiener. Die smoorverliefde lul denkt alleen nog met zijn pik. Zolang Grace zich kan herinneren, heeft Dave Norah altijd een eersteklas handenbindertje gevonden dat zijn persoonlijke vrijheid veel te veel inperkte. En ineens is gezinsuitbreiding the hottest thing in town. Rara wie zijn kruis in deze richting heeft geduwd. Ze ziet al voor zich hoe Miss Perfect met haar maniertjes ook haar Noortje inpalmt: de duurste kleertjes voor haar koopt, een prinsesje van haar maakt, zo'n griezelige Amerikaanse showdoll. Een klein kind is makkelijk te brainwashen, dat is bekend. Pas als ze naar school gaan beginnen de herinneringen te beklijven. Wat als Norah haar langzaam vergeet? Ze draait door, dat beseft ze ook wel, maar het zijn gedachten die ze niet kan tegenhouden.

Als het om Norah gaat, is ze altijd al onzeker geweest. Eerst was er de relatiestress, daarna het schuldgevoel om de scheiding. En het begon juist zo veelbelovend. Het nieuwe leven dat in haar baarmoeder groeide, gelijk op met de hoogste verwachtingen, was een droom die waar ging worden. Dat voelde ze elke dag, letterlijk, want Norah was al in de buik een beweeglijk wezentje. Ze voelde zich uitverkoren. Eindelijk kreeg haar leven een doel. Het was alsof ze een nieuwe kans kreeg. Een ongeboren kind beschikt over de gave van de goddelijke volmaaktheid, het zal alles wat gebroken was weer heel maken. Als ouder moet je wel extreem goed je best doen om dat te verpesten. En kijk wat ze heeft bereikt: gescheiden, niet alleen van haar ex maar nu ook, zij het tijdelijk, van haar kind en beschuldigd van het doodrijden van iemand anders kind.

Terwijl ze zich steeds dieper de put in piekert, krijgt ze een mailtje binnen. Norah! Haar hart springt open. Helaas, het is niet Dave maar mr. Ron de Vooys die contact met haar opneemt. Vreemd, stuurt Dave haar mailtjes tegenwoordig meteen door naar zijn advocaat?

Hij presenteert zich 'als vriend van David en ook als jouw advocaat'. En in deze dubbele, zelfs dubbelzinnige hoedanigheid adviseert hij haar nadrukkelijk om hun 'beider dochter, gezien de juridische onzekerheid, voorlopig de stabiliteit en geborgenheid van een gezin te gunnen. Er zal de komende tijd veel op je afkomen.' Zijn dodelijkste argument bewaart hij voor het laatst. 'Het is niet uitgesloten dat de juridische ontwikkeling zal resulteren in detentie. David vindt het onwenselijk (en jij bent het daar hopelijk mee eens) dat Norah haar moeder op een dag naar de penitentiaire inrichting moet zien vertrekken en moederziel alleen op jullie "vrijgezellenflatje" achterblijft. Het zou beter zijn als zij in beginsel deel uitmaakt van het nieuwe gezin en daarmee op afstand blijft van eventuele ongunstige ontwikkelingen.' Ron de hork is ook nog zo lomp om te beweren dat hij dit allemaal gratis en voor haar eigen bestwil adviseert.

Zie je wel, het is gewoon waar. Ze proberen Noor van me af te pakken. Grace d'r hoofd ontploft. De druk is zo groot, er wil iemand naar buiten, een andere Grace, een die de hele wereld in brand wil steken. Alles is geoorloofd om haar kind te beschermen tegen het kwaad. Maar ze blijft gewoon zitten waar ze zit, aan de grenen IKEA-eettafel achter haar laptop. Alles wat ze onderneemt, verzwakt haar positie. Ze kan zich als verdachte in de zaak van het dodelijke ongeluk moeilijk uitgerekend op de dag van de uitvaart in het villadorp vertonen. Daar heeft Dave gelijk in. Ze kan kortom vandaag niets doen. Maar morgen wel, morgenvroeg neemt ze een Uber naar het Rozenlaantje.

Opnieuw, maar onderhuids eigenlijk aldoor, denkt ze aan de moeder die vannacht niet kan slapen. Want slapen verwijdert Tessel Blijenberg ongemerkt met reuzenstappen van haar Pippa. Met elk uur, elke nacht wordt de afstand vergroot. De tijd is haar wreedste vijand. Terwijl Grace daarentegen niet kan wachten tot het eindelijk morgen wordt en de slaap de tijd verdreven heeft die tussen haar en Norah staat.

35.

Na het onprofessionele gedoe bij het gemeentehuis is er bij Mark iets geknapt. De teraardebestelling heeft hij doorstaan, maar hij kan het niet meer opbrengen om ook nog eens uitgebreid handen te schudden en vrienden en vreemden te omhelzen in de Orangerie. Tijdens het organiseren had de receptie op Brederode een perfecte informele afsluiter geleken. Iedere naaste en nabije zou de kans krijgen om zijn gevoelens te delen: familie, vrienden, buren, relaties, ouders van de vriendinnetjes – het hele persoonlijke en deels ook zakelijke netwerk. Maar tijdens de rijtoer werden de bekende gezichten langs de kant hem alsmaar vreemder. Op den duur zag hij alleen nog maskers, vermommingen. De mensen vertoonden zich als bekenden, maar in werkelijkheid waren het volstrekt willekeurige gestalten. Voorbijgangers. Figuranten. Schimmen. Hij is alleen, dat voelt hij heel duidelijk. En Tess is ook alleen. Ieder voor zich zijn ze alleen. Samen zijn ze dubbel alleen, dus twee keer zo eenzaam. Ze kunnen elkaar niet bereiken, ze zouden niet weten hoe.

Wanneer hij voorstelt om de receptie te schrappen, valt Tess onverwacht fel tegen hem uit. ‘Daar kom je nu ineens mee? Jij wou dit toch allemaal? Jij wou toch deze hele optocht, dit vertoon, deze show?’

Mark kijkt verschrikt om zich heen, naar Stéphanie, naar de tweeling. Alsof hij peilt of zij hem zullen steunen. Maar aangezien niemand reageert, komt hij met een: ‘Lieverd, ik geloof niet dat dit het juiste moment is voor deze discussie.’

‘Jij hebt deze gifbeker volgeschonken, dan drink je ’m ook maar lekker helemaal leeg. Koetsier, hup, op naar de Orangerie!’

‘Maar lieverd, je jurk is helemaal besmeurd. Ik begrijp werkelijk niet waarom je zo zit te drammen. Kom, laten we rustig naar huis gaan. Anja legt het de gasten wel uit.’

‘Waar heb je ’t over? Wie is Anja nou weer? Heb ik iets gemist?’

Mark zucht. Zijn gelijk ligt bedolven onder zo veel onzin dat hij er zelf niet meer bij kan.

Stéphanie neemt haar zusters handen in de hare. 'Tess, het is misschien handiger om eerst naar huis te gaan, iets anders aan te trekken. Dan kunnen we daarna wel zien wat we gaan doen.'

'Nee, nu meteen, we gaan er meteen heen. We kunnen de gasten niet laten wachten. Koetsier!' Tessel is op ondergangsmissie en laat zich niet meer afleiden van haar doel.

Mark moet denken aan hun Leidse studententijd. Toen kon ze ook zo zijn. Sneuvelen noemden ze dat. Niet van ophouden weten. Totdat je aan de andere kant van de nacht wakker werd op een vreemde bank, in een vreemd bed, omringd door volle asbakken en omgevallen flessen en glazen, in je eigen stinkende kleren. In die zin is de oude Tessel opgestaan uit de puinhopen van mevrouw Blijenberg-van Alkemade, moeder van drie kinderen.

'De mensen willen ons zien lijden, ze willen ons kapot zien gaan. Laten we ze geven waar ze recht op hebben.'

'Koesier!' gilt Mees. 'Koesier!' gilt Floris. En ze schateren het uit. En maar naar mama kijken, om te zien hoe leuk die het vindt. Misschien roept ze het wel nog een keer. 'Koesier, mama!'

Maar mama kijkt bedroefd naar haar gevouwen handen in haar schoot. Er lijkt haar iets te binnen te zijn geschoten, iets wat ze even was vergeten, terwijl ze zeker meende te weten dat ze het bij zich had. Er wellen grote, zachte tranen op van onder haar oogleden. Een voor een druppelen ze op haar schoot en vloeien daar uit tot schaduwachtige vlekjes.

Iedereen wordt er stil van, ook de jongens, die zich bedremmeld afvragen op welke raadselachtige wijze ze mama aan het huilen hebben gebracht. Stéphanie kan niet met droge ogen naar Tessels tranen kijken. Ze wil zich troostend én troost zoekend tegen haar aanvlijen, durft dat net niet. Haar eigen verdriet heeft geen plaats in dit rijtuig, zo voelt ze het.

Mark heeft behoefte aan leiding, en die neemt hij dus maar zelf. Hij stapt uit om met Anja te overleggen, wat erop neerkomt dat hij haar meedeelt dat 'de opzet is aangepast'. Met andere woorden: 'Mijn vrouw en ik gaan meteen door naar huis. Zou u zo vriendelijk willen zijn om de gasten op te vangen in de Orangerie?'

Als geen ander kent Anja haar eigen bedrijfsslogan: 'Persephone Ultimate Care = ultimate hospitality'. Ze hebben hun onderneming niet voor niets zo genoemd. Hospitality is hun corebusiness. Begraven is mensenwerk. Dus hoe het verzoek van meneer haar ook verbijstert, haar gezicht blijft in de plooi. 'Als meneer het zo wenst, dan gaan we het zo regelen. Geen probleem.' Het is uw dag, denkt ze erachteraan.

'Nou, fijn dat het zo vlot geregeld kan worden. Mijn vrouw is, zoals u heeft gezien... enfin. Ik dank u zeer voor uw begrip.'

'Natuurlijk, meneer Blijenberg. We zijn er voor u, en niet omgekeerd. Wij lossen het wel voor u op. U heeft het al zwaar genoeg. Gaat u maar rustig naar huis.'

Cancelen van de receptie is geen optie, weet Anja. Catering is een van de pijlers waar een gezond uitvaartbedrijf op rust. Hier kunnen de leuke marges worden gevonden. Dick is twee dagen bezig geweest met de inkoop en met het oproepen van de nulurencontractanten. En sinds vanochtend vroeg is hij in de Orangerie druk in de weer om de boel in gereedheid te brengen. Zo'n gezelschap van tweehonderd plus mensen is keihard werken, maar het levert wel wat op. Nabestaanden en andere belangstellenden hebben nu eenmaal behoefte aan ontspanning, bij zo'n intens tragische gebeurtenis als een dood kind zelfs meer dan ooit.

Meteen nadat Mark weer in de koets is gestapt, belt Anja met Dick om te overleggen over de ontstane situatie. Hij zal zo lang mogelijk geheimhouden dat de ouders niet zullen komen opdagen, in elk geval tot de Orangerie is volgestroomd. Als het niet langer kan, zal Anja de microfoon pakken en om begrip vragen bij de aanwezigen. Het is Dick zijn inschatting dat de omzet zonder de ouders zelfs hoger zal uitvallen. 'De mensen hoeven zich dan minder in te houden.'

Aan de olympische koetsier geeft ze door dat meneer en mevrouw direct wensen terug te keren naar de Hoge Duinweg. De bijrijder controleert nog even de leidsels, de disselboom en de bitjes, liefkoost de paarden, terwijl de koetsier de passagiers aankondigt dat er weer gereden gaat worden. De twee menners klimmen op de bok en met een schokje zet het vierspan zich stapvoets in gang. Het is en blijft een imponerend gezicht, dat witte gevaarte dat zich machtig verheft boven de omstanders. Alles beweegt, van de vering onder het fragiele koetswerk tot de paarden aan weerszijden van de disselboom, het is een wonderlijke combinatie van kwetsbaarheid en kracht.

Veel mensen lopen nu automatisch weer achter de koets aan. Binnen in het rijtuig hebben ze niks in de gaten, maar Anja ziet het gebeuren. 'Mensen, mensen! Het is niet de bedoeling mee te lopen. De uitvaart is ten einde.' Het is niet duidelijk of deze mensen tot het netwerk van de Blijenbergs behoren of gewoon nieuwsgierigen zijn. Maar aangezien de ouders er toch niet bij zullen zijn, mogen ook deze mensen wat haar betreft gerust een glaasje komen drinken en een hapje komen eten. 'Iedereen is welkom. De Orangerie is open. Gaat u daar alstublieft allemaal heen.'

Ook de twee cameramensen en die presentatrice van Blankendaal Lokaal zijn van harte welkom. Ze hebben het dagprogramma ook gekregen, dus ze zullen straks vanzelf wel naar de Orangerie komen. Anja belt een van haar assistenten om te vragen of hij haar naar de Orangerie kan brengen. 'Ik sta bij het hek.'

In de koets die om de bocht verdwijnt betreurt Mark zijn besluitvaardigheid. Hij is nu toch wel erg alleen met Tessel. Om over de rest maar te zwijgen. Pippa heeft een leegte achtergelaten die veel groter is dan wat je van zo'n klein meisje zou verwachten. Een

Orangerie vol toegewijde vrienden, familieleden en andere getrouwen zou hem het gevoel hebben gegeven dat hij er nog toe doet en dat zijn dochter er niet voor niets is geweest, dat de Blijenbergs waanzinnig geliefd zijn bij allen die hen kennen dan wel zouden willen kennen. En nu rijden ze ieder in hun eigen eenzaamheid naar het eenzaamste landhuis van het hele reservaat, waar ondanks de 400+ vierkante meters de muren hen aan zullen vliegen, terwijl op het bruisende landgoed Brederode de ene na de andere fles wordt ontkurkt en men er met zijn allen opgelucht het leven aan het vieren is. Hij is jaloers op deze mensen, jaloers ook op de man die hij niet meer kan zijn.

36.

Sylvester en Sammy staan voor de verlaten Blijenberg-residentie een stand-upje te testen. Pepijn wil dit niet, huisvredebreuk of zo, iets met privacy, maar daar heeft Sylvester totaal geen boodschap aan. Kom op zeg, hij is van de vrije pers, het vrije woord, weet je wel. Vrij, het woord zegt het al. Laat de zelfcensuur lekker aan de Russen en de Chinezen over. De mensen mogen hier gelukkig nog zeggen wat ze willen, ook Mark en Tessel Blijenberg. Wie is ene Pepijn van der Made om dat te verbieden? Als die mensen niks willen zeggen, dan kunnen ze dat heus zelf wel vertellen. We nemen het gewoon op en dan zien we wel wat er met het materiaal gebeurt. Sylvester is gekomen om vakwerk af te leveren. Als je hem bestelt, dan krijg je dat, of je het nou wilt of niet.

'Come on, Sam, nog één keer. Je kunt het, dat weet ik.'

Sammy zegt dat ze moeite heeft met de stilte hier. Het lege landhuis vindt ze creepy. 'Ik weet niet, Syl, het voelt niet goed.'

'Onzin. En als je de stilte creepy vindt, dan zeg je dat. That's just perfect, honey. We staan hier wel bij een plaats delict, hier is wel een kind gestorven, mind you. En straks komen de ouders terug, maar is het nog hun thuis na al die verschrikkingen? Dat is de mindset, Sam. Je kunt het, ik weet het. Je moet het alleen even doen. Come on, baby, let's do it.'

'Ik moet eigenlijk heel nodig, jeweetwel.' Ze drukt haar vrije hand tussen haar benen en knijpt haar knieën tegen elkaar.

'Godverdomme, Sam. We zijn aan het werk, weet je nog?'

Ze duwt de microfoon in zijn handen en voordat hij doorheeft wat ze van plan is, stroopt ze haar leren jeans omlaag en hurkt ze op Indische wijze achter het hek van de Blijenbergs. 'Roep maar als er iemand aankomt.'

Sylvester kan er niks aan doen, hij moet dit filmen. Hoe ze kijkt, zo geconcentreerd en tegelijk zo onschuldig, de blik gericht op een verte diep in haarzelf, terwijl onder haar de glanzende stralen zich vervlechten tot pure schoonheid. Cadeautje, cadeautje van de natuur.

Hij ziet dus niet dat er een ouder echtpaar met een nog oudere labrador hijgend en puffend hun kant op komt gesjokt.

'Hopelijk stoor ik niet?'

Sylvester schrikt zich een beroerte van de welluidende kakstem vlak achter zich. Als hij zich omdraait, staat Maudy Ruychrock hem verwachtingsvol aan te kijken. Herbert doet alsof hij er niet is, terwijl de aangelijnde oude labrador met een slappe spriets gedachteloos zijn territorium uitbreidt.

'Wat goed dat ik u hier aantref. Vanmiddag ging het niet helemaal naar wens, om die vreselijke uitdrukking voor de verandering ook maar eens te gebruiken. Ruychrock, Maudy Ruychrock.'

Sylvester vergeet van de zenuwen haar uitgestoken hand en speurt schichtig achter het hek of Sammy haar broek alweer heeft opgehesen. Hij heeft geen idee waar die ouwe troela het over heeft.

'Bij het gemeentehuis, weet u nog? Ik zou daar een van de sprekers zijn. Ach, maar misschien stoor ik u bij uw opname. Wat gek, stond dat hek de hele tijd al open?'

Daar komt Sammy met een onverwoestbaar air van vanzelfsprekendheid het hek uit wandelen.

'Ah, u bent er ook. We hebben elkaar vanmiddag even kort gesproken, al was dat niet zo'n succes.'

Sammy kijkt haar verveeld aan. Wie is dat mens, wat doet het hier, weet het dan niet dat we hier aan het werk zijn?

'Maudy Ruychrock.'

Sammy heeft geen zin om de uitgestoken hand te drukken, ook vanwege het plassen en zo, dus zwaait ze zo'n beetje en wijst dan op zichzelf. 'Sammy.'

'Ik weet natuurlijk helemaal niet wat u hier aan het filmen bent, maar ik dacht dat het misschien een goed idee zou zijn om mijn toespraak van vanmiddag alsnog op te nemen, nietwaar, Herbert?' Maar Herbert hoort haar niet. Hij is met hun labrador, een afgekeurde blindengeleidehond, alweer aan de afdaling begonnen. Plasje gedaan, missie volbracht. Doesjra is klaar om terug naar huis te sjokken. Maudy heeft echter andere plannen. 'U zou me kunnen interviewen, mevrouw eh Sammy. En dan kan ik uitleggen hoe levensbedreigend de verkeerssituatie in Blankendaal is, zeker nu al die pakketdiensten hier als gekken rondracen. Daar zou door het gemeentebestuur eens naar gekeken moeten worden in plaats van de gemeentebelastingen de hele tijd maar te verhogen.'

Sammy kijkt vragend naar Sylvester.

'Ik weet niet, mevrouw, of de pakketdiensten... Op deze dag, waar iedereen rouwt om...'

'Juist op deze dag, zou ik willen zeggen, juist op deze dag. Anders vallen er straks nog meer slachtoffers. Maar ik stel voor dat u de camera laat lopen en mevrouw de vragen laat stellen. Dan zal ik u en uw kijkers met alle plezier uitleggen waarom de pakketdiensten dit verschrikkelijke drama op hun geweten hebben.'

Ze wil ook nog graag kwijt dat ze de Blijenbergs goed kent, van gezicht dan en van groeten in het voorbijgaan. Maar Sylvester en Sammy worden afgeleid door het geklos van paardenhoeven en het geratel van ijzerbeslagen karrenwielen. Maudy Ruychrock praat gewoon door, want ze weigert te geloven dat haar mediaoptreden haar voor de tweede keer deze middag door de neus wordt geboord.

Onhoorbaar in het paardengeraas is het zachte zoemen van de drone die al vanaf de begraafplaats met de koets meezweeft.

Sylvester overlegt snel met Sammy wat ze zullen doen. Interviewtje met de ouders? Of wordt dat te juicy? Wat er in elk geval moet gebeuren, is een stand-upje. En snel ook. Sylvester ziet hoe professioneel Sammy schakelt. Even het haar losschudden, de schouders, de heupen. Een vochtige pink over haar wenkbrauwen, door de voorste lok, en alles aan haar is energie en focus, terwijl hij nog staat te hannesen met het statief. En: 'Yes!' Ook hij is er klaar voor.

Sammy laat zich niet afleiden door Maudy Ruychrock, die vlak achter Sylvester in haar eentje staat door te praten. Geen enkel benul van media, die gedateerde kakmadam. Professioneel blijft de presentatrice gericht op het zwarte oog van de camera. Daar, in dat zwarte gat, gebeurt het. De rest doet er niet toe.

'We staan hier voor de riante miljoenenvilla waar het fatale drama zich heeft afgespeeld en waar de ouders van Pippa Blijenberg één kind armer naar terug zullen moeten keren. Niets, maar tegelijk ook alles herinnert aan het vreselijke ongeluk dat hier een week geleden heeft plaatsgevonden. Aan het hoefgetrappel te horen kunnen de ongelukkigen elk moment arriveren op de voormalige droomplek waar hun bloedstollende nachtmerrie zich heeft voltrokken. We zullen proberen een van de naaste familieleden voor de camera te krijgen om uit de eerste hand te vernemen hoe zij deze tragische dag hebben beleefd, een dag die niemand hoopt mee te hoeven maken.'

Sylvester steekt van achter de camera een duim op en maakt een *pan* naar de duinweg, waar het witte vierspan door de beruchte scherpe bocht heuvelaf deze kant op draait.

Als hij naast de koets loopt, krijgt hij de moeder recht voor zijn lens. Bingo! Ze kijkt recht in het zwarte gat. En toch ziet ze hem niet. Ze kijkt door de camera heen, door hem heen naar het gat in haarzelf. Het kost Sylvester alle moeite om mee te lopen, niet te struikelen en de camera in de juiste positie te houden. Het is eigenlijk gekkenwerk, dit kan helemaal niet en toch flikt-ie het. En juist als de koets halt houdt voor het hek en hij de gelegenheid krijgt om de vrouw uitgebreid te filmen, knalt hij tegen dat seniele kakwijf op dat daar in de weg blijkt te lopen. Hij valt over haar heen en is het even helemaal kwijt.

'Godverdefuckingklote. Kijk dan toch uit waar je loopt, ouwe kut.'

'Herbert, Herbert, waar ben je? Help me alsjeblieft.' Maar Herbert is alweer achter de sloffende Doesjra terug naar huis gesukkeld. Ook Herbert moet een plasje doen, als je die paar druppels zo wilt noemen. Maudy kan roepen wat ze wil.

Geïrriteerd checkt Sylvester zijn gear. Alles doet het nog, zo te zien. Boven zijn hoofd hoort hij gezoem. Als hij opkijkt, ziet hij dat er een drone boven de situatie hangt. Hij steekt zijn middelvinger de lucht in. Fuck you, Pepijn van der Made. Amateur! En nu gewoon doorgaan waar hij was gebleven. Maar waar was hij gebleven? Het hek is inmiddels geopend en de koetsier ment het vierspan secuur over de sterk aflopende oprijlaan. Te gek, dit moet hij hebben, dit moet op beeld, dit is de ideale emotionele afhechting.

Sammy is al met de koets meegelopen het perceel op. Hij schiet er als een haas achteraan. Het schijnt huisvredebreuk te zijn, maar wat valt er nog te breken als alles al gebroken is? En als er bezwaar wordt gemaakt, kunnen ze altijd nog weggaan. Sorry, mensen, niks aan de hand, we gaan al. Na alles gefilmd te hebben, dat natuurlijk wel.

Als hij het privéterrein oploopt, dringt het tot hem door dat hij de plek betreedt waar het gebeurd is, de plaats delict zelve. En in plaats van naar de koets te lopen, loopt hij de tuin in, filmt de bandensporen in het omwoelde gras, het terras, het afgedekte zwembad. Vervolgens maakt hij een totaalshot van de droomvilla, zwenkt in een pan van 180 graden langs de hele property. In de struiken ziet hij een weggewaaid papieren feesthoedje, mooi beeld, pakt hij ook even mee natuurlijk. De spreekwoordelijke stille getuige. Dan pas keert hij terug naar de oprijlaan om de getroffen familie op camera te krijgen.

Sammy is zo clever om niet meteen op deze getraumatiseerde mensen af te stappen, maar eerst de koetsier apart te nemen. De voormalige topsporter wil de indringers manhaftig wegjagen, maar zijn ijdelheid of geilheid of wat het ook is wint het van zijn plichtsgevoel en hij stelt zich gewillig op voor een kort tv-interview.

Mark is te verbijsterd om de filmcrew van zijn erf te jagen. Verdoofd staat hij naar de bizarre scène te kijken.

'We staan hier met Ewout Krebolder, olympisch kampioen vierspan, en de koetsier van het rijtuig dat deze middag de vader, moeder en broertjes van Pippa Blijenberg van hun droomvilla naar haar afgrijselijk eenzame graf heeft vervoerd. From a mansion on the hill unto the valley of death, zoals de Amerikanen het zo mooi kunnen zeggen. Dus ik stel meteen maar de belangrijkste vraag: Wat was zwaarder: de Olympische Spelen in Londen of deze emotionele krachttoer op de soms steile hellingen van Blankendaal?'

De man schiet in de lach, beseft dan dat het niet de plaats en de tijd is om in lachen uit te barsten.

'U lácht?'

'Eh nee, zeker niet. Ik ben alleen verbaasd dat u mij als olympisch kampioen introduceert. Dat heeft niet zo mogen zijn. We wonnen zilver, waar we natuurlijk ook erg trots op zijn.'

'Dat is geen antwoord op mijn vraag, meneer Krebolder.'

In zijn ooghoeken ziet Sylvester dat de vader weliswaar blijft staan kijken, maar dat de rest van de familie – de moeder, de zoontjes, een andere vrouw – zonder op of om te kijken naar binnen is geglipt. De bijrijder van de koets, die met de witte pet, is met hen meegelopen tot de voordeur.

'Ik heb sinds Londen al heel wat rijtoeren gedaan: trouwerijen, begrafenissen, laatste wensen, noem het maar op, maar zoiets als dit... met al dat publiek langs de kant, nee, dit was ook voor mij persoonlijk heel bijzonder. Niet alleen was het parcours buitengewoon uitdagend, ook was het erg emotioneel. Mensen die net hun kind hebben verloren, en ook nog eens op zo'n nare manier, dat wil je eigenlijk niet meemaken, en al helemaal niet als mens. Ik heb zelf ook twee kinderen, weet u. Die zijn al volwassen, maar toch, je moet er niet aan denken.'

'Ik dank u voor dit gesprek.' En meteen draait ze zich met haar microfoon naar Mark.

Hij voelt zich betrapt, wil daarom gauw weglopen. Tegelijk wil hij juist niet naar binnen, naar de benauwenis van dat gesloten huis. Hij wil hier blijven, hier ademt het leven. Hij heeft ontzettende zin om zich te verliezen in een ander, in anderen. Hij leeft nu, niet gisteren. Begeerte voelt hij. Overweldigen, overweldigd worden, het maakt niet uit. Hij verlangt naar het gat in de heg, hij moet ergens in, ergens doorheen. Een nieuw perspectief. Hij is moe, dat merkt hij ook. De checks-and-balances zijn niet helemaal meer op orde. Tijd voor een reset, dear Mr. Blijenberg LLM. Met zijn linkerhand in zijn broekzak schermt hij zijn begeerte af om te voorkomen dat iemand iets ziet.

'Het is voor mij allemaal nog zeer verwarrend,' hoort hij zichzelf zeggen. 'Irreëel.' Ja, dat is het juiste woord. 'Het is verdomd irreëel allemaal.'

'En toch is het echt gebeurd.' Sammy steekt de microfoon met de plopkap plagerig zijn kant op. Hij moet goed opletten dat hij naar haar gezicht blijft kijken en niet afzakt naar haar borsten.

'Ja, aan de andere kant is het natuurlijk verdomd reëel. Daar heeft u gelijk in.'

'Vanmorgen stonden we bij het huis van de heer David Alexander Martha, een persoon die u wellicht kent.'

Mark knikt. Van naam, ja. Maar niet persoonlijk. Oppassen nu, weet hij.

'Hij is de eigenaar van de auto die uw dochtertje van het leven heeft beroofd. Mijn vraag is, en ik denk ook dat het de vraag is die brandt in het binnenste van de meeste kijkers: Bent u van plan stappen te ondernemen tegen deze persoon en natuurlijk ook tegen zijn ex, die op de fatale middag immers achter het stuur zat?'

Mark haalt zijn linkerhand uit zijn zak. Voor de zekerheid controleert hij of er nog iets te zien is, maar de broek valt normaal. 'Ik denk,' zegt hij met gespeelde aarzeling, maar hij weet precies wat er gaat komen, 'dat uw vraagstelling een beetje ongepast is, dus u zult er begrip voor moeten opbrengen dat ik nu naar binnen ga en mij voeg bij mijn gezin. Ik wens u en uw collega verder een goede avond. U komt er zelf wel uit, neem ik aan.'

37.

Als Maudy nog steeds niet thuis is, besluit Herbert buiten een kijkje te gaan nemen. Doesjra wordt enigszins overvallen door het extra uitlaatrondje en richt zich kreunend en steunend op uit een diepe slaap. Herbert moet dan ook bij de voordeur geduld oefenen tot ze eindelijk samen naar buiten kunnen.

Al van verre ziet hij dat er iets geks aan de hand is. Die homp die daar ligt – dat is Maudy toch niet? Tegenwoordig ziet hij steeds beperkter, dus waarschijnlijk vergist hij zich. Veel levendigheid is er voor het hek van de Blijenbergs niet meer te ontdekken. Ze zijn waarschijnlijk met zijn allen de tuin ingegaan, of misschien zelfs het huis in. Doesjra sjokt achter hem, zodat het een beetje lijkt of de hond haar baasje uitlaat in plaats van omgekeerd. Zijn onrust drijft hem voort. Er zal niks aan de hand zijn, maar met al die nieuwe mensen uit onbekende landen kun je tegenwoordig niet voorzichtig genoeg zijn. Je begrijpt ze niet, dat soort types. En zij begrijpen jou niet. Dat is het probleem. Het gekke is: Maudy ziet dat niet. Althans niet zo helder als hij.

Uit het hek van de Blijenbergs komen Sylvester en Sammy zojuist zijn kant op. Herbert herkent ze niet. Alle jonge mensen lijken tegenwoordig op elkaar. Pas als hij de camera ontwaart, herinnert hij het zich weer. Hun kan hij het vragen. Ze hebben vast Maudy geïnterviewd over de agressieve pakketdiensten. Maar het stelletje weet van niks. 'Wie, zei u?' Vooral de man betoont zich buitengewoon onhoffelijk.

Het is Doesjra die Maudy ziet liggen. Het oude beest kwispelt en drukt haar snuit op allerlei plekken in haar kleren, likt vervolgens haar gezicht.

'O, is dat d'r soms?' Sylvester wijst naar wat Herbert inmiddels zelf ook heeft gezien.

'Maudy!' Bezorgd buigt hij zich over haar heen. Sylvester en Sammy steken geen hand uit, waar zowel Herbert als Maudy zich stilzwijgend over opwindt. Ze blijven zich verbazen over de mensen van nu.

Als Herbert met het nodige gesjor en gehannes Maudy overeind heeft geholpen, wordt duidelijk dat ze haar enkel heeft verzwikt. Het rechterpootje is al aardig opgezwollen, constateert Herbert, al heeft Maudy de laatste jaren vaak last van opgezwollen voeten. Ze houdt te veel vocht vast. Maar het doet allemachtig veel pijn, dus het zal toch echt een verzwikking zijn.

'We misten je ineens, Does en ik.'

'Ja, ik was even helemaal weg. Gek, ik kan me er helemaal niets meer van herinneren.'

'Als je je het kon herinneren, dan was je niet weg geweest,' legt Herbert uit. 'Iets wat er niet is, kan er niet ineens toch zijn. Dat heet logica.'

'Gut, Herbert, ik geloof toch werkelijk dat mij dit niks kan schelen.'

En zo keren Herbert, Maudy en Doesjra sjokkend, sloffend en strompelend huiswaarts, terwijl achter hen de mensen van nu hun geen blik waardig keuren.

38.

Gertjan Hoek heeft op internet voor Grace een geschikte advocaat gevonden, eentje die gespecialiseerd is in verkeersrecht én met pro-Deoverdediging adverteert. Als Grace haar neemt, kan ze af van die patser die haar door haar ex is opgedrongen. Rijkevriendjespolitiek, gatverdamme. Die mensen beschermen elkaar door dik en dun en jou naaien ze waar je bij staat. Hij wil deze mr. Ineke Wals nog wel even persoonlijk checken, vandaar dat hij Grace nog niets heeft laten horen. Daarnaast wil hij uitgezocht hebben of UPS op het bewuste tijdstip inderdaad op de Hoge Duinweg geweest kan zijn. Via hun trackingsysteem moet dat na te gaan zijn.

Omdat hij op dit moment niks concreets heeft om te overleggen, wil hij liever nog geen contact met Grace opnemen. Aan de andere kant wil hij niets liever dan haar vertrouwde stemgeluid voelen kriebelen in zijn oor, die in de hoogte ietwat hese stem waarvan hij elke kraak en kreun, elke zucht en kuch kent, elke open en elke gesloten klinker, en ook die soms onverwacht zwoele g-klank en de altijd royaal rollende r. Haar warme, ademende stem over de koptelefoon voelt elke keer als een omhelzing, een intimiteit die hij in eenzaamheid beleeft, want nooit, nooit zou hij het aan haar durven bekennen. Ze zou hem eerst uitlachen en daarna zou ze van hem walgen. Het dwingt hem zijn gevoelens voor haar te verbergen als hij haar niet kwijt wil raken.

Om toch in haar richting te kunnen bewegen, loopt hij het cv van mr. Ineke Wals nog een keer na. Zoek getuigen, adviseert Ineke op haar website. Zorg voor een betrouwbare getuigenverklaring. Dat is heel belangrijk. De toedracht van het ongeluk moet zo volledig mogelijk worden onderbouwd. Geen getuigen? Zorg dan voor 'stille getuigen' zoals sporen en data. Gertjan leest het als een opdracht. De blonde jonge vrouw op de foto kijkt hem streng aan, terwijl er ook iets spottends om haar mondhoeken speelt – alsof ze meer vertrouwen heeft in de wetten dan in de mensen die ernaar moeten leven.

Hij herinnert zich die bekakte mevrouw van die actiegroep die de ontvangst op het gemeentehuis kwam verstoren. Op de livestream was het niet precies te volgen geweest, maar ze zei iets over pakketbezorgdiensten. Hij googelt op de trefwoorden 'Blankendaal' en 'actiegroep' en hij heeft meteen beet. Hé, Hoge Duinweg, da's ook toevallig. Op Google Streetview ziet hij dat het adres maar een paar percelen van de plaats van het ongeluk vandaan is. Op de website van Bezorgde Blankendalers vindt hij de namen van Maudy en Herbert Ruychrock, en ook een vast telefoonnummer. Meteen bellen maar? Voordat hij zijn eigen vraag heeft kunnen beantwoorden, neemt Herbert al op.

'Goedenavond, meneer Ruychrock, het spijt me u te moeten storen. U spreekt met Hoek van de ANP Nieuwsdienst. We zijn bezig met een bericht over het dodelijke ongeluk en de daarmee samenhangende problematische verkeersveiligheid, en ik ben ervan overtuigd dat u en uw vrouw ons persbureau verder kunnen helpen.'

Gertjan verbaast zich over het gemak waarmee hij in deze rol kruipt. Moet te maken hebben met alle stemacteurs met wie hij werkt.

'Dan kunt u beter mijn vrouw spreken. Maar die is momenteel niet in staat om u te woord te staan.'

'Dat is spijtig om te moeten horen. Maar ik denk dat ook u ons van dienst kunt zijn met het beantwoorden van een paar vragen die wij hebben.'

'Waar was u ook alweer van?'

'Van het ANP, het Algemeen Nederlands Persbureau. De ruggengraat van onze nationale nieuwsvoorziening, bekend onder andere van de Radio Nieuwsdienst.'

'O natuurlijk. Daar luisteren wij regelmatig naar. Wel, als u denkt dat u aan mij wat zult hebben, dan zal ik proberen u verder te helpen.'

En vervolgens vertelt Herbert wat er zoal schort aan de verkeerscirculatie in de gemeente. Ook gaat hij uitgebreid in op de invloed van 'buitenstaanders' op de traditionele mores, toen iedereen nog zijn plaats kende en tevreden was met wat-ie had. Gertjan moet zich inhouden om niet onbeheerst uit te vallen tegen deze oud-koloniale kakker met zijn racistische praatjes.

'Er schijnt bij u op de Hoge Duinweg een bedrijfsvoertuig van UPS gesignaleerd te zijn vlak voordat het ongeval plaatsvond. Weet u daar toevallig iets van?'

'Jazeker. Mijn vrouw was de hond aan het uitlaten en had zich lopen ergeren aan een pakketbus die midden op de weg stond geparkeerd, zodat ze er niet of nauwelijks langs kon. Schrijft u dit allemaal op?'

'Maakt u zich daarover geen zorgen. Maar gaat u verder.'

'U kent mijn vrouw, of nee, u kent haar niet, maar als u haar zou kennen, dan zou u zich kunnen voorstellen wat er vervolgens gebeurde. Maudy heeft deze meneer in goed Hollands uitgelegd dat wij hier regels hebben waaraan iedereen zich dient te houden, ook als je uit Marokko of Turkije komt. De regels van die mensen daar, die gelden hier toevallig niet. Sorry, zo is het nu eenmaal. Enfin, het liep nogal hoog op en meneer is toen al scheldend behoorlijk onbeheerst weggereden. Inderdaad, in de richting van het huis van dat jonge gezin.'

'Die bestelbus was van UPS?'

'Jazeker, zo'n bruine. Ik herken ze allemaal: TNT, DHL, DPD, UPS, GLS, PostNL. Het scheurt hier af en aan, van 's morgens vroeg tot 's avonds laat. En het zijn allemaal buitenlandse bezorgers. Niemand komt van hier. Voor zulke vreemde snoeshanen is het een videogame: blind op hun app zo snel mogelijk het parcours afjakkeren. En wij, de mensen die hier wonen, bestaan niet op hun display. We zijn hoogstens obstakels in hun krankzinnige race tegen de klok. Door ons zijn ze altijd net te laat voor het volgende pakketje. Wij zijn voor hen stomme lastpakken die je het best maar gewoon overhoop kunt rijden.'

'Vanmiddag voor het gemeentehuis suggereerde uw vrouw dat een pakketbezorger verantwoordelijk is voor het tragische ongeval waarbij het meisje Blijenberg om het leven is gekomen. Was het toevallig diezelfde bezorger met wie uw vrouw het aan de stok kreeg?'

'Ik was er zelf niet bij, maar uit wat mijn vrouw vertelde, maak ik op dat die onbeschofte bezorger onverantwoordelijk hard en gevaarlijk is weggereden. Maar of hij de ex-vrouw van de heer Martinus – zo heet hij, geloof ik, ik ken hem niet – van de weg heeft gereden, dat kan ik u niet zeggen. Daarvoor zou u toch echt mijn vrouw moeten spreken.'

'Nog één dingetje, meneer Ruychrock. Ik heb dit gesprek opgenomen. Dat is bij het ANP de procedure. Ik hoop dat u hiertegen geen bezwaar maakt. Een geluidsopname komt de accuratesse van de berichtgeving alleen maar ten goede, is onze ervaring.'

Herbert vindt het prima. 'Kunt u me misschien al vertellen wanneer het op de radio komt?'

39.

Grace is geïrriteerd dat Gertjan zich alweer aan haar opdringt. Ze is vroeg naar bed gegaan, de livestream van de uitvaart heeft er behoorlijk ingehakt bij haar, ze wil het liefst heel diep wegkruipen in een warm holletje binnen in een diepe slaap, waar haar gedachten niet kunnen komen. Zolang ze wakker is, blijft het maar malen in haar hoofd: het dode meisje, het ontroostbare verdriet van de moeder, de verbijstering bij de vader, de vernietiging van een perfect gezin. Het is maar goed dat ze buiten westen is geweest toen het gebeurde. Als ze met eigen ogen had gezien wat ze aanrichtte, dan zou ze helemaal gestoord zijn geworden. Een kind van nog geen zes onder je voorband – gatver. Zoiets alleen te moeten vernemen is al gekmakend.

Aangezien het met slapen nu toch niks meer wordt, zit ze even later toch achter haar laptop – beeld op zwart – naar Gertjan te luisteren. (‘GJ verdomme, klik alsjeblieft het beeld weg. Ik ben moe, ik lig al op bed, ik zie er niet uit.’) Haar stille aanbidder houdt ze zoveel mogelijk op afstand, maar ze moet toegeven dat hij drie assets heeft waar ze profijt van heeft: hij beschikt over een auto, hij zorgt voor werk en inkomen en hij wil graag haar redder worden, stuk voor stuk argumenten die in het voordeel spreken van Gertjan Hoek.

‘Hoe gaat het met je, Grace?’

‘Slecht. Wat denk je zelf? Ik heb de halve middag naar die livestream gekeken. Daar word ik niet vrolijk van.’

‘Ik begrijp dat je je schuldig voelt, ik begrijp dat heel goed. Maar alsjeblieft, Grace, dat gevoel betekent niet dat je ook schuldig bént. Verre van. Ik heb zojuist een getuige gevonden die jou kan vrijpleiten.’

‘Een getuige, vrijpleiten, wat bedoel je? Heb ik iets gemist?’

‘Ik heb een oudere meneer gesproken wiens echtgenote op de

bewuste middag heeft gezien dat een pakketbus van UPS onverantwoordelijk hard over de Hoge Duinweg reed en jou daarbij hoogstwaarschijnlijk dusdanig gehinderd heeft dat jij moest uitwijken, vervolgens de macht over het stuur verloor en in die tuin… nou ja, daar hoeven we het nu niet over te hebben. Zijn vrouw, die er ooggetuige van was, ligt nu te slapen, vandaar dat ik haar niet heb kunnen spreken, maar volgens haar man is het dus op die manier gegaan. Nou ja, waarschijnlijk. Of ja, hoogstwaarschijnlijk. Vrijwel zeker is het zo gegaan. Hij was er zelf niet bij, maar hij wist het bijna zeker. Dus we mogen er gerust van uitgaan dat die bestelbus een beslissende rol heeft gespeeld.'

Het zwarte vlak waar Grace zich in bevindt, blijft stil.

Maar binnen in haar hoofd raast en knettert het. Iedereen weet meer over haar dan zijzelf. De schijngestalte Grace R. heeft haar wachtwoord gekraakt en is er met haar leven vandoor gegaan. Het lijkt erop dat ze zelf geen zeggenschap meer heeft en allerlei figuren en instanties buiten haar om zijn gaan bepalen wie ze is, wie ze moet zijn en wat ze al dan niet heeft gedaan. Nu GJ weer, haar geluidstechnicus nota bene. Eerst haalde hij alleen de kuchjes en zuchtjes uit haar stemopnamen, maar inmiddels schrijft hij mee aan haar script, dat wil zeggen het script van Grace R. Wie is zij zelf nog in dit verhaal?

De aanhoudende stilte achter het zwarte vlak werkt Gertjan op de zenuwen. 'Grace?'

Hij meent dat hij haar hoort zuchten en luistert met ingehouden adem naar de stilte. 'Ben je daar nog?'

Niets.

'Grace, alsjeblieft. Het is voor je eigen bestwil. Wat vind je d'r van? Dit is toch geweldig nieuws? Een getuige die het voor je kan opnemen! Ik begrijp dat je in de war bent door die livestream. Het was nogal wat, dat vind ik ook, en voor jou zeker, maar het belangrijkste is toch dat ze jou niet de schuld mogen geven van al die ellende. Die man die ik sprak, zei dat die besteldiensten al jarenlang de buurt terroriseren en dat hij en zijn vrouw een actiegroep zijn begonnen om er wat tegen te doen.' Gertjan ratelt maar door tegen het zwarte vlak. Hij weet niet eens of ze er nog wel is, zo stil is het daar. Maar zolang hij doorpraat blijft hij voor zijn gevoel in verbinding met haar. Het verkeer komt van één kant, maar het is er tenminste.

Op den duur is het alsof hij niet zozeer tegen háár praat als wel tegen de gedachte aan haar.

'Grace, ik weet hoe het je aangrijpt, ik weet wat voor een gevoelige vrouw je bent.'

Hoe langer hij in zijn eentje tegen haar praat, hoe sterker hij ontroerd raakt. Door háár natuurlijk, zijn stille liefde, maar vooral door zijn eigen gevoelens. Hij raakt ontroerd door zichzelf, de gedachte dat hij alles voor haar overheeft.

Het is precies dat gevoel dat Grace dwingt zich steeds dieper terug te trekken in het zwarte gat waar hij het maar mee moet doen. En toch blijft ze naar hem luisteren, omdat ze deep down beseft dat hij haar laatste strohalm is.

40.

Thuiskomen en ze is er niet. 's Morgens wakker worden en ze is er niet. Er moet een vergissing zijn gemaakt, een stomme vergissing. Ze moeten iets over het hoofd hebben gezien. Iets voor de hand liggends. Zoals de bekende leesbril op je eigen voorhoofd. Haar jasjes aan de kinderkapstok, haar schoentjes in het schoenenrek, haar plek aan de eettafel – alles gilt dat er niets aan de hand is. Ze is er nog net niet, maar haar hele leventje staat klaar om hervat te worden zodra de film weer wordt gestart. In een oogwenk kan de onwerkelijke situatie worden opgeheven en stapt ze doodleuk hun leven weer binnen. Mama, mama, ik ben er weer! Zelfs haar stemmetje hoort ze in haar hoofd, zo echt is het. Echter dan wat dan ook.

Van een moeder verlangen dat ze haar kind loslaat, is te veel gevraagd. Ze heeft het al een keer moeten prijsgeven, persend en puffend, met een kracht die groter was dan zijzelf, ze hebben met geweld de navelstreng doorgeknipt. Dat is het alarmsignaal geweest om van nu af aan het kind tegen zich aan te houden, een holletje te worden voor haar angsten, een veilige burcht tegen de boze wereld. Haar dochter heeft ze – anders dan de tweeling – nooit los van zichzelf kunnen zien. Ze voelde al Pips angsten en onzekerheden, al haar pijnen en pijntjes, maar ook haar verlangens, haar vreugde, haar tomeloze plezier. Zelf nu ze dood schijnt te zijn, leeft ze binnen in haar verder. Ze kan haar stem nog horen, haar huid nog voelen, haar haar nog ruiken. Alles is er nog! Hoe kan ze dan zo heel erg nergens zijn?

Ze denkt aan het pas gedolven graf, met omgespitte aarde die ruikt naar potgrond, waar regenwormen hun weg in zoeken en waar ergens in de diepte haar meisje, haar eerste en enige, ligt te vergaan. Zo godsakkes verlaten, zo godsgruwelijk alleen. Ze wil erheen, meteen, ze moet erheen, onmiddellijk, maar tegelijkertijd verlamt het grafbeeld haar. Ze voelt zich moe en mat en vaal opeens, niet in staat om zich uit deze situatie of uit welke situatie dan ook te bevrijden. Ze zegt tegen Mark dat ze naar het graf wil. Misschien dat hij haar brengt, haar leidt. Maar Mark heeft iets anders aan zijn hoofd, hij heeft altijd iets anders aan zijn hoofd. Hij legt uit dat hij bezig is een advocaat op deze zaak te zetten. Welke zaak? denkt ze. Hij heeft het zeker over zijn werk. Onbegrijpelijk, zo'n man. Begraaft zijn dochter en gaat de volgende dag gewoon weer aan het werk.

Als ze doorkrijgt dat Mark voor Pip een advocaat wil inschakelen, protesteert ze machteloos en krampachtig. Ze is doodsbang dat zo'n advocaat haar kind van haar afpakt. Figuurlijk dan. Er gaat een juridisch betoog geconstrueerd worden, er ontstaat een juridische werkelijkheid waarmee ze dag en nacht in de weer zullen zijn en op het laatst bestaat Pip alleen nog uit wetsartikelen, arresten, proposities en argumenten pro en contra. Ja da-ag, Mark, dat gaan we dus mooi niet doen.

Mark moet haar hier toch tegenspreken. 'We zijn het aan Pippa verplicht om de waarheid boven tafel te krijgen. En daar heb je soms deskundigen voor nodig. Ik begrijp je gevoelens, ik begrijp ze maar al te goed. Hoe oprecht ze ook zijn, ze vormen toch misschien niet de beste argumenten.'

'Mijn god, Mark. Advocaatje spelen doe je maar op je kantoor. Daar heb ik nu even geen zin in. Ik ben je cliënt niet, ik ben je vrouw. Zak! Ik ben de moeder van je dode dochter.'

'Dit is geen manier van praten, dat weet je zelf ook wel. Ik zal je emoties respecteren en je voorlopig met rust laten. Dan praten we op een rustiger moment wel verder.'

Tessel beseft dat er tussen hen iets begint te breken. De haarscheurtjes waren er in hun huwelijk altijd al, maar die hoorden er voor haar gewoon bij. Nobody is perfect. Ze merkte al snel na de verliefdheid dat ze soms niet dezelfde taal spreken. Voor een advocaat is een huwelijk in de eerste plaats een bindend contract. Dat is de aard van het beestje. En een contract, zegt het beestje, is er om voorwaarden en beperkingen aan te brengen. Het recht van de een is de plicht van de ander. Hoewel ze het door hem opgestelde huwelijkscontract nooit heeft gelezen, ze vertrouwde hem op zijn blauwe ogen, kreeg ze na verloop van tijd door dat zij meer aan de kant van de plichten is beland, terwijl de meeste rechten aan hem zijn toebedeeld. Haarscheurtjes dus. En die dreigen nu te barsten onder de druk.

Ze heeft altijd gedacht dat zulke definitieve dingen pas later gebeurden, als je ouder was. Maar de toekomst is niet meer wat zij geweest is. Niets van wat acht dagen geleden normaal was, heeft nu nog geldigheid. Het is niet te bevatten dat er zo kortgeleden geen vuiltje aan de lucht was. Zeven nachten geleden nog maar waren ze andere mensen. Onbegrijpelijke mensen. Inderdaad. Onbegrijpelijk lichtzinnig. Niets hadden ze door, niets konden ze bevroeden van verlies en gemis en schuld en dood. Ze hopten van het ene social event naar het volgende, van de ene vakantie naar de andere, van het vele succes naar nog meer succes, ze kenden alleen mensen met levens zoals het hunne, met wie ze uitwisselden wat ze hadden en wat ze nog wilden krijgen, om op die manier de puntjes op de i te zetten.

En dat is nu allemaal weg. Voortaan wordt haar bestaan gedomineerd door wat er nooit meer zal zijn. Niets kan meer goedmaken wat er verloren is. Pip is achtergebleven bij de mensen die zij ooit waren. Deze nonchalante mensen vonden het de normaalste zaak van de wereld, ze hadden totaal niet in de gaten dat hun geluk maar zo kort zou duren. Terwijl ze, zoals ze nu is, onvergelijkelijk veel beter zou opletten. Ze zou Pip met haar leven beschermen, ze zou zonder aarzelen zelf voor die rotauto zijn gesprongen. Het is oneerlijk dat de onoplettende mensen die ze waren, haar de hele dag onverschillig om zich heen hadden, terwijl zij, die meer naar Pip verlangt dan wie dan ook, haar nooit meer zal kunnen aanraken.

Het wil er bij haar niet in dat Mark gewoon de oude Mark is gebleven. Dat ontkenningsspelletje is precies waarom er iets op barsten staat. Ze haat zijn oppervlakkige instelling – die hij zelf voor kalm en beheerst houdt en bovendien voor rationeel en objectief. Die zak poetst met een oogverblindende witte uitvaart een dochter weg, telt zijn zegeningen (een tweeling, een internationale carrière, blabla) en gaat door alsof er in de tussentijd niet iets fundamenteels is weggevallen. Dat krijg je als je argumenten hoger acht dan gevoelens. Er barst in haar een verwoestend verlangen los om hem keihard met de onontkoombaarheid van de verandering te confronteren.

41.

Eindelijk heeft ze contact met haar dochtertje. Er is iets veranderd aan haar kleine meisje, ze ziet het meteen. Ze heeft andere kleren aan. Ook is er iets met haar lieve haar gedaan. Grace moet oppassen om niet te gaan huilen. Dat schrikt de kleine af. Norah zit versteend voor het beeldscherm. Het lijkt wel of haar dochtertje haar zelf niet in beeld krijgt. En dat is ook zo, want Grace heeft het per ongeluk nog op 'uit' staan. 'Sorry, Noor,' mompelt ze. 'Ik zet 'm even aan.'

'Mama!'

Het is meer een kreet van schrik dan een aanspreekvorm. Ze hoort de stem, maar waar is mama zelf dan? Onzeker draait ze zich om naar iemand in de kamer. Daar staat Kelsey de boel in de gaten te houden, ziet Grace.

'Mama?'

Norah wijst naar het beeldscherm, waarop Grace inmiddels verschenen moet zijn. Het kind staart Grace aan met grote ogen die niet kunnen geloven wat ze zien. Onzeker zoekt ze bevestiging bij de gestalte achter zich. Toe maar, lijkt Kelsey haar aan te moedigen. Het is niet eng, het is je moeder.

Grace wordt radeloos van de digitale afstand, die alles tussen hen vertekent en verwart. Ze wil haar kind in haar armen nemen, lieve onzin in haar warme oortje fluisteren. Dat dit niet gaat, maakt haar onzeker. Temeer daar Kelsey mee staat te luisteren. Norah merkt het, ze merkt dat haar moeder zichzelf niet is. Daardoor wordt Grace nóg onzekerder. Het is of ze het verkeerde personage zit te dubben.

Het is pijnlijk hoe ze zich allebei geen raad weten met de situatie. Grace denkt dat ze moet praten, vertellen dat ze haar lieveling mist en haar zo gauw mogelijk komt ophalen, maar het werkt niet. Het klinkt als excuus op excuus. Ze merkt dat Norah verder en verder van haar af komt te staan. Dus begint ze vragen te stellen. Háár laten praten, haar de ruimte geven. Is het goed gegaan? Heb je leuke dingen gedaan bij papa? Je hebt de dans van de suikerfee zeker wel gemist, hè, poppetje, samen met mama op de bank, samen gezellig onder de deken? Nee? O. Grace raakt in paniek. Het kan toch niet dat ze als vreemden tegenover elkaar zitten? Wat is er met me gebeurd, wat is er met ons gebeurd?

'Norah is denk ik een beetje moe, Grace. Het was een drukke dag vandaag, nietwaar, Noortje?'

Blijf van m'n dochter af, trut. Ze ziet met lede ogen aan hoezeer Norah zich bij Kelsey op haar gemak voelt.

'We zijn met haar naar Artis geweest. Dat vond ze geweldig. Aapjes kijken, hè, Noor?'

Norah knikt heftig. 'Aapjes.'

Grace valt helemaal stil. Het gevoel dat ze verdrinkt en zich nergens aan kan vastklampen.

Norah loopt van het beeldscherm weg en komt terug met een speelgoedaap, een orang-oetan die zo groot is dat ze hem nauwelijks kan tillen. Kelsey helpt haar op de stoel te klimmen. De mensaap zit bij haar op schoot, dat is het plan, maar in de praktijk is de aap overal met zijn lange armen en benen en zijn grote uitdrukkingsloze kop.

'Heeft de aap al een naam?' Ze merkt dat haar stem verstikt is door verdriet en woede.

'Aap,' klinkt het van achter de aap.

Grace wil nog iets zeggen, maar zou niet meer weten wat. Er gaat hier iets vreselijk mis. Kon ze deze scène maar terugdraaien en rustig overdoen. Het heeft haar altijd verwonderd dat jezelf spelen het allermoeilijkste is. Nee, het is zelfs onmogelijk. Zodra je je bewust wordt van jezelf, ben je het al niet meer. Dan is het 'zelf' je ontglipt. Dat 'zelf' is een soort 'ziel'. Je weet zo om en nabij wat ermee wordt bedoeld – al kun je het met geen mogelijkheid aanwijzen. Dat 'zelf' en die 'ziel' is ze nu dus even kwijt en ze is ervan overtuigd dat Norah dat aanvoelt. Kinderen hebben nog de gave om de ziel te kunnen waarnemen. Het doen alsof doorzien ze meteen. Mama is mama niet. Op het beeldscherm wordt een film vertoond met een mama die anders is dan de echte.

Wanneer de verbinding wordt verbroken, gaat de echte mama in haar eentje op de bank naar *Fantasia* zitten kijken. En ze blijft maar huilen, ook als de film allang is afgelopen.

42.

Als Gertjan onaangekondigd bij haar appartement aanbelt, is haar eerste impuls: niet opendoen. Toch drukt ze op de intercom. Stom, stom. Haar huis is een puinhoop, ze is zelf een puinhoop. Zelfs voor Gertjan Hoek wil ze er toonbaar uitzien. Het gaat niet om hem, het gaat om haarzelf. Haar uiterlijk is haar pantser. Dat moet sterk genoeg zijn om haar binnenkant te kunnen beschermen. Haar uiterlijk is een rol. Zolang ze in haar rol zit, voelt ze zich sterk. Zelfs als ze verdrietig of onzeker of ongelukkig is. Zolang niemand het ziet, is ze veilig. Gelukkig heeft ze zich al gedoucht, aangekleed, haar haar gedaan, voor zover dat mogelijk is, want ze moet nodig weer eens een afspraak met haar lieve Mavis maken om het opnieuw te laten invlechten.

Ze staat GJ boven aan de trap al op te wachten. 'Sorry dat ik je helemaal naar boven heb laten komen, maar ik vind het toch een beter idee om in de buurt samen wat te drinken. Of had je –?'

'Natuurlijk. Ik wil je niet tot last zijn. Ik –'

‘Nou, laten we dan bij Café Floor gaan zitten, hier om de hoek. Dat ken je toch wel?’

Als ze de trap aflopen, zegt ze: ‘Ga maar vast, ik moet boven nog snel even iets pakken.’ Ze wil nog even rustig haar uiterlijk inspecteren, misschien andere schoenen aantrekken. ‘Ik kom zo!’

Het duurt langer dan ze had voorzien. Ze komt in het verblindende zonlicht aanlopen. Op het terras ziet ze hem niet. Hij blijkt in zijn eentje binnen te zitten, in het donkerste hoekje bij de wc. Zodra hij haar voor het grote caféraam ziet staan, begint hij als een bezetene te zwaaien. Maar ze ziet hem pas als ze naar binnen stapt. Hij zwaait opnieuw en staat meteen op om haar te begroeten. Ze gebaart: zullen we niet liever daar gaan zitten, daar in het daglicht bij het raam? Gertjan vindt het best. De schaduw is hem vertrouwd, hij kent niet anders, maar als zij per se in de zon wil zitten, vindt hij dat ook prima. Hij pakt z’n spullen en z’n koffie en verkast naar het tafeltje bij het raam.

Ze bestelt een gemberthee, hij neemt nog een kop koffie. ‘Zo,’ zegt ze, ‘en laat nou maar horen.’

‘Het is misschien opdringerig, maar ik maak me een beetje zorgen over die advocaat die je ex-man voor je heeft besteld, die mr. De Vooys. Hij handelt in de eerste plaats in Davids belang, dan pas in het jouwe. Dat is niet goed. Dat hoort niet. Ik vind dat je een eigen advocaat moet nemen.’

‘Je hebt ongetwijfeld gelijk. Ik vind Ron ook een verschrikking. Maar hoe moet ik een eigen advocaat betalen? Dat geld heb ik helemaal niet.’

‘Daar komen we vast wel uit.’

‘Huh, wat bedoel je daarmee, Gertjan? Hoezo “we”?’

Hij bloost. ‘Nou ja eh, ik bedoel, eh, dat je je geen zorgen hoeft te maken over dat geld, omdat ik…’

‘Maar Gertjan, je wilt toch niet zeggen dat jij voor mij een dure advocaat gaat bekostigen? Dat wil ik niet, dat kan ik echt niet aannemen, hoor.’

Hij kijkt beschaamd en bloost nu van oor tot oor, alsof hij haar een oneerbaar voorstel heeft gedaan. Dat vindt ze al te zielig voor hem, dus zegt ze gauw dat ze het heus heel lief van hem vindt.

'Ik stel het alleen voor als een soort garantie. Voor het geval dat. Je weet maar nooit. Volgens mij is het tarief afhankelijk van je inkomen. En al ben je bij Magic Media natuurlijk een van de topverdieners, grapje, toch zul je wel geen miljonair wezen, dacht ik zo. In dat geval valt zo'n tarief alleszins mee. Voor het geld hoef je het dus niet te laten.'

'Maar zijn het dan geen heel slechte advocaten, als ze zo goedkoop zijn?'

'Jij denkt natuurlijk aan al die klootzakken in Blankendaal met hun Maserati's, hun Range Rovers en hun Mercedessen uit de G-serie of hoe die patserbakken ook mogen heten. Maar er bestaan gelukkig ook nog advocaten die eerder in rechtvaardigheid geloven dan in rijkdom.'

Grace doet net alsof ze in de lach schiet. Ze vindt zijn idealisme volstrekt wereldvreemd. Wat kan er nou rechtvaardig zijn aan het doodrijden van een kind?

Hij gaat helemaal los op de pakketdiensten die de maatschappij volgens hem grote schade toebrengen en inmiddels ook bereid zijn de levens van kinderen te offeren voor het snelle geld. Hij wil het zo graag geloven dat hij het waarachtig nog schijnt te geloven ook. Pakketbezorgers, de pest van de moderne wereld. Hij heeft een advocaat gevonden, zegt hij, die daarin is gespecialiseerd.

'In pakketbezorgers?'

'Nee, in verkeersdelicten. Ze heet mr. Ineke Wals en het lijkt me goed als je een afspraak met haar maakt. Ik heb al geïnformeerd: ze heeft nog plaats.'

'Je hebt wel haast, zeg. Had je dit niet beter eerst rustig met mij kunnen overleggen?'

Hij hoort de irritatie in haar stem. Toch weet hij beter dan zijzelf wat goed voor haar is. Ze zit er zelf te diep in. Het is een kwestie van vernauwd perspectief waardoor ze niet het hele plaatje kan zien. Daarom is het goed dat ze zich laat ondersteunen, door hem natuurlijk, maar vooral door Ineke Wals.

'Ik bespreek het nu toch met je? Ik heb alleen wat voorwerk gedaan, om te kijken wat er zoal mogelijk is.'

'Maar kan ik zomaar met een nieuwe advocaat gaan praten? Ik denk niet dat Ron het hiermee eens gaat zijn. En Dave ook niet. Die heeft tot nu toe alles betaald.'

'Kijk, je zegt het zelf al: Dave heeft alles betaald. Dan is die De Vooys toch zijn advocaat en niet de jouwe? Wie betaalt, die bepaalt. Het is duidelijk wiens belang hier wordt gediend. Daarom moet je echt van die gast af en een eigen advocaat nemen. Ik denk dat Ineke Wals jou dat nog veel beter kan uitleggen dan ik.'

'Nou doe je net alsof ik er door Dave in word geluisd.'

'En? Is dat dan niet zo?'

'Maar waarom zou hij mij dan willen helpen met zo'n dure advocaat? Ik ben toch met Ron naar het politiebureau geweest? Hij heeft me toen allerlei tips gegeven. En ik ben niet vervolgd. Dus tot nu toe heeft hij niet veel verkeerd gedaan, toch?'

'Dus wat? Dat je nog niet wordt vervolgd zegt niks. Het Openbaar Ministerie wacht misschien nog op allerlei dingen, zoals forensisch onderzoek, weet ik veel. Dat je niks gehoord hebt, zegt helemaal niks. Naar wat ik van je begrepen heb, houdt hij je niet echt op de hoogte. Weet je iets van zijn strategie, bespreekt hij dat soort dingen met je?'

Ze moet toegeven dat de ontmoetingen met Ron allesbehalve opbouwend of opbeurend zijn geweest. Eigenlijk is hij elke keer buitengewoon lomp tegen haar geweest. Als ze er eerlijk over is, vindt ze 't gewoon een walgelijke vent.

'Maar wat kan het belang van Dave en Ron dan zijn, als het niet het mijne is? Dave is nog altijd wel de vader van mijn kind, dus –'

'Dat is nou juist het probleem. Zou het niet zo kunnen zijn dat het hem niet slecht zou uitkomen wanneer de moeder van zijn kind voor de strafrechter moet verschijnen en misschien wel –?' De consequenties van een eventuele veroordeling durft hij niet uit te spreken.

Ze weet dat GJ gelijk heeft, ze beseft ook dat ze het zelf ook al wist, ergens diep in haar hart. Alleen, het is een waarheid waar ze nogal tegen opziet. Ze is bang dat ze niet tegen Dave op kan. Ze weet hoe hij is in zaken. Al duurt het jaren, hij zet net zo lang door tot hij gewonnen heeft.

Gertjan vraagt hoelang Norah al bij Dave logeert. Zozo, wordt het dan geen tijd om haar op te halen? Hij rijdt haar met alle plezier. Zulke patserenclaves zijn immers met het openbaar vervoer vrijwel onbereikbaar. Niemand wenst er een bushalte pal voor zijn villa. Stel je voor, al dat wachtende gepeupel dat door je heg heen gluurt om te zien of er nog wat te jatten valt.

Grace vindt het irritant dat hij haar telkens een stap voor is. Ze wil dat het haar eigen beslissingen zijn. Ze wil zelf tot een eigen advocaat besluiten, ze wil zelf vandaag nog haar dochtertje ophalen. Toch schikt ze zich in de gang van zaken. Straks Noortje ophalen, ze kan aan niets anders meer denken. Het kan haar zelfs niet schelen dat ze er niet op is gekleed om met Kelsey te kunnen wedijveren. En het kan haar al helemaal niet schelen dat ze met haar oud-linkse lelijkerd in diens vaders afgedankte Ford Fiesta het Rozenlaantje binnen zal komen pruttelen. In oorlogen en echtscheidingen zijn alle middelen geoorloofd.

43.

Maudy Ruychrock voelt zich gedwongen naar de politie te stappen. Al dat onrecht dat haar wordt aangedaan, walgelijk. Woedend is ze. Eerst is haar het woord ontnomen, zeg maar gerust afgepakt, tijdens de officiële rouwplechtigheid voor het gemeentehuis. Vervolgens werkt die proleet van een cameraman haar naar de grond en laat hij haar gewoon liggen als een stuk vuil, in haar eigen vertrouwde straatje nog wel. Ze had wel in het ziekenhuis kunnen belanden, zegt Herbert. Dus als het gemeentebestuur en de lokale media haar wensen te muilkorven, welnu, even goede vrinden, maar dan zit er niets anders op dan via het recht haar gelijk te halen. Ja, dan moet het maar zo. Zij woont hier langer dan al die nieuwe mensen bij elkaar.

Herbert brengt haar in hun nieuwe Mercedes EQE. Hij is gek op zijn luxueuze elektrische speeltje. Het is alsof hij opnieuw heeft leren autorijden. Kijk eens hoe soepel hij stuurt! Je hoort de motor niet, Maud, luister maar. Wat een vermogen, wat een acceleratie! Laat dat maar aan die Duitsers over. En zo gaat het maar door.

'Herbert,' zegt ze ten slotte, 'hoe stiller de motor, des te lawaaiiger jij wordt.'

Hij zet haar voor de ingang af en zoekt vervolgens een parkeerplek.

Maudy gaat alvast naar binnen om zich ten eerste als slachtoffer van mishandeling en ten tweede als getuige van roekeloos, mogelijk dodelijk verkeersgedrag officieel bij de dienstdoende wachtmeester te melden. Tot haar ergernis worden haar beide verklaringen niet meteen in dank aanvaard, maar moet zij in een soort wachtkamer tussen allerlei halve en hele criminele types gaan zitten wachten tot er iemand tijd voor haar heeft. Kennelijk snapt de politie niet hoe belangrijk haar verklaring is voor de rechtsorde in Blankendaal. Ze wordt alsmaar kwaaier – en geen mens die het interesseert. Zelfs haar Herbert niet. Waar blijft die trouwens? Hij is, nu hij de kans krijgt, vast stiekem als een beest aan het racen op de brede stedelijke straten. Het beest in de man, zelfs in Herbert, is een evolutionair gegeven.

Als hij eindelijk binnen komt stappen, is ze hem eigenlijk alweer vergeten. Ze kan alleen nog maar denken aan de tegenwerking die ze ondervindt, ook hier weer. Bij de politie nota bene. Sinds de maatschappij van onder tot boven door jongelui wordt geleid, gaan er steeds meer dingen mis. Overal hebben we de sleutels van het huis aan kinderen gegeven, zonder toezicht, en niemand schijnt zich af te vragen of dat wel zo'n verstandig idee is geweest.

Braaf ploft Herbert neer op de stoel naast haar. 'Ben je al bijna aan de beurt?'

Ze wil een tirade afsteken, maar juist op dat moment komt iemand hen halen. Het is een vrouw in denim jeans en een bruine leren jekker.

'Recherche,' fluistert Herbert Maudy opgewonden in het oor. Hij kijkt op tv graag naar Engelse en Duitse politieseries. Het racen heeft hem wild gemaakt, denkt ze.

Ze volgen de vrouw door een lange gang en gaan een trap op. Maudy kijkt om zich heen en realiseert zich dat ze voor het eerst van haar leven een politiebureau vanbinnen ziet. Het lijkt wel een studentenhuis, zo uitgewoond is het. Het straalt weinig autoriteit uit, en die dame die voor hen loopt al evenmin.

Herbert fluistert dat het precies is zoals in de tv-series. 'Ze doen dit met opzet. Ze willen dat wij hen onderschatten. Dan zijn ze op hun best. Machtig interessant vind ik dat. Die vrouw voor ons is in werkelijkheid waarschijnlijk hyperintelligent.'

Ze worden een naargeestig lokaal binnengeleid waar alleen een tafel en wat stoelen staan. De rechercheur gebaart hun te gaan zitten, wat ze maar doen, waarna de vrouw naar de deur loopt om de gang in te kijken. Ze wacht kennelijk op iemand. Het blijkt om een jonge agent te gaan, misschien is hij zelfs nog maar een stagiair, zo jong oogt hij. Een kind bijna nog. Als ze allebei zijn aangeschoven, wijst ze naar haar onrijpe collega. 'Agent Muys zal het proces-verbaal opnemen.' Om dit te demonstreren klapt de jongen zijn laptop open.

Naam? Adres? Woonplaats? Geboorteplaats en -datum? En als Maudy dat allemaal heeft beantwoord, herhaalt de vrouw het rijtje nog eens. 'Dus u bent mevrouw Maud Gwendolyn Ruychrock-MacGillavry, woonachtig op de Hoge Duinweg 42 te Blankendaal, in de ouderdom van 71 jaar –'

'Zo is het wel mooi geweest, mevrouw de commissaris. U hoeft mij niet te vertellen wie ik ben. En wat mijn leeftijd ertoe doet, ontgaat mij ten enenmale. Het is te hopen dat u ook serieuzere vragen op uw lijstje hebt staan.'

'Goed, dus op de bewuste dag in juli hebt u iets opmerkelijks waargenomen. Vertelt u maar.'

En Maudy brandt los over de terreur van de pakketdiensten en over het incident met die bestelbus van UPS die haar en haar oude trouwe Doesjra bijna doodgereden had als zij de chauffeur niet bijtijds de les had gelezen.

'Excuus. Zei u "doodgereden"? Bedoelt u dat de chauffeur moedwillig op u en uw hond is ingereden? Kunt u deze situatie beschrijven?'

Bij deze vragen moet Maudy denken aan het theorie-examen waar ze zo vaak voor gezakt is dat ze het autorijden verder maar aan Herbert heeft overgelaten. Ze wil gewoon haar verhaal vertellen, maar doordat die vrouw er de hele tijd doorheen komt tetteren, is ze de draad kwijtgeraakt. Ze kijkt enigszins ontredderd naar Herbert. Die blijft altijd zo nuchter en zo helder. 'Herbert,' zucht ze ten slotte, 'zou jij voor mevrouw die situatie willen schetsen?' Ze raakt van dit soort vragen altijd in de war. Heeft links hier voorrang? Ja. Nee. Misschien. Kruis het juiste antwoord aan. De bestelbus rijdt rechtdoor. Mag dat?

Voordat Herbert het woord kan nemen, heeft ze het zelf alweer teruggepakt en vaart ze uit tegen roekeloze chauffeurs die helemaal niet opletten en wezenloos naar hun telefoontjes zitten te staren om uit te vogelen waar ze moeten zijn. En maar racen tegen de klok. 'Het is een schande en een idiotie. En dat heb ik ook tegen die Marokkaanse meneer gezegd.'

'Wat hebt u hem precies gezegd?'

'Dat de mensen en de dieren hier in Blankendaal op hun rust zijn gesteld.'

'Verder niks?'

'Ik herinner me alleen dat hij me begon uit te schelden met woorden die ik hier liever niet herhaal.'

De jongen ritselt met tien vingers tegelijk over het toetsenbord. Hij kan het kennelijk allemaal bijhouden.

'Zou u het tijdstip waarop dit incident plaatsvond willen preciseren?'

'Gut, daar vraagt u me wat. Ik ben altijd erg slecht in tijdstippen en jaartallen en zo. Altijd al geweest. Herbert, weet jij –?'

'Mijn vrouw en ik doen na de lunch meestal een dutje. Doesjra, dat is onze hond, moet altijd om... Ja, het zal na vieren zijn geweest, uiterlijk tegen halfvijf.'

'Kunt u dat bevestigen, mevrouw Ruychrock?'

'Herbert is altijd heel exact.'

De rechercheur lijkt even na te denken over de volgende vraag, terwijl de jonge stagiair met verbazingwekkende snelheid de woorden op schrift zet. Maudy kan zich niet voorstellen dat ze zóveel heeft gezegd en zoekt Herberts blik, maar uit zijn vage glimlach kan ze niets opmaken.

'Het dienstvoertuig van UPS reed in de richting van de woning van de familie Blijenberg, is dat correct?'

Maudy knikt met haar lippen strak op elkaar.

'Zou u in uw eigen woorden de situatie kunnen beschrijven die toen ontstond?'

'Die vervelende jongeman racete weg, het was heel gevaarlijk. Wat er gebeurde kon ik niet zien, omdat de weg een bocht maakt. Wel hoorde ik een harde klap. En gegil. Het gegil was afschuwelijk.

Het deed me eerder denken aan dieren die geslacht worden dan aan mensen. Aan kinderen, bedoel ik.'

'Bent u toen direct gaan kijken wat er aan de hand was?'

'Dat had ik misschien moeten doen, inderdaad, maar ik had Doesjra bij me en dat lieve beest heeft van haar vorige baasje, dat helaas blind was, nogal wat trauma's meegenomen, dus ik wilde haar eerst in veiligheid brengen. En toen zei Herbert tegen me dat ik me er beter niet mee kon bemoeien.'

'Klopt dat, meneer Ruychrock?'

'Jazeker. Dat heb ik mijn vrouw inderdaad geadviseerd. Met die buitenlandse types weet je immers nooit waar je je mee inlaat. Die mensen hebben heel andere normen. Voor je het weet, gebeuren er de akeligste dingen.'

'Noteer maar dat de heer Ruychrock bevestigt wat zijn vrouw over hem vertelt.'

44.

Grace onderdrukt haar verlangen om met Gertjan nu meteen naar het Rozenlaantje te rijden. Hij heeft misschien gelijk. Het is beter om eerst een eigen advocaat te regelen. Ze heeft geen poot om op te staan als Dave straks doodleuk weigert om Norah mee te geven aan haar en een vreemde vogel in een Ford Fiesta. Mr. Ron de Vooys heeft vast een of ander regeltje uit een wetboek opgeduikeld waardoor zijn vriend en cliënt de heer David Alexander Martha volledig in zijn recht staat. Wil ze dan een scène schoppen? Dan komt de politie haar waarschijnlijk heel snel weghalen. Hoe zou dat overkomen in de media? 'Doodrijdster komt opnieuw vrede verstoren in Blankendaal'. Nee, het is verstandiger dat ze zich eerst van eigen rechtsbijstand verzekert en met een goede juridische onderbouwing bij Dave aankomt.

Mr. Ineke Wals heeft haar praktijk in een bedrijfsverzamelgebouw in het Oostelijk Havengebied. Het is in de gangen even zoeken waar haar kantoor precies zit, zelfs GJ snapt de nummering niet meteen. De mensen die ze de weg vragen, zijn vriendelijk maar weten het ook niet. De omgeving maakt op Grace een weinig professionele indruk, maar Gertjan vindt het gebrek aan status en luxe juist betrouwbaar overkomen.

De gezochte raadsvrouw blijkt een meisjesachtig type te zijn dat pas sinds kort moet zijn afgestudeerd. Haar bescheiden kantoortje is een eenmansbedrijf, al schijnt er een collega te zijn met wie ze samenwerkt. Het verhaal dat ze gespecialiseerd is in verkeersdelicten, zoals Gertjan ergens had gelezen, relativeert ze meteen. Ze is nog nergens in gespecialiseerd, zegt ze, al heeft ze tijdens haar bachelor stage gelopen op een kantoor waar ze mocht assisteren bij een aantal verkeerszaken.

Grace betwijfelt of zo'n beginneling de persoon is die ze zoekt. Terwijl mr. Ineke in de pantry achter in het kantoortje verse gemberthee aan het zetten is, probeert Grace met grimassen en gebaren aan Gertjan duidelijk te maken dat het wat haar betreft niks gaat worden. Hij vindt echter dat ze niet zo snel moet oordelen. En als de jonge advocate terugkomt met een dienblad vol gemberthee en wortelkoek, zit er voor Grace niets anders op dan dankbaar naar haar te glimlachen. Tegen zo veel vriendelijkheid en bescheidenheid is ze niet opgewassen.

Grace doet haar uiterste best om uit te leggen wat nou eigenlijk precies haar probleem is, maar de zinnen springen alle kanten op. Er is het dode kind en haar verschrikkelijke schuldgevoel daarover, haar diepgevoelde wens ook om boete te doen. Maar er is ook de rol van Dave en mr. Ron de Vooys, die haar lijken te helpen en tegelijk haar tegenstanders blijken te zijn. En dan is er natuurlijk haar angst om Norah te verliezen. Dat is nog het engste van alles. Het lijkt erop uit te draaien dat ze voor het doodrijden van het kind van iemand anders zal worden gestraft met het moeten afstaan van haar eigen kind. Ze kan het zelf nog niet helemaal geloven, ze dacht dat haar ex zijn handen liever vrijhield voor zijn eigen pleziertjes, maar nu hij zijn blonde showpony aan de haak heeft geslagen, wil hij opeens Norah als een soort trofee toevoegen aan zijn aanstaande modelgezinnetje. Tenminste, daar lijkt het op.

'Dat is best veel, zo allemaal bij elkaar.' Ineke Wals kijkt haar met haar grote blauwe ogen aan. Ze klinkt meer als een therapeut dan als een jurist.

Grace voelt de tranen in haar ogen schieten. Ze zou zich het liefst overgeven aan een huilbui. Maar met Gertjan erbij houdt ze zich liever in. Hij is al veel te dichtbij gekomen. Ze knippert een paar keer met haar ogen en wappert haar vingers langs haar gezicht. Alles om niet in haar ogen te wrijven.

'We zullen samen proberen alles op een rijtje te zetten. Dan kijken we wat we kunnen doen. Het is in elk geval goed dat u hierheen bent gekomen.'

Voor het eerst ontmoet ze iemand die haar zíet. Háár ziet.

Jammer dat Gertjan nu ook naar haar zit te kijken. Ze zou willen dat hij wegging of anderszins in het niets oploste. Met hem erbij moet ze de goedverzorgde, *well-composed* Grace Rainville spelen, de actrice die haar talent volgens velen nog lang niet ten volle heeft benut, wat een eufemisme is voor een toneelcarrière die niet van de grond is gekomen.

'U hebt het heel duidelijk uitgelegd, maar ik heb natuurlijk nog wel een paar vragen.'

Vanzelfsprekend, gebaart haar lichaam, maar het zou evengoed sorry kunnen betekenen.

'Als u mij toestaat, vat ik het voor mijn eigen begrip even als volgt samen. Er is enerzijds het verkeersongeval met dodelijke afloop en anderzijds een echtscheiding met een dispuut over de voogdij. Daarnaast hoor ik u iets zeggen over een advocaat die uw ex-man voor u heeft uitgekozen. U moet me maar verbeteren als ik het niet correct zeg.'

Grace knikt aarzelend. Het is in deze bewoordingen alsof het over iemand anders gaat, iemand die misschien niet eens echt bestaat. Verdwenen is de epifanie van zo-even. De werkelijkheid zit alweer potdicht. Ook mr. Ineke Wals is weer een vreemde voor haar, een zzp'er in een bedrijfsverzamelgebouw die iets aan haar probeert te verdienen.

Wanneer Grace haar mond houdt, neemt Gertjan het van haar over. Hij stelt vragen die ze zelf nooit zou stellen. Over de rijksvergoedingsregeling, over de dwangmiddelen die er ingezet kunnen worden tegen Dave. Over de procedure van politie en justitie. Afgesproken wordt dat Grace mr. Wals eerst de scheidingsakte bezorgt en dat ze dan overleggen wat ze het best kunnen doen. De politiekwestie, zoals ze het dodelijke ongeluk noemt, kan later aan de orde komen.

'Zo, dat is het voorlopig. Hebt u verder nog vragen?'

Grace zou nu het liefst vragen of het juridisch is toegestaan om Noor nu meteen op te halen, maar ze staat op zonder iets te zeggen. Als ze naar de deur loopt, is ze weer de Grace Rainville zoals anderen haar zien, mannen vooral. Het is haar beste rol. Deze Grace piekert er niet over om aan wie dan ook toestemming te vragen voor het ophalen van haar eigen dochter. Die gaat dat gewoon doen, wat anderen daar ook van mogen vinden. En Gertjan gaat haar brengen, of hij nou wil of niet.

45.

Hij moet de Ford Fiesta van haar uit het zicht parkeren. 'Als Dave mij in dit barrel ziet, geeft hij Noor never nooit mee. Hij is oprecht bang dat ze dan verongelukt.'

Bij het uitspreken van dat laatste woord voelt ze een steen in haar maag, terwijl tegelijk schaamte haar gezicht doorgloeit. Ze schaamt zich vanwege Tessel Blijenberg, die een paar bochten verderop, in net zo'n villa, haar dochter in haar eigen tuin werkelijk heeft zien verongelukken.

Volgens Gertjan is er niks mis met een Ford Fiesta. 'Een barrel, zeg je? Alsof die zogenaamd hufterproof patserbakken van die kakkers hier niet veel ernstiger ongelukken veroorzaken.'

Hij heeft niet door wat hij zegt, maar Grace ziet door zijn opmerking de Volvo XC90 weer in heel zijn zwarte monsterlijkheid voor zich. Ze voelt hem, ze ruikt hem. Ze voelt ook weer de angstige bezorgdheid om Noor. In paniek kijkt ze achterom naar de achterbank, maar haar geheugen blijft een zwart gat. Toch was daar in een flits bijna een vooraankondiging van het ongeluk zoals het gebeurd moet zijn. Zo dicht bij de verschrikking is ze niet eerder geweest.

Gertjan wil met haar meelopen, maar daar komt niks van in. 'Jij blijft hier in de auto wachten. Punt uit. Als Dave jou ziet, dan –'

'Dan wat?'

'Dave accepteert mensen zoals jij gewoon niet. Dat vindt hij –'

'Losers?'

'Je begrijpt best wat ik bedoel. Laat mij dit nou zelf afhandelen.'

De dubbele toegangspoort is dicht en geeft niet mee als ze ertegenaan duwt. Ze ziet nergens een bel of een intercom. Ze probeert nog een keer om het hek open te duwen, nu met wat meer kracht. Vreemd. De vorige keer dat ze hier was, leek het allemaal veel opener en toegankelijker. Onverrichter zake weggaan is geen optie. Ze weet dat Norah daar ergens binnen is en ze is vastbesloten om haar mee te nemen. Daarom klimt ze, zij het met enige schroom, over het hek. Dit wordt ongetwijfeld gefilmd door een bewakingscamera.

Op weg naar de voordeur voelt ze zich zwaarder en zwaarder

worden. Ze hoort hier niet, ze moeten haar hier niet. Wie is ze eigenlijk, wat is haar status?

Er wordt opengedaan door de Braziliaanse werkster. Nee, senhor Dave is er niet. Nu ze het zegt, inderdaad, de Range Rover staat er niet. Grace vraagt aarzelend, want onzeker over de taalbarrière, of senhora Kelsey er dan misschien wél is. Het is te hopen, denkt ze erachteraan, het zou te gek voor woorden zijn als ze Noortje alleen bij deze misschien wel illegale immigrante zouden hebben achtergelaten.

'Perdao, senhora.' Nee, senhora Kelsey is er ook niet.

Stelletje fucking narcisten, net iets voor hen. En Norah dan? Ze wil gillen, zich ergens aan vastklampen. 'Norah, my child! Where is she?'

De werkster kijkt haar verschrikt aan.

'My child!' Grace maakt het gebaar van een moeder die haar kindje wiegt in haar armen. 'My child. My little girl. Is she in the house?' Ze geeft met haar hand de lengte van haar dochter aan. 'My little girl. You know her? Norah!'

De woorden ketsen een voor een van de werkster af en vallen dood neer, waar iemand ze zou kunnen opvegen. Perdao, zegt ze nog een keer en ze wil de deur stilletjes sluiten.

'No! No! Wait!' En voordat ze weet wat ze doet, heeft ze haar voet tussen de deur en duwt ze hem weer open. Ze voelt het contragewicht van de werkster aan de andere kant.

Als ze binnen staat, is het de beurt aan de Braziliaanse om haar zelfbeheersing te verliezen. Ze begint te gillen en rent dan doodsbang dieper het huis in. Haar witte plastic slippers klepperen over de marmeren vloer. Op de blote huid net boven de enorme billen pronkt een reetgewei.

Even overweegt Grace achter haar aan te gaan, haar tot rede te brengen. Dan beseft ze dat ze te ver is gegaan. De vrouw zal nu ongetwijfeld gaan bellen, alarm slaan.

Toch kan ze niet weg, ze kán het niet, niet zolang ze niet weet of Norah daarbinnen is. 'Norah!' roept ze. 'Noortje, ben je daar? Mama is hier.' Haar stem galmt onheilspellend door de grote kale ruimte van dit megahuis. Het is alsof het niet haar eigen stem meer is. 'Norah!' probeert ze nog één keer.

Als ze terug naar buiten gaat en boven kijkt, kan ze zich niet voorstellen dat Norah zich níet achter een van deze ramen bevindt. 'Norah!' roept ze daarom nog een keer. 'Mama is hier! Kom je mee?' Ze loopt verder het terrein op, roept nogmaals, maar al met minder overtuiging. Ze loopt om het huis heen, roept opnieuw. Hier strekt de achtertuin zich onvermoed ver uit. In de verte een prieel of een tuinkoepel. Er is ook een zwembad, maar dat is afgedekt. Ze registreert het met terloopse jaloezie. 'Norah, waar ben je?'

Tot haar schrik treedt er een alarm in werking, een snerpend elektronisch geluid dat snijdt door haar trommelvliezen. Aan de gevel flitsen rode zwaailichten aan en uit. Bang en betrapt wil ze zich uit de voeten maken. Straks komt de politie. Misschien heeft Dave wel overal camera's opgehangen. Nu ze erover nadenkt, is dat ongetwijfeld het geval. Had ze er niet beter aan gedaan haar plan om Norah op te halen toch aan mr. Ineke Wals voor te leggen? Dit gaat haar vast niet helpen bij haar zaak, wanneer het zover is.

Als ze om het huis heen is gelopen en weer aan de voorkant is uitgekomen, ziet ze Gertjan, volkomen misplaatst in dit decor van poenerige perfectie. Hij was afgekomen op het alarm en is opgelucht dat hij haar kan meenemen naar de auto.

De villa blijft een gesloten bastion. Grace kijkt nog een keer naar boven, maar achter geen van de vele ramen verschijnt haar liefste wezentje.

'Ze is er niet, Grace, dat is wel duidelijk. Kom, laten we gaan voordat we hier bonje mee krijgen.'

Als ze in de Ford Fiesta het Rozenlaantje uit rijden en afslaan naar de Boslaan, worden ze gepasseerd door een Citroën Berlingo van het particulier beveiligingsbedrijf Safe Space Unlimited, die met flinke snelheid de andere kant op gaat. Grace heeft het niet gezien, maar Gertjan wel. 'Zag je dat? Dat was een auto van de particuliere bewakingsdienst die de rijken hier moet vrijwaren van types zoals wij.'

Grace kan alleen denken aan Norah, die nu door Dave en Kelsey getrakteerd wordt op een onvergetelijk en zonder twijfel duur en exclusief dagje uit. Ze hoopt natuurlijk dat haar kleintje gelukkig is, daar is ze moeder voor. Maar diep in haar hart hoopt ze juist van niet. Ook daar ze is moeder voor.

46.

Mark heeft afgesproken met zijn vroegere Leidse studiemakker en mede-Minervaan Reinout van Eekeren om samen te bekijken wat de mogelijkheden zijn om de veroorzaakster van het ongeluk aansprakelijk te stellen, voor de materiële schade sowieso, maar ook voor, nou ja, het verlies van z'n dochter. Niet dat hij Pip daarmee terugkrijgt, dat wil hij niet beweren, en ook gelooft hij niet in rechtvaardigheid, tenzij je macht zo wilt noemen. Maar het voelt goed om iets te doen, iets terug te doen tegen de intimiderende onbegrijpelijkheid van de situatie waarin Tessel en hij plotseling zijn beland. Zijn goede leermeester in Leiden, de oude Van de Poll, beweerde altijd: het recht moet zijn als Ockhams Scheermes, het axioma dat stelt: Gij zult de zaak niet nodeloos compliceren. Dat is het fundament van goede rechtspraak, waarin immers te midden van een kluwen argumenten pro en contra in een vonnis voor allen helderheid moet worden verschaft.

Mark en Reinout – 'Vos' onder de jaarclubgenoten – hebben for old time's sake afgesproken in een van de brakke tenten waar ze vroeger kwamen, maar waar ze nu alleen komen omdat ze denken dat de ander dit op prijs stelt. Het jongens-onder-elkaar blijft sowieso steken in een soort ouwelijke houterigheid. Ze tutoyeren elkaar met hun corporale bijnamen Eikel en Vos, wat ineens geforceerd overkomt gezien de volwassen ernst van hun gesprek. Vooral Vos weet telkens niet de goede toon aan te slaan. Te plechtig, te doodgraverig aan de ene en nogal misplaatst cynisch-jolig aan de andere kant. Het studentikoze jargon mist duidelijk de reikwijdte om de afgrondelijkheid van de zaak te bevatten. 'Eikel z'n dochtertje is doodgereden' bekt op de een of andere manier net niet lekker. 'In je eigen tuin nog wel, kut, man.' Nee, zo komt het gesprek niet op gang.

Mark begint er al spijt van te krijgen dat hij bij Reinout is uitgekomen in zijn zoektocht naar een geschikte advocaat. Het leek zo'n goed idee: oude studiemakker, keurige jurist, maar wel ver genoeg verwijderd van de megalomane torens en de monumentale stadspaleizen van de topdogs in Amsterdam en Den Haag. Zo'n delicate privézaak behandelt hij liever discreet in de periferie. Vanwege de emotionaliteit en zo. Deze hele toestand mag geen effect hebben op zijn positie en zijn opdrachtenportefeuille. Naar buiten toe voert Mark Blijenberg LLM, partner van Clifford Chance, onversaagd het schitterende schild van zijn succes.

Reinout is zelf ook enigszins verbaasd dat zijn internationaal opererende studievriend bij hem heeft aangeklopt, kleine jongen in de provincie. Goed, hij heeft de nodige ervaring met letselschade, wat hier van pas kan komen, toch is hij in de eerste plaats een allrounder. Een klassieke jack-of-all-trades: van echtscheidingen tot verkeersdelicten, van assurantiegeschillen tot mediation. Better call Saul, dat werk. Oftewel, mr. Reinout van Eekeren staat dag en nacht voor u klaar. Samen met twee assistenten (en een stagiair) runt hij een eigen kantoor aan de Nieuwe Gracht in Haarlem. Zijn giganetwerk is zijn voornaamste asset. Er zwemt altijd wel een visje in zijn mazen. En nu zwemt de grote vis Mark Blijenberg zomaar in zijn fuik. Dat is ook netwerk, jazeker wel. Maar Eikel kan kiezen uit de besten uit het vak. Wat moet zo'n golden boy in vredesnaam met hem, juridische middenmoter? Alsof je een Ferrari komt inruilen voor een Fiat.

Eikel en hij stonden ook in hun jaarclub al redelijk ver van elkaar af. Hij zat in de populaire clubjes, werd gevraagd voor zo'n beetje alle leuke commissies, kwam uiteindelijk zelfs in het Collegium. Had toen al dat prachtexemplaar aan de haak geslagen, de natte droom Tess van Alkemade, bij wie hij, Vos, het ook een paar keer heeft geprobeerd, maar helaas, hij kreeg 'm er nooit in gepropt, zelfs niet die keer toen ze starnakel bezopen was en hij haar had thuisgebracht, helemaal tot haar kamer aan toe. Ze had ook een lekkere zus, weet hij nog, ook met zo'n neukabele naam. Steffie of zoiets. Maar het is nu niet echt het moment om over de heerlijke hertjes van weleer te beginnen.

Reinout voelt zich als een student op een mondeling tentamen dat hij slecht heeft voorbereid. En omdat hij de antwoorden schuldig moet blijven, geeft prof. Eikel zelf maar de antwoorden. Het lijkt erop dat hij al precies weet wat er moet gebeuren. 'Snap je, Vos?' Het enige wat Reinout zelf nog hoeft te doen, is zijn uurtarief doorgeven en op tijd de factuur in orde maken.

En toch knaagt er iets. Vos is misschien een onvergelijkelijk minder begaafd jurist, maar hij is, in tegenstelling tot zijn geachte confrère uit de hoogste echelons, wel een advocaat van gewone, echte mensen gebleven. Hij kent ze maar al te goed, hij ziet ze al jaren zijn praktijk binnenstappen. Echte mensen hebben altijd iets verloren, wat hen tegelijk kwetsbaar en strijdbaar maakt. Hij ruikt, hij voelt, hij proeft de onmacht in het zogenaamd zelfverzekerde optreden van de topadvocaat. En geachte Eikel is, ondanks zijn imponerende staat van dienst, als vader van een gestorven kind een gewoon, echt mens. Zoals alle gewone mensen verwart hij recht met rechtvaardigheid en gelooft hij dat alles wat gebroken is op wonderbaarlijke wijze geheeld zal worden door god de rechter. Eikels menselijkheid verrast hem ondanks alles, als provinciaal advocaatje was hij toch even begoocheld door zijn bravoure en zijn brille.

Mark is overigens de eerste om te erkennen dat hij zich wellicht laat verblinden door zijn emoties. Vandaar dat hij met zijn oude studievriend heeft afgesproken. 'In mijn eigen praktijk kom ik alleen bedrijven tegen, beleggingsfondsen, fiscale constructies. Ik verplaats winst en vermogen van de ene jurisdictie naar de andere. Gelukkig bestaan er nog klassieke advocaten zoals jij, die de mensen met raad en daad terzijde staan als ze omver worden geblazen door de stormen des levens.'

Waar heeft hij dat nou weer vandaan? vraagt Reinout zich af. Is het een citaat of een toespeling, mis ik iets subtiels met mijn domme hoofd?

'Dat zei Van de Poll altijd, weet je nog?'

Reinout kan zich er niks van herinneren. 'Van de Poll, Van de Poll? Begon dat college niet om negen uur 's ochtends?'

'Enfin, ik denk dat je wel zo'n beetje snapt waar ik heen wil. Zet je het nog even allemaal voor me op papier? En geef dan ook meteen je condities door.'

47.

Elke ochtend duurt het een fractie van een seconde. In die fractie van een seconde ligt Pip veilig te slapen in haar eerste grotemensenbed onder haar favoriete spikkeltjesdekbed. Of Pip is al opgestaan en is zich aan het aankleden, want dat kan ze allang zelf. Soms zingt ze een liedje dat ze in groep twee heeft geleerd. Het leven van haar dochter duurt elke keer maar een fractie van een seconde, want als Tessel wakker schiet, is het eerste wat ze zich herinnert: ze is er niet, ze is koud en kapot en dood en begraven. Pips kostbare, nu waardeloze lichaampje ligt onder de grond te vergaan. We hadden haar moeten cremeren. Godverdomme, Mark, waarom moet er altijd gebeuren wat jij zegt? Ik wil niet dat ze daar zo aangetast en eenzaam ligt te verrotten. Dat kunnen we haar niet aandoen.

Als Tessel bij het graf is, en dat is ze elke dag, zit ze op haar hurken en laat ze haar vingers door de rulle aarde gaan, zoals ze vroeger haar vingers gedachteloos door Pips lange blonde haar kon laten gaan.

Het is Stéphanie geweest die met het idee kwam om 'een heleboel bloemetjes' te kopen om op het graf te planten. Er moet daar iets zijn om te kunnen verzorgen, heeft ze gezegd. En zo is het. Het is nu zo kaal en doods, daar wordt ze helemaal naar van.

Geen van beiden hebben ze groene vingers, al zijn ze opgegroeid in een huis met een tuin als een klein bosperceel, waar hun vader altijd bezig was met takken afzagen en boomstammen doormidden hakken, met wroeten in de aarde en met het snoeien van slierten en twijgen. De oude Van Alkemade bracht zijn liefde voor de natuur niet op zijn dochters over, integendeel, het leek er eerder op dat hij zijn gezin ontliep en zich in het uitbundige groen voor zijn vrouw en kinderen verborg. Het gevolg was dat ze hem net zo slecht kenden als de planten die hij koesterde.

In de ecologische kwekerij van de gezusters Hilgers, idyllisch gelegen op een verscholen landje achter Villa Beukenhorst, herkennen ze dan ook geen enkele afzonderlijke plant. Gelukkig staan er naamplaatjes bij, waarop ook de voornaamste karakteristieken en de verzorgingsinstructies keurig staan beschreven.

Het geeft Tessel een positief gevoel om iets voor haar dochter te kunnen doen. Ze denkt: voor haar, maar ze bedoelt: voor zichzelf. Maar als ze aan zichzelf denkt, ervaart ze enkel een zwart gat. Zolang ze aan Pip denkt, heeft haar leven betekenis. Dus plantjes en bloemetjes uitkiezen, al heeft ze geen benul hoe ze heten en wat ze voorstellen, draagt haar door deze dag heen.

'Meisjesogen' leest ze op een kaartje bij een bak gele bloemen. Coreopsis grandiflora. Ze stoot Stef aan. 'Grappige naam, vind je niet?'

Als ze doorlopen, blijft die naam hangen. De meeste planten zeggen haar niets en hun namen evenmin, al leest ze braaf alle kaartjes, op zoek naar zin en betekenis. Meisjesogen, denkt ze. Ze loopt terug naar de bak gele bloemen en doet haar best er het bijzondere in te ontdekken, maar ze ziet alleen gele bloemen en verder niks. Gele bloemen met een bruin hart. Ze leest de gehele tekst op het kaartje. Vaste plant. Bladkleur groen. Winterhard, bladhoudend. Zon, halfschaduw. Trekt bijen en vlinders aan. Bijnaam: zonnekind. Ja, dat klopt allemaal.

'Wat denk je, Stef?'

Samen kijken ze naar de gele bloemen, waarin ze niets anders kunnen zien dan gele bloemen met een bruin hart, hoe graag ze het ook anders zouden zien.

Ineens ziet Tessel het, zoals je in een wolk een gezicht of een gestalte ziet. 'Kijk. Die gele bloemblaadjes, dat is Pips blonde haar, en dat bruine in het midden, dat zijn haar bruine ogen.'

Stéphanie wil het ook zien, om haar zus een plezier te doen, maar nee, dat geel is toch echt niet de haarkleur van haar overleden nichtje. En dat bruin, nou ja, dat zou nog kunnen. Zo gaat ze, zij het met de nodige aarzeling, in de redenering mee. 'Ik moest er even aan wennen, maar nu je het zegt... Blond haar, bruine ogen.'

En boven die stomme bak met gele bloemen met bruine meisjesogen staat Tessel plotseling geluidloos te huilen. Als haar schouders beginnen te schokken, slaat Stef een arm om haar heen en trekt ze haar grote zus beschermend tegen zich aan.

Voor de zekerheid kopen ze het hele kistje met acht planten. Dan hebben ze in elk geval genoeg voor het hele grafje. Op advies van een van de gezusters Hilgers kopen ze meteen ook een schep, een gieter en een snoeischaar, want je schijnt de stelen in de herfst te moeten afknippen 'tot vijftien centimeter boven de grond'. 'Misschien ook een meetlint?' vraagt Tessel zich hardop af, maar zo nauw blijkt het ook weer niet te steken met die vijftien centimeter.

Als ze het plantenspul achter in de witte Mini Cooper hebben geladen, voelt Tessel zich heel, heel erg moe, Ze ziet er plotseling als een berg tegen op om op de begraafplaats te moeten gaan tuinieren. 'Zou jij willen rijden, Stef?' Zonder het antwoord af te wachten drukt ze haar de sleutels in de hand en gaat zelf op de passagiersstoel zitten.

Thuis zetten ze de bloemen bij gebrek aan een geschikte plek maar even op het kookeiland, waarna Tessel meteen de slaapkamer induikt om zich te begraven onder haar dekbed. Stéphanie heeft al aangeboden om straks de tweeling op te halen van Le Bonheur des Enfants. Ze heeft ze vanochtend immers ook al gebracht. In de tussentijd staat ze wezenloos om zich heen te kijken in het grote, lege huis en verlangt ze stilletjes naar haar eigen eenpersoonsflatje. Het is daar misschien tien keer zo klein, maar het voelt toch honderd keer ruimer aan.

48.

'Wat doen die bloemen hier?' Mark roept het op goed geluk, in de verwachting dat iemand tevoorschijn schiet om tekst en uitleg te geven. Hij roept het op een toon die klinkt als: wat moet die rotzooi hier? Of preciezer: wat moeten die afschuwelijk lelijke, burgerlijke bloemen hier? Geel, wie verzint zoiets? Omdat er niemand uit een van de vele kamers tevoorschijn komt, tilt hij het platte kistje zelf maar op en brengt hij het spul mopperend naar de tweede garage, die ze als schuur gebruiken. 'Zo.' En kwakt de troep in een donkere hoek. 'Ga daar maar lekker verleppen.'

Hij vindt Tessel in de slaapkamer, weggedoken onder een berg van hun beide dekbedden. 'Tess,' fluistert hij voorzichtig. Ze reageert niet. Pas als hij op de rand van het bed gaat zitten, geeft ze een teken van leven door even te gaan verliggen. Hij zou haar willen strelen, maar weet niet goed meer hoe dat moet. Het gevoel is er nog, maar hij weet niet meer waar hij het gelaten heeft. Hij heeft het in elk geval niet meer in de vingers. Om zijn positie op de rand van het bed te rechtvaardigen, vertelt hij dat hij – ook voor haar, en voor Pippa natuurlijk – met een advocaat heeft gesproken, een vroegere studievriend uit Leiden. 'Misschien ken je hem nog, waarschijnlijk niet. Hij was nogal obscuur. Enfin, we hebben zeker een zaak. Tegen die vrouw natuurlijk, maar wellicht ook tegen die Martha. Dat moet nog uitgezocht worden. Maar het belangrijkste is dat ik het voor jou doe, voor jou en voor Pippa. Jullie verdienen het om verdedigd te worden.'

Onder haar dekbedgebergte probeert Tessel te verstaan wat hij zegt. Ze hoort zijn stem, dat is het probleem niet. Ze snapt alleen niet waar hij het over heeft. Is er een zaak? Moet zij verdedigd worden? En Pip, wordt die ook verdedigd? Waartegen dan? Maar ze zegt niets. Ze heeft geleerd om niet met hem in discussie te gaan.

Als het stil blijft onder de dekens, staat hij op en loopt voorzichtig de slaapkamer uit, trekt zachtjes de deur achter zich dicht. Hij laat haar maar liever zo, ze komen er samen voorlopig toch niet uit. Het is beter dat hij de verantwoordelijkheid neemt. Als hij zich ook door zijn gevoelens laat meeslepen, dan wordt het een potje, daar heeft niemand iets aan.

Door de keukenramen ziet hij de Cooper de oprijlaan af komen dalen. Even denkt hij: hoe kan dat, Tess ligt toch in bed? Dan realiseert hij zich dat het Stéphanie is die de boys heeft opgehaald van het kinderdagverblijf.

Het ergert hem dat ze de auto niet voor de garages parkeert, naast de Mercedes G, maar pal voor het huis. Hij kan er niet tegen als dingen niet op hun vaste plaats staan. En hij kan ook niet tegen dingen die er niet horen, zoals die lelijke gele bloemen in de keuken. Zeker ook een ideetje van Stéphanie. Om het huis op te fleuren. Hij hoort het haar al zeggen. Nou nee, bedankt. Hij heeft zin om tegen zijn schoonzusje te zeggen dat ze de auto goed moet neerzetten, dat het hier anders een chaos wordt.

Als ze komt binnenwaaien en Mees en Flop joelend op hem afstuiven, beseft hij dat dit niet het juiste moment is. Spontaan tilt hij beide boys tegelijk op. Maar dit vaderlijk machtsvertoon heeft niet de gewenste uitwerking. Hij voelt niet die volmaakte vervulling, zoals vroeger, zoals normaal. En enigszins teleurgesteld laat hij de jongens weer op de grond zakken, vanwaar ze hem vragend aankijken, om daarna achter elkaar aan het huis in te rennen.

'Waar zijn de meisjesogen? Ze stonden hier.' Mark weet niet waar Stéphanie het over heeft. 'De bloemen,' verduidelijkt ze. 'Hier stond een bak met gele bloemen.'

'O die. Ik dacht al dat ze van jou waren. Ik heb ze in de garage gezet. Het wordt anders zo'n rommel hier. Zou je trouwens Tess d'r Cooper naast de G willen parkeren?'

Stéphanie wil iets terugzeggen, maar weet niet goed waar ze moet beginnen. Daarom gaat ze maar naar buiten om Tessels auto op de juiste plek te zetten, als meneer daar gelukkig van wordt.

Als ze dat gedaan heeft, gaat ze de garage in en vindt de bak met planten daar in een hoek gedumpt. Hier en daar is er een steel geknakt. 'De zak! Ongelofelijk!' Alsof ze een gewond diertje optilt, neemt ze de doos mee naar buiten en gaat op zoek naar een plek met voldoende zonlicht. Anders zijn de bloemen straks al dood voordat ze op het graf kunnen worden geplant.

49.

Dave heeft zojuist met Ron een paar holes gelopen en nu zitten ze in het zonnetje op het terras van de Golf & Country Club, waar Dave na jaren op de wachtlijst te hebben gestaan onlangs eindelijk als lid kon worden ingeschreven. Ron is mee als introducé. Ze doen zich beiden tegoed aan een spa rood. Ze hebben net besteld: wit brood met kroketten voor de cliënt, eggs benedict met zalm voor de advocaat. Terwijl ze uitkijken over de goed getrimde heuvels en dalen, die zich tot in het oneindige lijken te vermenigvuldigen, bespreken ze de heisa die Grace in en rondom zijn villa heeft veroorzaakt.

Het is Ron geweest die erop heeft aangedrongen deze huis- en erfvredebreuk serieus te nemen. Dave wil er geen politie bij halen, maar Ron vindt dat juist wél een goed idee. 'Ze wordt al onderzocht voor dat dodelijke ongeluk. Dat gaat zeker tot vervolging leiden, daar is geen twijfel over mogelijk. Voor jou zou het goed zijn om je duidelijk van haar te distantiëren. Jouw auto, en daarmee jouw eigenaarschap en jouw verzekering, gaat op een bepaalde manier meespelen in die zaak, dat is al vervelend genoeg. Dan is het prettig om te kunnen aantonen dat je ex ook voor jou een probleemgeval is. Juridisch zal het allemaal wel loslopen voor je, maar met de publieke opinie kan het natuurlijk alle kanten op. Ook de verkeerde. Er is momenteel een hetze aan de gang tegen bestelbusjes en andere grote voertuigen, zoals misschien ook wel jouw SUV. Het is belangrijk om de focus op háár te houden. Dus Grace d'r misdragingen op jouw terrein en jegens jouw personeel maken van jou óók een slachtoffer van deze ontremde vrouw.'

Dave speelt met zijn lege glas, volgt onzichtbare geometrische patronen, alsof hij in een labyrint vastzit en op deze wijze de weg naar de uitgang probeert te vinden.

'En dan heb ik het niet eens over de voogdijkwestie. Daar kan het helemaal gunstig uitpakken. Met name haar bedreiging van jullie werkster, hoe heet ze ook alweer?'

'Esmeralda.'

Ron denkt: ik heb een hoer gekend die zo heette. Maar dat zegt hij niet. Hij zegt: 'Hoerige naam.'

'Dat dacht je maar. Van achteren heet ze Imaculada. Je weet wel, van de Heilige Maagd.' Sinds hij Kelsey kent, gaat hij minder graag mee in de rituele vuilbekkerij van mannen onder elkaar.

De kroketten en de gepocheerde eieren worden geserveerd. Dave bestelt nog een glas spa. Ron wil er graag een glas witte wijn bij. De wijnkaart hoeft hij niet te zien. 'Bedenk zelf maar iets. Je hebt vast wel iets lekkers openstaan.'

Dave zit te wikken en te wegen, zoals bij het afsluiten van een vastgoedcontract. Vastleggen doe je waar het moet, maar vermijd je waar het niet hoeft. Het liefst zou hij nu snel op de achterkant van de menukaart een rekensommetje maken om te kijken wat erin zit voor hem. Wat kost 't, wat levert 't op?

'Kijk,' zegt Ron. 'Die Esmeralda moet sowieso een verklaring afleggen. Dat is goud. Al doe je er nu niks mee, je kunt het altijd bewaren voor het geval dat. Ze was erg van streek, vertelde je. Dat betekent dat we er niet mee moeten wachten. Zo snel mogelijk laten ondervragen, zou ik zeggen. Hoe banger die Braziliaanse overkomt hoe beter. Intimidatie, bedreiging, enfin, we zullen zien hoever we ermee komen. Zeker in combinatie met de beelden van het cameratoezicht en de verklaring van de bewakers van Safe Space heb je een verhaal waarin je ex niet overkomt als iemand aan wie een zorgzame vader graag zijn enig kind meegeeft.'

'Als je het maar netjes doet, Ron. Je weet dat ik niet houd van gelazer.'

'Je kent me, Dave. Discretie is my middle name.'

50.

Kelsey is met Norah kinderkleertjes aan het kopen, voor Noor maar ook voor de aanstaande baby. Een meisje, hoopt ze. Maar ze wil het niet van tevoren weten, ze wil zich laten verrassen. Dat is het mooiste natuurlijk. Volgens Dave wordt het vast een jongetje. Maar daar gaat ze niet in mee. Haar puntbuik voorspelt een meisje, zegt ze, al durft ze het nog niet te geloven.

Ze zijn met de vipservice. Normaal gebruikt Dave die alleen om naar Schiphol te gaan, maar ze mocht vanwege Norahs veiligheid van hem niet met haar eigen auto, vandaar. Je weet wat er de vorige keer is gebeurd, toen was ze bijna dood. Dat zei hij echt. Hoho, hallo, verwar je me nu niet met je ex? Nee, dat deed hij niet. Hij wilde zich gewoon geen zorgen hoeven maken. Dus vertrouw me nou maar. Zal ik weer die Mercedes s bestellen? Haar hoor je niet klagen. Niks geen gedoe met parkeren en de chauffeur krijgt veel te goed betaald om haar lastig te vallen met onsmakelijke dubbelzinnigheden.

Norah heeft een pesthumeur, de hele dag al. Kelsey dacht eerst dat het vanzelf over zou gaan. Cadeautjes doen wonderen. Tenminste, bij haarzelf wel. Noem de namen van de grote designers en ze begint al te glimlachen. Maar bij dat kind werkt dat dus niet. Verwend kreng. Terwijl ze zelf zowat in katzwijm ligt bij al die überschattige kleertjes die ze tegenwoordig voor dat jonge spul ontwerpen. Alle bekende modehuizen blijken ook een kleinemeisjeslijn te hebben. Heeft ze nooit geweten. Voor veel van die huizen heeft ze gelopen en fotoshoots gedaan, maar kinderen waren daar nooit bij. Wat zou het leuk zijn om Norah die schitterende exclusieve jurkjes en pakjes aan te trekken en haar die als een echt model te laten showen. Maar nee dus. Omdat ze er toch is, koopt ze hier alvast een rompertje en een trappelpakje, daar een sneeuwwit Moncler-winterjasje en een knalrood traditioneel Chinees jakje voor de baby-op-komst. Is leuk voor een meisje én voor een jongetje – voor het geval dat. Ze moet bijna huilen, zo klein is het allemaal. Dat mensen zoiets fijns en teers kunnen maken. Of zijn het machines? Nou enfin, wat doet het ertoe.

Buiten zeurt Norah dat ze naar huis wil. Naar mama, bedoelt ze. 'Naar mama toe.' En als Kelsey niet meteen reageert: 'Met mama film kijken.'

'Welke film?' vraagt Kelsey. Als het alleen om een film gaat, kunnen ze die misschien wel ergens streamen. 'Zeg eens, Noortje, hoe heet mama's film?'

'De dans van de suikerfee.'

Op haar Leronza 24K Gold iPhone 15 Pro checkt ze de titel. Niks te vinden wat er in de verste verte ook maar op lijkt. 'Weet je zeker dat die zo heet?'

Dat weet Norah zeker. Ze heeft 'm al honderd of duizend of honderdduizend keer gezien.

'Mag het ook een andere film zijn? Hier bijvoorbeeld. *Bambi.* Moest Kelsey vroeger altijd om huilen. Het gaat over een zielig hertje wiens moeder door gemene jagers wordt doodgeschoten.'

Heftig schudt Norah van nee. Geen *Bambi.* Het moet de suikerfee zijn. Anders niets.

Ze wil helemaal niet met Kelsey een film kijken. Ze wil met mama op de bank kruipen, onder een veilige deken, maar dat vertelt ze Kelsey liever niet, want dan wordt Kelsey boos op haar en zegt ze het tegen papa en die wordt dan nog bozer en dan gaat hij mama de schuld geven. Papa wordt altijd heel boos op mama en daarom vertelt ze hem nooit iets over mama.

Kelsey weet niet wat ze met Norah aan moet. Ze is zelf opgevoed met luisteren naar je ouders, dus het duidelijkst zou zijn om Norah te dwingen tot gehoorzaamheid. Het wordt *Bambi* en daarmee basta. Maar het enige puntje is: ze is Norahs mama niet. Ze is de vriendin van haar vader. Vriendin, ja, want Dave vindt het te overhaast – zo noemt hij dat, de schat – om nu al meteen te hertrouwen. Vind je het dan gek, David Alexander Martha, dat je dochter niet naar mij luistert? Je hebt alles voor me over, zeg je. Je overlaadt me met cadeaus. Dat klopt. Maar je wilt je niet in de echt met me verbinden? Dat klopt dus níet. En zo verplaatst haar ergernis zich van de dochter naar de vader en ontwikkelt die ergernis zich tot regelrechte woede.

'Nou, Noraatje, als we nergens zin in hebben, dan gaan we toch lekker gewoon naar huis.' Dit is geen voorstel, maar een mededeling. Ze appt de chauffeur van de zilvergrijze Mercedes, die momenteel rondjes aan het rijden is, en trekt Norah aan haar handje mee de winkel uit. Dan staan ze er alvast.

51.

Grace is stomverbaasd en blij verrast dat Kelsey contact met haar opneemt. Ben je thuis? Ja. Oké, dan breng ik Norah. Ze kan haast niet geloven dat het waar is. Ja, ik ben thuis. Wanneer kom je? Ben al onderweg. Sta over vijf minuten bij je op de stoep.

In een reflex gaat ze het huis opruimen, maar vooral checkt ze hoe ze eruitziet. Ze doet dit niet voor Norah, merkt ze, maar voor Kelsey, wat haar ergert en waar ze van baalt. Toch blijft ze zich haasten in haar ijver zo goed mogelijk voor de dag te komen. If you've got it, flaunt it. Tussendoor rent ze ook naar het raam om te zien of ze er misschien al aan komen. Ze moet over de vensterbank naar buiten hangen, anders kan ze de stoep voor de voordeur niet goed zien. Jezus, wat is ze zenuwachtig, ze wordt helemaal gek van zichzelf. Doe toch even normaal, verdorie.

Om de tijd een handje te helpen met verstrijken, loopt ze alvast de drie trappen af om Norah buiten op te vangen. Bijkomend voordeel is dat Kelsey dan niet in de verleiding komt om met Norah mee naar boven te lopen en haar privéwereld binnen te dringen. Het is al erg genoeg dat ze aan de blonde barmhartigheid is overgeleverd om haar eigen dochter terug te zien. Ze kan haast niet geloven dat Norah nu, straks, elk moment voor haar neus kan staan, in haar armen kan springen. Al weet ze niet van welke kant ze zullen komen, toch lijkt de hele straat waar ze ook kijkt in afwachting te zijn: de iepen, de geparkeerde auto's, de bossen oude fietsen, de geveltuintjes, maar vooral hoe het zonlicht door de bladeren komt dwarrelen en hoe het daglicht glanst in de ramen aan de overkant.

En toch wordt ze verrast door de zilvergrijze Mercedes s die onverwacht voor haar huis halt houdt.

Het is de geüniformeerde chauffeur die als eerste uitstapt en om de auto heen loopt om het rechterachterportier met de nodige egards te openen. Kelsey stapt uit met de flair en de elegantie van een bekende filmster op de rode loper. Dat hebben ze haar wel geleerd in Parijs en Milaan. Ze ziet er natuurlijk weer schitterend uit. En haar pronte zwangerschap geeft haar barbieachtigheid net dat extra, dat vleugje vitaliteit en menselijkheid. Kan het haar schelen! Als ik m'n kleine meid mag hebben, krijg jij van mij de hele wereld cadeau. Met een strik erom. Alles mag, wat mij betreft. Schitter wat je wilt. Er kan alleen niet meer geruild worden.

'Mama! Mama!'

Ze moet oppassen niet te gaan huilen, maar het is al gebeurd. Hè, die rottranen. Ze wil niet janken, ze wil Norah zien, haar aankijken, en niet verontschuldigend naar de grond hoeven kijken om haar tranen te verbergen. What the fuck! En terwijl de tranen over haar wangen rollen stapt ze op Norah af en tilt haar op, drukt haar tegen zich aan, haar neus diep in het heerlijke dikke haar. Hoe steviger ze haar kind vasthoudt, des te groter en sterker voelt ze zich. Samen vormen ze een hele wereld, eentje die de grote wereld klein doet lijken. Ze is Kelsey allang vergeten. Alles wat ze kan denken is Norah, Noortje, Noor. Als ze achter zich haar naam hoort roepen, zwaait ze in een reflex in de richting van het geluid. Ze merkt het al niet meer wanneer de Mercedes met zijn zachte, sonore motor haar straat uit zoeft.

52.

Dave reageert woedend als hij hoort dat Norah weer terug bij Grace is. 'Hoe kun je dat doen, Kel? Had mij even gebeld. Dan had ik Noor wel van je overgenomen als het te lastig voor je is. Ron heeft net een hele strategie uitgerold om Grace buitenspel te zetten. Via dat ongeluk, snap je. Het is een heel verhaal, dat ik je nog wel eens helemaal vertel, maar volgens Ron gaat het prima werken.'

'Ja, sorry hoor, ik was even helemaal klaar met die dochter van je. Dolce & Gabbana, Gucci, Versace, niks was goed genoeg voor dat stuk chagrijn.'

'Ik kan me moeilijk voorstellen dat... Norah is totaal niet het type om... Het kan haar denk ik gewoon niet zoveel schelen. Dat klinkt jou misschien vreemd in de oren, maar er bestaan ook vrouwelijke wezens die geen Prada van Zara kunnen onderscheiden... Ach, mooie lieve Kel, ik denk dat je gewoon even moet rusten. Je zwangerschap is nu toch al...'

'Zeven maanden. Je hebt gelijk, ik moet wat meer aan mezelf denken. Dat vergeet ik soms.'

'Je draagt het fantastisch. Het staat je ongelofelijk goed. Die A-lijn, je borsten...'

'Vind je?' Ze strijkt langs haar borsten, haar duidelijk bollende buik en vlijt zich uitnodigend tegen hem aan. Tast toe, voel mijn vruchtbaarheid.

Vluchtig bewondert hij met zijn handen haar nieuwe gedaante van vruchtbaarheidsgodin, probeert te verbergen dat hij geen zin heeft in seks. Hij wil Ron bellen, van hem horen wat hij in de nieuwe situatie het best kan doen. Afwezig gaan zijn handen over de volle romp. Hij voelt de harde tepels door de zijden bh-stof heen. Daarna omvat hij haar buik, waarbij zijn handen vergeefs zoeken naar haar ranke meisjestaille en de holte van haar buik. Daarom doet hij extra zijn best om zijn aandacht niet meteen te laten verslappen.

'Had je ex ook zo'n mooie buik?'

'God, wat een vraag. Nee, dat zou ik echt niet meer weten. Waarom vraag je zoiets?'

'Nou, het was de eerste keer, het was je eerste kindje. Dan maakt elk stapje, hoe klein ook, toch diepe indruk? Bij mij in elk geval wel. Ik kan me niet voorstellen dat jij dat allemaal nu al bent vergeten.'

'En toch is het zo.'

'David! Wat zeg je nou!? Dat kun je niet menen.' Ze doet een stap achteruit, als om zich ervan te overtuigen of ze wel de goeie voor zich heeft. Misschien is er ook een andere David Alexander Martha. En onzeker ineens over wie ze voor zich heeft, kijkt ze hem vragend aan. 'Wees 'ns eerlijk. Beleef je het bij ons dan ook zo... zo afstandelijk?'

'Nee, natuurlijk niet, liefje. Hoe kom je daarbij?' En om te bewijzen dat hij van haar houdt, wil hij haar kussen, maar dat wil zij niet.

Het liefst zou hij nu Ron bellen. Hij haat dit soort toestanden. Niks voor hem. Hij houdt ervan een deal te sluiten. Hand erop, zand erover. Helderheid. Niet deze psychologische spelletjes, waarbij hij een of ander gevoel moet 'bewijzen'. Vrouwen zijn er gek op, hij weet het. Meestal speelt hij het mee, geeft braaf de gewenste antwoorden. Maar nu staat zijn hoofd er even niet naar. En terecht. Hij was toch degene die reden had om kwaad te zijn? In plaats daarvan staat hij zich verdomme te verontschuldigen dat hij niet genoeg heeft meegepuft op de zwangerschapscursus van Grace. Waar gaat dit over, Kelsey de Boer? Waar ben je in godsnaam mee bezig?

'Vertel 's, hoe zag Grace eruit toen ze Norah droeg? Wisten jullie van tevoren al wat het ging worden? Kom op, ik ben gewoon nieuwsgierig.'

‘Kel, schei er nou ’s mee uit. Jij bent zwanger, wij zijn samen in verwachting van ons kind, laten we ons daar nou op concentreren. Moet je jezelf eens zien. Weet je, kunnen we niet een van je fotografen benaderen om je zwangerschap vast te leggen?’

In het vastgoed noemen ze hem niet voor niets Daddy Cool. Kijk eens hoe z’n meisje straalt ineens.

‘Carlijn!’ roept ze meteen. ‘Wat denk je daarvan? Ik heb met haar die shoot in Parijs gedaan, weet je nog? Ik hoop dat ze me nog kent. Want ze is tegenwoordig superberoemd.’

Hij heeft geen idee over wie ze het heeft.

‘Je weet wel, die campagne van Gucci. Ja, dat weet je toch nog wel?’

Hij doet net of het hem weer te binnen schiet en steekt enthousiast zijn duim op voor Carlijn who the hell. ‘Ga jij daar maar lekker over nadenken, mooiste van me. Dan doe ik dat ook.’ En hij wandelt op zijn gemak de kamer uit om vervolgens als de bliksem Ron te appen dat hij dringend iets met hem wil bespreken.

53.

Ron belt hem meteen terug, alsof hij de hele tijd op zijn bericht heeft zitten wachten. ‘Het liefst leg ik haar meteen op de grill. We kunnen haar van verschillende kanten aanpakken, maar het eenvoudigste is toch dat het OM gewoon zijn werk doet. Ik heb toevallig bij dat politieverhoor gezeten, zoals je weet. Het hele onderzoek hangt volgens mij zo’n beetje af van de medische verklaring. Het ziet er overigens niet naar uit dat het ziekenhuis met iets bruikbaars zal komen. Ze hebben niets kunnen vaststellen en zullen dat achteraf ook zeker niet gaan doen. Tenminste, dat is wat ik ervan heb begrepen. Maar de verdediging kan natuurlijk altijd een andere specialist inschakelen, al geef ik het weinig kans van slagen. Wist je trouwens dat ze een eigen advocaat in de arm heeft genomen? Ene Ineke Wals, ik ken haar niet.'

'Sorry, Ron, fijn dat je er zo op zit, maar waar ik contact over wilde, is even iets anders. Nou ja, iets anders. Het hangt er natuurlijk wel mee samen. We hadden Norah hier, daar hebben we het over gehad, dat het beter is als ze bij ons komt. Enfin, ja, inderdaad. Helaas is Kelsey zo dom geweest om Norah terug te brengen naar Grace. Ja, vandaag, vanmiddag om precies te zijn. Denk je dat dit onze zaak schaadt? Ik bedoel de voogdij. Graag je advies.'

'Je hoeft je daar absoluut geen zorgen over te maken. Ik kan me niet voorstellen hoe dat op enigerlei wijze een rol zou kunnen spelen. Jullie zijn een omgangsregeling overeengekomen en hebben die in een convenant vastgelegd. Dat is leidend. Wel is het natuurlijk zo dat wij willen aantonen dat je ex in elk geval tijdelijk niet in staat kan worden geacht haar taken als ouder naar behoren te vervullen. In die zin kunnen alle beetjes helpen. Maar belangrijk is dat niet, zeker niet. Wat wel van belang is, is de verklaring van die Esmeralda van je. Esmeralda Imaculada. Met of zonder tolk, that's the question. Heb je dat al in gang gezet?'

'Nee, nog niet.'

'Zou ik wel snel doen. Je weet hoe die Latijns-Amerikaanse types zijn. Tijd, dat hele concept kennen ze niet. Dus even doorpakken, zou ik zeggen. Haar getuigenis zou kunnen helpen bij een herzieningsverzoek in de omgangsregeling. Zeker in combinatie met de camerabeelden en de rapportage van Safe Space. Enfin, zover zijn we nog niet, maar het is prettig om zo'n verklaring alvast binnen te hebben.'

'Je hebt gelijk. Ik ga er meteen mee aan de slag. Kel stuurt haar aan, ik zal het zo even vragen. Geen zorgen, komt goed.'

'Juist. Dat wou ik even horen. Trouwens, nu ik je toch aan de lijn heb, ik sprak vandaag een kennisje van me, leuke meid, die ooit stagiaire was op ons kantoor. Nee, verder niks, je kent me. Ze werkt tegenwoordig bij het arrondissementsparket. Dus ze heeft voor mij even nagekeken of er een zaak tegen Grace wordt voorbereid. Ze zijn er inderdaad mee bezig. Het is vreemd dat er nog steeds geen dagvaarding is verstuurd. Je zou zeggen: bewijs genoeg. Kennelijk wachten ze op forensisch onderzoek. Het kan ook zijn dat ze nog even wachten op een bepaalde getuige. De verdediging zal het ongetwijfeld gooien op overmacht. Geheugenverlies, weet je wel. Het is een zwak verhaal, maar iets anders hebben ze niet, vrees ik. Ik kan niet in hun hoofden kijken, maar het zou kunnen dat het OM eerst meer zicht wil krijgen op dat medische verhaal. Het kan ook zijn dat ze gewoon traag zijn. Het blijven ambtenaren met verplichte vrije dagen en dergelijke. Misschien moet iemand zijn kinderen ophalen van de crèche. Dat kan daar zomaar het geval zijn.'

'Dus als ik goed naar je luister, is de kans groot dat de zaak van Grace voor de strafrechter komt.'

'Dat kan haast niet anders. Daarvoor zijn de gevolgen te ernstig en is de maatschappelijke onrust te groot. Een dood kind, een auto die dwars door een houten hek en een haag heen zonder te remmen op een groep kinderen en hun moeders inknalt. Om het zo ver te laten komen, moet je toch wel heel vreemd achter het stuur hebben gezeten, niet? Onverantwoordelijk vreemd, zou ik zeggen. Dan kun je toch wel spreken van aanmerkelijke schuld. Mensen zijn wel eens voor minder gedagvaard.'

'Jee, als je het zo zegt, zit het er dus dik in dat ze straks wordt veroordeeld. Shit, daar had ik eigenlijk nog niet bij stilgestaan.'

'Ja, en daar wil ik met jou naartoe. Als het zover komt, heeft dat consequenties voor de voogdij. Ze kan zomaar voor een jaar of twee uit de samenleving verdwijnen. En vrouwengevangenissen, mind you, die zijn nog erger dan de gewone. Daar wil je je kind niet op bezoekuur naartoe sturen.'

'Dus je bedoelt... God, daar had ik helemaal nog niet over nagedacht. Dus ze kan werkelijk... Jee, dat is heavy zeg. Pfoeh, man. Shit, man.'

'Ach, dat valt wel mee. Weet je voor wie het erg is? Voor die ouders van dat doodgereden kind. Maar enfin, waar waren we gebleven? O ja. De publieke opinie. We zijn in Blankendaal, nietwaar. Daar hebben we allemaal een mening over elkaar. Het kan bepaald geen kwaad om de beeldvorming aan je kant te hebben. Ik vang soms wel eens een enkel kritiekpuntje op. Ook over jou overigens. Maar je ex is de buitenstaander, die krijgt het nog harder voor d'r kiezen. Dus de publieke opinie is lichtjes in jouw voordeel, als je het positief wilt stellen. Ik praat wel met wat mensen, laat dat maar aan mij over. Hang jij maar de bezorgde vader uit. Hoe staat het trouwens met de volgende in de rij? Kelsey zit toch al een hele tijd op dat ei te broeden, niet?'

'Weet je, ik voelde laatst haar buik. Dat was heel anders dan toentertijd bij Grace. Soms ben ik bang dat het een tweeling wordt.'

'Eén halen, twee betalen, zeggen we dan. Kelsey inspireert je wel, ouwe smeerlap. Nog één zo'n cumshot en je kunt een eigen kinderopvang beginnen.'

54.

Norah is op haar schoot in slaap gevallen. Bij de geringste beweging van het warme moederlijf schrikt het meisje wakker. *Je gaat toch niet weg!?* Grace leest de verlatingsangst in de opengesperde donkere ogen. Pas als ze haar armen om haar heen slaat en haar als het ware begraaft in haar eigen lichaam, ontspant ze. Mama is bij je, rustig maar, Noortje, laat het maar los. Voordat ze terug tuimelt in de zweefruimte van de slaap, spert ze nog één, twee keer onverwacht haar ogen open, om zeker te weten dat mama er nog steeds is. Dan worden de oogleden te zwaar en laat ze zich willoos meevoeren naar die vreemde werkelijkheid waar de dromen wonen.

Grace blijft lang, zo lang mogelijk in dezelfde houding zitten met haar slapende kind op haar schoot. Ze is ontroerd door de vanzelfsprekende verstrengeling van twee lichamen die nog niet zijn vergeten dat ze samen één waren. Op den duur ontstaat er kramp, dat wel. Haar rug wordt stijf. Een been begint te slapen. Toch wil ze het nog even volhouden. Zo mooi is het, zo volmaakt. Dit mag ze nog niet loslaten.

Wéér denkt ze aan de vrouw die ze niet kent, Tessel Blijenberg, en aan dat dochtertje, Pippa, dat ze evenmin kent. Ze kijkt naar Norah en ze ziet het dochtertje; ze denkt aan zichzelf en ze ziet de vrouw. Zo inwisselbaar is het lot kennelijk. Om het even was het omgekeerd geweest. Dan had ergens in een villa die vrouw met haar kind op een bank gezeten en was Norah in haar plaats... De gedachte maakt haar draaierig, alsof ze boven een afgrond op een koord balanceert en per ongeluk toch naar beneden kijkt.

Ze is ontkomen, goddank, ze is aan iets verschrikkelijks ontsnapt. Maar zo ervaart ze het niet. Integendeel. Ze kan niet loskomen van de gedachte dat ze in deze persoonsverwisseling vals heeft gespeeld. Het kan toch niet zo zijn dat zij hier zomaar vredig met haar dochtertje verstrengeld kan zijn, terwijl die ander met een lege schoot moet achterblijven. Door haar toedoen. Haar schuld. Zij heeft Tessel Blijenberg haar kind afgenomen. Om vervolgens zelf met haar eigen kind onbeschaamd te gaan zitten cocoonen op de bank.

Het is gek, een dergelijk schuldgevoel heeft ze tegenover Dave nooit gehad, terwijl ze toch in zekere zin Noor van hem heeft afgepakt. Nee, tegenover die egoïst voelt ze zich totaal niet schuldig. Zijn kind, pff, een druppel sperma zal hij bedoelen. Maar het voelt wél zo dat ze haar intieme Norah-geluk gewetenloos van die arme Tessel Blijenberg heeft weggeroofd. En zich daarna zogenaamd niks herinneren, jaja. Zijzelf lekker wel een dochter, ja, en Tessel, tja, die helaas niet. Alles wat haar leven waarde geeft en zin en licht en geborgenheid, dat is die andere moeder kwijt. Door haar toedoen. Haar geluk krijgt daardoor iets onrechtmatigs en ook iets bedrieglijks. Alsof ze een nieuwe rol heeft ingestudeerd die eigenlijk voor iemand anders is bestemd.

De verkrampte houding breekt haar op. Door de warmte van het slapende kinderlijfje is ze ook plakkerig geworden. Heel voorzichtig, om haar niet wakker te laten schrikken, tilt ze haar op en draagt haar naar haar eigen bedje. Natuurlijk wordt de lieverd, zodra ze de koele lakens voelt, op het laatste moment alsnog wakker. 'Mama, niet weggaan!' Zodat er niets anders op zit dan op de rand van het bed net zo lang te blijven wachten tot er ongemerkt kan worden weggeslopen. De luxe, denkt ze, de belachelijke luxe om je kindje opzettelijk achter te kunnen laten. Om even vrij te zijn, vrij te hebben van je eigen kind. Dat zullen die ouders niet gedacht hebben toen ze terugliepen van de begraafplaats.

55.

Tessel is er net. Twee keer per dag gaat ze naar het nog zerkloze perkje en dan zit ze op een opvouwbaar krukje naar het bed van meisjesogen te kijken, taai spul dat hardnekkig blijft bloeien in de vruchtbare aarde. Zij wel, denkt ze cynisch. Kutplanten. Maar hun botanische bijnaam maakt veel goed. Ze heeft zelfs het soortnaambordje van de kwekerij in de aarde geplant, waardoor het graf een soort minivolkstuintje is geworden. Haar bezoektijden aan het Vossenpaadje vallen samen met de uren waarop ze normaal gesproken Pip naar school brengt en ophaalt. Het is nu grote vakantie, maar dat maakt niet uit. Het gaat haar om de ordening. Ze wil dat sommige dingen hetzelfde blijven. Sinds Pip is begraven, lijkt de tijd geen uren meer te kennen, zelfs geen dagen. Het gaat maar door, er komt geen einde aan. Dat wil ze niet. De tijd moet worden ingeperkt. Anders gaat hij veel te snel, jaagt hij voort als een renpaard dat zijn ruiter heeft afgeworpen en er in galop vandoor is gegaan. Blijf hier, sta stil, blijf bij Pip. Het bezweren van de tijd is bijgeloof, dat weet ze ook wel, maar iets anders heeft ze niet.

Vanmorgen bij het graf heeft ze voor het eerst aan de vrouw zitten denken die verantwoordelijk is voor wat er is gebeurd. Tot dan toe heeft ze haar geblockt in haar gedachten. Ze wilde niet weten van een ander, een vreemde, die allesbepalend is in haar leven. Ze gunt zo iemand die almachtpositie niet. Iemand die zomaar even op een middag voor god is komen spelen in haar leven. Maar ineens wil ze begrijpen hoe iemand zoiets kan aanrichten. En daarmee zelf kan doorleven. Dat kun je je toch niet voorstellen? De dood van zo'n prachtig kind op je geweten hebben, dat is toch een levenslange straf? Dat lijkt haar wel tenminste. Het heeft iets van een wraakgedachte: die ander tot een levenslang schuldgevoel veroordelen. Maar wraak is niet wat ze ervaart. Ze ervaart tot haar eigen verbazing iets helends, iets van de andere wang, zoals ze het in haar jeugd hoorde verkondigen in de Kloosterkerk aan het Lange Voorhout. Wraak maakt je kleiner, de andere wang juist groter. Dat zei de dominee niet, dat zegt ze zelf, voor alle duidelijkheid. Ze wil weten hoe zo'n vrouw hiermee verder leeft, hoe ze dat kan. Er schiet haar nog een zondagse zin te binnen. Heb medelijden met haar, ze weet niet wat ze heeft gedaan.

Thuisgekomen zit ze in Marks werkkamer op zijn MacBook Pro zomaar wat namen te googelen. Nou ja, zomaar. Ze probeert iets te begrijpen. Maar zo makkelijk als die andere wang haar te binnen schoot, zo ingewikkeld is het voor haar om gedetailleerd over de fatale dag te moeten lezen en de foto's van de chaos in de tuin te moeten zien. Ze kan het niet aan, toch moet ze het zien, het is haar eigen dochter, het is haar eigen vlees en bloed. Daar kan ze niet van weglopen, daar zit ze met huid en haar aan vast. De naam van de vrouw vindt ze nergens terug. Alleen 'een 31-jarige vrouw uit Amsterdam'. Privacybescherming. Toe maar. En niemand bekommert zich om de privacybescherming van het slachtoffer. Pippa mag als nieuwstrofee overal worden getoond.

Nu ze toch op Marks MacBook zit, zoekt ze in zijn mailbox naar berichten van die advocaat waar hij het laatst over had. Een of andere oud-studiegenoot uit Leiden. Eentje die ze niet kende trouwens. Van Eeghen of Van Eekeren, zoiets was het, dacht ze. Vast niet veel soeps, anders had ze hem wel onthouden. Ze voelt zich een beetje opgelaten met de situatie. Ze wil niet de echtgenote zijn die de gangen van haar man nagaat, zo zijn ze niet getrouwd. Het is alleen zo dat ze elk snippertje, elk spoortje van bewijs wil volgen dat haar dichter bij Pip kan brengen. En nu volgt ze dat kruimeltjesspoor toevallig in Marks mailbox. Met hem heeft dat niets te maken, het gaat haar uitsluitend om Pip.

Het kost haar enige moeite wegwijs te worden in de ellenlange lijst van berichten. Heel anders dan haar eigen mailbox. Uiteindelijk filtert ze de berichten van reinout@vaneekeren.nl eruit. Veel studentikoze prietpraat. Eikel, ja. Ze heeft er altijd een pesthekel aan gehad dat Mark zo werd genoemd. Maar Vos, zoals die Van Eekeren in Leiden bekend scheen te staan, zegt haar niks. En ineens is daar de naam die ze zoekt. Het treft haar als een mes dat onverhoeds wordt getrokken. Op slag bestaat die vrouw, leeft ze ergens. De andere wang is nog slechts een fabeltje dat aan kinderen wordt verteld om ze iets wijs te maken. Dat ze zich zoet moeten houden en braaf de klappen incasseren die de grote mensen uitdelen. Het is alsof de vrouw zich tot dusverre heeft proberen te verschuilen, haar misdaad heeft proberen te verhullen. En nu wordt ze door haar ontmaskerd. Kom maar tevoorschijn, je bent gezien, je bent af. Het heeft geen zin om de waarheid nog langer te ontkennen. Pippa is echt en jij hebt haar echt vermoord, Grace

Rainville, want zo heet je, ontken het maar niet. Als er iets niet echt is, ben jij het wel. Je hebt je verborgen in een leugen, je hebt je voorgedaan als een verzinsel. Ik zal jou vertellen wie je bent. Je bent de moordenares van mijn kind, mijn eerste en enige dochter. Het liefste wat ik had, heb jij van me afgepakt. Jouw bestaan is voor mij onverdraaglijk. Maar mijn eigen bestaan is voor mij net zo onverdraaglijk. In die zin kunnen we elkaar de hand reiken. Twee zinloze levens aan weerszijden van een kindergraf. Alleen is het jouwe toch net iets zinlozer dan het mijne. De zin van mijn bestaan vind ik in de nagedachtenis van mijn dochtertje, haar ziel zullen sommige mensen het noemen, de geest die in leven is gebleven, en die ik zal bewaren en beschermen met alles wat ik heb. Die nagedachtenis, die ziel, die geest is precies wat jij juist probeert te ontvluchten. Maar ik heb je, ik heb je bij je nekvel, bitch. Je zult branden in de hel die je zelf hebt aangestoken.

Haar woede bevrijdt haar niet. Ze zit er net zozeer in opgesloten als in haar verdriet. Het zijn twee kanten van dezelfde onmacht. Maar woede geeft die onmacht tenminste richting. Gedreven zoekt ze verder. De zoekopdracht 'Grace Rainville' levert haar meer op dan verwacht. Het schijnt een tamelijk bekende actrice te zijn. Nou ja, bekend, ze heeft een bijrolletje gehad in een miniserie die ze niet heeft gezien en verder nog iets in een Nederlandse speelfilm waar ze zelfs nooit van heeft gehoord. Haar gezicht zegt haar niets. Knappe verschijning, dat moet gezegd. Exotisch type. Ze heeft iets Antilliaans of Surinaams. Ze heeft ook een kind, leert ze. Norah. Heftig vlamt de jaloezie in haar op. *Een dochter, zij wel.* Met een partner genaamd David Alexander Martha die sinds kort hier in Blankendaal schijnt te wonen.

Deze volstrekt vreemde mensen zijn voortaan onlosmakelijk met haar en Pip en Mark, met hen allemaal verbonden. Hun volkomen willekeurig toegeworpen uit de massa der naam- en gezichtlozen, blijken het de beslissende personen in hun leven te zijn. Het is onbestaanbaar, maar ze zijn niet meer weg te poetsen. Al sluit ze de laptop af, wat ze nu doet, ze zijn er nog steeds, de ongeziene goden die hun lot hebben bepaald. In het donker blijven ze gewoon in de slaapstand staan, om weer op te duiken wanneer ze er maar zin in hebben. Ze zullen verschijnen in haar dromen en ze zullen op haar staan te wachten als ze 's morgens wakker wordt.

56.

De naam is een begin. Het woord wordt beeld en het beeld beweegt. Vanaf nu is degene die Pip van haar heeft afgenomen iemand die echt bestaat en in die-en-die straat woont, op de derde etage, met een dochtertje van bijna vier. Hoe was Pip op die leeftijd, hoe was zijzelf een eeuwigheid van twee jaar geleden? Het doet pijn om zich voor te stellen hoe deze Grace Rainville overstroomt van geluk als haar dochtertje haar komt wekken met haar hoge stemmetje en haar soepele lijfje en met totale vanzelfsprekendheid bezit neemt van alles om zich heen. Buiten dat springlevende kind bestaat niets meer, niets wat er verder nog toe doet. Bijna vier jaar oud, denkt Tessel, nog twee jaar te gaan. De tijd wordt in Pippa's gemeten, andere tijd bestaat er voor haar niet meer.

Ze is nieuwsgierig, maar ze is ook doodsbang voor deze vrouw. Vanwege de macht die ze over haar heeft uitgeoefend. Bang, dat is ze ook – voor het geluk dat die ander wél ten deel valt. Grace Rainville heeft wat zij niet heeft. Niet meer heeft. Het voelt alsof dit geluk van haar gestolen is, alsof Grace Rainville haar geluk heeft overgenomen. Haar geluk en haar dochter – maar dat is hetzelfde. Als ze aan Grace Rainville denkt, is het bijna of Pip niet dood is en begraven onder een bloembed van meisjesogen, maar door haar is ontvoerd en daar in die-en-die straat op driehoog onder een andere naam een parallel leven is gaan leiden. Een andere plek, een ander moment in de tijd. Tessel heeft al eerder de verbijsterende gewaarwording gehad dat ze haar dochtertje ergens zag. Alle blonde meisjes kunnen haar zijn, zeker als ze ook nog bruine ogen hebben. Daarom is ze tegelijkertijd nieuwsgierig en doodsbang als ze aan Grace Rainville denkt. Haar volle verstand zegt dat ze Pip ook daar niet terug zal vinden, maar ergens diep in haar lichaam woont nog een oude tovenares uit een spoorloos verdwenen kinderboek en die voorspelt dat ze ongelijk heeft.

Mark zegt dat Grace Rainville er in anekdotische zin niet toe doet. Voor hem is ze een rechtspersoon, meer niet. Zo zou Tessel haar ook moeten zien. Zo'n naam stelt niets voor. Het zou ook een andere naam kunnen zijn. Hij kent bedrijven die om de haverklap van naam veranderen. Alles moet nu eenmaal een naam hebben, ja, ook die vrouw heeft er een. So what? Een naam betekent aansprakelijkheid. That's all. Het is handig als je wilt weten waarheen je de factuur moet sturen. Voor Mark geldt het betalingsverkeer als de meest betrouwbare manier van menselijke communicatie. Hij vindt het onzin om zoiets persoonlijk op te vatten.

Zij vindt dat onbegrijpelijk. Zij is opgevoed met een naam, beter gezegd: met een Naam. Haar vader heeft hun van jongs af aan ingeprent dat ze 'Van Alkemades' zijn, ooit baronnen en baronessen, doch dankzij een foutje in de stamboom gedegradeerd tot gewone burgers, maar wel onderscheidende burgers, al zei hij het zelf. Hij zei het zelf omdat niemand anders het zei. Maar Stef en zij geloofden het blind, ze geloofden hem op zijn woord dat ze een Naam hadden hoog te houden. Misschien nog wel meer omdat niemand het zag. Bescheidenheid, verordonneerde de oude Van Alkemade, is de ziel van de ware adeldom. Helemaal snappen deden zijn dochters het niet. Het enige wat bleef hangen, was de bijzonderheid. Ze waren bijzonder, al wisten ze niet precies waarom, waarin of waartoe. Toch voelden ze in hun gebaren, hun spreken, hun terughoudendheid die verre, ergens in de stamboom geknakte, oud-Hollandse aristocratie.

Mark lacht daar om. Hij komt zelf uit een familie van Rotterdamse ondernemers. Niks chics, maar rijk als de pest. Wat je doet, bepaalt wat je bent. Je bent net zo goed als je laatste order. Ook bescheiden dus, alleen iets luidruchtiger bescheiden, zoals de oude Van Alkemade het pleegde uit te drukken.

Vandaar dat Mark ook in het verwerken van Pips dood van aanpakken houdt. Het is doorgaan of doodgaan. En het leven gaat door. Je kunt beter in die trein stappen dan eronder gaan liggen. Voor Mark is zinloosheid een zinloos probleem. Het doel van het leven is dat je moet zorgen dat je een doel hebt. Er is altijd wel iets te bestrijden of iets te verbeteren. Hij noemt dat Rotterdams. De mouwen opstropen, dat werk. Hij vindt Tessel soms wat Haags. Negatief en pessimistisch, bedoelt hij daarmee. Over het geheel genomen is hij een stuk tevredener over zichzelf dan over haar. Hij moet haar nog wel eens over een dood punt heen zien te trekken.

En soms slaat ze door met haar emoties, zoals nu. Hij is het niet eens met de 'subjectieve' manier waarmee zij in de daderkwestie staat. Er is geen plan, geen doel. Hij heeft haar duidelijk proberen te maken dat een dergelijke kwestie altijd uitmondt in een bepaald bedrag. Het conflict zit 'm uiteindelijk in de hoogte van dat bedrag. Al het overige is ruis.

'Ja, Tess, ook rechtvaardigheid is ruis. Mensen denken dat rechters er zijn om links en rechts rechtvaardigheid uit te delen, maar dat is onzin. Rechtvaardigheid is een emotie en die behoort tot het werkterrein van psychiaters en psychologen.'

'O, dus je vindt dat ik naar de psychiater moet.'

'Nee-hee, dat zeg ik niet. Ik zeg –'

Maar voordat hij zijn zin kan afmaken, is ze de deur al uit. Hier heeft ze dus geen zin in. Mister Mansplainer bulldozert weer eens zijn almachtige gelijk over haar heen. Fijn voor hem. Maar zij heeft daar op dit moment even geen enkele behoefte aan.

Ze hoort hem nog iets naroepen over de boys. Jaja, dat weet ze nu wel. Dat ze zich wentelt in rouw en zelfbeklag en de tweeling verwaarloost. 'Zij hebben hun grote zus verloren. Zij hebben ook aandacht nodig.'

Nou, Mark, dan doe jij het toch lekker zelf. Of heb je alweer een vlucht laten boeken naar Singapore, Dubai, Seoul, Hongkong, Londen, Las Vegas, you name it – waar alles groter en beter en efficiënter is dan thuis, waar jijzelf ook groter bent dan hier bij mij. Enfin. Het heeft niet eens zin om het tegen hem te zeggen.

Toch is het waar dat hij sinds het ongeluk meer naar de tweeling omkijkt dan zij. Ook Stef heeft er al een opmerking over gemaakt. Ze schaamt zich ervoor, maar ze kan het gewoon niet zo goed aan dat die twee onnozelaars er wél zijn. Ze is natuurlijk blij dat ze er zijn en zo, maar toch. Nu even niet, of zoiets. Voor Mark en de jongens gaat het leven gewoon door. Maar voor haar dus niet. Voor haar is het verraad, dit doorgaan. Het liefst zou ze alles stilzetten: de tijd natuurlijk, maar ook de mensen erin, de kinderen. Alles en iedereen die zich van Pip verwijdert en haar achter zich laat – stop! Alsjeblieft, in naam van de liefde. De liefde die God is maar ook Mens, en specifiek een klein dood mensje dat niet gemist kan worden. Het is onverdraaglijk dat Pip stukje bij beetje wordt uitgewist in al dat overweldigende doorgaande leven. Zelf klampt ze zich aan de leegte vast die Pip heeft achtergelaten en die precies haar vorm heeft aangenomen. De eenzaamheid die ze voelt, is de eenzaamheid van haar liefste lieveling. Dat is goed, dat hoort zo, want ze moet lijden. Hoe dieper ze lijdt, des te dichter ze zich bij haar verlorene waant.

Ergens weet ze dat het niet goed is wat ze doet. Ze ziet hoe Floris en Mees onzeker van haar worden, haar beginnen te mijden. Hoe moet dat als Stef straks terugkeert naar haar eigen flatje in Den Haag en Mr. Mark Blijenberg LLM zijn intercontinentale vliegverkeer hervat? Dan zal ze zich weer fulltime aan de tweeling moeten wijden. Ze merkt dat ze er nu al tegen opziet om met hen alleen te moeten zijn. Goddank gaan ze in elk geval drie dagen naar Le Bonheur des Enfants.

Stef zegt dat ze zichzelf niet de hele tijd zo moet kwellen met schuldgevoelens. Maar wat moet dat moet. Steeds opnieuw loopt ze door de opengeschoven schuifpui terug het huis in en komt ze te laat buiten, steeds weer draait ze die film in haar hoofd af en elke keer weer loopt het slecht af. Ze moet het zien, ze moet het weten. En telkens ook keren haar gedachten terug naar het mortuarium en kwelt ze zich met wat ze daar zag. Ze doet dat in de hoop dat ze er op den duur in door zal dringen, in dat getekende landschap van verminkingen en verkleuringen. Ze wil ermee samenvallen, zelf het ongeluk worden. Zoals een poolreiziger zich hardt tegen de koude, wetende dat die onverdraaglijk is.

Het enige houvast dat ze heeft is die naam. Ze weet alleen nog niet wat het betekent. Het enige wat in haar opkomt, is wraak. Vernietigen wat haar vernietigd heeft. Maar dan denkt ze aan dat dochtertje. En daarbij ziet ze Pip voor zich. Arme Pip, ontvoerd naar een vreemde woning in de stad. Dat beeld troost haar gek genoeg. Het is beter dan in een graf. Want daar denkt ze elke ochtend en elke middag en elke avond aan: aan haar kleine meisje in het pikkedonker onder de grond, in de steek gelaten door mama en alle andere mensen die liever hun eigen leven blijven voortleven dan bij haar komen liggen.

Zou het dochtertje van Grace Rainville weten dat haar mama een ander meisje heeft doodgereden? Een meisje net als zij. Ze stelt zich voor dat het dochtertje aan haar moeder om uitleg vraagt. Hoe kan zo'n vrouw daarmee leven, met zo'n kolossaal geheim? Hoe kun je leven met jezelf als je zoiets hebt gedaan, Grace Rainville? Want ik weet wie je bent.

57.

Ineke Wals belt. Ze heeft wat dingen nagetrokken en er is het een en ander waarover ze zich zorgen maakt. Bijvoorbeeld over de rol van mr. De Vooys. Het is overduidelijk dat deze De Vooys als haar raadsman is opgetreden. Zowel bij de politie als bij het Openbaar Ministerie werd er verteld dat mr. De Vooys haar tijdens het verhoor heeft bijgestaan en dat hij ook namens haar bij verschillende gelegenheden inlichtingen heeft ingewonnen. Goed, dat kan. Iemand kan van advocaat veranderen. Maar een advocaat die overstapt naar een potentieel conflicterende partij, dat is niet volgens de gedragsregels van de Orde. 'Om het op z'n Hollands te zeggen, hij staat nu je ex bij en die ex heeft voor zover ik weet nou niet het beste met jou voor.'

'Ron is nooit míjn advocaat geweest. Het komt allemaal door Dave. Die heeft Ron ook betaald. Dat neem ik tenminste aan.'

'Maar De Vooys heeft jou wel degelijk bijgestaan tijdens het politieverhoor. Dat is natuurlijk een onacceptabele toestand, aangezien hij tegelijkertijd jouw ex adviseerde inzake de voogdijregeling. Hij heeft dus een conflicterend belang. Om jou de voogdij te kunnen ontnemen, helpt het hem enorm om jou veroordeeld te krijgen wegens grove nalatigheid achter het stuur. Deze zogenaamd behulpzame advocaat heeft in mijn ogen doelbewust jouw rechten geschonden.'

'Zie je wel!' Eindelijk is er de bevestiging dat die afschuwelijke Ron niet te vertrouwen is. Het lijkt wel een masterplan, zoals Ineke het uitlegt. Ze moet het even verwerken. Dus Dave heeft die engerd op haar afgestuurd om haar de gevangenis in te lullen en op die manier Norah van haar af te pakken. 'Gatver, wat een smerige kerels!'

'Dat kun je wel zeggen, ja. Maar ik zie een paar mogelijkheden om ze aan te pakken.'

Het ingewikkelde is dat Grace op allerlei manieren aan Dave vastzit. Ze zijn weliswaar gescheiden, maar wel op zijn voorwaarden. Hij heeft haar een aanbod gedaan dat ze meteen heeft aangenomen uit angst dat hij haar en Norah anders niks zou geven. Hij beweerde dat hij haar niks verplicht was. En als ze er anders over zou denken, moest ze ook maar een advocaat in de arm nemen. Hij had er al een. Of twee. Of drie. Ze wist hoe gemakkelijk hij procedures aanspande. Hij had altijd wel iets lopen. Daar was ze bang voor. Doodsbang, eerlijk gezegd. Dus toen hij haar een driekamerappartement aanbood, hapte ze meteen toe. En omdat ze zo snel toehapte, gaf hij haar ook nog die Volvo. En een toelage voor het levensonderhoud van Norah. Het was meer dan ze had durven vragen. Ze is doodsbang dat hij haar alles zal afnemen zodra ze zich tegen hem keert.

'Niet alles, Grace, niet alles. Hij kan Norah niet zomaar van je afpakken. Bovendien, zolang jij Norah hebt, zal hij je niet op straat zetten, schat ik zo in. De enige manier voor hem om de volledige voogdij over Norah te verwerven, en dan nog slechts tijdelijk, is om jou veroordeeld te krijgen.'

Grace luistert en duizelt. Gaat dit over haar? Kent ze haar eigen situatie zo slecht? Ze heeft steeds meer het gevoel dat anderen eigenmachtig haar leven aan het herschrijven zijn. Dave, Ron, Gertjan, en nu Ineke. Al sinds haar ontwaken in het ziekenhuis bevindt ze zich in een onbekend script. Als actrice leerde ze op de Toneelschool dat je het bent en tegelijk ook niet. Je wordt een ander, maar die ander ben je op een rare manier toch ook zelf. Je speelt dat je een ander bent. Maar sinds haar ontwaken uit het grote vergeten beleeft ze die gewaarwording in omgekeerde vorm. Ze wórdt gespeeld. Iemand anders is haar geworden.

Tegelijk wil ze geloven wat de anderen haar toeschrijven. De feiten hebben de schijn mee. Het kan haast niet anders dan dat zij het zelf was die achter het stuur van de Volvo zat. Links en rechts wordt haar de tekst aangereikt van deze rol. Ze denkt aan de clausen van 'Maria' die Gertjan in de cabine van Magic Media elke donderdag klaarlegt. Wordt zij al sprekend Maria of blijft Maria gewoon die Zweedse blondine uit de kinderserie? Of is niemand Maria en is het enkel een papieren creatie van de scenarioschrijver? 'Maria' is een heleboel bij elkaar. En toch bestaat ze niet echt. Wie is deze Grace, wil ze maar zeggen. Een vrouw in een Volvo die met haar kind op de achterbank een ander kind doodrijdt voor de ogen van diens eigen moeder. Iemand anders heeft gezegd dat het gebeurde in een tuin waar een kinderpartijtje gaande was. Anderen hebben hier foto's en filmopnamen van gemaakt. Zo schrijven velen mee aan deze Grace. Alleen degene die de opdracht heeft gekregen deze vrouw te vertolken, weet nergens het fijne van. Zij moet doen alsof. Ze heeft op veler verzoek de plaats ingenomen van iemand die ze niet is. Tot haar verwarring ziet niemand het verschil.

Haar van-niets-weten pleit haar geenszins vrij. Integendeel. Haar geheugenverlies lijkt haar bepaald niet slecht uit te komen. Het heeft daardoor de schijn van moedwilligheid en kwade trouw. Een gewiekste smoes. Alsof het in een vluchtplan past. Maar dat is helemaal niet waar! roept een stem vanuit de diepte die ze niet meteen als de hare herkent. Ze wil juist niets liever dan haar herinnering terugkrijgen, ze wil de waarheid kennen. En daarmee zichzelf. Ze wil niet van anderen moeten horen wie ze schijnt te zijn en wat ze zou hebben gedaan. Ze wil geen stand-in zijn, ze wil zelf voor haar daden instaan.

'Dat is natuurlijk heel nobel, Grace, maar in dit stadium niet zo verstandig.'

Ineke Wals legt geduldig uit dat bekentenisdwang in de juridische praktijk vaker optreedt. Het komt volgens haar voort uit het verlangen om prematuur zekerheid te krijgen. Grace kent dat woord niet. 'De vlucht naar voren. Ik vergelijk het wel eens met gas geven in een doodlopend straatje. Al is dat in dit verband misschien wat ongelukkig uitgedrukt. Wat ik vermoed en ook begrijp, versta mij niet verkeerd, is dat jij een uitweg probeert te vinden. De situatie is te ingewikkeld voor je geworden. Je bent verdwaald in een werkelijkheid waarin niets meer vaststaat en alle factoren variabel zijn geworden. Met alle geweld wil je uit deze impasse ontsnappen. Er móet een zinvol verband zijn, er móet een oplossing komen, het verhaal móet kloppen. Dus ontstaat de neiging om de hypotheses een handje te helpen en ze via de nodige smokkelroutes tot feiten te promoveren. Wij juristen hebben een neus voor verhalen die te mooi zijn om waar te kunnen zijn. Noem het een professioneel wantrouwen.'

'Maar Ron –'

'Het verhaal dat die De Vooys jou heeft wijsgemaakt, moet gerekend worden tot het wensdenken van een malafide advocaat. Jazeker, ik aarzel niet om die belastende term te gebruiken. Hij heeft je aangepraat dat er sprake is van verwijtbare schuld en dat het niet is uitgesloten dat je vervolgd wordt wegens grove nalatigheid. Met deze ongefundeerde aanname heeft hij jou bewust in de richting van een bekentenis willen pushen. Dergelijke moedwillige misleiding betekent een ernstige schending van de gedragscode voor advocaten. Punt is dat het moeilijk aan te tonen valt. En ik weet ook niet of jij je in een dergelijke procedure wilt begeven.'

'Ron kan me niet boeien. Ik wil Norah niet kwijtraken, dat is wat telt. Dus ik zal er alles aan doen om uit de gevangenis te blijven. Dat bedoel je toch?'

'Ja, dat wilde ik van je horen. Daar gaan we samen voor vechten. Het betekent wel dat je moet beseffen dat de waarheid niet uit één stuk bestaat, maar uit talloze losse stukjes. Vaak genoeg is het zo dat er niet genoeg losse stukjes worden verzameld om het plaatje compleet te krijgen. Het is dus nog maar de vraag of het OM de juiste scherven en splinters bij elkaar weet te rapen om jou voor de rechter te slepen. En als het toch zover komt, ik zeg: áls, dan is het aan ons om onze eigen stukjes toe te voegen, opdat het plaatje van de waarheid er net even iets anders uit komt te zien.'

Grace denkt aan de foto's van het ongeluk. Daarop wordt niet helemaal duidelijk wat er nou écht is gebeurd. Alleen losse stukjes van de werkelijkheid worden zichtbaar: haar Volvo, de omgevallen stoelen, de slingers aan de ruitenwisser. Maar geen dood kind. En ook zijzelf ontbreekt. De livestream van de indrukwekkende uitvaart met de witte koets en de witgedekte paarden staat haar misschien nog het duidelijkst voor de geest. Scherp als een scherf herinnert ze zich de graflegging. Vooral de moederfiguur zal ze nooit vergeten: schuw, weggekropen in haar eigen eenzaamheid, afwezig haast – bijna net zo afwezig als haar onzichtbare dochtertje in de witte kist.

58.

Ergens op Ibiza, om precies te zijn in de beveiligde community Roca Llisa, staat een 'luxury design villa' eenzaam en alleen op een gezin uit Blankendaal te wachten, alles in opperste gereedheid, alles in topconditie, om hen in stijl te verwelkomen. Mark vraagt zich af of het nog zin heeft om erheen te vliegen. Ze hadden het gehuurd om er samen met een bevriend stel, Hessel en Alexandra ten Cate, tevens de ouders van Pippa's besties Amber en Pien, de zomer door te brengen – dat wil zeggen Tess en de kinderen zowat de hele zomer en hij uiterlijk twee weken, want langer kan hij echt niet wegblijven. Anders gaat hij dat terugzien in zijn deal value. Toch, twee weken moet kunnen. Hij denkt aan het royale huis op de heuvel met uitzicht op zee, aan het zwembad, aan de achttien holes van de golfcourse op het resort en ook, ja, een man blijft een man, aan wat zich buiten de safety gate op de stranden en op de strip zoal in de scherpst gesneden badmode uitdagend laat bewonderen.

Tess staart hem aan alsof hij iets volstrekt belachelijks heeft geopperd. Voor hemzelf hoeft zoiets overigens niet, zo'n luxueuze hangplek in de brandende zon. Hij is meer een reiziger dan een vakantieganger. Het verveelt hem snel, dat bejaardentempo. Hij wil iets ondernemen, iets presteren. Zichzelf uitdagen. Maar goed, hij had het voor Tess geboekt, zij moet er nodig eventjes uit. Even ademhalen. Hij heeft het ook gedaan voor de kinderen, ja en nu dus voor de twee die er nog over zijn. Raar is dat. Elke keer moet hij zich corrigeren, aangezien ze in zijn hoofd steeds gewoon nog met z'n vijven zijn. Zo zit zijn gezin nu eenmaal in zijn hoofd. En krijg het daar maar eens uit. Hij draagt het complete plaatje innerlijk met zich mee zoals een vrachtwagenchauffeur zijn dierbaren op het dashboard. Zo bezien is er geen verschil of ze er wel of niet zijn. In zijn hoofd klopt het nog steeds. Daarom is het elke keer behoorlijk schrikken als de actuele stand van zaken weer tot hem doordringt. Reset op rouw. Wow man, wat komt dat elke keer toch weer keihard binnen.

De stilstand die er in en om het huis is ingetreden, maakt hem kriegel. Laat het leven alsjeblieft doorgaan. Come on, boys! zoals ze elkaar aanmoedigen tijdens het hockeyen. Go, go, go!

Om iets te dóen heeft hij een 'rouwmoment' gepland voor de ouders die erbij waren op het kinderfeestje. Hij organiseert het in samenwerking met een bedrijf voor rouw- en verliescounseling uit Hoofddorp. (Ja, dat is relaxed, daar kent hij niemand.) Omdat nu iedereen vakantie viert, heeft hij een datum geprikt ergens eind augustus. Zelf blijkt hij dan inmiddels helaas niet meer te kunnen. Hij wil het toch door laten gaan. Het is immers ook voor die mensen een traumatische ervaring geweest.

Tess heeft hij er nog niet over ingelicht. Hij heeft even geen zin in een kritische ondervraging. Maar ze heeft kennelijk de brochure van de Hoofddorpse rouwspecialist in handen gekregen, want ze wil van hem weten wat hij 'hiermee' van plan is. Met 'hiermee' bedoelt ze de brochure waarmee ze in zijn gezicht wappert.

'Rouwcoach, verliescounselor. Acceptance and Commitment Therapy, lees ik hier. Wat wil je hiermee zeggen, Mark? Moet ik in behandeling? Wil je me dát duidelijk maken?'

Haar woede verdringt voor even haar verdriet. Daarom klampt ze zich dankbaar aan haar woede vast, ze laat zich erdoor meevoeren, al weet ze volstrekt niet waar ze uit zal komen.

Zijn mond probeert voorzichtig een zin te formuleren, proeft eerst omstandig de temperatuur van de woorden, maar dat duurt haar allemaal te lang.

'Rouw van jou, staat hier. Ja, dat is ze geraden ook. Wat denken ze wel? Ik ga me door zo'n stelletje – wat-zijn-het-eigenlijk? – echt niet laten uitleggen wat ik wel of niet behoor te voelen. Ik weet toch heus zelf wel wat ik ben kwijtgeraakt, wat wé zijn kwijtgeraakt. Dat gaat zo'n verliescounselor, zo'n rouwcoach me niet vertellen. Echt niet. Of denk jij van wel? Ja, dat denk je, hè. Anders had je dat enge clubje niet benaderd.'

Eindelijk heeft Mark een zin te pakken die hij uit durft te spreken. 'Ik geloof dat hier sprake is van een misverstand.' Opgelucht kijkt hij haar aan. Hij was lang onder water, maar nu is hij weer boven.

'Het gaat niet om jou of om mij. Het gaat om de andere ouders die op het feestje waren. Die mensen zijn óók door iets heen gegaan, die hebben óók het nodige te verwerken gekregen. En voor hen heb ik dit willen organiseren. Om iets terug te doen. Het gebeurde per slot van rekening in onze tuin. En eerlijk waar, ik begrijp je zorgen. Maar het is een prima bedrijf met uitstekende beoordelingen, je hoeft je nergens druk over te maken. Alles wordt op maat geregeld. Het zijn professionals. Het komt allemaal perfect in orde.'

'Godsamme, Mark, je denkt toch niet dat ik tussen die ouders ga staan om samen doodleuk herinneringen te gaan ophalen aan –'

Ze kan haar zin niet afmaken, want ze wil geen woorden vinden voor wat er is gebeurd. Woorden maken het klein en gewoon. Het wordt dan een anekdote, een verhaal dat mensen aan elkaar vertellen.

Het maakt ook niet uit of ze het woord wel of niet uitspreekt, want Mark is plotseling met iemand aan het bellen. Sorry, schat, zaken, gebaart hij.

Ze kan dat eeuwige gebel niet uitstaan en loopt in een donderwolk van woede weg. Typisch Mark om zoiets op eigen houtje te regelen. Zonder ook maar een moment rekening te houden met haar. Wat een zak is het soms. Ze wordt misselijk van het idee dat die ouders op een dag met z'n allen hier in de tuin zullen staan. Drankje erbij, hapjes ook. Natuurlijk, daar heeft Mark gelijk in, voor hen is het ook erg geweest. Moet je je voorstellen: er rijdt een auto zomaar in op een kinderfeestje. Die mensen zijn zich óók rot geschrokken. Het is een verhaal dat ze nooit meer zullen vergeten – ongetwijfeld. Maar hun kinderen leven gewoon door en het hare is dood. Alleen het hare is dood. Hun dochtertjes gaan na de zomer met z'n allen gezellig naar groep drie, waar ze leren lezen en schrijven en rekenen. Samen op schoolreis, in de vakanties samen met bevriende gezinnen naar zon, zee en bergen. Ze zullen leren zwemmen, hockeyen, skiën. Ze zullen naar de middelbare school gaan, vreemde talen leren, verliefd worden, eindexamen doen. Ze zullen gaan studeren, op kamers wonen, met vallen en opstaan hun eigen leven vormgeven. Ze zullen echtgenotes worden, moeders ook. Carrières hebben als ze verstandig zijn. Hun levens worden er met de jaren alleen maar interessanter op. Want zo gaat het in het reservaat. Succes is het enige wat ertoe doet. En soms zullen ze aan Pippa denken, dat onfortuinlijke vriendinnetje van vroeger, maar ze zullen des te blijer zijn dat het haar is overkomen en hun godzijdank niet. Stel je voor, dat verdomd heerlijke leven van ze, dat ze dat niet gehad zouden hebben. Nee, daar moeten ze niet aan denken. En het volgende moment roept het verdomd heerlijke leven hen alweer om ergens met vriendinnen een koffietje te doen, een stedentripje te maken, te solliciteren op die ene droombaan of om hun eigen kinderen naar school te brengen.

Niets heeft zij nog met deze mensen gemeen, niets valt er meer met hen te delen. Dat voelt ze heel duidelijk. Ze is verbannen naar een ander land, waar een andere taal wordt gesproken. Het Blankendaals is haar vreemd geworden. Ze herkent de klanken nog, zelfs de woorden, alles komt haar vertrouwd voor; het lukt alleen niet meer om er betekenis in te vinden.

In de afgelopen periode hebben honderden mensen haar kaartjes gestuurd, brieven, e-mails, posts, witte bloemen, foto's. Ze is bedolven onder de aandacht en de goede bedoelingen van bekenden, minder bekenden en zelfs wildvreemden. In groten getale zijn ze achter de lijkkoets aan gelopen, hebben ze om het graf gestaan en toch is de afstand er alleen maar groter op geworden. Het ligt niet aan hen, ze weten niet beter, ze kunnen niet anders. Hun onbeholpen dooddoeners als 'om je heen komen staan', 'er voor je zijn', 'een plekje geven' zijn als de berg dode bloemen met laatste groeten die Mark bij gebrek aan beter voorlopig achter de twee garages heeft gedumpt. Verlepte bloemen met een rouwlint op een vers graf, iets treurigers bestaat er niet. Mark vindt het bed meisjesogen net zo erg, maar zij niet. Levende planten, dat is toch echt wel iets anders dan die wegrottende boeketten, veelal nog verpakt in cellofaan. Haar rouw, leert ze, is iets van haar alleen. Daar kunnen anderen niet in gekend worden. Zelfs Mark niet. Nee, Mark zeker niet. Haar rouw is het eenzaamste gevoel dat ze ooit heeft gekend, maar het is het enige wat ze heeft. Al het andere kan wat haar betreft kapotvallen, des te meer daar het al kapotgevallen is.

59.

Niet alleen Mark blijkt een herdenking te plannen, ook het actiecomité Bezorgde Blankendalers hoopt iets memorabels te kunnen organiseren. Een stille tocht met lichtjes in de duisternis. Althans, dat is Maudy's voorstel. Een geste naar de getroffen familie én naar de getroffen gemeenschap van Blankendaal. Zo ziet ze dat. Ze hoopt dat het zal werken als een niet te negeren signaal aan het gemeentebestuur om te zorgen voor een verkeersveilige omgeving. Eigenlijk is dat laatste de hoofdzaak, maar zoiets houdt ze liever voor zich. Belangeloosheid is een stuk chiquer, dat is haar met een zilveren paplepel ingegoten.

Herbert stelt voor om ook het vreemdelingenbeleid van de gemeente mee te nemen in de stille tocht, maar Maudy vindt dat eerst maar bewezen moet worden of de bestuurder van de UPS-pakketdienstauto echt een buitenlander was. 'Anders komt het zo onvriendelijk over. Stel dat er gewoon zo'n type uit een van onze onvolprezen polders achter het stuur heeft gezeten, Herbert, wat doe je dan? Wil je die dan óók naar het buitenland wegsturen? Kom, laten we dat dus maar liever niet doen. Zonder dat buitenlandergedoe van je is het allemaal al ingewikkeld genoeg.'

Op de BB-website heeft Herbert overigens op eigen houtje een artikel geplaatst waarin hij wél man en paard noemt. Ook vrouw en paard. Hij noemt het 'verdacht' dat de bestuurder van de UPS-bus en die van de Volvo XC90 allebei 'overduidelijk niet-Nederlands' overkwamen. 'Wat hebben die mensen hier te zoeken? Laat ons a.u.b. met rust!!!!'

Maudy is niet zo van het digitale. Ze heeft liever echte mensen. Website en social media laat ze aan Herbert over. Jongen uit Delft, hè? Werktuigbouwkunde, maar zijn hart lag bij elektro. Gek op knutselen, altijd geweest. Eerst alles losschroeven, daarna de boel weer in elkaar zetten. Dat houd je niet tegen.

Het is de bedoeling dat de stille tocht voor de begraafplaats aan het Vossenpaadje begint en via de Hoge Duinweg uitkomt bij het gemeentehuis, waar Maudy waarnemend burgemeester Wildervanck te spreken wil krijgen. Die heeft te kennen gegeven dat hij er niet zo veel zin in heeft om hetzelfde nog een keer te moeten meemaken. Die afwijzing maakt haar alleen maar strijdbaarder. Desnoods roken we hem uit, zegt Herbert. Nou nou, dat hoeft ook weer niet meteen. Toch wil Maudy die ongemotiveerde interimmer moreel proberen te dwingen. Ze denkt hierbij aan uitvergrote foto's van het gestorven meisje, die de deelnemers aan de stille tocht op protestborden kunnen meevoeren. Daarnaast overweegt ze een krans te leggen pal voor het gemeentehuis. 'Voor alle slachtoffers die nog zullen vallen'. Op een wit lint. Herbert stelt voor: 'RIP Blankendaal'. Maar dat vindt ze toch net iets te ver gaan.

Het zou ook mooi zijn om de heer en mevrouw Blijenberg iets passends aan te bieden. Er schiet haar helaas niets te binnen. 'Een goede fles wijn uit het geboortejaar van het meisje.' Herbert heeft soms de wildste ideeën. Waar haalt hij het vandaan? Nee, zoiets kan echt niet. Al kunnen ze een oppeppertje waarschijnlijk goed gebruiken. Maar nee, we weten niet eens of ze van een glaasje houden. Dan toch eerder bloemen. Maar bloemen hebben ze al genoeg gekregen. Ach, geeft ook niks. Daar gaan we dan nog even rustig over nadenken.

60.

Op dringend advies van Ron doet Dave samen met Esmeralda en een beëdigd tolk Portugees-Nederlands aangifte tegen Grace wegens intimidatie en bedreiging. Ron probeert ook huisvredebreuk en erfvredebreuk het proces-verbaal in te praten, maar die poging wordt door de politieambtenaar weggelachen. Dave heeft sowieso geen goed gevoel bij deze actie, maar Ron vindt het belangrijk om 'iets op te bouwen'.

Samen met de politie bekijken ze camerabeelden en Esmeralda houdt een warrig betoog, waarbij ze telkens de tolk vragend aankijkt, alsof ze hoopt dat die er misschien nog iets van kan maken in het Nederlands. De uiteindelijke versie in het proces-verbaal, waarin Esmeralda verrassend een formeel-juridisch jargon hanteert, wordt door de politie voorgelezen op een toon alsof de Braziliaanse doof of debiel is. Na iedere zin volgt de vertaling in het Portugees en kijkt Esmeralda verbaasd op. Ze kan niet helemaal geloven dat ze zulke geleerde termen heeft gebruikt. Verwonderd bevestigt ze dat het haar eigen woorden zijn, al weet ze zo te zien niet wat ze betekenen.

Nadat ze Esmeralda ergens bij een bushalte hebben achtergelaten, rijden ze in hun Maserati en Range Rover terug naar hun kantoren.

Dave bedenkt zich en keert om. Hij heeft besloten om de rest van de dag thuis te werken. Om iets kwijt te raken trapt hij het gaspedaal diep in. Behaaglijk wordt hij teruggedrukt in zijn crèmekleurige, leren bestuurdersstoel en zweeft hij over het asfalt. Op de N-weg naar Blankendaal ziet hij twee auto's voor hem de Maserati van zijn advocaat. Ook die werkt vandaag kennelijk thuis. Het staat hem tegen om hem in te halen met de bijbehorende flauwiteiten onderling, dus blijft hij achter de andere auto's hangen. Iets in hem zegt dat hij beter afstand kan houden.

Thuis heerst een serene rust. Het zomerse licht valt fraai binnen. De voilegordijnen temperen het weldadig. De witte designmeubels zien eruit alsof ze er zijn neergezet voor een fotoshoot voor een reclamecampagne. Als hij het vandaag te koop zou zetten, zou de nieuwe eigenaar hier morgenochtend *turn-key* kunnen gaan wonen. Maar goed, hij woont hier zelf, en als het niet zo raar zou klinken, zou hij zeggen dat hij zichzelf benijdde om zo'n exclusief woonobject. Als vastgoedman zeg je dat niet zo gauw, maar hij durft het gerust te zeggen over zijn eigen droomvilla. Hij benijdt de man die hij zou moeten zijn met dit huis, met zijn prachtige ex-model dat een kind van hem draagt en met een bankrekening die bij lange na niet kan tippen aan zijn werkelijke vermogen. Die jaloersmakende succesboy bevindt zich namelijk aan de buitenkant, en zelf bevindt hij zich aan de binnenkant. Daar is het een stuk donkerder dan buiten in het zonlicht.

Zijn leven is altijd een vlucht vooruit geweest, weg uit dat donker, weg uit zichzelf. Hij heeft er altijd naar gestreefd een ander te worden, bijvoorbeeld de man die hij nu is. Maar nu hij hem geworden is, voelt het anders, want hij zit nog steeds opgesloten in de binnenkant en hij heeft nog steeds het gevoel dat hij moet ontsnappen. Alleen weet hij nu niet zo gauw meer waarheen hij zou moeten vluchten. Hij heeft alles al. Hem resten slechts identieke droomlevens. Zelfs de decors zullen hetzelfde zijn. Dezelfde luxe, hetzelfde comfort, hetzelfde design, dezelfde mensen. Volgens Kelsey is dat de definitie van geluk. 'Zijn waar we willen zijn.' Maar zo beleeft hij het zelf niet. Hij blijft de eeuwige schaduw die zijn eigen zonlicht wegneemt.

Om zichzelf proberen te benijden loopt hij door het huis. Hij moet zijn buitenkant zien terug te vinden, weer schitteren in het verblindende Curaçaose licht van zijn Europese succesverhaal. Daar heeft hij anderen voor nodig, andermans ogen. Hij is een man van de wereld, van het sociale verkeer, van de hotspots vooral, want hij is een man die gezien wil worden. Die gezien mág worden, zegt Kelsey. En zo ziet hij zichzelf het liefst: zoals zij hem ziet.

Helaas heeft haar zwangerschap hem onzeker gemaakt. Terwijl ze toch zijn kind draagt. Het zou hem trots moeten maken. Alleen draagt ze het uitsluitend als haar eigen vrucht, haar hoogstpersoonlijke triomf. Kijk hoe ze haar handen op haar buik legt. Ze houdt het voor zichzelf, die rijkdom binnenin, zo voelt hij dat. En hem wil ze afschepen met Norah. Dan heeft hij ook een eigen kind, zijn oude kind dat hij misschien even vergeten was. Hij ziet de opzet duidelijk voor zich. De hele operatie om Norah van Grace af te pakken is bedacht om hem te compenseren. Ze zetten hem ertoe aan om Norah terug te halen. Ze eisen van hem dat hij Grace en Norah kwaad berokkent, nog meer dan wat hij hun in het verleden al heeft aangedaan. Een moeder van haar enige kind beroven. Wat denken ze wel van hem? Ze beseffen niet dat hij tegenover Grace en Norah met een levensgroot schuldcomplex zit opgescheept. Hij kwam enkel thuis als hij daar zin in had, en zin had hij zelden. Het liefst slaat hij dit beduimelde en bevlekte boek van schaamte dicht en gaat hij verder met zijn nieuwe leven met Kelsey en met de nieuwe kans die groeit in haar buik.

Aan dat nieuwe leven gaat hij zijn handen vol hebben – daar valt niet meer aan te ontkomen. Hij beseft dat hij een beetje bang is voor de natuurkracht die zich in Kelsey aan het ontwikkelen is.

Waar is ze trouwens? Hij moest haar meteen vertellen hoe het op het hoofdbureau is gegaan. En nu is ze nergens te bekennen. Hij heeft vergeten te checken of haar eigen auto er nog staat. Maar als hij bovenkomt in hun van plint tot plafond gecapitonneerde slaapkamer (die hem doet denken aan high-end bordeelstijl), vindt hij haar in hun dubbelbrede, van allerlei verzachtingen en verstevigingen voorziene Dutch Design-bed, waar ze zich tussen het satijn heeft overgegeven aan een middagslaapje. De zijden gordijnen bollen traag in het zomerbriesje dat door het open raam zachtjes de kamer in ademt. Ze ligt in de foetushouding op haar zij. Mooi, mooier dan ooit, ongenaakbaar mooi. Niet van deze wereld, niet van de zijne althans. Zo moeten in oude tijden de eerste vruchtbaarheidsgodinnen zijn geconcipieerd. Om iets te verklaren wat men met zijn eigen ogen niet kon geloven.

Er wordt aangebeld. De elektronische drieklank dringt gedempt tot hier door, de capitonnering houdt veel tegen. Toch is hij bang dat het haar wakker maakt. En misschien werd ze wel wakker, maar doet ze net alsof ze slaapt, om te voelen hoe zijn verwonderde blik zacht als het zonlicht haar ronde lijnen streelt. Als dat zo is, heeft hij het niet gemerkt in elk geval, hij is al naar beneden gevlogen om op de videodisplay te kijken wie er bij het hek staat.

Shit, het is Esmeralda. Helemaal vergeten dat ze hier vandaag de hele dag werkt. Zo, die heeft er dan ook lang over gedaan om hier te komen. Jammer dan. Nu hij zelf de rest van de dag thuis is, heeft hij geen zin om haar om zich heen te hebben.

Hij loopt naar buiten, naar het elektronische hek. Door de spijlen heen krijgt ze te horen dat ze vandaag de rest van de dag niet meer hoeft te komen.

Ze kijkt hem verbijsterd aan. 'Eu trabalho,' smeekt ze. 'Vou precisar de dinheiro.'

Even meent hij dat ze Papiamento praat. In elk geval verstaat hij haar zo'n beetje. Geld, het draait altijd weer om geld. 'Kwantu?' vraagt hij in het Papiaments en haalt alvast wat bankbiljetten uit zijn zak. Hij heeft geen idee hoeveel ze betaald krijgt. Voor de zekerheid houdt hij haar een briefje van twintig en een briefje van vijftig voor. Wijs zelf maar aan welke je moet hebben.

Ze lijkt in dubio. Geen van beide biljetten komt overeen met haar loon. Het ene is te weinig, het andere te veel.

Weet je wat? denkt hij geërgerd. Neem ze allebei dan maar. En hij wappert het geld door de spijlen heen in haar richting, alsof hij een straathond een stuk worst voorhoudt.

Geschrokken wankelt ze achteruit.

Dan niet. Hij trekt zijn aanbod in en loopt terug naar de voordeur, die nog openstaat.

'Senhor, por favor!'

Haar smeekbede treft hem in de rug. Shit fuck tering, hij is te goed voor deze wereld. Hij loopt terug en wil haar het geld geven, maar boos ineens, op haar, maar vooral op zichzelf, kneedt hij de briefjes tot proppen en werpt die haar toe.

Voordat hij kan zien hoe ze zich als een bedelares bukt om het geld van de grond op te rapen, heeft hij zich al omgedraaid.

61.

In de schaduw van de oude beuk, waar het zonlicht gedempt doorheen dwarrelt en fonkelt, gaat Tessel even zitten. Met haar rechterhand streelt ze het koele gras. Verwonderd, zo lijkt het, dat het leeft en bestaat. Het is onbegrijpelijk dat de zomer gewoon doorgaat en zich niets aantrekt van Pippa's afwezigheid. Kinderen en zomer horen bij elkaar, dat zou zo'n zomer toch dienen te beseffen voordat hij hier zomaar binnenvalt met al dat zonlicht en al die flonkering en al dat overdadige groen. Ook de zomer draagt schuld en zou net als iedereen in de rouw moeten zijn. Wat meer regen en een grauwe hemel zou gepaster zijn geweest.

Ze bevindt zich in de buurt van de plek waar Pip uit het leven is verdwenen, al is er geen gat in de grond te zien. Er zijn nieuwe zoden gelegd, die alweer zijn vastgegroeid. Zo snel gaat dat. Ze weet niet eens zeker of dit wel de precieze plek is, maar wat betekent 'precies' bij zo'n onbevattelijk gemis. Haar hand blijft maar strijken over het gras, al is ze zich daar niet van bewust. Het wekt de indruk dat ze de groei van de grasprieten meet. Zoals ouders met de hand boven het kinderhoofdje de groei van hun zoontje of dochtertje meten. Waarna er een nieuw streepje op de deurpost kan worden gezet. Als horizontale grasprietjes blijven die streepjes maar groeien, jaar in, jaar uit. Als een verticaal gazon naar de hemel.

Ze is alleen thuis, alleen in dat grote huis met al zijn lege kamers. Achtergebleven met de stilte, mijmert ze, maar dat klopt niet. Hoe langer ze hier ligt, hoe luidruchtiger ze allerlei vogels tekeer hoort gaan. De tuin is een schoolplein dat krioelt van de zangvogeltjes. Stef is weer terug naar Den Haag, want de jongens kunnen in de grote vakantie alle vijf de dagen naar de kinderopvang, dat was geen probleem, plek genoeg. En Mark zit in Doha of in Dubai, die twee haalt ze altijd door elkaar.

De situatie doet haar denken aan haar laatste grote vakantie in het ouderlijk huis aan de Van Lennepweg. Papa, mama en Stef stonden op de Autoroute du Soleil in de file naar de Côte d'Azur. En zij was – na haar vwo-diploma – in haar eentje in Den Haag achtergebleven. De tijd was tot stilstand gekomen. Officieel moest zij zich voorbereiden op haar toekomst. Maar die was nog zo ver, zo onoverbrugbaar ver weg dat het een ander leven leek. Leven? Het waren alleen maar lege formules: studeren in Leiden, lid worden, een huis vinden. Het enige concrete dat ze ervoer, was dit grote niets. Ze dobberde rond in een zee van tijd die maar klotste en deinde zonder voor- of achteruit te gaan.

Het is bijna hetzelfde als toen. Ook nu dat richtingloze, dat gevoel in een soort niemandsland te zijn terechtgekomen waar de tijd haar niet meer zegt wat ze moet doen. Waar zou ze heen moeten willen? Ze is iets verloren wat in de toekomst nergens te vinden zal zijn. Mark zegt: we hebben de jongens nog, we hebben onszelf nog, we hebben nog genoeg om voor te gaan, we hebben onze handen vol aan het leven dat ons te wachten staat. Maar zij klampt zich met haar lege handen vast aan wat er ontbreekt. Ze weigert mee te gaan in het verraad dat de toekomst is. Als ze verder zou gaan, zou ze zich met reuzenschreden van Pip verwijderen. Het is beter om te blijven wachten en de stilstand te koesteren.

Vannacht heeft ze opnieuw van haar gedroomd. Ze droomt elke nacht van haar en telkens schrikt ze vol verwachting wakker. Als ze zich maar snel genoeg aan de tentakels en lianen van de slaap weet te ontworstelen, kan ze haar gedroomde Pip bijtijds meevoeren naar het morgenlicht. Ze is het, ze is het helemaal, haar gouden haar stralender dan ze zich kan heugen, haar bruine ogen betoverender dan ooit. Maar terwijl ze haar benoemt, blijkt ze al verdwenen. In de tussentijd moet ze zijn weggeglipt, haar gedroomde, al heeft ze daar niets van gemerkt. Waar is ze dan gebleven, als ze ook al niet in haar graf ligt? Waar is ze dan in hemelsnaam heen gegaan, als ze niet is waar ze hoort te zijn? Er rest niets anders dan te wachten tot ze weer verschijnt.

62.

Terwijl Norah in haar kamer gillend van de pret haar knuffels en haar kleertjes en haar speelgoed verwelkomt, staat Grace stilletjes te huilen voor het aanrecht. Ze wil niet dat Norah er iets van merkt. Omzichtig dept ze haar tranen met keukenpapier en gaat ze verder met het smeren van een beschuitje met hagelslag, waar de kleine meid zo dol op is. Hoe kan geluk zo sterk lijken op verdriet? Het moet iets met schuldgevoel te maken hebben. Ze denkt aan Tessel Blijenberg en meteen schiet de schaamte als bloed naar haar hals en wangen. Het is niet eerlijk, nee. Maar zij heeft gelukkig haar Noortje weer terug. Ja, zij wel.

Norah heeft het appartement alweer tot het hare gemaakt door werkelijk overal haar troep te laten slingeren. De vrolijke chaos is niet te stuiten. Kleurpotloden, tekeningen, poppen, knuffels, puzzels, propjes kleren laten weten: hier woont een kleine meid, dit is haar wereld en haar moeder komt handen tekort om het allemaal op te ruimen. Normaal zou het haar ergeren, vandaag is ze erdoor vertederd. In het spoor van troep dat Noor achterlaat, zou je tekens kunnen zien. Het teken dat Grace erin leest is: leven, leven, niets dan leven. Nergens wordt er intenser geleefd dan in huizen waar kinderen wonen. Grace kan zich niet meer voorstellen hoe het is om zonder kind te zijn. Ze kan zich niet voorstellen om ergens anders voor te leven dan voor het geluk van haar kleine Noor.

En weer doemt Tessel Blijenberg in haar gedachten op, en weer schaamt ze zich voor de weelde van een onvoorstelbare toekomst. Het is alsof ze door het onnoemelijke verdriet van de ander het recht heeft verspeeld om zelf hoopvol en gelukkig te mogen zijn. Ze heeft iemand iets afgenomen, maar daardoor is ook háár iets afgenomen. Ze is voortaan een moeder met een gat erin. Een donker gat waarin geluk geofferd wordt. Tessel Blijenberg is de schaduw die haar volgt waar zij ook gaat. Ze is haar negatief, haar omgekeerde ik.

Iets in haar zegt dat ze de vrouw moet gaan opzoeken, al heeft Ineke haar deze confrontatie met grote stelligheid afgeraden. Het schijnt onverstandig te zijn, want veel te emotioneel beladen. Het zal haar getuigenis mogelijk ongunstig beïnvloeden, gesteld natuurlijk dat het tot een behandeling komt. Zolang het OM geen uitsluitsel heeft gegeven, moet ze daar rekening mee blijven houden. Daarom mag ze zich voorlopig niet al te zeer verdiepen in wat anderen hebben meegemaakt. Zulke ervaringen, ongetwijfeld gruwelijk en aangrijpend, gaan van invloed zijn op haar eigen getuigenis. De werkelijkheid is een broze constructie. Er hoeft maar iemand tegenaan te duwen of ze begint al te wankelen. Houd je nou maar bij wat je weet of liever: wat je niet weet. Dat is al ingewikkeld genoeg. Je kunt altijd later nog naar die ander toe gaan. Daarvoor is tijd te over, want zulke dingen blijven een leven lang doorwerken. Ja ja, Ineke, ik heb het begrepen. Het gekke is dat je nu net zo klinkt als Ron.

Grace is bijna opgelucht door dit advies. De ander trekt haar aan, maar een eventuele ontmoeting boezemt haar ook angst in. In niemands leven is ze zo belangrijk als in dat van Tessel Blijenberg – met uitzondering natuurlijk van Noor. Ze zal het zelf misschien anders willen zien, maar Grace weet het zeker: zij is de onbekende godheid die op een mooie zomerse dag Tessel Blijenbergs dochter van de aarde heeft weggenomen. Het is een rol waar ze voor terugdeinst. Te groot, te veel. Ze moet denken aan haar bevalling – ook een rol die ze niet aandurfde. Omdat ze in paniek raakte, heeft de gynaecoloog haar ingeleid. Ze wist ineens 100 procent zeker dat het kind onderweg dood zou gaan, zou stikken of zoiets, ze wilde het binnen houden, ze wilde dat het veilig was. Maar juist door haar voorzichtigheid bracht ze het in gevaar. Gij zult baren, meisje, en voortaan vrouw en moeder zijn. Pas toen de nieuwe rol bezit van haar nam en die vertolkt bleek te worden door een kracht die haar overweldigde, zodat ze schreeuwde, hijgde, huilde, krijste, begreep ze dat in haar onteigende lichaam niet alleen een kind zich naar buiten vocht, maar ook een moeder.

Daarentegen is schikgodin zijn in het leven van Tessel Blijenberg een rol zonder motivatie. Zelfs een beul heeft een reden voor zijn daad: het is zijn broodwinning. In het geval van het dode meisje deed zich geen keuze voor. Er ging geen wilsbesluit aan vooraf. Er zijn alleen de gevolgen. De scherven die resteren als de ruit is stukgegooid. De daad zelf is een gat in de werkelijkheid. Er is het kapotte hek, er zijn de geknakte beukensprieten, het doorploegde grasveld, Daves Volvo, een dood kind. Dat is duidelijk. Alleen de daad zelf ontbreekt. Wat kan ze tegen de vrouw zeggen? Ze kan haar geen reden opgeven, wanneer haar wordt gevraagd waarom. Waarom hebt u het in godsnaam gedaan? Ik weet het niet, ik weet het echt niet, want ik was er zelf niet bij. In feite weet u meer dan ik. Gertjan Hoek van Magic Media zegt dat ik moest uitwijken voor een pakketbezorger van UPS, u kent ze wel, die bruine bestelbussen die elektrisch rijden. We weten nog niet precies hoe het zit, maar deze stille bus had ongelofelijke haast om een pakket te bezorgen. Ik heb hem niet gezien. Ik heb ook niet gezien wat erna gebeurde. Dat is mij later pas verteld. Bij mij houdt alles op. Ik ben een gat in de werkelijkheid.

63.

'Met Reinout van Eekeren. Misschien ken je me nog. Rein uit Leiden. De jaarclub van Mark. Nee? Vos! O, zegt je niks? Ik heb je nog een keer thuisgebracht. Ach, dat is allemaal lang, veel te lang geleden. De reden waarom ik je bel –'

'Ja, dat weet ik. Mark heeft het me verteld.'

'Goed, dus je weet dat Mark me gevraagd heeft om te kijken wat ik voor jullie kan doen. Maar allereerst wil ik je natuurlijk laten weten hoe verschrikkelijk ik het vind wat jullie is overkomen.'

'Mark is er vandaag niet. En morgen ook niet. Misschien kun je hem via zijn kantoor proberen te bereiken.'

'Hoho, wacht. Niet ophangen, ik –'

Ze krijgt een vies gevoel van deze Rein Vos. Vaag komt haar ineens een beeld voor de geest van zo'n sneue plakker die ze in de deuropening van haar studentenhuis heeft moeten lozen. Zo'n ruksukkel met een krokante zakdoek. Ze blijft het vreemd vinden dat Mark uitgerekend bij deze schim van weleer is uitgekomen. Hij had toch wel iets beters kunnen vinden in zijn netwerk, zou je denken. En dan kiest hij uit al die schitterende namen uitgerekend het lulletje rozenwater van zijn jaarclub.

Toch hangt ze niet op. Ze laat hem bungelen, that's all. Even is ze weer de ongenaakbare van toen. Ze vervalt in oude omgangsvormen en herstelt intuïtief de destijds heersende verhoudingen.

Er ontwikkelt zich een grote, redeloze woede in haar en die heeft slechts zijdelings betrekking op deze Van Eekeren. Wat haar dwarszit, is dat Mark buiten haar om van alles organiseert en arrangeert. Hij maakt van haar leven iets anders dan wat het is. Hij herschikt de werkelijkheid. Haar werkelijkheid. Voor hem bestaat er maar één remedie voor alle problemen: aanpakken en oplossen. Iets waar geen oplossing voor bestaat, kan geen probleem zijn. Dan ligt het aan het probleem zelf: verkeerd gedefinieerd, verkeerd gecalculeerd, verkeerd geformuleerd. Dit is precies wat haar zo vervreemd heeft van Mark: hij aanvaardt Pips dood niet als iets wat te groot voor hem is. De oneindigheid ervan, daar kan hij niets mee. Daarom negeert hij het. Liever buigt hij zich over bijzaken, zoals aansprakelijkheid bij schade, roekeloos rijgedrag, dood door schuld en dergelijke juridische probleemstellingen, waar wetsartikelen en arresten over bestaan, waar over gedebatteerd kan worden tot er een oplossing uit rolt, meestal een geldbedrag.

'Zo, Rein, vertel me dan maar eens welke oplossing jij hebt bedacht.'

'Ik –'

Hij zoekt naar woorden, maar het kan ook zijn dat hij hapt naar adem.

Hij vermoedt wat hij zou moeten zeggen, maar elke zin die met 'ik' begint maakt hem onzeker. In zijn gedachten vloeien ze uit zijn mond. Ik belde juist om je te polsen, om te kijken hoe jij erin staat. Ik vind het onverstandig om bij zo'n verlies naar een juridische oplossing te gaan zoeken. Maar het is of deze zinnen, die hij had willen uitspreken, niet echt van hem zijn. Hij durft er in elk geval niet bij haar mee aan te komen, want hij is er bijna zeker van dat ze dan de deur voor zijn neus zal dichtslaan, ophangt, hem uit haar leven bant.

'Wel, als dit het zo'n beetje was, dan denk ik dat je het verder beter met Mark kunt afhandelen. Dag Rein, leuk je weer eens gesproken te hebben.'

Meteen nadat ze heeft opgehangen, heeft ze al spijt van haar hertenkoninginnetjeshouding, waarmee ze vroeger op de clubavonden in de Tent de sukkels en andere sneue eikels zonder op of om te kijken van zich af kon schudden. Het verbaasde haar dat ze in die rol teruggleed. Die ongenaakbare Tess van Alkemade is een vreemde voor haar geworden. Ze is met haar man verhuisd naar een bar land, waar dochters worden begraven. Arrogant doen is daar totaal niet aan de orde. Ach, eerlijk gezegd had ze best wel van hem willen weten waarom hij contact opnam met haar en niet met Mark.

Ze vermoedt dat hij net als zij moeite heeft met Marks onverzadigbare scoringsdrift en efficiënt optimisme. Een kind dood? Nee, twee gered! En die ene dode zullen we tot de laatste cent terugbetaald krijgen.

Met schaamte denkt ze aan haar eigen woede en wraakgevoelens, haar gesnuffel in de e-mails tussen Vos en Eikel om degene te pakken te krijgen die dit allemaal op haar geweten heeft. Ook scoringsdrift? Nee, ze houdt zich voor dat het bij haar iets anders ligt. Het zou gek zijn als ze níet zou willen weten wie degene is die haar tuin binnenreed om haar dochter uit haar leven weg te rukken. Ze wil die vrouw in het gezicht zien, ze wil dat die vrouw háár in het gezicht ziet. Ze wil dat die vrouw haar gezicht nooit zal kunnen vergeten en er tot in haar nachtmerries door zal worden achtervolgd.

64.

Een leidster van Le Bonheur des Enfants belt. Shirley. O ja, welke is dat ook alweer? Ze weet 't even niet meer. Waarschijnlijk een invalster. Mevrouw is vergeten de tweeling op te halen. Shit! Of het schikt om nu meteen te komen. Ik moet afsluiten, ziet u. Meteen het beeld van die twee achtergebleven ukkies: rode vlekken van het huilen, snotpinnen uit hun neus. Gek genoeg is het eerste wat haar overvalt schaamte. Dat ze een slechte moeder is in de ogen van deze onbekende Shirley.

Normaal gaat ze lopend naar de opvang, maar ze wil geen tijd verliezen, dus neemt ze de Mini. Als ze wegrijdt, herinnert ze zich dat Mark de kinderzitjes naar de Mercedes G heeft overgeplaatst. Nou ja, niks meer aan te doen. Het enige wat ze kan denken is: gauw, gauw naar de opvang. Met elke minuut wordt de schande groter en ook het medelijden met haar twee vergeten kinderen. Zoiets kan een leven lang doorwerken, schijnt het.

Als ze veel te hard over de slingerwegen rijdt, moet ze denken aan die andere moeder, die op zeker moment, misschien wel een vergelijkbaar moment, de macht over het stuur verloor. En meteen is het daar: de schrik dat haar zoiets overkomt. Een kind, een hond, een bejaarde. Niet gezien, sorry, duizendmaal sorry. Ik moest alles doen om niet uit die bocht te vliegen, ik zag te laat dat er iemand overstak. Een schaduw, een flits, een klap. En toen was het stil. Ja, zo snel kan het gaan. Om dat scenario voor te zijn mindert ze drastisch haar snelheid, al is er geen kip op straat. Heel Blankendaal is wegens de zomervakantie geëvacueerd en de bevolking is tijdelijk ondergebracht op vluchtlocaties in onder andere Zuid-Afrika, Thailand, Florida en Californië. Zelfs als ze erop zou aansturen, zou het haar niet lukken om hier ook maar een hond dood te rijden. Toch houdt ze zich aan de verkeersregels. Zo wil ze alle kinderdoodrijdsters – en één in het bijzonder – het correcte voorbeeld geven. Als zelfs zij, de moeder van Pippa, zich niet aan de regels houdt, waar moet het dan heen met deze wereld? Met dertig kilometer per uur rolt ze het laantje van de kinderopvang in en ze parkeert haar Mini, plek zat, pal voor de deur. Te laat, te laat, bonkt het in haar keel.

De voordeur blijkt al op slot te zijn, dus moet ze omlopen naar de speelplaats aan de achterzijde. Ach, daar zijn ze, de verloren zoontjes. De een zit op een driewieler voor zich uit te staren, de ander klungelt futloos met een schepje. Wie wie is, kan ze van deze afstand niet meteen zien. Zodra ze haar in de gaten hebben, laten ze het speeltuig links liggen en rennen ze op haar af. 'Mama, mama!' Ze heeft hen laten stikken en ze zijn nog dankbaar ook.

Ze werpt verontschuldigend een blik in de richting van Shirley, die vermoeid achter de boys aan komt hobbelen. Tessel heeft haar inderdaad niet eerder gezien, dus ze zal wel een invalster zijn.

Terwijl Flop en Mees om de beurt en soms tegelijk aan haar hangen en in haar klimmen, probeert ze het verplichte overdrachtsgesprekje vol te houden. 'Even rustig nou, jongens, mama neemt jullie zo meteen mee naar huis.'

'Ze waren de hele dag al zo druk,' bevestigt Shirley. 'Ik denk dat ze veel verdriet hebben om hun grote zus en dat dit de manier is waarop ze ermee omgaan. Ja, mevrouw, wat erg voor u. Anouk en Zoë vertelden het vanmorgen bij het groepsoverleg.'

Tessel concludeert hieruit dat deze Shirley het haar totaal niet kwalijk neemt dat ze Flop en Mees tot na sluitingstijd op de opvang heeft laten zitten. De simpele ziel wijt dit vast aan haar rouw en afgrondelijke verdriet. Het kinderoffer verheft haar in het sociale verkeer tot de onfeilbaarheid der heiligen. Wie is zij om dit tegen te spreken?

Opgelucht dat haar niks kwalijk wordt genomen, reageert ze heel open en vriendelijk. 'Pippa, hun oudere zus heet Pippa. Ze heeft hier vroeger ook op de opvang gezeten, maar toen werkte jij hier nog niet.'

Shirley kijkt haar aan met een dramatisch gezicht, alsof ze elk moment in huilen kan uitbarsten. 'Het was vast een heel lief meisje. Net zo lief als haar broertjes.' Ze probeert Mees over zijn bolletje te aaien, maar hij duikt net op tijd weg.

'Dat mochten de broertjes willen. Maar goed, dank je dat je zo lang op me hebt willen wachten.'

Ze slikt. 'Graag gedaan, mevrouw.'

Tessel voelt de snik en de traan al komen. 'Nou, Shirley, dank nogmaals en een prettige avond verder. Kom, jongens, we gaan.'

Zonder veiligheidszitjes zijn de jongens op de achterbank niet in toom te houden. Ze proberen de hele tijd over de stoelleuning naar voren te klauteren en anders wel via de rugleuning van de achterbank naar de hoedenplank. Kom op, jongens, even rustig nou. Mama kan zo niet op de weg letten. Als ze plotseling hard zou moeten remmen, knallen ze als kwetsbare kanonskogeltjes door de voorruit. Maar het is hun tijd nu, ze hebben heel wat in te halen. Daarom sukkelt de Mini met de ketende tweeling op de achterbank als een auto met panne over de verlaten laantjes en weggetjes naar huis, terwijl het gaspedaal jeukt onder haar voetzool. De slakkengang voelt als de boeteprocessie van een schuldige moeder.

De hele avond worstelt ze om de jongens in bed te krijgen. Eerst willen ze niets eten, dan opeens weer wel, maar eist de ene pasta en de andere juist pap. En wanneer hun bordjes voor hen staan, wil de een per se wat de ander heeft, maar ruilen willen ze bij nader inzien toch ook weer niet. En ondertussen wordt het eten koud en de pap ook nog eens klonterig en dik, dus lusten ze het sowieso niet meer. Daarna breekt de fase aan waarin ze elkaar in de haren vliegen en om het hardst janken en gillen om wat hun door de ander wordt aangedaan. Ze moet haar uiterste best doen om niet ook zelf in janken uit te barsten, zo erg mist ze Pip op dit moment, ze kan er niets aan doen.

Om van het lastige gedoe af te zijn, zet ze hen voor het grote scherm. Nemo kijken. Oké, jongens, ga maar lekker kopje-onder in die oceanische bubbel van jullie. Maar weggaan mag ze niet van Mees, hij klampt zich aan haar vast. En wat Mees kan, kan Floris ook. Mama niet weggaan, mama ook Nemo kijken. En willoos laat ze zich met links een kind en rechts een kind afzinken in hun diepzeewonderwereld, waar vissen rare stemmetjes hebben en waar het verder ook geen haar beter is dan boven de waterspiegel. Door de oceanische verveling raakt ze in een verdoving en even later wordt ze opgenomen in de genade van een droomloze slaap.

Ze wordt gewekt door haar eigen telefoon. Het is Mark. Vanuit

Dubai. Hij zegt dat hij twee uur geleden is gebeld door ene Shirley van Le Bonheur des Enfants, maar dat hij het bericht nu pas heeft kunnen beluisteren. Ze hoort er meteen een verwijt in. Alsof hij haar niet met de jongens vertrouwt en haar daarom controleert. Natuurlijk, zegt ze, natuurlijk is alles goed. Met jou ook daar? Op zijn zakentrips is hij nooit erg mededeelzaam. Hij vraagt bezorgd of de jongens al in bed liggen, want hij hoort duidelijk een kinderfilm op de achtergrond. Ja, ze slapen net. En sorry, ze heeft alleen nog geen tijd gehad om de tv uit te zetten. Mooi, zegt Mark. Nou, dat was het weer voor vandaag. Hij belt haar later nog wel.

'Dat was papa.'

Ze kijken niet op of om. Met grote holle ogen staren ze naar het grote flatscreen, waar figuurtjes bewegen en geluid voortbrengen. Ze horen niks, ze zien waarschijnlijk ook niks meer. Maar als hun moeder de film zou uitzetten, wordt de hypnose abrupt verstoord. Dat weet ze inmiddels maar al te goed. Dan begint alles weer van voren af aan. Ze moet geduldig wachten tot de slaap hen uitschakelt. O barmhartige slaap, uw naam zij geprezen. Dan is eindelijk het moment aangebroken dat ze de uitgetelde lastpakken een voor een naar hun bedjes kan dragen. Ze heeft ze ook wel eens gewoon op de bank laten liggen en is er toen zelf maar bij gekropen, moeër nog dan zij. Tot ze wakker schrok van een hard geluid. Bleken ze in totale verbijstering naar een martialartsfilm te kijken. En midden in dat groteske geweld moest ze – wakker als hel – de schok verwerken dat Pippa niet, nooit en nergens meer bestond. Verbijsterd keek ze om zich heen. Het sterven was nog maar net begonnen.

65.

Ongemerkt is de zomervakantie voorbijgevlogen en is de tijd weer in de pas gaan lopen met de geldende roosters en termijnen. Op het parket buigt officier van justitie Mijke Holgersson-Verweij zich over artikel 6 van de Wegenverkeerswet 1994. Ver weg zijn nu de eindeloze dagen met haar man Anders en hun kinderen Marit, Lars en Gösta op het familie-eilandje in de Oostzee ter hoogte van Uppsala.

Het raam van haar werkkamer op het arrondissementsparket kijkt uit op hoge blinde muren rondom een binnenplaats waar een oorlogsmonument herinnert aan de doden die gevallen zijn toen de rechtsstaat gedurende een zwarte periode niet naar behoren functioneerde. Het is jammer van die blinde muren. Daardoor kijkt ze nooit naar buiten. Wel heeft ze vanwege het mooie weer het raam opengezet, zodat ze in de verte het carillon hoort waarop de stadsbeiaardier een melodie speelt die haar vaag bekend voorkomt.

De dood van Pippa Blijenberg houdt haar ook persoonlijk bezig, aangezien Lars en Gösta op dezelfde basisschool zitten, weliswaar in hogere klassen, maar toch heeft het veel indruk gemaakt, ook op Marit, die inmiddels naar het Stedelijk Gymnasium fietst, maar die voordien eveneens op deze school heeft gezeten. De nieuwe klasgenootjes van Pippa hebben onder leiding van hun leerkracht op de gang een plek gecreëerd waar iedereen die daar behoefte aan heeft, zijn eigen rouwmoment kan beleven.

Haar moederlijke solidariteit kan ze uitstekend scheiden van haar rol als officier van justitie, daarvan is ze overtuigd. Het is haar taak het opsporingsonderzoek te leiden en de opgespoorde feiten te toetsen aan de wet en zo nodig tot vervolging over te gaan. Haar band met Blankendaal is tot nu toe alleen maar gunstig voor het onderzoek geweest. Zo heeft ze dankzij haar privéconnecties de politie een stevig handje kunnen helpen. Dankzij haar bemiddeling hebben diverse bewoners aan de Hoge Duinweg vrijwillig hun beveiligingscamera's vrijgegeven, iets wat anders door allerlei privacybelemmeringen een slepende en tamelijk uitzichtloze procedure had kunnen worden. Zo dienen persoonlijke omstandigheden hier het algemeen belang, zo zie je maar weer. Credits hoeft ze hiervoor niet te krijgen. Als ze zo ijdel was, dan was ze wel advocaat geworden, haha. Voor haar is de rechtspraak een kwestie van dienen en dienstbaar zijn.

De tot dusverre verzamelde camerastandpunten coveren niet de hele bocht. Dat komt doordat de camera's zo zijn afgesteld dat ze hoofdzakelijk de particuliere percelen bestrijken, zoals de wet voorschrijft. Maar toch valt er genoeg uit de beelden af te leiden, is haar verzekerd. Zelf is ze niet technisch aangelegd. De forensische recherche zal haar moeten helpen om de gezichtshoeken goed te kunnen interpreteren. Maar wat ze zelf uit de beelden heeft opgemaakt, belooft heel wat.

Aanvankelijk werd er in het onderzoek alleen gefocust op de bestuurder van de zwarte Volvo. Daarbij gaat het om de vraag of deze persoon verwijtbaar handelen ten laste gelegd kan worden. In artikel 6 staat het zo: 'Het is aan een ieder die aan het verkeer deelneemt verboden zich zodanig te gedragen dat een aan zijn schuld te wijten verkeersongeval plaatsvindt waardoor een ander wordt gedood...' De zinsnede 'aan zijn schuld te wijten' heeft ze met een gele marker gehighlight. Verwijtbare schuld, daar draait het om.

Uit het rijgedrag van de automobiliste blijkt niets verwijtbaars. Voorafgaande aan het ongeval is er geen overschrijding van de snelheidslimiet geconstateerd. Er is evenmin sprake van alcoholgebruik. Eventueel roekeloos gebruik van een smartphone valt niet meer na te gaan, ook niet op de beelden. De getuigen die zich in of om de woning van het slachtoffertje bevonden, hebben geen bruikbare informatie geproduceerd. Het ongeluk heeft hen volkomen verrast. De automobiliste heeft bij monde van haar advocaat verklaard geen herinnering te hebben aan het gebeurde, niet vooraf, niet tijdens en ook niet na het ongeval. De afdeling neurologie van het academische ziekenhuis waar mevrouw Rainville is behandeld, bevestigt bewusteloosheid en (tijdelijk) geheugenverlies, maar kan justitie hiervoor geen medische verklaring verschaffen. Daarvoor zijn er in het dossier te weinig onderzoeksgegevens voorhanden.

Toch zou Mijke – en hier spreekt een moeder van drie uit Blankendaal – het maatschappelijk onwenselijk vinden als de zaak zou worden geseponeerd. Daarvoor is er in het reservaat te veel beroering ontstaan. Denk alleen al aan de massaal bezochte uitvaart, waarbij zo'n beetje de halve bevolking is uitgelopen om het alom geliefde schoolmeisje de laatste eer te bewijzen. Ze krijgt het koud en warm tegelijk als ze hieraan terugdenkt. Uit hoofde van haar functie vond ze het onzuiver om er zelf bij te zijn, maar Anders, Marit, Lars en Gösta hebben de hele route achter de witte stoet aan gelopen en waren tot laat op de receptie in de Orangerie op landgoed Brederode.

Daar, bij die nazit, heeft Anders het gerucht opgevangen dat een UPS-pakketbus een rol zou hebben gespeeld bij het ongeluk. Deze UPS-bus is later nog een paar keer opgedoken in het onderzoek, met name in de verklaringen van de heer en mevrouw Ruychrock. Inmiddels is er ook een concrete aanwijzing binnengekomen dat een UPS-dienstvoertuig mogelijk betrokken is geweest bij het ongeluk. Een persoon die ook woonachtig is op de Hoge Duinweg heeft een razendsnelle beweging gesignaleerd op zijn particuliere beveiligingscircuit – 'een schaduw, een veeg eigenlijk' – rond het moment dat het ongeluk plaatsvond. De betreffende buurtbewoner wenst anoniem te blijven. Voor deze terughoudendheid kan Mijke begrip opbrengen. Filmen van de openbare ruimte zonder toestemming is immers in strijd met de AVG, de Algemene Verordening Gegevensbescherming. Als het tot rechtsvervolging komt zal meneer echter gewoon worden opgeroepen. Dat weet hij en dat accepteert hij. Maar eerst zal uit de technische analyse van de camerabeelden moeten blijken of de chauffeur van het voertuig inderdaad te hard heeft gereden, zoals mevrouw Ruychrock beweert, of anderszins de verkeerswet heeft overtreden. Wanneer dit het geval blijkt te zijn, zal de betreffende UPS-chauffeur direct worden opgespoord en verhoord.

Mijke hoopt dat er iets uit komt, want als moeder van drie kwetsbare wezentjes weet ze als geen ander hoezeer de Blankendaalse gemeenschap snakt naar duidelijkheid. Een meervoudige strafkamer moet zich over de zaak buigen. Dat kan en mag niet anders. Geen sepot alsjeblieft. Er moet recht worden gesproken, hoe onbevredigend een vonnis in de praktijk ook uitpakt. Er bestaat nu eenmaal geen strafmaat waarmee schuld adequaat gemeten kan worden. Zelfs met het aloude oog om oog, tand om tand krijgt het slachtoffertje haar ogen en tanden niet terug.

66.

Mark had zich de rouwbijeenkomst anders voorgesteld, al is het de vraag óf hij zich iets had voorgesteld. Het is al een heel gedoe geweest om deze datum te kunnen prikken. Hij heeft er het nodige voor moeten verzetten. Anders had hij er zelf niet eens bij kunnen zijn. Waar is hij eigenlijk aan begonnen – enfin. Het is een belangrijke fase in zijn rouwverwerking, zegt zijn coach. Daarom wil hij er proberen het beste van te maken. Hij mikte op een opkomst van minimaal 70 procent van de ouders, maar de aanmeldingen zijn blijven steken op 60 procent. Uitgesplitst over de ouders komt dat neer op 100 procent van de moeders en 20 procent van de vaders. Wel hebben allerlei oppasgrootouders zich ongevraagd aangemeld, maar daar wil hij niet aan beginnen. Je moet ergens een grens trekken.

Zijn rouwcoach steunt hem hierin. Het draait om jou, Mark. Jij moet je er prettig bij voelen, daar gaat het om. Die andere mensen moeten jou helpen bij het verwerken. Dat is het hele idee achter deze opzet. Samen rouwen helpt. Dat zie ik keer op keer bij mijn cliënten. Het is misschien niet de definitieve oplossing, maar die bestaat ook niet. Het is belangrijk om niet alleen te blijven met je verdriet. Delen betekent herdefiniëren. En definiëren is begrenzen, hanteerbaar maken door te leren erover te praten. In haar geheel is de werkelijkheid te groot om te bevatten. Woorden verdelen haar in kleinere stukjes die je wél kunt behappen.

Ook voor Tessel zou dit proces goed zijn, denkt hij. Juist voor haar. Zij heeft helemaal niets, geen baan, geen uitdagingen, alleen het huishouden en de twee jongens. Daar zou elk mens somber van worden. Naar buiten treden, je openstellen: daar zou ze geweldig van opknappen, daarvan is hij overtuigd. Delen is helen. Maar ze weigert, ze weigert alles. Hij vindt haar negativiteit moeilijk te accepteren. Het gebrek aan zinvolle communicatie maakt hem thuis vaak eenzaam. Het is dus maar goed dat hij lang niet altijd thuis is, denkt hij cynisch.

Gelukkig heeft hij zijn eigen rouwcoach. Sigi Kuntz is een vrouw die op de juiste momenten steeds de juiste dingen zegt, heel bijzonder om dat te mogen ervaren. Terwijl ze nog behoorlijk jong is. Ergens halverwege de twintig, schat hij. Ze heeft iets Duits: die naam natuurlijk, maar ook die staalblauwe ogen en dat glanzende blonde haar. In elk geval kwam ze vanaf minuut één op-en-top professioneel en gedisciplineerd op hem over.

Het is ook Sigi geweest die hem heeft aangeraden deze bijeenkomst te organiseren. Organiseren is iets waar jij goed in bent, heeft ze gezegd. Je moet blijven vasthouden aan dingen waar je in thuis bent en waar je je prettig bij voelt. Dat geeft houvast wanneer de grond onder je is weggeslagen. En zo is het elke keer. Ze weet elke keer precies wat werkt voor hem. Het is dan ook verdomd jammer dat Sigi er zelf niet bij kan zijn. Het lukte haar helaas niet om zich op deze vrijdagmiddag voor zo veel uur uit te roosteren.

Anders had ze het zeker voor hem gedaan, dat weet hij. Ze hebben in die korte tijd een bijzondere band opgebouwd. Ook dat geeft houvast, heeft hij mogen ervaren.

Tessel is er evenmin bij. Hij respecteert dat, maar hij keurt het vanzelfsprekend niet goed. Positief blijven is belangrijk, heeft hij haar voorgehouden. Juist nu, juist in een zware periode als deze. Zo zwaar hebben ze het nog nooit in hun leven gehad. Maar positief blijven helpt. Omkijken is prima, maar niet de hele tijd. Je moet vooruit. Een andere richting is er niet. Blijven hangen in wat geweest is, is voor niemand goed. Je keert het verleden er niet mee om. Pippa zou niets liever hebben gewild dan haar ouders gelukkig te zien. En Sigi is het daarmee eens. Het is je ouderlijke plicht om positief te blijven en iets van het leven te maken. Dat verdient Pippa. Moge haar zonnetje over onze toekomst schijnen. Maar hij weet niet meer of hij dat ook tegen Tessel heeft gezegd of alleen tegen Sigi.

En dan nu de tegenvallers. De eerste misrekening is de locatie. Het oude dorpskerkje is een geliefde plek waar echte Blankendalers graag hun trouwerijen en uitvaarten laten plaatsvinden, maar de houten banken en de kale plavuizen zijn wel wat erg ascetisch om daar twintig kinderen van vijf, zes jaar een halve tot een hele middag zoet te houden. Het is de slotdag van de eerste schoolweek en dus rennen en joelen en gillen ze zo hard als ze kunnen. Ze zwermen uit over het kerkhof, klimmen op oude graven, verstoppen zich tussen de nieuwe aanplant. Zij wel, ja. Zonder er verder over na te denken is Mark ervan uitgegaan dat de kinderen na zo'n hele schoolweek zonder hun geliefde vriendinnetje diepbedroefd zouden zijn en dringend getroost moesten worden. Hij zag het lege schoolbankje van Pippa in groep drie voor zijn geestesoog verschijnen, maar dat bankje bestaat natuurlijk helemaal niet. Dat heeft hij zelf bedacht.

De tweede misrekening is dat hij de meeste ouders niet kent. Hij heeft hun namen en mailadressen overgenomen van de gastenlijst voor het fatale kinderfeestje. Daarbij heeft hij zich niet gerealiseerd dat hij die namen niet kan verbinden met de juiste gezichten, laat staan met het bijbehorende kind. Zonder hulp van Tessel wordt dat niks. Hij is het soort man dat zo'n ouderbijeenkomst snel zonde van zijn tijd vindt. Dat hij haar zelf heeft georganiseerd, doet er wat hem betreft niet toe. Als iets niet werkt, dan moet je er de stekker uit durven trekken. Nodeloos rekken maakt de tijdverspilling alleen maar groter. Het pijnlijkst vindt hij het voor Pippa, voor wie dit eigenlijk is bedoeld, maar hij troost zich met de gedachte dat zij het hier ook vreselijk zou hebben gevonden.

Weggaan is minder makkelijk dan het lijkt, zeker als de eerste dienbladen met rosé en witte wijn beginnen rond te gaan. Er blijven maar moeders op hem afkomen. Ze vragen zich af en ze vragen het hem: waar Tessel is. Waar Pippa is vragen ze niet. Zijn eigen kleine meisje is de gigantische afwezige, de grote blinde vlek. Hij had gehoopt haar hier terug te vinden, in gesprekken met deze mensen. Maar het blijkt erg moeilijk, te moeilijk om haar zelfs ook maar te noemen, alsof met haar afwezigheid ook de namen en de woorden voor haar verdwenen zijn. Het gat in de werkelijkheid wordt uitgedrukt met een gat in de taal. Niets, nergens, nooit. Ergens tussen die woorden zou ze zich moeten bevinden. Het maakt hem draaierig, terwijl hij de witte wijn en de rosé niet eens heeft aangeraakt. Misschien had hij een spa rood moeten nemen. Dehydratie tast het brein aan. Hij heeft ook een droge mond gekregen van alles wat er niet gezegd kan worden.

Buiten, in het nazomerse zonlicht, ergert hij zich aan de luidruchtige kinderen. Vooral de meisjes staan hem tegen. Hij kan zich niet voorstellen dat hier vriendinnetjes van Pippa tussen zitten, al denkt hij er één of twee te herkennen.

Als hij weer de koele schemer van de kerk opzoekt, loopt hij

Alexandra tegen het lijf. Met hen, de Ten Cates dus, zouden de Blijenbergs deze zomer naar Ibiza zijn gegaan. Twee gezinnen, handig voor de kinderen. Alexandra is gebruind, haar wilde haar gebleekt door de zon. Haar zomerjurkje doet er haast niet toe bij dit vertoon van blakende lichamelijkheid dat overal dwars doorheen knalt. Ze omhelst hem alsof ze elkaar tijden niet hebben gezien, wat ook zo is. Maar tegelijk dringt het tot haar door dat ze iets is vergeten, iets wat tussen hen in is komen te staan, iets waar ze geen van beiden woorden voor hebben. Het lijkt vanmiddag wel alsof het ieders heilige opdracht is die ene naam niet te noemen.

'Is Hessel er niet?'

Namen genoeg om te noemen. Hessel ten Cate is Alexandra's man. Net als Mark zelf is hij er vrijwel nooit bij als er iets verplichts georganiseerd wordt.

'Hij komt pas vanavond laat aan, als ik het goed heb. Hé, ik heb Tessel nergens gezien. Is ze –?'

Mark haalt zijn schouders op.

'Ach, ik heb zo vaak op het punt gestaan jullie te bellen, maar telkens dacht ik... Ik weet niet wat ik dacht. Nou ja, ik wilde jullie niet storen, maar misschien...'

Mark probeert zich voor te stellen dat Alexandra op die bewuste vrijdagmiddag bij hen in de tuin heeft gestaan en getuige moet zijn geweest van het ongeluk. Maar het enige wat hij ziet is haar sportieve, gebronsde lichaam dat hier in de koele schaduw zonnig warm voor hem opgloeit en dat hij op geen enkele wijze zou kunnen verbinden met de gewelddadige dood van zijn dochtertje. Terwijl zij gezien moet hebben wat hij niet heeft gezien en in het mortuarium ook niet heeft willen zien. Hij kijkt in het heldere licht van haar schitterende groene ogen en zoekt vergeefs naar restsporen van de verschrikking. Het is leven, lachen, lichamelijke liefde en verder niets.

'Amber,' stamelt hij. Hij wil vragen of haar oudste dochtertje nog negatieve gevolgen ondervindt van het ongeluk, maar hij blijft steken bij die naam, die hem plotseling vreemd in de oren klinkt, alsof het de verkeerde naam is en hij eigenlijk een andere zocht.

Alexandra kan net op tijd de blijdschap onderdrukken dat met haar dochtertje wél alles goed gaat, fantastisch zelfs. Ze kan al een beetje lezen en schrijven, zo snel als dat gaat, je moest eens weten! Maar het plaatsvervangende schuldgevoel waarschuwt haar op tijd. Ze schrikt van het verdriet dat ze in zijn ogen bespeurt. En ze wordt overweldigd door een golf van medelijden en troost die haar doorstroomt.

'O Mark, ik vind het zo erg voor jullie, zo vreselijk erg.'

Haar lichaam is haar voor en omhelst hem heftig en onhandig. Ze moet haar tranen onderdrukken. Hij ruikt haar parfum, raakt doorstroomd met haar lichaamswarmte en voelt hoe de harde tepels van haar kleine, stevige borsten tegen hem aan prikken. Terwijl ze zich beschaamd van hem losmaakt, voelt ze in het voorbijgaan iets waarvan ze heel erg hoopt dat het dat niet is. Hij weet dat het dat wel is en doet betrapt een stap achteruit, om zijn kuise bedoelingen te onderstrepen.

Even weet geen van beiden iets te zeggen. Terug de diepte in durven ze niet, maar de oppervlakte lijkt ineens onbereikbaar.

Om zich een houding te geven, zegt hij dat hij in feite op het punt stond om te gaan, dat hij al op weg naar huis was toen hij haar tegen het lijf liep.

'Hè, ga je? Nu al? Maar Mark, het is je eigen bijeenkomst.'

Dat klopt, denkt hij. Ik heb het allemaal betaald. Daarom kan ik doen waar ik zin in heb. Onderweg naar buiten probeert hij Sigi te pakken te krijgen. Hij snakt ernaar iets verstandigs te horen, iets wat hem positief door deze verloren dag heen loodst. Voicemail. Daarna belt hij Tessel om te zeggen dat hij eraan komt. Ook zij neemt niet op.

67.

Als Tessel haar telefoon pakt om Google Maps in te vullen, ziet ze dat Mark haar heeft proberen te bellen. Hij wil vast weten waar ze is. Dat is nou net het probleem, want ze heeft liever niet dat hij weet wat ze nu aan het doen is. Ze weet het zelf niet eens. Ze heeft zich door de taxi laten afzetten aan het begin van de straat en is langs het huis gelopen. Heel vluchtig, schichtig eigenlijk, heeft ze naar boven gekeken, naar de tweede etage, en meteen is ze doorgelopen, bang dat ze zou worden betrapt. En nu weet ze even niet waar ze is. Ze kende deze buurt niet. Ze kent alleen het centrum, en dan ook maar zo'n beetje.

Het stoort haar dat ze zo onzeker is, terwijl vroeger de gebeurtenissen zich als vanzelf naar haar voegden en aan haar wensen gehoorzaamden. Vroeger. Dat is nog geen twee maanden geleden, maar het voelt als een ander tijdperk, zoveel is er veranderd. Het lijkt wel het leven van iemand anders, terwijl ze zelf hopeloos is verdwaald in een onbekend bestaan.

Op Google Maps zoekt ze een lunchroom of petit restaurant om tot zichzelf te komen. En om onder tafel even haar schoenen uit te kunnen doen. Ze heeft – onverstandig – hakken aan. Het is hier vergeven van de cafeetjes, eettentjes, terrassen en dergelijke. Maar ergens zomaar binnenstappen, daar waagt ze zich liever niet aan. Ze wil eerst checken of er iets bij zit wat een beetje gunstig wordt beoordeeld. Voor je het weet, zit je in een onprettige situatie. Maar er is niets bij wat haar aantrekt. Ze voelt zich als een toerist in een vreemde stad die straat na straat nee tegen haar zegt. Nee, jij hoort hier niet thuis. Om haar heen ziet ze trouwens ook de nodige buitenlandse toeristen, maar die schijnen nergens last van te hebben, die ploffen in hun vormeloosheid overal zomaar neer. Intussen vraagt ze zich meer en meer af wat ze hier doet, wat ze zichzelf hier aandoet, en niet alleen vanwege haar pijnlijke voeten.

Op een pleintje dat overschaduwd wordt door oude platanen gaat ze op een bankje zitten. Zomaar, zonder erbij na te denken. Ze monstert de andere tijdelijke aanwezigen. Tegenover haar twee gehoofddoekte moeders met hun kinderwagens, druk in gesprek, in gelukzalige onwetendheid. Zo was ik vroeger ook, beseft ze. Horen die voetballende jongetjes ook bij hen? Niemand slaat acht op haar. Voorzichtig wrikt ze eerst haar ene schoen van haar hiel, laat het geval nog even aan haar tenen bungelen voordat hij valt, en vervolgens de andere. Raapt ze dan snel op alsof ze bang is dat ze anders worden gestolen. Je weet maar nooit.

Ze kijkt op naar de woningen rondom. Achter al deze ramen wonen mensen, zelfs hele gezinnen. Ze heeft dat nooit kunnen vatten: al dat leven, geometrisch opgeborgen in identieke kastjes en laatjes, want zo ziet ze al die woonblokken. En achter zo'n soort raam woont degene die Pip haar leven heeft afgenomen. De volstrekte willekeurigheid van dat ene raam met die ene persoon verbijstert haar. Het is een lot dat ze ongeweten moet hebben getrokken: dat ene raam is er voor jou, voor jou alleen. Daar zit ze, je kunt er van beneden niet doorheen kijken, maar daar is beschikt over het leven van jou en je dochter. Vandaar dat ze zo bangig langs het bewuste huis is geglipt. Ze probeerde kennelijk ook achteraf nog haar lot te ontlopen.

De moeders staan op, maar wenken de spelende jongetjes niet. Ze kijkt om zich heen om te zien van wie ze wel kunnen zijn, maar ze vindt niemand die ze met hen kan matchen.

God is geen antwoord, God is een vraag. Waar komt dat ook alweer vandaan? Het schiet haar zomaar te binnen. Terwijl ze het vreselijk heeft gevonden, dat kerkgedoe. Dat kwam vooral door haar moeder, die idolaat was van een bepaalde predikant. Dominee Ter Linden. Die was in haar jeugd onder hun soort mensen populair omdat koningin Beatrix met hem dweepte en regelmatig zijn diensten bijwoonde. Als hij de preek deed, moesten ze er met z'n allen heen. Stef en zij dan, want haar vader vertikte het. Nu weet ze het weer. 'God is een vraag, maar het blijft natuurlijk wel de vraag of het een goede vraag is.' Typisch haar sceptische vader. Arme mama, net dolenthousiast terug uit de Kloosterkerk en dan die koude douche. Maar goed, hoe het ook zij, de afwezigheid van God kan ze er sowieso niet bij hebben. Zonder hogere metafysica is het gemis voor haar al onbevattelijk genoeg.

Haar ouders kan ze er evenmin bij hebben. Haar dweperige moeder al helemaal niet. Mama heeft Pippa nooit gekend, ze stierf op de dag dat haar oudste dochter was uitgerekend. Uitgezaaide borstkanker, zo bleek toen het allang te laat was. De vliezen braken op de ochtend van de begrafenis. Terwijl de uitvaartdienst in de Kloosterkerk in volle gang was, perste zij uitgeput maar zielsgelukkig de nageboorte eruit. Nooit heeft ze zich zo levend gevoeld als juist die dag. De aanwezigheid van Pippa maakte haar sterker dan zij ooit was geweest. Ze heeft het verlies van haar moeder overwonnen door zelf moeder te worden. Maar sinds Pips dood komt mama steeds vaker bij haar terug. Alsof haar moeder nu pas echt heeft kunnen sterven. Alsof ze mama's dood nu pas begrijpt. Ze trok altijd meer naar haar onbereikbare vader. Maar toen die na de dood van zijn kleindochter alleen maar nóg onbereikbaarder werd, begon ze naar haar moeder te verlangen. Die kwam als het ware weer tot leven. Mama en Pip hebben elkaar net niet leren kennen. Wat ze achteraf eeuwig jammer vindt. Mama had, aangezien ze zelf ook is gestorven, haar verdriet misschien beter begrepen. En zo vermengt het ene gemis zich met het andere.

Als ze opkijkt uit haar gepeins, ziet ze dat de voetballertjes verdwenen zijn. Ook zitten er andere mensen op de bankjes. Het is een ander plein geworden.

68.

Mark haalt de tweeling zelf maar van de crèche. Tessel krijgt hij alsmaar niet te pakken, wat hem razend maakt. Ze moet beschikbaar zijn, dat is haar taak. Hij werkt tachtig uur per week. Zijn werk is zijn leven. Nee, zijn werk is hún leven, verdomme. Hij maakt dit welgestelde leven mogelijk. Toevallig heeft hij een dag vrijgemaakt voor de rouwbijeenkomst en toevallig is hij daar wat vroeger vertrokken dan de bedoeling was, maar dat betekent niet dat zij haar plicht zomaar kan verzaken.

Hij denkt aan zijn eigen vader, de grote afwezige. De grote afstandelijke, dat is hij altijd gebleven. Mark zegt nog steeds u tegen hem. Als je het zo bekijkt is hij zelf een verdomd feministische papa. En met liefde, hoor. Zijn kinderen zijn alles voor hem, alle drie. En ineens is daar weer de teleurstelling over de mislukte rouwbijeenkomst. Hij had toch, hij weet niet hoe, gedacht dat hij zijn kleine Pip er zou terugvinden. Niet haarzelf, dat kan natuurlijk niet, maar haar geest, haar ziel, haar wezen, hoe noem je zoiets. Een soort mentaal hologram misschien. Een hologram van alle in het dorpskerkje samengebalde herinneringen. Sigi zou precies kunnen zeggen waar hij met zijn onhandige woorden zo machteloos naar tast. Hij moet de impuls onderdrukken om haar meteen te bellen. Ze heeft andere afspraken, hij zou alleen maar storen. Het is verstandiger om haar professionaliteit te respecteren. Zij respecteert hem ook. Daarom mag hij nu niet in een emotioneel moment door de knieën gaan.

Hij moet denken aan de harde tepels van Alexandra, of liever: daar denkt zijn lichaam aan. Hij heeft altijd wel gevoeld dat er iets broeide tussen hem en Alexandra, iets wat hem dwingend herinnert aan zijn studententijd. Ze zei dat Hessel pas vanavond laat, maar nee, dat is onzin. Sommige dingen kunnen beter een fantasie blijven, zelfs wanneer je niet over fantasie beschikt.

Als hij de speelplaats van Le Bonheur des Enfants op loopt, blijken de boys volledig uit hun doen. Gillen, janken, ruziën. Ze kijken hem niet aan, alsof ze niet willen dat hij hier is. Stribbelen tegen als hij er eentje wil optillen. Mama! Mama! roept de kleine spartelaar. De leidster die de overdacht verzorgt, ene Ilknur, probeert Mark wijs te maken dat de twee de hele dag leuk hebben gespeeld. Ook tegen hem zet ze dat onverwoestbaar opgewekte kindertjes-luister-toontje op. Leren ze dat op de opleiding? Ilknur snapt er niks van dat Floris en Mees ineens zo vervelend doen. 'De hele dag leuk en gezellig. En nu dit.'

Misschien omdat ik hun vader ben, denkt hij. Sigi heeft hem uitgelegd dat kinderen hun rouwende ouders soms straffen omdat die emotioneel afwezig zijn in hun kleine leventjes. En hij is ook nog eens fysiek vaak afwezig. Kun je nagaan.

'Papa verdient kennelijk straf.' Hij mompelt het met zijn blik naar de grond. Pas daarna glimlacht hij flauwtjes in de richting van Ilknur.

'Nee hoor, meneer, daar geloof ik niks van. Jongens, kom, wees eens lief. Kijk eens hoe blij jullie papa is om jullie te zien. Geef hem maar gauw een dikke knuffel.'

De jongens vinden het eenvoudiger om zo hard als ze kunnen met hun kleine beentjes naar het hek te rennen, in de hoop dat iemand dat open heeft laten staan. Hijzelf dus. En weg zijn ze. In een mum zijn ze uit het zicht verdwenen.

Statistisch is het onwaarschijnlijk dat er wéér een ongeluk in de maak is, maar toch vertrouwt hij het niet. In zijn binnenste wordt er een duikeling ingezet, het is een vallen zonder bodem, terwijl ondertussen zijn spieren zich spannen voor een sprint die hij zelf allang vergeten was, maar die zijn lichaam al die jaren keurig in het spiergeheugen blijkt te hebben opgeslagen. Het is een soort horizontale val, zijn benen kunnen hem ternauwernood bijhouden. Hij denkt: had ik maar zo hard kunnen rennen toen Pippa mij nodig had.

Buiten op straat stokt zijn adem. Totale paniek, totale ontregeling. Nee toch, verdomme, waar zijn ze in godsnaam? Hij ziet ze nergens, die boeven, terwijl hij zou zweren dat ze nu voor hem zouden staan. Zo ver kunnen ze toch niet zijn gekomen met die mollige beentjes? Het is of hij per ongeluk met zijn ogen heeft geknipperd en daarmee de jongens uit het plaatje heeft gewist. Aan de overkant loopt een oud mens met een teckel aan de lijn. Een zwarte Porsche Cayenne komt stapvoets de bocht door. Niets aan de hand, geen greintje gevaar, alles pais en vree in dit perfecte plaatje. Dat Floris en Mees daarin ontbreken, is nergens aan te zien.

Hij verliest de controle over zijn ademhaling. Te veel lucht haalt hij binnen, te weinig, veel te weinig ademt hij weer uit. Hij stikt er bijna in. Rustig worden, terug naar de parasympathische ademhaling, heeft hij geleerd op zijn buteiko-cursus. Diep, dieper, nee nog dieper, laat het uit het middenrif komen.

Daar komt eindelijk ook Ilknur op haar gemakje aangehobbeld. Ze ziet Mark staan hyperventileren op de stoep, maar ze ziet in één oogopslag ook de twee jongetjes, die zich verstopt hebben in de bosjes en de grootste moeite hebben om niet in een gierende lach uit te barsten. Die lach komt er pas wanneer papa hen met een heel gek gezicht aanstaart. Nu voelt papa zelf ook eens een keer wat het is als je wegloopt en misschien nooit meer terugkomt.

69.

Grace herkent haar meteen, de vrouw die beneden voor haar deur staat. Tessel Blijenberg, geen twijfel mogelijk. Gauw trekt ze haar hoofd terug. Dit is het dus, het moment dat ze heeft gevreesd én waar ze op heeft gewacht. Het was onvermijdelijk – misschien niet hier, maar nu het zich hier voltrekt, gewoon bij haar thuis, maakt het haar niet meer uit. Als het moet gebeuren, laat het dan nu zijn. Dan hoeft ze er tenminste niet meer op te wachten. Dit is het, het lot waaraan zij beiden moeten gehoorzamen. Moeder versus moeder. Grace drong het leven van deze mensen binnen en vermorzelde hun familiegeluk. Het is daarom rechtvaardig dat Tessel nu Grace d'r leven binnendringt en aan haar geluk gaat morrelen. Verliezers zijn nu eenmaal dol op symmetrie. Een oog voor een oog, een tand voor een tand, eerlijk oversteken. Ze betwijfelt of Ineke Wals blij zal zijn met deze ontwikkeling, maar ze begeeft zich al naar de overloop en drukt op de intercom, zodat de voordeur beneden automatisch van het slot springt.

Tessel Blijenberg is blijkbaar niet gewend aan Amsterdamse trappenhuizen, want ze blijft keurig voor de geopende voordeur staan wachten tot iemand haar binnenlaat.

'Ja, komt u maar naar boven, hoor. Het is op de tweede etage.'

De aangesprokene tuurt omhoog en zoekt in het schemerduister naar het gezicht dat bij de stem hoort, maar ze ziet alleen de trap en niet waar die heen leidt.

'Ik kom voor mevrouw Rainville. Ben ik hier aan het juiste adres?'

De lichtelijk bekakte stem detoneert behoorlijk in het kale en ineens nogal armoedige trappenhuis.

'Zeker hoor, komt u maar boven.'

Nu pas wordt het haar duidelijk dat ze helemaal niet klaar is om iemand te ontvangen, een vreemde nog wel, die haar van top tot teen zal observeren, voor wie elk detail een bewijsstuk kan worden om tegen haar te gebruiken. Haar rommelige woning is een weerloze prooi voor een geringschattende blik: het onopgemaakte bed, die opengetrokken la met ondergoed, de keuken waar de afwas van de vorige avond nog staat. Ze kan de deur van de slaapkamer dichttrekken, de afwas in een teiltje sodemieteren en snel ook in de slaapkamer dumpen. Ze kan dit, ze kan dat, alles kan, maar daar staat Tessel Blijenberg al levensgroot op de overloop.

Hoe kan Grace het belangrijkste vergeten: Norah. Noor is deze week voor het eerst naar de basisschool geweest en ligt op de bank naar de Zweedse kinderserie te kijken die Grace voor Magic Media heeft ingesproken – met de koptelefoon op, want Grace wordt gek van haar eigen stemgeluid. Norah kan er niet over uit dat haar moeder iemand anders is. Ze wil het zien, steeds opnieuw, om het telkens niet te kunnen geloven. Elke keer voelt ze zich geroepen om aan het scherm te vertellen dat haar moeder er in het echt heel anders uitziet. Haar houden ze niet voor de gek.

Grace laat haar maar en haast zich naar de deur van haar appartement. 'O, daar bent u al. Komt u binnen.'

'Dus u bent Grace Rainville.'

'Ja, helaas wel.'

Tessel Blijenberg kijkt haar aan alsof ze iemand anders had verwacht.

'U zult zich wel afvragen wie hier zomaar onaangekondigd binnen komt vallen. Ik ben –' Ze slikt.

'Ik weet wie u bent. U bent –'

Ook Grace vindt het moeilijk om de waarheid te benoemen.

In de stilte die intreedt, horen ze allebei het schattige stemmetje van Norah. 'Jij bent niet mama.'

'Ik ben Tessel Blijenberg. U heeft ongetwijfeld van mij gehoord. Ik ben de moeder van Pippa.'

Haar stem klinkt zoals welgestelden klinken. Die toon van de heersende klasse, die alles onder controle heeft. Maar Grace, geoefend stemacteur, hoort de zenuwtrillingen.

Grace realiseert zich dat ze voor het eerst iemand ontmoet die haar kind heeft verloren. Maar zoals ze hier staat, chic en een tikkeltje hautain, lijkt dat drama onbestaanbaar. Het moet zich in een andere realiteit hebben afgespeeld. Hier, op driehoog in haar krappe halletje, komt het over als een onwaarschijnlijk verhaal. De beschaafde mevrouw met het dode kind en de aangewezen schuldige, samengebracht in een scène waarin ze geen van beiden zichzelf herkennen. Er zit helaas niks anders op dan de hun toebedeelde rol te aanvaarden. Grace zal haar plicht doen en uit ontzag voor de waarheid de dader proberen te spelen die de moeder van Pippa in haar wil zien. Alleen is er geen geschikte tekst voorhanden, het script dat ze heeft gekregen, bestaat uit doorgekraste bladzijden.

Op zoek naar uitstel, naar een vorm die ze kan aannemen, duikt ze de keuken in om water op te zetten, iets lekkers te zoeken in laden en kastjes. Tussen het gerommel door steekt ze haar hoofd om de hoek. 'Thee of toch liever koffie? Ik heb trouwens ook cola. Wilt u dat anders?'

'Misschien iets sterkers, als u dat in huis heeft.'

'Natuurlijk,' roept ze, 'ik zal even kijken wat ik heb.' Dit telt nog niet. Straks begint het pas. Ze drinkt zelf thuis never nooit, ze drinkt trouwens sowieso haast niks, dus ze betwijfelt of ze iets heeft staan. Ineens schiet haar de fles prosecco te binnen die ze afgelopen kerst van Gertjan heeft gekregen en die sindsdien tussen de keukenvoorraden stof staat te vergaren. Ze durft hem niet open te trekken, bang dat de kurk in haar gezicht ontploft. Zulke knalflessen ontkurken is mannenwerk, wat haar betreft. Maar zo'n nette dame uit Blankendaal weet ongetwijfeld hoe zo-iets werkt.

Als ze met de ietwat vettig geworden cadeaufles en twee Dura-lex-drinkglazen terug de kamer inloopt, lijkt het of de ander ge-huild heeft en snel haar gezicht weer in de plooi probeert te bren-gen. Grace weet niet waar ze moet kijken. Wanneer ze iemand ziet huilen, beginnen ook haar eigen ogen vanzelf te prikken.

Tessel, nog steeds half van haar afgewend, knikt in de richting van de bank. 'Dat schattige meisje is uw dochter?'

Grace kan ineens niet meer op de gewoonste woorden komen. Zelfs Norahs naam wordt in deze context ongepast. Haar eigen kleine geluk neemt de vorm aan van iets schandaligs, iets misdadigs welhaast. Alsof ze het van Tessel gestolen heeft en het nu onbeschaamd toont als haar eigen bezit. Pak het dan, je kunt het toch niet krijgen.

'Hoe heet jij, meisje?'

Pippa hoort de vreemde mevrouw niet, ze heeft haar koptelefoon op.

'Dat is Norah, ze zit in groep één. Ze is afgelopen maandag begonnen.'

Tessel kijkt door het raam naar buiten, naar de gevels van de overkant.

'Mijn dochter zou deze week voor het eerst naar groep drie gaan. Leren lezen en leren schrijven.' Ze verzinkt in een soort gepeins. 'En rekenen natuurlijk.'

Grace vermoedt dat ze wordt uitgedaagd en begint zenuwachtig onder aan de plakkerige flessenhals te peuteren aan het goudkleurige omhulsel dat de kurk beschermt. Haar dochter – mijn god, wat kan ze daarop terugzeggen? Maar niks zeggen kan ook niet. Misschien moet ze zich verontschuldigen: toch thee gaan zetten. Of cola inschenken. Uitleggen dat ze zelf niet tegen alcohol kan.

'Ach, kan ik u soms helpen met de fles?'

Grace knikt dankbaar. 'Ik ben zelf niet zo'n champagnedrinker. Dat heeft u vast allang opgemerkt. Eerlijk gezegd ben ik helemaal niet zo'n drinker.'

Tessel voelt door de keukenaanslag heen dat de fles niet koud heeft gestaan. 'U hebt gelijk, het is misschien niet het moment.'

Grace springt al op om de fles prosecco weer van haar over te nemen. 'Mooi, dan schenk ik gauw twee glazen cola light in. Als u daar trek in hebt tenminste.'

'Liever een glaasje water, als u dat ook hebt.'

Als ze terugkomt met de glazen, kijkt Tessel haar verwonderd aan. 'Weet u dat ik me pas later heb gerealiseerd dat u zelf ook moeder bent? Van een dochter nog wel.'

Grace weet zich met deze opmerking geen raad. Ze reikt haar het glas water aan. Omdat ze niet weet wat ze terug moet zeggen, vraagt ze: 'Weet u zeker dat u toch niet liever cola wilt?' Maar daar wordt niet op gereageerd.

Ze nemen allebei een slok. Het geklok in het strottenhoofd is van beide kanten nadrukkelijk te horen.

'Ik weet niet wat ik moet zeggen.' Grace bloost, maar aan haar huid is dat niet of nauwelijks te zien. 'Ik heb vaak op het punt gestaan contact met u te zoeken, maar ik wist niet, ik wist niet of dat kon, ik ben erg blij dat u hier nu zit, ik vind het zo erg, ik vind het zo vreselijk erg voor u, ik –' De woorden stromen, al weet Grace niet waar ze vandaan komen. En ze heeft geen idee waar ze heen willen. 'Ik wil alles voor u doen om wat er gebeurd is –' Ze hapt naar adem. 'Om dat iets draaglijker te maken, al is dat niet mogelijk, maar misschien helpt het u als ik –' Als ik wát? denkt ze. Wat zit ik hier te zwetsen?

Tessel redt haar niet. Ze wacht aan de kant of haar woordgespartel haar weer aan het oppervlak brengt of dat ze zichzelf kopje-onder worstelt. Dat doet ze niet uit wreedheid, maar uit lijfsbehoud. Zolang ze zich beheerst, is ze veilig. Ze weet niet wat er anders zou gebeuren, iets… nee, ze weet het werkelijk niet.

70.

Tess neemt nog steeds niet op. Sigi daarentegen heeft hij eindelijk te pakken gekregen. Hij is kwaad, heeft haar gemist en heeft haar nodig. Hij is op een punt dat hij Sigi, Tess en Alexandra door elkaar begint te halen: vrouwen die hem in de steek laten, vrouwen die zijn gemis goed moeten maken, vrouwen die hem moeten laten voelen wie Mark Blijenberg is, want zelf weet hij het even niet meer. Hij heeft behoefte aan vrouwen die hem een bereikbaar doel en daarmee richting moeten bieden. En Sigi is nu beschikbaar.

'Ja, ik heb het al een paar keer geprobeerd, inderdaad. Ik weet het, nee, nee, ik wilde je niet storen. Maar... Zeker, ik weet dat je ook andere cliënten hebt, maar... Natuurlijk, volgende week. Hoe het was vanmiddag? Nou ja, ik eh... ik vond het heel moeilijk, eerlijk gezegd. Heel erg moeilijk, ja.'

Hij denkt aan de leegte die hij voelde, die de leegte is die Pippa heeft achtergelaten, maar het is ook de leegte die is ontstaan doordat Tess afhaakte en hij er alleen voor kwam te staan. Maar de leegte is er vooral in hemzelf, voor de buitenwereld onzichtbaar weggestopt achter al die opgepompte daadkracht. Hij begrijpt zichzelf niet meer. Hij vond zichzelf vanmiddag volkomen ongeloofwaardig. Wat had hij daar te zoeken in dat dorpskerkje, waar de augustuszon de wijn in de glazen liet fonkelen, waar de kinderen buiten vrolijk tussen de graven ravotten omdat het weekend begonnen was, waar Alexandra hem in haar goddelijke naïviteit stond op te geilen met haar goudbruine volwassenmeisjeshockeylijf? Terwijl hij in werkelijkheid Pippa elke seconde aan het verraden was.

Het dringt tot hem door dat hij die hele bijeenkomst alleen heeft georganiseerd om Sigi te imponeren. Een tien voor rouw en een zoen van de juf. Niks geen rouwverwerking. Met zijn verloren meisje had het niks te maken. Er viel in die sociaal vereiste instantgezelligheid geen glimp van haar te ontdekken. Niemand had het meer over haar. Ja, Alexandra natuurlijk, maar die had het vooral over zichzelf. Amber en Pien, toch Pips hartsvriendinnen, heeft hij zelfs helemaal niet gesproken. Allemaal hadden ze de handen vol aan hun eigen levens. Of lag het aan hemzelf? Was hij te afstandelijk, te zeer in charge, zodat hij die leegte om hem heen als het ware zelf veroorzaakte? In elk geval voelt hij het nu pas goed, nu hij walgt van zichzelf en zijn onvermogen om zich met andere mensen te verbinden. Zulke dingen zegt hij tegen Sigi. Hij weet niet of hij ze allemaal echt zegt of soms alleen denkt.

Sigi zegt dat ze na haar werk met vriendinnen heeft afgesproken om samen de stad in te gaan.

Met een verlangende blik ziet hij de stad voor zich: de terrassen in het late namiddaglicht, de jonge mensen, de duizend uitgaansgelegenheden een ademende belofte van totale erotiek. Hij benijdt haar, god, wat benijdt hij haar. Zo jong en zo sterk, zo zal hij zelf nooit meer worden. Dat ligt achter hem. Of niet? Hij wordt overrompeld door een impuls om alles weg te gooien en opnieuw te beginnen. Weer bij het begin beginnen. Weer de stad ingaan en kijken wat de nacht je zal brengen. Het is vrijdag einde middag, alles wordt mogelijk. Tijd genoeg, tijd te over. Hij vraagt om met haar mee te mogen, nee, niet met haar vriendinnen, met haar alleen. Toe, eventjes maar, bedelt hij. Hij betaalt heus wel, hij wil het zelf ook graag professioneel houden, maar hij móet haar zien, al is het maar voor een uurtje. Hij heeft heus wel gemerkt dat hij speciaal voor haar is, anders dan haar andere cliënten. Toch? Niet dan? Alsjeblieft, Sigi. Er komt iets smekends, iets huilerigs over hem. Hoort dit nog tot het rouwproces, valt dit nog binnen haar competentie? Voor zijn gevoel wel, volgens hem klopt het nog net.

Hij hoort haar aarzeling in de vorm van een stilte.

'Wacht even, Mark, ik –' Hij hoort haar met iemand gehaast fluisteren. 'Ja, daar ben ik weer.'

Waarom stelt ze geen vraag, geeft ze geen antwoord? Hij heeft toch al zijn kaarten op tafel gelegd? Hij is bereid om stante pede naar Amsterdam te komen.

'Dus?' Komt er nog wat van, denkt hij erachteraan.

'Nee dus. Nee, Mark. Het is vrijdagavond, verdomme, ik heb hier met vriendinnen afgesproken. Bel me maandag maar, dan kijk ik of we wat kunnen plannen.'

'Toe, Sigi, ik dacht dat we –'

'Mark, alsjeblieft, zo ken ik je niet. Wees nou verstandig. Ik ben je rouwcoach, niet je echtgenote of je vriendin.'

Nadat de verbinding verbroken is, staart hij wezenloos naar zijn telefoon, waar haar naam nog steeds oplicht op de display.

Hij staat op het terras en in de spiegeling van de glazen schuifpui ziet hij zich daar zelf ook staan: een man die op drie continenten respect afdwingt met zijn megadeals, die van alle fusie- en overnamekantoren op de Zuidas al twee jaar op rij de hoogste dealwaarde heeft gescoord, maar die op deze verloren vrijdagmiddag dus gewoon een ordinair potje staat te janken en daar niet meer mee kan ophouden.

Toch zal dat wel moeten, want binnen is de pleuris uitgebroken. Gillen, blèren, 'mama mama' roepen. Geruzie ook. Als hij vervolgens iets kwetsbaars ongenadig hard op iets hards hoort ketsen – wat heel goed een kinderhoofdje op een tafelrand zou kunnen zijn – vergeet hij zichzelf en spurt hij naar binnen om te redden wat er te redden valt.

71.

Buiten, tussen al die hoge huizen met al die verdiepingen waar mensen wonen, barst Tessel in tranen uit. Verdriet, opluchting, ze weet het zelf niet. O, wat is ze bang geweest voor deze confrontatie. Bang voor zichzelf vooral. Ze verbergt haar gezicht in haar handen, ook al let er niemand op haar. Het verwart haar dat Grace Rainville zo anders blijkt te zijn dan ze heeft gedacht. Ze weet niet wat ze dán had verwacht, maar in elk geval niet dit. Het wordt ingewikkeld om deze vrouw te haten. Ze moet toegeven dat ze haar zelfs een klein beetje aardig vindt. Als ze iemand haat, dan is het zichzelf. Als zij beter had opgelet, als zij de zwarte SUV had zien aankomen, dan – ja, dan. Dan had Pip nu nog geleefd, dat is zeker, daarvan is ze overtuigd.

Van Mark mag ze zo niet denken. Hij wil niets met de dader

te maken hebben. Hij houdt die kant van de zaak liever abstract. De dood van hun dochter is de negatieve uitkomst van een reeks oorzaken en gevolgen. De dader moet daarvoor boeten met een x-aantal jaren gevangenisstraf. Maar wat moet zij met dergelijke rationalisaties? Zij was niet in het buitenland. Zij stond in de tuin, zij wel, toen het gebeurde. Nou ja, ze stond er niet – helaas. Maar ze heeft het zien gebeuren. Nou ja, net niet dus. Ze heeft de zwarte SUV te midden van de ontreddering en de ravage zien staan, dat wel helaas. En nu kent ze eindelijk het gezicht van degene die als een onzichtbare god achter getint glas haar leven kwam verwoesten.

Misschien huilt ze daarom: dat het haar nooit zal lukken om in deze Grace de schuldige te zien die het op haar geweten heeft en die het allemaal moet terugbetalen. Die vrouw kan er zelf ook niet bij wat er is gebeurd. Ze was bewusteloos, ontwaakte pas veel later in het ziekenhuis, kun je nagaan. Tot op de dag van vandaag begrijpt ze niet wat haar is overkomen.

En dus blijft Tessel met haar woede zitten, als met een zwerfhond die haar overal volgt en ze maar niet van zich af weet te schudden.

Het gaat haar voorstellingsvermogen te boven dat uitgerekend deze vrouw de veroorzaker is van het ongeluk. Een alleenstaande moeder met zelf ook een dochtertje. Dat verzin je toch niet? Dat was voor haar het moeilijkste: dat dochtertje. De naam heeft ze niet goed verstaan. Dora? Zoiets is het. Toch was ze niet jaloers – niet heel erg tenminste. Het is een schatje, met die heerlijke bruine toet en die snoezige vlechtjes. Werkelijk een plaatje. Nee, jaloers is ze niet. Voor niets ter wereld zou ze Pip willen inruilen voor een ander meisje. Ze staat er versteld van hoe sterk Pip in haar leeft sinds ze er zogenaamd niet meer is. Het is bijna alsof ze in haar terug is gekropen, weer in haar is gaan wonen. Zo heftig heeft ze haar liefde voor haar niet eerder gevoeld. Ze ervaart Pips aanwezigheid sterker dan ooit, ze is nu overal.

Als er iets was wat ze had moeten zeggen, is dit het wel. Ze had Grace Rainville moeten vertellen wat ze heeft aangericht, welk grandioos leven er door haar toedoen niet mag zijn. Ze had haar lege handen moeten laten zien, haar verwoeste hart. Deze confrontatie van moeder versus moeder heeft ze echter niet aangedurfd. Ze schrok ervoor terug haar lieveling nogmaals prijs te moeten geven aan deze fatale vrouw. Angstvallig heeft ze Pip voor zichzelf gehouden. Deze dingen schieten haar nu te binnen, nu ze vrij is en buiten loopt.

Grace kijkt de vrouw van boven na, alsof ze haar moet blijven zien om te kunnen geloven dat ze werkelijk bij haar over de vloer is geweest. Pas als Tessel Blijenberg uit het zicht is verdwenen, begint ze te trillen over haar hele lijf. Achteraf snapt ze niet dat ze de hele ontmoeting zo ogenschijnlijk kalm heeft ondergaan. Jezus shit, dat was niet niks. Als er één iemand op de hele wereld was die ze niet onder ogen durfde te komen, dan was het wel deze vrouw. En toch hebben ze samen aan haar eettafel hun cola en hun water zitten drinken, alsof het de gewoonste zaak van de wereld was. De vrouw zat de hele tijd naar Norah te staren. Dat vond ze eerlijk gezegd een beetje awkward. Het was heel vreemd, maar op dat moment schaamde ze zich voor Norah. Alsof haar eigen dochter er niet hoorde te zijn, er niet mocht zijn. Ze wou dat Norah naar haar kamer was gegaan, zodat de vrouw haar niet had hoeven te zien.

Deze vrouw, deze Tessel Blijenberg, is door haar, Grace Rainville, haar dochter kwijt.

Als het waar is, en het is waar, valt daar niet mee te leven. En toch leeft ze gewoon door.

Wat ze onder andere niet begrijpt, is dat de vrouw zo aardig en voorkomend tegen haar bleef. Ze leek haar helemaal niets kwalijk te nemen. Zou ik dat kunnen, denkt ze, zo vergevend zijn wanneer –? Ze breekt het gedachte-experiment direct af, uit schrik en bijgeloof. Zoiets gruwelijks durft ze over Norah niet eens te denken. Kun je nagaan, als het je in het echt overkomt. Tessel Blijenberg had alles dik voor elkaar met die grote villa. Net als Dave, denkt ze. Alles dik voor elkaar en dan wordt het mooiste en liefste je op een dag zomaar afgepakt. Nota bene het enige wat je met al het geld dat je bezit niet kunt terugkopen. Ze snapt eigenlijk niet wat die rijkdom ermee te maken heeft, want je kind verliezen lijkt haar voor iedereen even verschrikkelijk. En toch kan ze Tessel Blijenberg niet los zien van haar welstand. Het is en blijft een rijke vrouw, een vrouw uit de hogere kringen, iemand die normaal gesproken nooit bij haar boven zou komen om samen een glas cola te drinken. Ze wist niet eens dat zulke chique mensen liever kraanwater dronken. Of was het een ingewikkeld soort beleefdheid? Zulke dingen zijn bekend van mensen uit die kringen. Ze zat ook al zo ingewikkeld te doen met die champagnefles. Maar mevrouw redde haar niet toen ze niet uit haar woorden kwam. Met een zeker sadisme liet ze haar spartelen toen ze zich verloor in een stortvloed van stamelzinnen. Met elk woord werd de afstand tussen hen groter en groter. Ze wilde haar zeggen dat ze – ja, wat wilde ze eigenlijk zeggen?

72.

Tessel ziet op haar telefoon dat Mark haar een paar keer heeft proberen te bereiken. Het is later dan ze dacht. Mark baalt er natuurlijk van dat hij straks de tweeling te eten moet geven en in zijn eentje naar bed moet brengen. Goed voor hem, dan doet hij ook eens iets in het huishouden. Of is hij blijven plakken bij die walgelijke rouwparty van hem, en wil hij dat zij de jongens komt ophalen? Jaja, zodat hij lekker kan blijven naborrelen zeker. Mooi dat ze hem niet terugbelt. Bye bye, Mark, zoek het even lekker zelf uit. Gevoelsmatig zit hij voor haar op dit moment in Singapore.

Ze loopt en ze loopt, zonder te weten welke kant ze op gaat. In haar hoofd wordt de situatie van zo-even telkens teruggedraaid en opnieuw afgespeeld.

Het donkere dochtertje blijft maar terugkomen. De aanwezigheid van dat kind heeft haar meer uit balans gebracht dan ze zich ter plekke realiseerde. Toen ze erheen ging, dacht ze te handelen uit een vage behoefte aan wraak of een andere vorm van gerechtigheid. Maar ze begrijpt nu dat ze is gegaan omdat ze heeft gehoopt om daar, in het centrum van het onheil, op magische wijze haar eigen kind terug te vinden. Daardoor werd ze volledig verrast door de aanwezigheid van dat meisje. Ze lijkt totaal niet op Pip, uiterlijk tenminste. Maar toen ze nog van niets wist en ineens dat hoge, heldere kinderstemmetje in de achterkamer had geklonken, was ze er voor een moment van overtuigd geweest dat ze haar verloren gewaande dochter hoorde. Ze kon wel huilen, zo blij werd ze ervan. Alleen vanwege de herkenning van dat zilveren getinkel is ze gebleven. Helaas hield het kind zich verder schuil onder haar koptelefoon.

Nu ze eraan terugdenkt, zou ze het liefst teruggaan om het tinkelstemmetje opnieuw te horen. Als ze dat zou durven. Maar ze durft het niet – ook omdat ze weet dat het niet waar is.

Geërgerd pakt ze haar telefoon om te achterhalen waar ze nu is en hoe ze het snelst thuiskomt. In een opwelling belt ze Mark – ja toch. Gewoon, omdat ze zich ineens zo godskolere eenzaam en onzeker voelt.

Zodra ze hem aan de lijn krijgt, heeft ze al spijt. Mark neemt haar van alles kwalijk, al kan ze niet volgen waar hij het over heeft. Het enige waar ze iets aan heeft, is zijn advies om snel een taxi te bellen. Zijn doel: dan ben je eerder hier om de tweeling en de rest van het huishouden van me over te nemen. Ja, ja, oké, prima. Zonder dankjewel of groet drukt ze hem weg. Per omgaande belt ze de taxicentrale, want aan zo'n Ubertje begint ze liever niet. Op Google Maps kijkt ze gauw hoe de straat eigenlijk heet waar ze kan worden opgepikt.

73.

In Blankendaal komt Maudy op het idee om de ramp – want zo mag het van haar gerust genoemd worden – letterlijk op monumentale wijze te gedenken. 'We moeten het gevoel dat iedereen erbij heeft handen en voeten geven.'

'Je bedoelt dus een standbeeld?' Herbert houdt zaken graag concreet.

'Nou ja, ik dacht eigenlijk aan iets moderners, iets wat meer bij deze tijd past. Een sculptuur, heet dat zo? Een symbool waarin iedereen zich kan herkennen. We kennen vast wel iemand die iemand kent die zoiets kan maken. Sprak jij laatst niet iemand die een kunstenaar kende?'

Volgens Herbert kost moderne kunst erg veel geld. Te veel, als je het hem vraagt. Bovendien is het vervelende van moderne kunst dat je er de hele tijd tegenaan moet kijken. 'Kunnen we niet beter een gedenksteen plaatsen op de plek waar de Volvo door dat gammele hek van de Blijenbergs is geknald?'

'Hè bah, jongen, wat is dat nou voor lelijke taal ineens?'

Herbert hoort het niet of doet alsof. 'Maudje, denk eens na. Zo'n gedenksteen is erg praktisch, want daar heeft niemand last van. We moeten er alleen op letten dat hij zo geplaatst wordt dat oude mensen er in het donker niet over struikelen.'

'Ik heb 't! We doen het gewoon allebei. Een gedenksteen hier op de Hoge Duinweg – namens de buurt. En een artistiek verantwoord monument namens de hele Blankendaalse gemeenschap op een plek die iedereen verbindt.'

'Je bedoelt een kruispunt?' Dat leidt volgens Herbert alleen maar tot nog meer ongelukken.

Kunst verbroedert, werpt Maudy tegen. Het brengt de mensen dichter bij elkaar en geeft ze een positief gevoel.

Herbert schudt zijn hoofd bij zo veel naïviteit. Maar dan heeft hij ineens een lumineus idee. 'Een lichtsculptuur, wat dacht je daarvan? Ik heb ooit zo'n demonstratie gezien op de TU in Eindhoven. Knap staaltje werk. Als er iets is wat mensen een positief gevoel geeft, dan is het licht.' En, denkt hij erachteraan, het voordeel van licht is dat je het ook uit kunt doen.

Maudy is blij met zijn initiatief en vindt dat hij via de nieuwsbrief van de Bezorgde Blankendalers meteen een inzamelingsactie moet organiseren.

Herbert kruipt achter zijn laptop. VOOR DE VERKEERSSLACHTOFFERS tikt hij in capslock. In meervoud, ja, want als de gemeente volhardt in het onbeperkt toelaten van buitenlanders die hier in bestelbusjes vrij mogen rondcrossen, zal het niet bij dit ene meisje blijven. Dan zijn ook ouderen hun leven niet zeker. En vervolgens tikt hij: LICHT BRENGEN IN DUISTERE TIJDEN. Maudy kijkt over zijn schouder mee en moet een brokje ontroering wegslikken. Licht, dat is precies wat de geschokte gemeenschap nodig heeft.

Maudy en Herbert hebben zelf geen kinderen. Toch kan Maudy zich voorstellen hoe het moet voelen om er een te verliezen. In een ander leven heeft ze een serie miskramen gehad, waarna is komen vast te staan dat ze nooit een voldragen kind zou kunnen baren. Dit verborgen verdriet speelt mee in haar heftige beleving van het Blankendaalse verkeersdrama, dat voelt ze in alles. Herbert zit helaas anders in elkaar. Hij kan zulke gevoelens alleen in agressie vertalen, dat werkt bij hem nu eenmaal zo. Dan haalt hij de politiek erbij en dat ongezellige gedoe over buitenlanders. Daardoor hebben ze er samen nooit meer over kunnen praten. Wel heeft Herbert zich ontwikkeld tot een aartstrouwe hondenvriend. Dat is zíjn manier om ermee om te gaan. Als het aan hem ligt, hielden ze er een complete kennel op na. Maar voor haar is één hond voldoende. Een hond die alles voor je is en die alles voor je overheeft, dat is het mooiste. One is more than many. Daarom begrijpt ze het verlies van die ene dochter zo goed. Ach, ze heeft het arme kind wel een paar keer zien lopen op de Hoge Duinweg. Tenminste, als ze de goeie voor zich heeft. Ze had zelf ook een dochter willen hebben. Bijna heeft ze er zelf een gehad, trouwens. Zestien weken was het zieltje, al bijna een mens, het begin was er. Ze had verschrikkelijke buikkrampen gehad. Helse pijnen, die het haar deden uitschreeuwen van ellende. Weeën bleken dat achteraf te zijn geweest. De gebaarde foetus deed haar denken aan het dode babyeekhoorntje dat ze een keer in de tuin heeft gevonden, waarschijnlijk was het beestje uit zijn nest gevallen. Zij heeft haar bijna-kind ook uit haar nestje laten vallen – in de wc-pot nog wel. Ze heeft het er natuurlijk meteen uit gevist, ze was als de dood dat het nog leefde. Gek, ze was banger voor het idee dat haar babyeekhoorntje zou leven dan om het als dood ding te moeten zien. Herbert heeft de hele tijd niet durven kijken. Hij hield zijn blik stuurs op de grond gericht, weg van haar en van haar baarsel. Zijn afwerende reactie gaf haar de indruk dat ze tussen haar benen niet om aan te zien was, wat ze op dat moment maar negeerde. Die schade nam ze later wel op. Wat haar schokte, was dat ze had gebaard. Iets of iemand – dat wist ze niet precies. Daarom heeft ze bewust de tijd genomen om het dode bijna-mensje te bestuderen, om zich iets in te prenten, al ontging het haar wat dat zou moeten zijn. Ze kon niet eens zien of het een jongetje zou zijn geworden of een meisje. Een meisje, besloot ze. Ze had zo ontzettend graag een dochtertje willen hebben. Het dode lichaampje zag er zo vreemd uit, en toch moest ze huilen, heel erg zelfs. Ze werd er zelf door verrast. Haar huilbui gulpte eruit als een nageboorte. Daarna heeft ze haar net-niet-kind in een schone handdoek gewikkeld, een nieuwe nog wel, al vond Herbert dat zonde, en hebben ze het pakketje samen in de tuin begraven, in de bloemenborder aan de rand van het grasveld. In de eerste tijd erna was Herbert bevreesd om op de foetus te stuiten wanneer hij een gat moest graven om een nieuwe plant te poten. Ze heeft nog voorgesteld om er een lief grafsteentje te plaatsen, maar volgens Herbert hoort zoiets niet bij een naamloze, ongedoopte vroeggeboorte. Bovendien kunnen ze er last mee krijgen, beweert hij. Je kunt niet zomaar overal begraafplaatsen oprichten. Nu staat er op de bewuste plek een verweerde bezemsteel in de grond geprikt, die elk jaar weer zichtbaar wordt wanneer hun weelderige bloemenborder zich in de aarde terugtrekt voor de winter.

Het monument dat er moet komen, komt er ook een beetje voor haar, hun naamloze net-niet-kind. Zo ervaart ze dat. Een lichtsculptuur, licht in de duisternis. En zoiets bedenkt Herbert zomaar ineens. Die jongen blijft haar verbazen. Waar haalt hij het vandaan? Het idee dat er straks in Blankendaal, en misschien wel in hun straat, permanent een lichtje brandt voor hun eekhoornmeisje ontroert haar meer dan ze hem durft te tonen. Strikt genomen is het natuurlijk geen verkeersslachtoffer – maar wat maakt het uit? Niemand hoeft het te weten. Ze weten het zelf, en dat is haar genoeg.

74.

Mr. Holgersson-Verweij wil de zaak voor een meervoudige strafkamer brengen. Dat maakt de zaak vanzelf tot een Zaak, en dat is wat ze wil. Ze wil dat de hele gemeenschap er getuige van is. Gelet op de maatschappelijke onrust – en daar weet ze als inwoner van Blankendaal alles van – kan de kwestie onmogelijk pro forma door een politierechter worden afgehamerd. Dan lijkt het een gewone verkeersovertreding. Er moet recht worden gedaan aan de algemene verontwaardiging en het collectieve verdriet. De rechter-commissaris gaat daar totaal niet in mee. Hij vindt haar argumentatie onzuiver en getuigen van tunnelvisie. 'De uitkomst pleegt uit de omstandigheden te volgen. Bij u is het precies omgekeerd. U begint bij de uitkomst en zoekt de omstandigheden er vervolgens bij.' Nee, zelf ziet hij geen enkel concreet bewijs voor schuld ex artikel 6 van de Wegenverkeerswet.

Ze merkt dat het haar meer meesleept dan ze wil toegeven. Het irriteert haar dat de rechter-commissaris haar persoonlijke betrokkenheid heeft opgemerkt en haar daarvoor impliciet berispt. Ronduit onuitstaanbaar is het dat hij zelf alleen maar nuchterder en rationeler wordt, waardoor hij haar op paternalistische wijze degradeert tot het 'emotionele type' en zichzelf op het schild hijst als de op-en-top professionele jurist. Ze kende hem nog niet, deze Wigbold Sybrandi. Hij is hier tijdelijk toegevoegd vanwege Rosalie Vreedes zwangerschapsverlof. En ze vindt hem stante pede een paardenlul.

'Uit het forensisch onderzoek is geen aanwijzing voor opzettelijkheid of nalatigheid naar voren gekomen. Van roekeloos of anderszins onverantwoordelijk rijgedrag is niets gebleken. Gebruik van alcohol, medicijnen of drugs kon niet worden vastgesteld. Voorts was de snelheid van het voertuig opvallend laag. Dan is er het bedrijfsvoertuig van UPS dat mogelijk op roekeloze wijze de verkeerssituatie fataal heeft beïnvloed. Analyse van de diverse bewakingsbeelden heeft echter niet tot een eensluidende conclusie geleid. Het kan zijn dat de bestuurder van de zwarte Volvo heeft moeten uitwijken, maar dat wordt door de beelden niet bevestigd. De dodelijke afloop moet daarom worden verklaard uit een samenspel van een aantal ongunstige randvoorwaarden: het verwaarloosde hekwerk, de steile afgang en de daaruit voortvloeiende panieksituatie, waar de bestuurder zich redelijkerwijs niet op heeft kunnen voorbereiden. Dat de bestuurder heeft verklaard onwel te zijn geworden voorafgaande aan of ook ten tijde van het ongeval, kan niet door derden worden bevestigd. Overmacht – conform artikel 40 van het Wetboek van Strafrecht – kan derhalve niet ingebracht worden als strafuitsluitingsgrond. En artikel 39 – ontoerekeningsvatbaarheid – is hier sowieso niet van toepassing.'

'Dus?' Ze is erbij gaan staan.

De licht kalende mr. Wigbold Sybrandi kijkt haar verbaasd aan, een beetje verstoord, zoals een leraar een domme leerling opmerkt die hem voordien niet was opgevallen. Vervolgens herneemt hij zijn mansplaining: 'Dus als u de bestuurder van de bewuste Volvo wilt dagvaarden, kan dat het beste op grond van artikel 5 van de Wegenverkeerswet, waarbij zal moeten worden aangetoond dat er op enigerlei moment sprake is geweest van onoplettend en dus verwijtbaar rijgedrag.'

'Dat levert hoogstens een gevangenisstraf van een halfjaar op! Met aftrek wordt dat vier maanden. Vier maanden maximaal!'

'Dat klopt. De jurisprudentie neigt naar voorwaardelijke hechtenis, geldboetes en taakstraffen.'

'Belachelijk.'

'U mag dat belachelijk vinden, maar de mate van verwijtbaarheid in deze casus biedt volstrekt geen aanknopingspunten om forse vrijheidsstraffen te eisen.'

'En als ik mevrouw Grace Rainville tóch dagvaard op grond van artikel 6, wat gaat u daartegen ondernemen?' Niets, niets, niets, zingt het in haar hoofd. Daar kun je lekker niets tegen doen.

'Dat zou hoogst speculatief zijn.' Hij lijkt even van zijn à propos, maar hervindt terstond zijn dorre, licht kalende zelf. 'Het is niet verboden natuurlijk. Het is uiteindelijk aan de rechtbank om hierover te oordelen. Toch raad ik u aan de onderzoeksresultaten nog eens goed tegen het licht te houden en uw hand niet te overspelen.'

75.

Dus toch.

Dat is wat Grace denkt wanneer de gerechtsdeurwaarder haar naam controleert en haar vervolgens de dagvaarding ter hand stelt. Spreekt u Nederlands? Hoort ze dit goed, vraagt hij dit echt? Is ze een vreemdeling geworden in haar eigen leven? Dit moet over de andere Grace gaan, haar naamgenoot die tijdens haar afwezigheid iets vreselijks heeft gedaan. Grace R. De man vraagt of ze de enveloppe wil openen en in zijn bijzijn de inhoud wil voorlezen. Jezus, hij denkt niet alleen dat ik een moordenaar ben, maar ook nog eens analfabeet. Wat een aannames allemaal. Ze wil hem dolgraag zijn ongelijk inpeperen. Alsof het een eerste leesrepetitie voor een nieuw theaterstuk betreft, zo scant ze de tekst en leest de zinnen à vue. Ze is het niet zelf, het is de ander die het van haar overneemt – zoals Gé van Osch het haar op de academie heeft geleerd. Trefwoorden lichten op, andere zinsdelen blijven grijs en onzichtbaar. Dagvaarding. Arrondissementsparket. Verkeersongeval. Ze leest het, hier uitglijdend over een lange bijzin en daar struikelend over woorden die ze niet heeft zien aankomen. Dood van een persoon. Schuld. Elk trefwoord is een klap in het gezicht. Tussendoor worstelt ze met een jargon dat ze zich eigen moet zien te maken. Ze speelt de hoofdrol in de film van haar leven. Starring Grace Rainville *as* Grace R. – de première nadert.

De deurwaarder weet genoeg. Hem heeft ze voldoende overtuigd met haar geïmproviseerde vertolking. Als u hier even uw handtekening wilt zetten. Het signeren van het exploot voelt als de act van een celebrity. De man dankt haar beleefd, wenst haar succes met de behandeling van haar zaak en verdwijnt als silhouet in het trapgat. Ze blijft wachten tot de voetstappen zijn weggestorven en de voordeur in het slot is gevallen. Dan pas stapt ze terug haar appartement in.

Daar begint het bibberen dat niet meer ophoudt. Zo bang is ze, zo bang is ze nog nooit geweest. De dagvaarding leest als een vonnis. Haar eigen taal is haar afgenomen. Spreekt u Nederlands? Goede vraag. Ze is hertaald en terechtgekomen in een land waar ze zichzelf niet meer is. Hoe langer ze met die brief in haar hand staat te trillen, hoe minder ze er nog van snapt.

Ineke Wals neemt niet op, dus appt ze haar, met het verzoek zo snel mogelijk te bellen. Dagvaarding, tikt ze, met een uitroepteken. Dacht ze, maar het wordt een komma. Haar duimen zijn duidelijk nog niet aan deze refurbished Samsung Galaxy gewend.

Antwoord: 'Zit in rechtbank. Bel je zsm.'

Omdat ze iemands geruststellende stem nodig heeft, hoe dan ook, belt ze, want ze weet zo gauw niemand anders, Gertjan Hoek. Die zit midden in een opname, maar over een uur heeft hij wel tijd, dus als ze naar de studio wil komen, dan zal hij er graag naar kijken.

In een opwelling toetst ze het nummer van Dave, maar als hij opneemt, heeft ze direct al spijt. Voordat ze iets heeft kunnen zeggen, is hij haar al aan het uitfoeteren. Hij neemt haar van alles kwalijk, snapt niet dat ze zijn hulp versmaadt en liever 'een of ander obscuur pro-Deoschnabbelaartje' in de arm neemt, terwijl hij voor haar niemand minder dan mr. Ron de Vooys heeft kunnen regelen. Lekker bezig, meissie. En hem dan nu bellen en zeuren over een dagvaarding. Wat moet hij daar nou weer mee? Hij heeft haar 'hele fucking' appartement geregeld, hij betaalt zich 'scheel' aan hun kleine, hij onderhoudt haar als een... een... hij heeft haar godbetert zijn SUV gegeven, en kijk wat ze ermee heeft gedaan. En zo gaat het maar door. Grace weet niet hoe ze hem moet stoppen. Ten slotte verzint ze dat er een ander belletje doorheen komt dat ze móet aannemen. 'Sorry, Dave, ik bel je straks wel even terug.'

Buiten, door het open raam, klinken lome stadsgeluiden, maar in haar hoofd stormt de sprakeloosheid.

Ze is bang dat niemand haar nog kan helpen. Langzaam wordt haar leven overgeschreven in een taal die te moeilijk voor haar is. Het enige waar ze goed in is, is de schijn ophouden. Daarom heeft ze actrice willen worden. Ze heeft het liefst iemand willen zijn die ze niet echt hoeft te zijn. Zichzelf spelen, zich voordoen als iemand die voor haar moet doorgaan. En intussen buiten schot blijven. Maar die opzet is mislukt. Het zijn elke keer anderen die er met haar vandoor gaan – haar maken en vervolgens breken. Maar niet eerder was het zo bedreigend als nu. Wat gebeurt er met Norah als zij de gevangenis in moet? Die gedachte maakt haar gek. Ze wil het niet denken, ze moet uit die gedachte zien te ontsnappen – maar hoe? Geanonimiseerde instanties maken nu de dienst uit in haar bestaan. Daarom zit ze te bibberen, daarom houdt het bibberen niet op.

76.

Eindelijk neemt Ineke Wals contact met haar op. Hèhè, gelukkig is er een levend iemand om zich aan vast te klampen. Ik word helemaal gek, ik heb het gevoel dat ik uit elkaar val. Ze weet niet of ze het zegt of alleen denkt. Ineke gaat er in elk geval niet op in. De dagvaarding, wil ze weten, wat staat daarin? Waar heb ik 'm, verdomme, waar ligt dat ding? Haar vingers trillen, ze moet het document plat op de tafel drukken om het te kunnen voorlezen.

Net als bij de deurwaarder wil ze er een heel kunstwerk van maken, van haar performance, maar daar is de raadsvrouw niet van gediend. 'Kom op zeg, het is geen toneelstuk. Lees nou maar gewoon de datum waarop we moeten verschijnen, de rechtbank en het delict dat je ten laste wordt gelegd.'

Wanneer ze gedaan heeft wat haar is opgedragen, blijft het stil aan de andere kant. 'Hallo?'

'Ja, ik denk even na.'

‘Is het zo erg?’

‘Erg? Nee, niet erg. Het is vreemd. Maar het is beter als je naar mijn kantoor komt. Dan praten we er rustig over door. Ik kan vanmiddag om vier uur tijd voor je vrijmaken.’

Grace denkt: dan heb ik net Noor van school gehaald. Die is dan doodmoe van alle indrukken en moet vast enorm bijkomen. Maar goed, dan neem ik haar wel mee. ‘Is het goed dat ik Norah meeneem, mijn dochtertje? Ik kan met haar anders geen kant op.’

‘Prima. Dan zie ik je vanmiddag.’

Als ze heeft opgehangen, leest ze de dagvaarding nog eens door met Inekes ogen, op zoek naar wat er vreemd aan zou kunnen zijn. Wat haar betreft is de hele dagvaarding vreemd, maar er is dus iets wat extra vreemd zou moeten zijn. Ze leest de dreigende woorden. Ze brengen geen betekenis, alleen angst en een gevoel van nietigheid. Gelukkig heeft Ineke gezegd dat het niet iets ergs is, hoewel het nu juist wél zo voelt. Ze heeft zin om in bed te kruipen, maar daarvoor is ze te zenuwachtig. Ze begint warempel alweer te bibberen. Het is alsof er binnen in haar iemand gevangenzit die zich naar buiten probeert te wurmen.

Op tafel zoemt haar smartphone. Appje van Gertjan Hoek. Hij heeft een opname afgezegd om haar te kunnen bijstaan. De lieverd. Soms is hij wel eens too much, maar op dit moment houdt ze van hem.

Ze wil hem niet bij haar thuis hebben, maar ze wil ook niet het hele eind naar zijn studio komen, dus spreekt ze af in een populaire tent in de buurt van Norahs basisschool. Dan kan ze daarna meteen door naar het kantoor van Ineke.

Als ze aan komt wandelen, zit Gertjan er al. Binnen natuurlijk, echt iets voor hem. Alsof hij doodsbang is dat de zon hem zal uitlachen.

Nu komt dat lichtschuwe gedrag haar goed uit. Ze begrijpt ook niet goed waarom ze uitgerekend deze plek heeft gekozen. Café

Buitenzorg hoort bij haar vorige leven, toen haar bestaan net zo easy was als dat van die zelfbewuste jonge vrouwen hier die zich quasiongeïnteresseerd laten strelen door het bewonderende zonlicht.

'Dat is een tijd geleden. Je ziet er fantastisch uit, Grace. Ik kan niet anders zeggen.'

'Dank je, maar dat is niet hoe ik me voel.'

Ze gaat zitten, zet haar leren schoudertas naast zich, overweegt de dagvaarding eruit te halen, doet het niet. Terloops monstert ze zijn onverzorgde uiterlijk, waar ze ook nu weer even van schrikt. Wast hij zijn kleren eigenlijk wel eens? Het maakt allemaal geen aangename indruk. Zijn lichaam lijkt hem niet aan te gaan. Dat staat buiten hem. Hij heeft zichzelf ergens verstopt op een geheime locatie binnenin.

Het valt haar op dat hij nerveuzer is dan anders. Hij staat op, gaat weer zitten, staat opnieuw op om 'gemberthee, toch?' voor haar te bestellen.

Het irriteert haar, die onrust. Zij zou de nerveuze van de twee moeten zijn. Hem waardeert ze juist om zijn nuchterheid en zijn onverstoorbare optimisme. Om die reden heeft ze hem gebeld, om mogelijkheden te horen en onvermoede kansen – niet om zijn handje vast te moeten houden.

'Laat die dagvaarding eens zien, als je wilt.'

Ze ziet dat zijn vingers trillen als hij het document van haar aanneemt. Jezus, dat maakt haar óók ongerust.

'We wisten dat dit eraan zat te komen,' probeert ze. Zit ze verdorie hém gerust te stellen.

'Hoezo wisten we dit?' Hij kijkt verstoord op van zijn lectuur. Het is niet helemaal duidelijk of hij boos is op de dagvaarding of op haar naïviteit. 'Ik schrik hier toch behoorlijk van.'

Van zijn schrik schrikt zij op haar beurt ook. Het maakt haar stil. Ongeduldig poert ze met het papieren rietje tussen de gemberschijven. Af en toe werpt ze een bezorgde blik op de lezende Gertjan. Ze schat dat hij de dagvaarding inmiddels al minstens twee keer heeft kunnen doornemen.

'Volgens Ineke is het niet iets ergs.'

Gertjan lijkt haar niet te horen, zo ingespannen is hij aan het lezen. Ze voelt zich schuldig dat ze zelf de dagvaarding zo oppervlakkig heeft gelezen.

Op zijn smartphone googelt hij iets wat hij kennelijk wil checken. Hij leest voor: '...of een maximum gevangenisstraf van drie jaar indien een ander bij het verkeersongeval om het leven is gekomen. Drie jaar, Grace, dat is verdomme niet niks, hè? Ze willen je pakken op artikel 6. Dat betekent dat ze ervan uitgaan dat je schuldig bent aan de dood van dat meisje.'

Grace valt helemaal stil. Ze had gehoopt dat hij zou beginnen over de UPS-bezorger die ze op camerabeelden hebben teruggevonden en die haar zo'n beetje van de weg gereden schijnt te hebben. En anders had hij kunnen beginnen over haar black-out en haar opname in het ziekenhuis. Hij had zoveel kunnen zeggen om haar gerust te stellen. In plaats daarvan zit hij net zo stil en verdoofd voor zich uit te kijken als zij.

'Ze moeten het natuurlijk nog wel zien te bewijzen,' zegt hij ten slotte.

Dat is ook wat Ineke zegt als ze tegenover haar zit. De advocate probeert zich niet te ergeren aan Norah, die op de nieuwe smartphone van haar moeder een spelletje speelt dat onophoudelijk elektronische geluidjes produceert.

'In mijn ogen neemt de aanklager met artikel 6 een groot risico. Men zal op zijn minst aanmerkelijke onachtzaamheid of onoplettendheid moeten kunnen aantonen. Dat zal niet eenvoudig zijn.'

'Maar waarom doen ze het dan toch?'

'Dat weet je nooit. Een reden kan zijn dat het Openbaar Ministerie tegemoet wil komen aan de verontwaardiging die in de maatschappij is ontstaan. Het gaat om de dood van een klein kind, dat roept altijd heftige emoties op. Een andere reden kan zijn, en dat is zorgelijker, dat het OM over bewijs beschikt dat wij nog niet kennen.'

Grace wordt gek van het elektronische gepiep naast haar en grist de telefoon uit Norahs handjes. Even is het kind te verbouwereerd, maar al snel besluit het om keihard te gaan huilen.

Onmiddellijk heeft Grace spijt van haar onbeheerstheid. Na een verontschuldigende blik in de richting van Ineke trekt ze Norah bij zich op schoot en plaatst ze voorzichtig honderd of duizend kleine kusjes in het door en door vertrouwde kinderhaar, terwijl de kleine meid op de telefoon haar spelletje alweer heeft teruggevonden.

Ik zou zelf ook wel keihard willen huilen, denkt Grace. Maar in plaats daarvan luistert ze naar Inekes uitleg en probeert ze te begrijpen dat ook een strafzaak een spel is dat je kunt winnen als je het goed speelt en zult verliezen als je de spelregels niet op de juiste wijze weet toe te passen. Ze wil al die absurde termen en begrippen onthouden, want ze beseft dat haar eigen leven en daarmee ook dat van Norah op het spel staat. Een of andere idiote zinswending vol moeilijke woorden uit artikel zoveel zal hen moeten gaan redden.

Ineke is opgestaan om haar naar de deur te begeleiden. Ze zegt dat ze alle bewijslast bij de rechtbank zal opvragen, zodat ze er samen eens kritisch naar kunnen kijken. 'Tot nu toe verdient het onderzoek van het OM niet de schoonheidsprijs. Dat is in ons voordeel. Ik zal ook de officier van justitie eens natrekken. Ze maakt op mij voorlopig een niet al te sterke indruk. Nou, Grace, het is een heleboel tegelijk, hè? Maar we gaan er het beste van maken. Vergeet niet: het is aan hen om aan te tonen dat jij ook anders had kunnen en moeten handelen. Kom maar op, zeg ik daarom tegen de aanklager, laat het maar eens zien.'

Ze wil Grace een hand geven ten afscheid, maar die omhelst haar in een opwelling. Het is meer een vastklampen. Dat merkt ze als ze haar advocaat weer loslaat en duizelig naar een houding tast.

Pas wanneer Noor aan haar hand trekt, weet ze weer wie en waar en waarom.

77.

Die avond laat ze Norah bij zich in bed slapen. Ze kijken samen naar *Planet Earth*, want daar worden ze allebei zo rustig van. Het komt door de vertelstem van Sir David Attenborough. Die stem is bezwerend, verslavend. Hij lokt je mee het oerwoud in. Noor verstaat geen Engels, maar aan de vaderlijke toon heeft ze genoeg. Net als de dieren, die wonderbaarlijk op hun gemak zijn met hem in de buurt. De natuur van Sir David Attenborough is het paradijs, waar het volmaakt was tot de mens zich ermee ging bemoeien. In *Planet Earth* komen gelukkig geen mensen voor – behalve Sir David natuurlijk, maar die is daar meer als een soort Here God. Naar zo'n wereld snakt Grace momenteel.

Als de vliegende eekhoorns van hun ouders leren vliegen, ligt Norah al diep te slapen.

Deze twee dingen: het slapende kinderlijfje tegen zich aan en de stem waarmee de ongerepte natuur bij monde van Sir David tot haar spreekt, zijn haar genoeg. Ze verleiden haar met de illusie dat de wereld klopt en dat al het getob en getwijfel slechts misverstanden voortbrengt die afleiden van het juiste pad door de jungle.

In de dierenwereld van *Planet Earth* bestaat geen schuld en dus ook geen straf. Alles heeft een reden, alles is ergens goed voor. De dood van de een betekent leven voor de ander, de natuur gaat maar door en blijft maar gaan. Alleen de mens is in staat dit te verpesten. Schuld is de mens eigen. Soms lijkt het wel alsof de schuldige mensheid generatie na generatie steeds nieuwe zonden zoekt, in een pervers verlangen naar straf. Aldus wordt de schuld gestaag vermeerderd. Het is een weg die doodloopt op een deur die niet meer open kan. Pas wanneer de wil van de mens gebroken zal zijn, kunnen de planten en dieren opgelucht ademhalen. Daarom is het zo geruststellend om naar natuurfilms te kijken. Zelfs als het slecht afloopt, komt het uiteindelijk allemaal goed. Ooit zal de natuur de mensen verdrijven en zullen de dieren overwinnen. De Here God wist het al en Sir David Attenborough weet het ook: zonder de mens en met het rijk aan de dieren zou de aarde een perfecte plek zijn geweest, een plek waar zelfs de dood ergens goed voor is.

Zo schieten haar gedachten alle kanten op zonder ergens uit te komen. Ze zou willen dat haar gedachten haar meenamen naar hun mysterieuze verdwijnpunt, maar ze laten haar gewoon achter op de plek waar ze al is. Het zweterig makende warme lijfje dat tegen haar aan gekropen ligt, maakt het steeds lastiger om nog een lighouding te vinden. Toch wil ze de intimiteit niet verbreken. Hier, in de beschutting van haar slapende kind, dit schuldeloze mensendiertje, is ze veilig.

Maar met het wakker liggen groeit de onrust en de onrust wakkert aan tot paniek. Het klamme zweet breekt haar uit, ze krijgt geen adem, het is of er een dikzak op haar borstbeen is neergeploft. Ze moet, ze kan niet anders, ze moet Norah wel wakker maken. Zonder dat ze er greep op heeft, schiet ze overeind. Alles aan haar dwingt haar tot bewegen, alsof er iets of iemand in haar klem zit, iemand die zich in een radeloze ontsnappingspoging uit haar los wil spartelen. Tot haar verbazing kijkt Norah alleen even op en slaapt dan verder. David Attenborough, achtergebleven op *Planet Earth*, zanikt maar door op een wijze die haar ineens tot gekmakends toe irriteert. Ze klikt de film weg en loopt naar het open raam, om zich te laten afkoelen door de avondlucht en zich te laten afleiden door de onbestemde stadsgeluiden die verlost van hun betekenissen loom door haar straat komen drijven. Ze denkt aan de vrouw die hier was en die ze vanuit het raam heeft nagekeken totdat ze niet meer te onderscheiden was van andere mensen. Waarom vermijdt ze toch steeds haar naam? Om haar niet toe te laten misschien, om haar te kunnen laten verdwijnen tussen de andere mensen, ook naamloos, ook voorbijgaand. Maar Tessel Blijenberg gaat niet weg. Ze is levensgroot aan haar verschenen, het beeld is niet meer uit haar geheugen te wissen. Ze is gekomen, dat voelt ze heel duidelijk, om haar dochter te wreken en Norah van haar af te pakken. De manier waarop ze naar d'r keek, haar in zich opnam, het is haar niet ontgaan. Maar nu pas, nu ze zelf officieel verdachte is van een misdrijf, dringt het tot haar door hoe reëel die bedreiging is en dus hoe bedreigend deze realiteit. Ze heeft iemands kind doodgereden en nu gaat het gerecht voor straf haar kind van haar afpakken. Haar kind zal haar rechtmatig worden afgenomen omdat ze in de gevangenis niet bij machte zal zijn het te verzorgen en op te voeden.

Verschrikt draait ze zich om, alsof ze iets vergeten is. De smakgeluidjes van de slapende Norah, op haar ruimtereis naar de volgende ochtend: gelukkig, alles is oké.

En net als ze dat denkt, beseft ze met verbijsterende helderheid wat ze heeft aangericht.

78.

Mark staat op het punt aan boord te gaan van zijn 777 naar Dubai als Reinout van Eekeren hem belt met het nieuws over de strafzaak. 'Artikel 6 van de WVW, Mark, dat is geen kattenpis. Het kan wel eens heftig worden. Die officier van justitie ken ik. Jij misschien ook. Mijke Verweij, nou ja, officieel Holgersson-Verweij, ze woont bij jou in het dorp. Ze hockeyt volgens mij ook bij die club van jullie. Pittige tante, als je 't mij vraagt. Tjonge, die gaat hier toch effe meteen voor de kill. Aanmerkelijk verwijtbaar gedrag, Mark. Dat betekent dat we straks bij een civiele procedure nog sterker staan dan we sowieso al stonden.'

'Ja, jongen, goed om te horen dat er schot in de zaak komt. Weet je, misschien kun je beter even Tess bellen, ik sta hier net te boarden. Ik ga het in het vliegtuig rustig op me in laten werken. Artikel 6 WVW, zei je. Ik ga het opzoeken. Zodra ik in Dubai ben, bel ik je. OK bye bye, see you.'

Reinout knikt alsof de ander hem kan zien en verwerkt bedremmeld de verbroken verbinding. Hij had op iets meer enthousiasme gerekend, eerlijk gezegd. De zwaarte van de tenlastelegging is toch een enorme meevaller, zou je zeggen. Enfin. Dan bellen we haar maar. Er zit niets anders op, ofschoon 'Reintje Vos' zich bepaald niet op zijn gemak voelt bij haar. Hun vorige gesprek liet hem achter met het katterige gevoel keihard een blauwtje te hebben gelopen.

Tessel zit inderdaad niet op hem te wachten. Het is van het begin af aan Marks idee geweest om een advocaat in te schakelen, en dan ook nog eens met opzet zo'n loser – alleen maar omdat hij per se niet iemand wilde van zijn eigen niveau en uit zijn eigen kring. Ik moet aan m'n reputatie denken. Ze hoort het hem nog zeggen. Hij verliest zijn dochter en het eerste waar meneer aan denkt, is gezichtsverlies. De grote wereld mag niet weten wat hij hier privé allemaal zit uit te spoken. Hij schaamt zich, Mr. Blijenberg LLM schaamt zich voor zijn *peers*. Toch hoort ze mr. Kneus Tweede Keus beleefd aan, want ze wil alles weten van het onderzoek, hoe pijnlijk het ook voor haar is. Net als toen ze het mortuarium in ging om bij Pip te kunnen zijn, hoe toegetakeld haar liefste ook was, dat maakte niet uit, ze moest er zijn, ze moest haar zien, ze moest het weten.

Mr. Reintje Vos heeft echter niks nieuws over het onderzoek te melden. Hij heeft het uitsluitend over Grace Rainville en de straf die haar boven het hoofd hangt. Drie jaar, beweert hij, waarvan twee jaar effectief achter slot en grendel.

Ze denkt aan het dochtertje van de ander, aan het stemmetje waarin ze heel even Pip meende te horen. Ze dacht toen dat ze niet jaloers was, maar ze was het wel degelijk, ze was stikjaloers en dat is ze nog steeds. Niet dat ze dát kind zou willen, alsjeblieft. Nee, ze is jaloers op de vanzelfsprekende innigheid die er tussen die twee was en die door haar komst onderbroken werd, gecamoufleerd, weggemoffeld, verborgen. Ze weet zeker dat Grace Rainville, zodra ze haar had uitgezwaaid, haar lieveling heeft opgetild en haar stevig in haar armen heeft geklemd om de twee-eenheid van moeder en dochter te herstellen. Wees maar niet bang, liefje, de boze mevrouw is weg, nu zijn we weer samen. Tessel ziet het voor zich zoals een bedrogen echtgenote haar man voor zich ziet in de slaapkamer van zijn minnares. Jaloers, ja, dat mag je wel zeggen.

Ze vraagt hem of hij weet wat er in het geval van een veroordeling met het kind gebeurt, maar dat weet hij niet. Heeft ze dan een kind? Dat vraagt hij echt. 'Ik zoek het graag voor je uit,' zegt-ie ook nog. 'En als er verder nog iets is, laat het me weten.'

79.

Ze moet eraan geloven, Grace weet het, ze moet de kinderdoodster in zichzelf omarmen, zich dat verborgen ik eigen maken, haar óók worden. Dat is de weg die ze moet gaan, want dat is de weg die ze is ingeslagen, buiten haar medeweten om weliswaar, maar toch, het is nu haar weg. Wat je ook ter verdediging aanvoert – of het nou een rondscheurende bestelbus is of een mysterieuze black-out, voortkomend uit een onverklaarbaar medisch defect – het feit is en blijft onweerlegbaar. Haar verschijning in die tuin heeft een kind het leven gekost. Ze probeert het te geloven, want ze wil in waarheid leven, maar het lukt haar niet zich met het verhaal te verbinden. Ze komt er heel dichtbij, dat wel, maar zodra ze het kan aanraken, deinst ze ervoor terug. *Nee, ze is het niet.* Ze bestaat uit twee helften en zelf is ze beland in het onschuldige deel.

Volgens Ineke komt het zelden voor dat daders zich met hun daad kunnen verbinden. 'Het moet een ander zijn geweest, er is een vergissing in het spel, personen zijn verwisseld geraakt – noem de uitvluchten maar op. Je leven is een constellatie van verhalen die je van anderen hebt gehoord, wen er maar aan, het begint bij je ouders en het houdt nooit meer op, straks is het voor jou weer de rechter, het is een net dat steeds steviger om je heen geknoopt wordt, maar de meeste mensen blijven hardnekkig volhouden dat hun leven slechts dat ene verhaal is dat ze zichzelf hebben wijsgemaakt.'

'Dank je, Ineke, dat je zo in me gelooft.'

'Het is niet belangrijk wat ik geloof of wat jij gelooft of wat de officier van justitie gelooft, het gaat erom wat de rechters zullen geloven. Die moeten we zien te overtuigen. Of in ons geval: zien te verwarren. De daad valt immers niet te ontkennen, maar wel de weg ernaartoe. Herinner je je echt helemaal niks? Zijn er in de tussentijd geen flarden teruggekomen?'

'Ja,' zegt Grace, 'soms zie ik die bruine bestelbus van UPS voor me, maar dat kan ook komen doordat iedereen het er steeds over heeft. En als ik aan die bocht en die villa van Tessel Blijenberg denk, zie ik voor me wat ik heb gezien toen ik samen met Gertjan naar die plek ben teruggereden. Een nachtmerrie, een hel – niet voor te stellen. Ik word al misselijk als ik eraan probeer te denken. En toch kan ik het niet tegenhouden: ik moet het voor me zien, ik moet het allemaal tot me door laten dringen.'

Het is mijn straf, denkt ze. Ik verdien het te weten wat ik die mensen heb aangedaan.

'Als ik aan die moeder denk – die bij me thuis is geweest, dat wist je, hè? dat Tessel Blijenberg bij me thuis is geweest. Als ik aan haar denk, voel ik me zó schuldig, zo vreselijk schuldig. En toch. En toch blijft het alsof het over iemand anders gaat. Ik was daar ook nog nooit geweest, weet je, ik moet verkeerd gereden zijn, vandaar. Anders zou ik daar nooit zijn uitgekomen, zegt Dave, want waar hij woont, is een heel andere route.'

'Je moet nu alleen aan jezelf denken, Grace. Dit is een strafzaak, dit gaat om jou. Om jou en om Norah, vergeet dat niet.'

'Ik denk aan niks anders. Ik kan er 's nachts niet van slapen.'

'We gaan er alles aan doen om hier goed uit te komen. Het is daarom belangrijk dat je geen dingen gaat zeggen die je niet zeker weet. Over het ongeluk kun je beter je mond houden. Laat het maar aan hen over. Zij moeten het bewijs leveren. Zij moeten aantonen hoe het is gebeurd.'

Maar, denkt Grace, het kan toch niet zo zijn dat ik straks onschuldig word verklaard? Dat de rechter straks zegt dat ik er niets aan kon doen? Iemands kind doodrijden en dan sorry zeggen, sorry hoor, beste mensen, ik kon er niks aan doen. Ze denkt het, maar ze zegt het niet, want ze weet dat ze allang voor haar eigen kind heeft gekozen. Wanneer haar schuld iets opzettelijks zou krijgen, dan zou dat het voor die mensen alleen maar erger maken. Nu is het per ongeluk gebeurd, een noodlottige samenloop van omstandigheden, zoiets als een vreselijk onweer of een overstroming. Toeval, overmacht. Het lijkt haar voor de ouders erger dat hun kind is doodgereden door iemand die nalatig is geweest, iemand dus die het had kunnen voorkomen, maar die het toch heeft gedaan. Haar onnozelheid ontlast iedereen, hoopt ze. En toch ziet ze het haarscherp voor zich, helder als een film: hoe haar auto het meisje aanrijdt en met het rechtervoorwiel op het tere lijfje tot stilstand komt. Een hobbel, ze voelt duidelijk een hobbel. Duizelig wordt ze ervan, misselijk, ze weet niet waar ze moet blijven. Ze heeft het zelf niet gezien, ze heeft het zelf niet geweten. Maar het valt onmogelijk nog ongedaan te maken.

'Is er iets?' vraagt Ineke.

80.

Vanuit zijn hotelkamer in Dubai – uitzicht op de jachthaven in de diepte en op de skyline in de verte – overlegt Mark met Tessel, dat wil zeggen: hij legt haar uit hoe hij de strafzaak voor zich ziet. De mogelijkheden, de consequenties van een en ander. Het is voor hem een schaakspel op verschillende borden. Tessel vindt hem weerzinwekkend als hij zo doet. In andere gevallen zou ze hem erom bewonderen, zijn vermogen om door te stoten naar de kern, om in een troebele situatie niet te aarzelen en direct het goud op te vissen, maar nu het om Pip gaat, vindt ze het walgelijk. Hoe kan hij zo berekenend zijn? Alsof het haar iets kan schelen of er een schadevergoeding wordt vastgesteld. Zulk geld wil ze niet eens aanraken.

Ze denkt aan het dochtertje van Grace Rainville, Dora, en ze hoort weer het schattige stemmetje, zo vertrouwd dat het haar gek maakte van verlangen. Ze wist zeker dat ze Pip hoorde. Het is onzin natuurlijk, dat beseft ze ook wel, maar het idee om dit kleine meisje via haar moeder pijn te moeten doen lijkt haar onmenselijk. Hoe kan iemand dit van haar vragen: het verlies vergelden door ergens anders een dochtertje en een moeder te straffen door ze van elkaar te scheiden en ze van elkaar te laten vervreemden? Dat is te barbaars voor woorden.

Toch begint ze er niet over tegen Mark. Ze schaamt zich ervoor dat ze Grace Rainville heeft opgezocht. Ze schaamt zich in zíjn ogen. De moordenares van je dochter, hoe kun je! Ze hoort het hem al zeggen. En vervolgens wordt ze overruled met een eindeloos juridisch verhaal, waarin hij uitlegt hoe slecht dit is voor 'onze zaak'. Als hij zo begint, duikt ze maar liever weg in haar eigen gedachten. Het is beter om hem niet tegen te spreken. Anders duurt het nog langer.

Soms begrijpt ze zelf ook niet waarom ze naar Grace Rainville toe is gegaan. Het was gemakkelijker om haar op afstand te objectiveren. Haar van alle ellende de schuld geven en haar vervolgen tot in de diepste kringen van de juridische hel. Maar gemakkelijker voor wát? Iemand de schuld geven, vergelding zoeken, het kan, maar het lost niets op. Haar eigen schuld wordt er niet door opgelost, net zomin als die van Mark. Waarom is ze dan naar Grace Rainvilles huis gegaan? Ze wilde weten wie degene is die het op haar geweten heeft, inderdaad, dat klopt. Ze haatte deze onbekende, ja, dat klopt ook. Ze wilde de waarheid weten. De vraag is alleen: welke waarheid? Hoe meer ze te weten komt, des te ingewikkelder het wordt. Voor Mark geldt dat niet. Mark is een probleemoplosser. Voor hem is het A of B. Het een of het ander. Maar nooit allebei tegelijk. Iets is goed of iets is fout. Wat fout is, moet eerst worden geïsoleerd en vervolgens geëlimineerd. Hij onderstreept en hij streept door. Zo schakelt hij een voor een de overbodige factoren uit en kan de toekomst overzichtelijk blijven. Maar wat voor toekomst is dat, als Grace Rainville in de gevangenis belandt en haar dochtertje uit huis wordt geplaatst? Ach, die adorable Dora, dat snoetje, dat schatje. Als ze daaraan denkt, is het alsof ze Pip om hulp hoort roepen. Maar Pip zei niks, ze gaf geen kik. Ze lag daar alsof ze het al niet meer zelf was. Tessel begrijpt niet dat ze dat echt gezien heeft, dat heeft kunnen zien. Ze geloofde haar eigen ogen niet. En nu kan ze het niet meer vergeten. Vaak lukt het haar niet meer achter de dode Pip de levende terug te vinden en lijkt het alsof ze enkel nog de moeder van een dood en verminkt dochtertje is. Zeker, ook zij wil weten wie er achter het stuur heeft gezeten en hoe de werkelijkheid zo heeft kunnen ontsporen. Wat het ook moge zijn, de waarheid is het niet. Het is niet meer dan het zoveelste dwaalspoor dat haar steeds verder van Pip vandaan leidt, van de levende bedoelt ze. Hoe intensiever ze zoekt, des te verder ze achteropraakt. De tijd stuurt haar met duizelingwekkende snelheid onafwendbaar de verkeerde kant op. Ze is bang dat ze al iemand anders geworden is en Pip ook. De angst haar niet meer te herkennen als ze op een dag mocht terugkeren. Want ergens moet ze nog zijn, haar vrolijke, levende Pippeloentje. Tegen beter weten in wacht ze nog steeds op haar, ze wacht op het magische moment dat duidelijk wordt dat het allemaal een vergissing blijkt te zijn geweest. In een flits is alles duidelijk. Pip blijkt al die tijd gewoon thuis te zijn geweest, het is haast niet te bevatten en toch is het zo. Op een ochtend komt ze doodleuk haar kamer uit gewandeld, alsof het een ochtend is als alle andere. Maar nu nog niet, nu moet ze het tijdelijk doen met de stem van de dochter van degene die – met Dora dus. Als er iets op de ziel lijkt, is het de stem. Ze huist binnen in het lichaam, maar ze kan ook los van het lichaam bestaan, zelfstandig resonerend in de akoestische ruimte. Het is welhaast zeker dat ze de stem van Pip heeft gehoord, al duurde het maar één of twee seconden en was het een begoocheling. Dat het een ander kind was dat sprak, doet er niet toe. Voor haar is het een aanwijzing dat Pip ergens nog moet zijn. Ergens waar het verstand vooralsnog niet kan komen, maar het gevoel al wel.

Als Mark klaar is met zijn vertelgesprek, hangen ze op, dat wil zeggen hij hangt op en zij hangt ook op. Dag Mark, zegt ze tegen de dode telefoon in haar hand. Doei, Dubai.

81.

Ineke bestudeert het opsporingsonderzoek met stijgende verbazing. Ze blaast bij het lezen af en toe tussen haar tanden door. Het is haar een raadsel hoe het OM te werk is gegaan. Het lijkt alsof eerst de schuldvraag is beantwoord en dat daarna pas is gezocht naar bijpassende feiten. Het arrest van de Hoge Raad is echter glashelder. Ze heeft het erbij gepakt. De ernst van de gevolgen zegt nog niets over de oorzaak. Precies, zo is het maar net. Er zal een causaal verband moeten worden aangetoond. Een conditio sine qua non: zo is het gebeurd en niet anders. Dat is de opdracht waar de aanklager voor staat. Met andere woorden: eerst zal moeten worden vastgesteld onder welke omstandigheden Grace met haar auto van de weg is geraakt en de tuin van de familie Blijenberg is binnengereden. In het opsporingsonderzoek wordt hiervoor een aantal speculatieve verklaringen aangevoerd, die echter onmogelijk als sluitend bewijs kunnen dienen.

Ze hebben niets, jubelt ze, het is allemaal opgeklopte bluf. Ineke lust ze rauw, die arrogante Leidse kakkers met hun overgeërfde zelfvertrouwen en hun mentale intimidaties van een alleenstaande, gekleurde moeder zonder middelen. Artikel 6, zijn ze helemaal gek geworden? Rustig, Ineke, genoeg nu. Blijf koel, blijf analyseren.

Goed, daar gaan we weer. Ernstige onoplettendheid, dat is de hele crux van hun krakkemikkige casus. Een moment van onoplettendheid zou de conditio sine qua non zijn, die de schuldtoerekening rechtvaardigt. Het moet niet gekker worden, mevrouw mr. Holgersson-Verweij, met uw welnemen. Vervolgens wordt ter ondersteuning de ietwat schimmige UPS-bestelwagen opgevoerd. Cliënt zou dit vehikel niet of te laat hebben opgemerkt, waardoor zij van de rijweg is geraakt en de tuin is ingereden, met de bekende fatale gevolgen. Het OM kan echter geen beveiligingsbeelden overleggen die deze redenering ondersteunen. Er kan, ook op grond van deze beelden, met evenveel zo niet met meer recht worden gesteld dat cliënt het bewuste voertuig wél heeft opgemerkt en dus níet onoplettend is geweest. Iets kan nooit waar zijn als het omgekeerde ook waar kan zijn. Of dacht u soms van wel?

Ineke merkt dat in haar hoofd het pleiten al begonnen is, het argument na argument afbreken van de zaak die het Openbaar Ministerie de afgelopen maanden heeft voorbereid.

Een andere ernstig verwijtbare gedraging die wordt aangevoerd, is dat verdachte gedurende de gehele manoeuvre die begint met het van de weg raken, voldoende gelegenheid heeft gehad om haar verkeersfout te corrigeren. In plaats daarvan is zij zonder van haar lijn af te wijken op het slachtoffer ingereden en heeft ze diverse andere kinderen moedwillig blootgesteld aan levensgevaar.

Nota bene hun eigen forensisch onderzoek naar de remweg spreekt dit tegen. Er moet stevig op de rem zijn getrapt. Dat verdachte niet is afgeweken van de rijrichting is eenvoudig te verklaren uit de omstandigheid dat er een kinderpartijtje gaande was en er op het hele terrein kinderen rondliepen. Uitwijken zou hoogstens tot een ander slachtoffer of andere slachtoffers hebben geleid. Daarom valt de gekozen rijrichting cliënt bezwaarlijk aan te rekenen. Het was kiezen tussen twee kwaden.

Ineke betwijfelt of ze de medische omstandigheden zal aanvoeren. De forensisch psychiater die ze heeft ingeschakeld, oordeelt over het tijdelijke geheugenverlies: plausibel, maar achteraf niet meer met zekerheid vast te stellen. Hij voert verschillende verklaringen aan: stress, concusie en zelfs verdringing, door hem 'compartimentalisatie' genoemd. Kortom, slappe hap voor een jurist. Het risico is dus groot dat de aanklager juist deze juridisch aanvechtbare verklaring aangrijpt om Grace als leugenaarster neer te zetten. Een verdachte die zich niets herinnert, het is haast een sjabloon van het strafrecht. Daders zijn immers experts in het niet willen weten. Maar eerlijk gezegd heeft Ineke ook zelf haar twijfels over het tijdelijk geheugenverlies. Zoals in het onderzoeksrapport staat: 'Verdachte volhardt in haar verklaring en blijft geloven in temporele amnesie, ondanks het ontbreken van een medische diagnose.'

Als ze de temporele amnesie achterwege laat, zal ze wel haar cliënt moeten zien te overtuigen. Grace zal het ongetwijfeld in willen brengen bij het getuigenverhoor. Het is voor haar onmogelijk om te vertellen 'wat er gebeurd is'. Haar 'geheugenverlies' plaatst haar buiten de werkelijkheid van het ongeluk. Het wordt voor haar een verhaal, net als voor ieder ander die er niet bij was. Zo valt er voor haar mee te leven. Ze zal dus voor de rechtbank willen volhouden dat ze het verschrikkelijk vindt wat er is gebeurd, maar dat het allemaal buiten haar om is gegaan. Dat is nog wel even een puntje van zorg. Als ze gaat vertellen dat ze pas twee dagen later hoorde wat er was gebeurd, maakt de officier van justitie haar af.

Het is beter dat Grace gewoon toegeeft dat ze de controle over de auto is kwijtgeraakt, maar dat ze niet meer weet hoe dat heeft kunnen gebeuren. Het is aan het OM om verwijtbaar gedrag aan te tonen. Welke gedraging van verdachte veroorzaakt nou precies het gevolg, te weten de dood van Pippa Blijenberg? Voor de verdediging is het voldoende om de redelijkheid in acht te nemen. Iedereen is het erover eens dat de Volvo naar alle waarschijnlijkheid heeft moeten uitwijken voor het UPS-vehikel. Het is een scherpe bocht, waar eigenlijk geen ruimte voor uitwijken is, zodat het verklaarbaar is dat de Volvo van de weg is geraakt. De broosheid van de erfafscheiding, het hellingspercentage tussen de tien en vijftien van de aflopende tuin, de algehele onoverzichtelijkheid van de kinderdrukte dragen bij aan de ongelukkige samenloop. Als er al sprake mocht zijn van nalatigheid of onoplettendheid, is deze met de beste wil van de wereld niet op te vatten in de zin van artikel 6. En roekeloosheid of opzettelijkheid is al helemaal niet aan de orde. Dus Grace, vertel de rechtbank nou maar eerlijk dat je ergens een fout moet hebben gemaakt en dat je daar je leven lang spijt van zult hebben.

82.

Tot Marks teleurstelling weigert Tessel om een slachtofferverklaring te gaan afleggen voor de rechtbank. 'Ik snap het niet, lieverd. Je wordt sowieso opgeroepen als getuige. Dus je moet onder ede verklaren wat je hebt meegemaakt. Je moet dan naar eer en geweten antwoorden op alle vragen die ze je voor de voeten werpen. De waarheid en niets dan de waarheid willen ze van je. Dus dan begrijp ik eerlijk gezegd niet goed waarom je niet kunt vertellen hoe groot de impact van het ongeluk op ons gezin is geweest.'

Ze weet niet wat haar overkomt. De afstandelijkheid en onpersoonlijkheid van die laatste zinswending maakt haar razend. 'O ja,' zegt ze, maar eigenlijk is ze al aan het schreeuwen. 'O ja, nou, als het zo makkelijk is allemaal, vertel jij mij dan maar wat de impact van het ongeluk op ons gezin is geweest. Godverdomme, Mark, waar ben je gebleven, jongen? Ik ben je helemaal kwijt, ik ben je al heel lang kwijt.' Het schreeuwen is nu overgegaan in huilen, dat woedende, hartverscheurende huilen dat hij de afgelopen periode beter heeft leren kennen dan hem lief is.

Hij kan er nog steeds niets mee. Hij troost haar zo onhandig dat ze hem geïrriteerd van zich afduwt. Toch gunt hij haar d'r portie onredelijkheid. Daar heeft ze – de omstandigheden in acht nemend – recht op, al snapt hij persoonlijk niet wat ze er nou helemaal mee opschiet. Ook hij voelt zich ongetroost en eenzaam, maar hij beheerst zich. Hij vindt het in zijn positie onverantwoord om zichzelf te verliezen. Someone has to walk the line.

Het gesprek heeft ondertussen geen zin meer, zoals het al lange tijd geen zin heeft om met Tessel te overleggen.

Hij voelt een dringende behoefte aan zijn rouwcoach opkomen. Vanwege zijn veelvuldige verplichtingen in het buitenland moet hij Sigi helaas geregeld afzeggen, vaak last minute. Daarom heeft hij na zijn laatste Dubaitripje een extra sessie laten inplannen. Als hij er is, dan wil hij er ook zijn, heeft hij tegen haar gezegd. Hij heeft ook geïnformeerd of ze misschien niet bij hem in dienst wil komen, maar dat heeft ze afgewezen. Ze wil haar praktijk niet opzeggen.

Om haar bij zich te weten googelt hij haar op zijn telefoon. Hij leest haar naam, bekijkt haar profielfoto. Hij hoeft haar nummer maar met één vinger aan te raken om haar stem te voelen kriebelen in zijn oor.

Hij beheerst zich. In plaats van Sigi belt hij Van Eekeren. Snel even overleggen over de strafzaak. Hij overweegt om zelf de slachtofferverklaring voor de rechtbank af te leggen, zegt hij. 'Voor Tess ligt het nogal gevoelig, weet je, maar dat snap je waarschijnlijk wel. Moeder en dochter, nietwaar? Dat is een verbond, daar kom je als man niet tussen.'

'Als het om de verwerking gaat, moet je je echtgenote ervan zien te overtuigen dat het beter is om zelf naar voren te treden. Juist omdát het zwaar voor haar is, juist daarom moet ze het doen. Ik ben jurist en geen psycholoog, maar toch. Erkenning krijgen voor je verdriet is de belangrijkste winst bij dit soort toegevoegde optredens. Het helpt bij de rouwverwerking. Ja, tuurlijk, schadevergoeding ook. En als jij dat zo belangrijk vindt is dat een extra reden om haar te laten spreken, want een moeder die haar kind verliest is net iets overtuigender dan een vader die zit te hengelen naar een optimale rouwbonus. Niet dat ik denk dat jij minder… maar je begrijpt wat ik bedoel.'

Jij begrijpt helemaal niks, denkt Mark, maar je doet gewoon wat ik je opdraag. 'Ik ga die verklaring afleggen, Rein. Punt uit.'

'Natuurlijk, ik denk dat jij dat fantastisch kan.'

'Fantastisch is niet een term die ik zou gebruiken in deze context. Maar jij bent mijn raadsman, dus je zult er je redenen voor hebben.'

Mr. Reinout van Eekeren wil nog iets terugzeggen, maar zijn cliënt heeft al opgehangen.

83.

Het heeft even geduurd, maar mr. Wigbold Sybrandi heeft toch zijn zin gekregen, althans gedeeltelijk. Zijn vormkritiek op de bewijsvoering heeft het OM toch aan het twijfelen gebracht. Mijke Holgersson-Verweij snapt dat de ernstige onoplettendheid en/of nalatigheid niet bewezen kan worden uit de gevolgen. Ze zal toch echt een onweerlegbaar bewijs moeten leveren om verdachte op grond van artikel 6 veroordeeld te krijgen. Wat in het onderzoeksrapport staat, is niets dan speculatie en regelrecht wensdenken. Dat veegt elke rechter direct van tafel. Ze moet ervoor zorgen dat in redelijkheid niet kan worden getwijfeld aan de juistheid van het verwijt en zich niet laten meeslepen door emoties of enige andere vorm van vooringenomenheid. Misschien dat ze er als Blankendaalse moeder van drie toch te dicht op zit. Sybrandi noemde dat overigens niet. Wel kwam hij met de dwingende aanbeveling om die chauffeur van UPS nog eens te verhoren. Daar was veel, te veel blijven liggen.

En zo zit Mijke als een leerling die moet nablijven in het kabinet van de rechter-commissaris, wanneer Anir Halil wordt binnengeleid. Een kleine, tengere man in een bruine UPS-hoody die bangelijk om zich heen spiedt. Mr. Sybrandi staat op en schudt hem de hand en stelt hem vervolgens voor aan Mijke en aan de griffier, Kim Jonkers. 'Neemt u plaats. Mevrouw Jonkers zal eerst uw gegevens opnemen. Daarna zal ik u uitleggen wat er van u wordt verwacht.'

Met neergeslagen blik schuift de heer Halil eerst met zijn ene magere bil, daarna met zijn andere voorzichtig op het puntje van de stoel en blijft zo zitten, het hoofd gebogen, de handen gevouwen in de schoot. De rechter-commissaris volgt verveeld de bewegingen.

Om zich een houding te geven haalt de man in een reflex een verfrommeld pakje sigaretten uit zijn borstzak, bemerkt zijn vergissing en raakt het even helemaal kwijt. Hij staat op, kijkt verward om zich heen. 'Ik heb alles al aan de politie verteld, wat moet ik hier, wat wilt u van mij?'

'Rustig, rustig, meneer Halil, dat zal ik u uitleggen. Maar gaat u eerst weer rustig zitten. U bent geen verdachte, maakt u zich daarover geen zorgen, u bent hier ontboden als getuige. Dat is een belangrijke en eervolle opdracht. Het gaat in deze zaak om leven en dood. U dient het recht, u dient de waarheid, beseft u dat? Waarheidsvinding, dat is wat wij hier met zijn allen doen in dit prachtige gebouw. Uw getuigenis is daarbij onontbeerlijk. Dus denkt u vooral goed na wanneer u antwoord geeft op mijn vragen en die van mevrouw Holgersson. Alles wat u zegt, zal worden genoteerd door mevrouw Jonkers. Wel, meneer Halil, zegt u het maar: bent u er klaar voor?'

Mijke verbaast zich over de pedanterie die sommige magistraten, mannen meestal, over zich krijgen als er een weerloze burger tegenover hen zit.

Getuige Halil heeft in zijn proces-verbaal verklaard geen zwarte SUV te hebben gezien. Dat was echter voordat de camerabeelden waren vrijgegeven. Het is een onbegrijpelijke omissie dat het onderzoeksteam de heer Halil niet opnieuw gehoord heeft. 'Dit zou men kunnen kwalificeren als een geval van nalatigheid, mevrouw Holgersson, als u begrijpt wat ik bedoel.'

Zet hij haar nu ook te kakken, en nog wel in het bijzijn van een getuige?

Ze ziet dat Kim Jonkers tijdens het schrijven even haar hoofd schudt.

Anir Halil lijkt overigens niet te luisteren. Hij zit er sowieso bij alsof hij het gevoel heeft ergens in te zijn geluisd.

De camerabeelden dus. Daar heeft de UPS-chauffeur niet op gerekend. Het is alsof een onbekende godheid het toneel betreedt om de waarheid en niets dan de waarheid te onthullen. Dit is precies het effect waar Sybrandi op uit is: de ander opzadelen met de angst dat de rechtbank alles al weet. Vertel het maar, beste brave man, liegen heeft geen zin. Vertel nou maar gewoon wat er op de Hoge Duinweg is voorgevallen, op die eerste middag van de grote vakantie.

Mijke verwacht dat Wigbold Sybrandi eerst in heldere bewoordingen zal gaan beschrijven wat er op de opeenvolgende beelden te zien is, zodat de getuige de gewenste uitleg kan verschaffen. Maar in plaats daarvan zegt hij niets. Hij legt zijn armen over elkaar en werpt ostentatief het hoofd achterover, in die pose van: kom maar op, ik luister.

Mijke en Kim werpen elkaar blikken toe die communiceren dat bepaalde mannen toch ongelofelijke paardenlullen kunnen zijn.

Het werkt wel, moeten ze toegeven, want Anir Halil weet zich ineens een stuk meer te herinneren dan de vorige keer. Toen kon hij zich namelijk helemaal niets herinneren. Nu bevestigt hij om te beginnen de getuigenis van het echtpaar Ruychrock dat er een ruzie heeft plaatsgevonden. Tijdens het eerste verhoor zeiden die mensen hem niets. Nu voert hij een oude man op die hem racistisch bejegende. De exacte bewoordingen herinnert hij zich niet meer, maar het was een tirade over buitenlanders die alleen naar Blankendaal kwamen om rotzooi te trappen. 'Ik ben daar om pakketjes te bezorgen, niet om rotzooi te trappen. Die ouwe is gek.'

'En dat heeft u hem gezegd?'

'Zeker weten. Hij riep ook dat ik zijn vrouw had willen vermoorden. Maar ik ben geen moordenaar, meneer. Dat mag hij niet over mij zeggen. Dat mag niemand over mij zeggen.'

De opwinding van de ruzie komt weer bij hem boven. De opvlammende emoties werken ontremmend, stelt Wigbold Sybrandi tevreden vast.

'Dus toen eh, ja, wat toen, meneer Halil?'

'Die ouwe opa bleef maar schelden en mij beschuldigen. Ik ben geen moordenaar, dus ik ben weggereden. Iemand moet de verstandigste zijn.'

'Boos weggereden, neem ik aan. Ik kan me dat overigens heel goed voorstellen. U moet woedend zijn geweest.'

Anir Halil kijkt naar de grond.

'Kunt u ons beschrijven wat er daarna gebeurde? U met die ruzie vol nare verwijten in uw hoofd, dat oudere echtpaar in uw buitenspiegel. Zou u een schatting kunnen maken van de snelheid waarmee u over de Hoge Duinweg reed?'

Anir Halil blijft naar de grond kijken.

'Uit de resultaten van de technische recherche en de analyse van de camerabeelden blijkt...'

Hij bluft, de rat, denkt Mijke.

'Ik wil niet zeggen hoe hij mij noemde, meneer, dat doet mij te veel pijn. Ik kan dat woord niet in mijn mond nemen.'

'Dat hoeft ook niet, meneer Halil. Vertelt u ons gewoon in uw eigen woorden wat wij hebben gezien op de camerabeelden.'

Mijke verbaast zich erover hoe Wigbold Sybrandi de geïntimideerde man aan een touwtje heeft en hem laat dansen zoals hij wil.

'Ik reed misschien iets te hard, dat zou kunnen. En ik heb helemaal geen auto gezien.'

'Niet gezien, zegt u, maar u wist wel dat die SUV er was.'

'Ik was er al voorbij. Ik hoorde het alleen.'

Mijke voelt een schok. Kim Jonkers kijkt even op van haar schrijfwerk.

'Het? Kunt u iets nauwkeuriger zijn en ons vertellen wát u precies hoorde?'

Anir Halil kijkt hulpeloos naar zijn ondervrager, alsof hij hoopt dat die hem van de juiste woorden voorziet.

'Alstublieft, meneer Halil, het is belangrijk voor het onderzoek dat u het geluid op de juiste wijze beschrijft.'

Verschrikt kijkt hij de een na de ander aan. Zijn vingers trillen. Hij heeft de vragenlijst van het schoolexamen voor zich en is plotseling alles vergeten.

'Kiest u vooral uw eigen woorden, meneer Halil. Het is geenszins mijn intentie om u op te jagen. Denkt u vooral rustig na, zodat het bewuste moment weer in uw geheugen kan opleven.'

Iedereen in het kabinet van de rechter-commissaris luistert gespannen.

'Ik weet het niet meer. Ik dacht dat ik hoorde remmen, een klap, alsof een auto iets raakte. Het geluid van een botsing.'

'En wat dacht u toen?'

'Ik dacht niks, ik reed gewoon door.'

'Dus u bent niet gestopt om te gaan kijken wat er aan de hand was?'

'Waarom zou ik? Ik heb niks gezien, het is mijn probleem niet. Pas toen ik opgeroepen werd, hoorde ik dat het om een dodelijk ongeluk ging.'

Nu kan Mijke zich niet meer inhouden. 'Meneer Halil, in het eerste verhoor heeft u verklaard van geen andere auto te weten. Hoe kan uw geheugen in de tussentijd plotseling op wonderbaarlijke wijze zijn verbeterd?'

Wigbold Sybrandi kijkt haar aan met een kwaadaardige blik. 'Edelachtbare mevrouw Holgersson, alstublieft, geeft u de heer Halil de ruimte en de gelegenheid om naar eer en geweten te antwoorden. Gaat u alstublieft uw gang, meneer Halil. Onze excuses voor deze interruptie.'

Anir Halil is duidelijk even uit zijn evenwicht door de onenigheid tussen de twee magistraten.

'Als ik u even mag helpen de draad weer op te pakken, dan zou ik graag van u willen horen hoe u het ongeluk achteraf beschrijft, met de kennis die u er nu over heeft.'

De man kijkt hem aan met de blik van een leerling die denkt: dit hoefden we toch niet te weten voor het examen?

Mijke, nog verbolgen over de schoffering van zo-even, vraagt zich af of Sybrandi hier niet buiten zijn boekje gaat. De getuige is door de suggestieve wijze van ondervragen immers een verdachte aan het worden. Hij heeft derhalve het recht om niet te antwoorden en ook heeft hij recht op een raadsman. Omdat ze bang is om opnieuw te worden geschoffeerd door deze onverstoorbare mansplainer, houdt ze haar bezwaar voor zich. Ze kan mr. Paardenlul er altijd later mee confronteren.

Anir Halil lijkt zelf ook te vermoeden dat het foute boel begint te worden.

'Staat u mij toe u een beetje te helpen. Laten we aannemen dat de zwarte SUV – die u niet gezien heeft, dat begrijp ik – plotseling heeft moeten uitwijken omdat u midden of zelfs links op de weg reed. Mocht het zo gegaan zijn, meneer Halil, dan heeft de desbetreffende chauffeur een gigantische zwenking moeten maken, waarbij deze mogelijk de macht over het stuur verloren heeft. De Volvo heeft u in dat geval voorlangs gekruist, zodat het hoogst opmerkelijk mag heten dat u niets hebt gezien. Dat bent u toch met me eens?'

84.

Alexandra ten Cate staat krampachtig vrolijk te zwaaien voor het elektronisch gesloten hek. Het schiet Tessel te binnen dat er inderdaad over en weer is gebeld om een keertje koffie te komen drinken. Dat blijkt dus vandaag te zijn. Totaal vergeten. Koffiedrinken met Alex, dat behoort voor haar tot de archeologie van een vorig bestaan. Ze kijkt om zich heen om de ernst van de ochtendtroep in te schatten, maar beseft tegelijkertijd dat opruimen geen zin meer heeft. Ze drukt op de intercom en gaat in de deuropening als een copycat staan terugzwaaien, in een poging de vroegere Tessel te reanimeren.

Er volgt veel jolig gejoel, geknuffel en geklapzoen. 'Fijn je weer te zien, meid. Veel te lang geleden. Je ziet er goed uit. Nee jij, jij ziet er altijd fantastisch uit, ik ben jaloers.' De woorden struikelen over elkaar heen, in hun ijver om de dreigende stilte voor te blijven.

Alexandra is net terug van school, waar ze Amber en Pien heeft afgeleverd. 'Ik mis je wel hoor, meid.' Ze pakt haar met beide handen bij haar polsen. Tessel draait zich los, zogenaamd om verder te kunnen gaan met het koffiezetten. 'En Pip natuurlijk.' Het komt erachteraan alsof ze het even vergeten was. 'Iedereen mist Pip verschrikkelijk.'

Het beeld van het drukke schoolplein zonder haar dochter is even te veel voor haar. Ze voelt een tsunami van een huilbui opkomen. Nee, niet nu, niet met Alex erbij. Ze is blij dat de nieuwe espressomachine zo ingewikkeld is dat ze haar hoofd erbij moet houden. Lekker verdwalen in een onbegrijpelijke handleiding. Mark wil altijd het duurste en het beste, dus nu zit ze opgescheept met een hightechapparaat dat zo professioneel is dat ze er met haar amateurisme niks mee kan. Mark heeft op haar smartphone een speciale app geïnstalleerd. Eén touch op de knop, en je kopje loopt vol, heeft hij gezegd. Alleen vergeet ze steeds welke knop dat ook alweer is. Dan maar liever net zo lang de knoppen op het apparaat uitproberen tot er koffie uit komt.

'Ach meid, ik merk dat je nog steeds een beetje van slag bent.' Weer pakt Alex haar vast, nu wat steviger. 'Kom maar, laat mij die koffie maar doen.'

Net op dat moment gaat de bonenmaler vanzelf aan. 'Nee hoor, het gaat wel.'

'Arabica?' vraagt Alexandra.

'De ene is arabica, de andere robusta, maar ik weet niet wat in welke grinder zit.'

'Weet je, Tess, ik eh...'

'Ik hoop dat je...'

'Bedoel je de koffie? Nee, natuurlijk, prima. Maakt me niet uit. Eh, wat ik je eigenlijk wilde vragen, het klinkt misschien raar, maar misschien ook niet, is dat Amber en Pien heel graag een keer hier zouden langskomen. Ik begrijp dat je... het is misschien confronterend voor je... Maar voor hun rouwverwerking zou het heel goed zijn als ze hier nog een keertje zouden mogen komen. Ze zouden heel graag afscheid komen nemen van Pips poppen en haar andere speelgoed waar de twee meiden zulke fijne herinneringen aan hebben. Ze vonden het al zo sneu dat Pip, en jullie natuurlijk, er op Ibiza niet bij konden zijn. We hebben jullie daar vreselijk gemist. Het is toch anders, op die manier. Nou ja, het is voor jullie natuurlijk honderdduizendmaal erger, dat begrijp ik ook wel.'

Nee, bitch, je begrijpt er helemaal niets van. Maar dat zegt ze niet, ze zegt helemaal niets. Ze concentreert zich op de koffiemachine, die stereo werkt aan de perfecte koffie voor iedereen. Kopje links, kopje rechts, één arabica en één robusta. Wees uw eigen barista en bepaal zelf hoe u uw koffie het liefst drinkt. La Marzocco Linea Micra doet verder het werk.

Natuurlijk wil ze Amber en Pien zien, ze wil Pippa in hen terugvinden, want ook in deze twee meiden is iets van haar lieveling achtergebleven, al is het maar een blik, een manier van zeggen, een bepaalde stembuiging. Ze zullen wel anders zijn geworden, groter. Een zomervakantie en een nieuwe klas, waar ze leren lezen en schrijven en rekenen, daar groeien ze van. Maar het enige wat ze kan denken is: Pip niet. Zij wel en Pip niet. Pip wordt er kleiner van en ze zal in vergelijking steeds kleiner worden, tot ze niets meer weegt en nergens meer teruggevonden kan worden. Nee, ze kan het toch niet aan, gelooft ze, dat verschil tussen alles en niets. Ze hoeft nog even niet te horen hoe goed het met iedereen gaat.

'Nou ja, Tess, als het moeilijk voor je is, dan wachten we er gewoon even mee. We hoeven ons niet te haasten, toch?'

85.

Het begint Mijke Holgersson-Verweij te dagen dat haar zaak niet erg sterk staat. Door de getuigenverklaring van Anir Halil zijn verwijtbare onoplettendheid en grove nalatigheid in redelijkheid niet meer aan te voeren tegen mevrouw Rainville. Wellicht kan Anir Halil zelf aansprakelijk worden gesteld, en wel op grond van artikel 5 van de WVW. Toch ziet ze daar niets in. Dat wordt haar allemaal veel te vaag en te vergezocht. Halil kan de dood van Pippa Blijenberg net zomin worden aangerekend als de vlinder de orkaan in het bekende Butterfly Effect van Lorentz, je weet wel, de vlinder die met één vleugelslag via een opeenstapeling van gevolgen aan het andere eind van de wereld een natuurramp veroorzaakt. De causaliteitsleer gaat immers uit van de redelijke toerekening. Als een oorzaak tot meerdere gevolgen leidt, is van redelijkheid geen sprake meer. Dan spreken we van toeval. Halil kan hoogstens onvoorzichtigheid worden verweten, de dood van Pippa kan hem niet worden aangerekend. Dat gevolg was niet te voorzien.

Zwaarwegender bij haar beslissing om te seponeren is het risico dat er een vormfout geconstateerd gaat worden. Dat kan haast niet missen. De arrogante Sybrandi heeft verzuimd om Halil eerst op zijn rechten te wijzen. Die arme pakketbezorger wist van niks en heeft toen in alle naïviteit zichzelf geïncrimineerd. Onrechtmatig verkregen bewijslast, lijkt me. Well done, amice. Chapeau.

Het moeten afzien van de zaak bezorgt haar een gevoel van rouw. En ook een gevoel van schuld. Er is lang en gedegen aan het strafrechtelijk onderzoek gewerkt, door de recherche, de technische recherche, de medewerkers op het parket, door haarzelf natuurlijk, en dan verdwijnt al die moeite en zorg en nauwgezetheid zomaar in de prullenmand. En ook al die heftige emoties van schuld en rechtvaardigheid, van vergelding en troost, heel die wankele metafysica die richting geeft in de ondoorzichtige werkelijkheid, dat wordt allemaal ruw terzijde geschoven. Wat overblijft, is onbestemdheid, chaos en onzekerheid. Net wat je niet wilt. Ze heeft dit vak gekozen om het kwaad en het onrecht in de maatschappij aan te pakken – niet om de boel de boel te laten.

Anders kan haar hier niet bij helpen, al denkt hij van wel, wat natuurlijk lief van hem is maar vooral lastig. Moet ze hem dingen uitleggen die hij toch niet snapt. Hij is econometrist bij het Centraal Planbureau en kent alleen de wetten van de wiskundige logica. Als je hem zijn gang laat gaan, gaat hij enthousiast op de achterkant van een dienstenveloppe de kans zitten berekenen dat de bestelbus A via een bepaalde manoeuvre de Volvo B in botsing brengt met het slachtoffertje C. Hij is al bezig, hij brengt de situatie onder in een model en laat daar allerlei variabelen op los. Kijk wat er gebeurt, zegt hij. Briljant, Anders, maar wat heb je eraan? Hij is iemand die achteraf exact de toekomst kan voorspellen. Zijn conclusie wordt uitgedrukt in een percentage waar ze niks aan heeft. Zo werkt het nu eenmaal niet in de rechtspraak, Anders, maar lief van je dat je met me hebt willen meedenken.

'Maar kijk dan, Mijke, kijk dan goed!' Hij kan niet begrijpen dat ze het niet ziet. Hij probeert het haar uit te leggen zonder al te veel getallen en rekenmodellen te gebruiken. Hij begint daarom bij de conclusie. En die luidt dat het zeer onwaarschijnlijk is dat het gelopen is zoals het is gelopen. Doe het honderd keer over en negenennegentig keer wordt er geen kind geraakt. Het is eigenlijk een wonder dat het zo is gegaan.

'Ik zou zoiets geen wonder willen noemen, Anders.'

'Ik weet zo gauw even geen ander woord. Raar, het is een beetje raar dat het zo is gegaan.'

'Wil je soms beweren dat het forensisch onderzoek niet correct is uitgevoerd, is dat wat je wilt bewijzen?' Ze merkt dat ze geagiteerd is, een tikkeltje agressief zelfs.

'Sorry hoor, ik probeer je alleen te helpen.'

Mijke heeft meteen spijt van haar uitval, al blijft ze zitten met het faalgevoel dat haar hele opsporingsonderzoek nergens op uitdraait. Uitgerekend dít onderzoek, dat zo belangrijk is voor haar en voor heel Blankendaal. Maar misschien komt het juist daardoor. Misschien is ze té betrokken geweest, is ze onbewust gaan lijden aan tunnelvisie. God, wat baalt ze van zichzelf. Dan kan ze mannen die haarfijn komen uitleggen hoe het zit er even niet bij hebben.

86.

Ineke stelt Grace meteen op de hoogte van het sepot. Als haar cliënt niet opneemt, appt ze haar het goede nieuws. Door haar ongeduld pakken haar duimen telkens een extra toets mee, dat schiet niet op. Gelukkig, tijdens het typen belt Grace al terug. Het duurt even voordat Grace begrijpt wat seponeren betekent en het inzicht kan indalen.

'Dus ik –?'

'Ja, Grace, het is voorbij. Je wordt niet vervolgd, je bent vrij.'

'Maar hoe –?'

Ineke legt uit dat er geen bewijs gevonden is van haar schuld. 'Jij kon er zelf niets aan doen, Grace. Het is allemaal een ongelukkige samenloop van omstandigheden geweest, precies zoals we consequent hebben betoogd. Eindelijk gaat het OM nu met ons mee. Ook artikel 5 is geschrapt. Ze hebben helemaal niets.'

'Dus ik hoef niet de gevangenis in?' vraagt Grace voor de zekerheid.

'Ben je gek, hoe kom je daar nu bij? Je bent vrij, Grace, vrij.'

'Dus het is echt?' Want het horen en het geloven zijn twee.

'Echter wordt het niet.'

Dus Noor wordt niet van haar afgepakt? Dat is het belangrijkste. Het liefst zou ze haar kleine meid meteen van de opvang halen en tegen zich aan drukken. Maar blijdschap voelt ze niet. Daarvoor is wat er gebeurd is te erg.

Elke dag verschijnt in haar gedachten Tessel Blijenberg met haar dode dochtertje. Dood door haar toedoen. Misschien officieel niet door haar schuld, maar wel dankzij haar. Dus voelt ze zich hartstikke schuldig – wat die rechters ook mogen beweren. Als ze zich probeert voor te stellen hoe het is gegaan en hoe het nu met Tessel Blijenberg is, wordt ze helemaal draaierig en duizelig en misselijk, zo weerzinwekkend erg vindt ze het. Niet aan denken, niet aan denken, houdt ze zich voor, maar dan denkt ze er toch aan: hoe het kind nog een hele tijd dood onder haar voorwiel heeft gelegen.

Het voelt gênant onverdiend dat haar niets verweten kan worden en dat zij vrolijk mag doorleven met Noor, terwijl ze deze vrouw alles heeft ontnomen wat haar lief is. Kennelijk mag je straffeloos iemands kind doodrijden, dat is toch wel een beetje raar. Ze hoeft van de rechtbank niet eens haar excuses aan te bieden, zegt Ineke. Ze mag ook gewoon weer in dezelfde auto stappen en bij wijze van spreken bij de Blijenbergs door de straat rijden. Niemand kan haar iets maken. Een kind doodrijden, dat is gewoon toegestaan, als je je maar aan de regels houdt.

Het maakt haar verdrietig op een manier waar ze niet goed raad mee weet. Ze zou moeten juichen, maar wat over haar komt is een depressief gevoel van schaamte en falen. Ze kijkt naar de Samsung Galaxy in haar handpalm. Sorry, Ineke, ik weet het niet, ik weet even niet wat ik moet zeggen.

87.

Als ze van school naar huis lopen, vertelt Norah honderduit over de belevenissen van de dag. Ze laat een tekening zien van goudvissen die in een onderwaterhuisje wonen. Dat onderwaterhuisje is eigenlijk van een zeemeermin, legt ze uit. Maar de zeemeermin staat op een tekening die ze niet heeft afgekregen. Die heeft Grace dus nog tegoed.

Sinds Noor in groep één zit, is ze een ander kind aan het worden. Serieuzer. Zelfstandiger. Grace kan het niet precies duiden. Het is of ze nu pas ziet wie ze is. Voor het eerst ziet ze in haar dochtertje de contouren van een onafhankelijke persoon, niet meer alleen een extensie van zichzelf, een soort Grace-in-het-klein. Dat is maar goed ook, meisje. Je moeder heeft een kind gedood, het is maar goed dat jij iemand anders bent. Grace ziet Norah voor het eerst als iemand die ook zonder haar zou kunnen bestaan. Het is een gewaarwording die haar bang maakt. En eenzaam, dat ook.

Volgens de wet kan ze gewoon de draad weer oppakken, verdergaan waar ze gebleven was. Maar waar is ze gebleven? Ze kan haar vroegere ik niet meer terugvinden, zelfs in Norah niet meer. Sinds ze in het ziekenhuis wakker is geworden, is ze een ander iemand geworden. Ze is in dat afschuwelijke verhaal terechtgekomen en kan er niet meer uit. Het boek is dichtgeslagen met haar er nog in. Hoewel ze zich er persoonlijk niets van herinnert, kan ze het nu niet meer vergeten. Het andere is een deel van haar geworden.

Noortje probeert haar op te vrolijken, de lieverd. Ze wil haar mama terug, samen in hun onderwaterhuisje, waar de boze grote mensen hen niet kunnen vinden. Soms denkt ze dat Norah ook iets van het ongeluk heeft meegekregen, maar in haar tekeningen is daarvan gelukkig niets te bespeuren. Wel heeft ze haar mama heel erg gemist toen die in het ziekenhuis lag. Mama's plotselinge verdwijning heeft in het tere kinderzieltje waarschijnlijk meer sporen nagelaten dan het ongeluk zelf.

Thuis tekent Norah de zeemeermin met gevlochten haar, een getinte huid en een prachtige knaloranje goudvissenstaart.

'Wat mooi, Noor. Wat ontzettend mooi.'

'Dat ben jij, mama.'

'Dankjewel. Ik ben er hartstikke blij mee.'

'Nee wacht, nog niet, het is nog niet klaar.'

Grace probeert haar tranen weg te lachen. Ze wil niet dat Noor haar betrapt, dus vlucht ze naar de slaapkamer. Ze weet zelf niet precies waarom ze huilt. Om Noor, zeker, maar misschien nog wel meer om Tessel Blijenberg, die nooit van haar leven de terugkeer van de zeemeermin in het onderwaterhuisje zal mogen meemaken. Dat recht is toegekend aan de moeder die het niet verdient.

88.

Reinout van Eekeren overlegt met zijn cliënt over de te volgen strategie. Mark is in alle staten over het sepot. Hij wil nu in een civiele procedure 'voor de kill gaan'.

'Dan moet je niet bij mij zijn, Mark, ik ben niet zo van de kill.' Hij vindt het irritant om tegen een laptopscherm te moeten praten. Het is alsof ze allebei niet echt bestaan. 'Als je all the way wilt gaan, de wederpartij legalistisch en financieel verpletteren, dan raad ik je een gespecialiseerd kantoor aan. Enfin, die ken jij ongetwijfeld beter dan ik. Ik ben meer iemand van de menselijke maat.'

De menselijke maat, hoont Mark in stilte. Een maatje te klein zul je bedoelen.

Wat weet zo'n sukkel trouwens van menselijkheid? Alsof ik onmenselijk ben, godverdomme, wat verbeeldt die domme zak zich wel. Ik doe dit voor Pippa, ik doe dit voor ons allemaal, want ik kan toch niet toestaan dat iemand mijn tuin binnen komt crossen, tussen neus en lippen even mijn dochter om het leven brengt en vervolgens doodleuk verdergaat met haar leven alsof er niks aan de hand is? Ik ben geen rechten gaan studeren om me vervolgens te laten piepelen door een of andere B-actrice die denkt hiermee ongestraft weg te komen?

Het irriteert hem dat hij zijn zelfbeheersing verliest, al gebeurt het slechts vanbinnen.

Reinout merkt dat zijn tegenspraak misschien iets te vrijpostig is geweest en begint terug te krabbelen. De corporale onderdanigheid zit diep bij hem. Op zijn tachtigste zal hij zich ongetwijfeld nog steeds onderdanig aan Eikels voeten werpen. 'Oké, Mark, je hebt een punt. Laten we erover doorpraten, rustig samen de mogelijkheden nalopen.'

Reinout weet dat Mark weet dat hij hem niets kan vertellen wat hij zelf niet beter weet. Ze voeren een belachelijk en al stokoud toneelstukje voor twee heren op, waarbij de een de meester speelt en de ander de knecht en de waarheid er stilletjes met de buit vandoor gaat. Enfin, hij betaalt ervoor, denkt Vos, dus wie ben ik om de gevierde Eikel tegen te spreken? Tegelijkertijd weet hij dat hij hiervoor nooit van zijn leven een factuur gaat schrijven.

De juridische mogelijkheden zijn bij beiden bekend. Een beetje jurist loopt de toepasbare wetten en arresten van tevoren netjes na. Vanuit het oogpunt van letselschade is overlijden voor een eiser de meest ongunstige uitkomst, al biedt de nieuwe Wet Affectieschade aanmerkelijk betere vooruitzichten. Artikel 108 lid 2 van het Burgerlijk Wetboek 6 is duidelijk over de kosten van de uitvaart, die in dit geval omvangrijk en in de ogen van een buitenstaander wellicht een tikkeltje overdreven zijn geweest. Eikel noemt voorts de gemaakte kosten voor de geannuleerde vakantie op Ibiza, alsmede de eerste contributie voor de hockeyclub, het aspirant-lidmaatschap van de Golf & Country Club en de aanschaf van een witte vleugelpiano. Kan allemaal op de rekening, beaamt Vos. Een dingetje is natuurlijk wel de aansprakelijkheid, nu mevrouw Rainville niet wordt vervolgd. Gelukkig ligt deze kwestie civiel een stuk eenvoudiger dan strafrechtelijk. Mevrouw zal kortom met een stevig bedrag moeten boeten voor haar daad, daar zijn beiden het over eens. Of zoals hij het samenvat: 'Plussend en minnend zullen we moeten komen tot de vertaling van jullie verdriet in een overeenkomstig geldbedrag. De hoogte daarvan zal onderwerp zijn van onderhandeling.'

'En Reintje jongen, daar ga jij voor mij een leuke optelsom van maken die mevrouw nog jaren en jaren zal voelen in haar zelfingenomen en ongetwijfeld overgesubsidieerde artiestenleventje.'

Mark heeft meteen spijt van zijn woorden. 'Ach, weet je, het gaat me niet eens om die vrouw, ik wil zelfs liever niet weten wie ze is. Het gaat me om het principe. Ik wil dat er wordt rechtgedaan aan ons verdriet, en dan denk ik natuurlijk meteen aan Tessel. Ik doe het in de eerste plaats voor haar.'

Hij weet dat hij liegt, maar hij moet op de beeldvorming letten. Het staat edelmoediger wanneer hij het voor een ander doet, voor een moeder die van haar dochter is beroofd. In elk geval komt het beter over dan een schatrijke, internationaal succesvolle advocaat uit Blankendaal die een arme half-Surinaamse alleenstaande moeder ergens op driehoog achter financieel en juridisch uit elkaar probeert te trekken.

'Als je het allemaal voor Tessel doet, raad ik je aan ook naar de eventuele shockschade te kijken. Dat kan tegenwoordig ook. Zelfde wet, zoals je weet. Tessel hoeft alleen maar met de verklaring van een therapeut te komen. Ze hoeft niet zelf voor de rechtbank te vertellen dat de aanblik van jullie dochtertje rondom het ongeluk haar blijvend achtervolgt. Mijn god, Mark, wat moet dit allemaal afschuwelijk voor jullie zijn geweest.'

89.

In het Rozenlaantje staan de auto's langs de kant van de weg geparkeerd, zo druk is het op de babyshower van Kelsey de Boer. Ze is de eerste van haar vriendinnen die moeder wordt en dat moet groots gevierd worden. Het is eigenlijk een babyshower en genderrevealparty in één. Op de twintigwekenecho was destijds niet goed te zien geweest wat het ging worden. Er stak iets uit maar de gyno kon niet met zekerheid zeggen of het dát was. 'Dan luisteren we toch gewoon naar de natuur,' had Kelsey luchthartig geantwoord. 'Wordt de geboorte straks extra spannend.' En op dat moment geloofde ze daar ook in. Maar later wilde ze toch graag een babyshower organiseren en dan is het een beetje onhandig als de gasten niet weten of ze iets moeten meenemen voor een jongetje of voor een meisje. Dus heeft ze toch maar een pretecho laten maken en nu staat niets een goed feest meer in de weg.

Een vriendin van een vriendin van haar, een jonge luxury interior designer genaamd Zizi – ze schijnt trouwens de ex te zijn van een van de zoons van Philippe Starck –, heeft bedacht dat iedereen bij binnenkomst een roze bril krijgt aangereikt. Zizi heeft ook het terrein en het huis 'aangekleed', waarbij haar wél is gevraagd met haar vormgeving de catering niet te hinderen. Wit, alles moet wit, zo zag Zizi het voor zich. Haar associatie met geboorte: schoon wasgoed, reinheid. De puurheid van het nieuwe. Haar idee was dus om de schone was buiten te hangen. Maar dat zag Dave totaal niet zitten. 'Ik moet geen lappen aan m'n huis.' Voor hem moest het behalve een babyshower en een genderrevealparty toch vooral een housewarmingparty zijn. Als vastgoedman wilde hij zijn relaties showen wat hij waard was. Zijn residence mag gezien worden. Nee, móet gezien worden. Dan gaat hij niet met allerlei lappen en rotzooi en troep het zicht belemmeren.

'Ons huis is turn-key, Kel, onze baby nog niet, die moet eerst nog maar eens tevoorschijn zien te komen.'

'Hè gatverdarrie, bah, Dave, hoe kun je zoiets nou zeggen? Neem dat terug. Zoiets brengt ongeluk.'

'Oké, lieverd, ik neem het onmiddellijk terug. Maar die lappen en zo, die moet ik hier niet. Straks denken de mensen nog dat we in een kraakpand wonen.'

Uiteindelijk kwamen de 'lappen' er wel en nu moet Dave toegeven dat het effect verdomd overtuigend is. Met hydrofielluiers heeft Zizi een ritme geconcipieerd van wit op wit, ton sur ton, geïnspireerd op de 'White Paintings' van Robert Rauschenberg én op de witte reliëfs van Jan Schoonhoven, die ze allebei via Google Afbeeldingen heeft ontdekt.

'Vanavond, als de zon onder is en de lichten aangaan, wordt het nog mooier, schijnt het. Dan weet je niet wat je ziet.'

Terwijl de zomer al voorbij is, doen de gasten of ze van niets weten. Overal fonkelen de glazen, glanzen de koelers. Er zijn witgedekte buffettafels met veganistische delicatessen, terwijl elders de barbecues geuren naar geroosterd lamsvlees met rozemarijn. Overal op het terrein en ook binnen in de grote leefruimte staan de schitterendste jonge succesmensen, misschien niet rein en puur volgens het designthema van Zizi, maar wel perfect. Als het een afbeelding was, hoefde je niks te fotoshoppen. Het lijkt trouwens wel een afbeelding, dit private event, alsof het is gekopieerd van een of ander societyspektakel of een reclame voor iets exorbitants en exclusiefs. Je kunt je nauwelijks voorstellen dat dit echt is – en dat doen de aanwezigen dan ook niet.

'Het is net of ik droom.'

'This is surreal, man. Te gek. Echt te gek.'

Uit beleefdheid houden de meeste gasten hun roze bril netjes op, maar gaandeweg slingeren er steeds meer van die dingen rond, op statafels en buffettafels en soms kapotgetrapt op de grond, een enkele keer achteloos weggewerkt in een struik of onder een geparkeerde auto.

Iedereen is het erover eens dat het een ge-wel-di-ge party is. Kelsey ziet er supercool uit in haar diep gesneden champagnekleurige zijden jurkje 'dat haar jonge, vruchtbare lichaam omhelst als een tweede huid', zoals het haar werd uitgelegd. De puntligging staat haar goed en de geraffineerde taillering accentueert haar nog steeds elegante gestalte. Zo rank als ze is, ook nu nog; recht van achteren zie je er nauwelijks iets van. Haar blonde haar is pixie cut, very cute, waardoor haar gezicht met die prachtige jukbeenderen extra goed toont. En onbetaalbaar zijn de blosjes van aanstaand moedergeluk. Al haar vriendinnen willen nu óók zwanger worden, willen nu óók een kind. Alleen van haar schoenenkeuze heeft ze spijt, maar platte schoenen, nee, er zijn grenzen. Ze zou wat vaker moeten gaan zitten. Alleen weet ze dan niet goed waar ze met haar buik heen moet. Het ziet er niet uit. Ze voelt zich dan net zo'n eivormig duikelaartje, zo'n koddig speelgoedfiguurtje dat achteroverkukelt. Lachen, maar killing voor het imago. Zul je net zien dat uitgerekend dat filmpje viral op de socials gaat. Nee, dan maar op te hoge hakken blijven staan, dan maar lijden.

90.

Grace heeft van Kelsey ook een uitnodiging gekregen, maar wat moet ze dáár nou mee? Dave zegt dat ze het voor Norah moet doen. Voor Norah en ook een beetje voor hem, dat geeft hij eerlijk toe. Als zijn tweede dochter wordt aangekondigd heeft hij zijn eerste dochter er graag bij. Aan de andere kant wil hij Norah niet zelf bij haar komen ophalen, daarvoor zit hij te zeer klem in allerlei schema's en verplichtingen. Zo serieus neemt hij zijn vaderschap kennelijk ook weer niet. Grace heeft voor Norah de hele babyshower trouwens zorgvuldig verzwegen. Grace weet zeker dat de kleine meid ogen tekort zou komen bij alle glamour en al het klatergoud van de mode- en reclamewereld. Ze zou het vast helemaal Disney vinden. Jammer dan, poppie, volgende keer beter. Grace gunt Dave zijn nieuwe leven met Kelsey van harte, ze vindt het fantastisch voor hen dat ze samen een baby krijgen, maar ze weigert Norah als een soort accessoire uit te lenen voor deze exhibitionistische vruchtbaarheidssshow, waar ze zelf als de ondankbare ex is gecast. Bovendien zou ze niet weten wat ze aan zou moeten trekken tussen al die mondaine moneymakers en hun opgepimpte paspoppen. Nee, haar niet gezien.

De werkelijke reden verdringt ze. Maar wanneer Dave blijft pushen dat ze Norah moet meenemen, floept die reden ineens toch tevoorschijn. 'Ik breng ongeluk, Dave, dat wil je liever niet.' Ze schrikt er zelf van.

Hij weet eerst niet waar ze het over heeft. Dan begrijpt hij het. 'Ho ho. Zeg dat niet. Grace. Zulke dingen mag je niet eens denken.'

Toch denken ze er allebei aan. Wat gebeurd is, is gebeurd en zal blijven gebeuren. Het kan niet meer ongedaan en ongedacht worden gemaakt. Het ergste heeft zijn bestaansrecht bewezen en zich in hun hoofden genesteld. Wie één kind doodrijdt, toont aan dat alle kinderen kunnen worden doodgereden. En dat is dan nog maar één manier waarop een kind kan sterven.

'Sorry, Dave, sorry. Ik neem het terug, ik heb niks gezegd.'

'Je komt dus niet?'

'Nee, ik kom niet.'

'Goed, dat wou ik even van je weten.'

91.

Het is niet helemaal netjes, dat weet Reinout van Eekeren ook wel, maar toch belt hij Tessel. Dat is hij wel verplicht aan het zinloze zaad dat hij jarenlang als hete tranen voor haar heeft vergoten in papieren zakdoeken, doucheputjes en tennissokken. Als hij haar ietwat hese stem hoort, is hij opnieuw geïntimideerd. Ze bestaat echt, dat is waar ook, ze is niet alleen een masturbatiefantasie. Mark weet niets van deze move. Het voelt daardoor als overspel, wat hij juist opwindend vindt. Hij houdt zich voor dat hij dit telefoontje pleegt voor hun beider bestwil. Het is in het belang van de zaak dat er zorgvuldig wordt gehandeld. Aan het gesprek met Mark heeft hij de indruk overgehouden dat Tessel van niets weet. In het geval van een overleden kind is dat geen goed uitgangspunt. Die stelling durft hij wel aan.

Tessel wordt woedend, wanneer ze van Marks civiele wraakplannen hoort. 'Ik wil het niet, hoor je dat, Vos – of hoe heet je, Rein, Reinout? Ik wil het niet hebben.'

Als raadsman van Mark voelt Reinout zich verplicht de rechtmatigheid van de eis te onderstrepen. Ook stipt hij de psychologische waarde van een schadeloosstelling aan. 'Zeker met de Wet Affectieschade worden op dit gebied verrassende resultaten geboekt.'

'Kan me niet schelen. Ik wil het niet. Is dat duidelijk? Ik. Wil. Het. Niet.'

Het dringt nu tot Reinout door dat Mark Tessel met opzet niet heeft betrokken bij een mogelijke civiele procedure tegen Grace Rainville en hij beseft dat hij behoorlijk fout zit met dit telefoongesprek. Als Mark hierachter komt, kan dit wel eens problematisch worden. Jezus, Van Eekeren, dit is niet verstandig van je, joh. Straks deponeert hij een klacht bij de deken. Schending van de geheimhoudingsplicht. Lul je daar maar eens uit.

Met dit gevaar voor ogen begint hij voorzichtig terug te krabbelen. Hij voert aan dat hij te voorbarig is geweest. Mark heeft samen met hem globaal enkele mogelijkheden afgetast, meer stelt het niet voor. Echt niet. Haar echtgenoot heeft hem verzekerd dat hij het voor haar doet, voor de vrouw die hij aanbidt als geen ander. Eikel heeft hem toevertrouwd dat hij retributie zoekt voor haar onbeschrijfelijke verdriet en dat de schuldige die gaat betalen.

Tessel walgt van deze miezer, maar ze weet niet waar ze met haar walging heen moet. Ze gunt hem haar gevoelens niet. Hij bestaat niet voor haar. Niet als persoon althans. Hoogstens als functie. Daarom richt ze haar woede op de afwezige Mark. Dan mag deze edelachtbare nul het doorgeefluik zijn van haar echtelijke ongenoegen.

'Als hij die zaak doorzet, ga ik bij hem weg,' roept ze op een gegeven moment.

Reinout kan het niet helpen dat hij even lekker gaat op een vluchtig fantasietje over een radeloze Tessel van Alkemade die door Mark financieel is kaltgestellt en hem, de gretige Vos, wanhopig om onderdak smeekt, hem smeekt om zich over haar te ontfermen.

'Als je het niet erg vindt, hang ik nu op.'

92.

Mark maakt juist een testrit in een Jaguar F-coupé, als hij Tessel op zijn telefoon ziet oplichten. Nu even niet, schat, terwijl hij hem met het gas erop lekker strak door een flauwe bocht trekt.

Jan-Diederik van Rees, een goed vriendje dat zich een beetje zorgen over hem begon te maken, heeft dit voor hem geregeld. 'Gewoon vrijblijvend wat leuke modelletjes testen. Het klinkt misschien banaal, maar het werkt gegarandeerd. Dan heb je geen rouwcoach meer nodig, ouwe [*vette knipoog*]. Een andere auto, een ander mens. Zonder gekheid. Het werkt beter dan seks. Een condoom gooi je na afloop weg, maar een mooie auto behoudt zijn waarde.'

Mark is altijd van het avontuurlijke rijden geweest. De laatste jaren heeft hij zich moeten inhouden, maar het liefst zou hij bijzondere auto's verzamelen zoals een vrouw handtassen of schoenen. Een mooie auto, hij weet het niet, hij weet het wel, zo'n exclusief model vertegenwoordigt zijn superieure ik. Hij kan naar zo'n gestroomlijnde beauty kijken zoals een knappe vrouw in de passpiegel haar op het lijf gesneden uitgaansjurk keurt. Kritisch volgt hij de lijnen, hij inspecteert de details, de afwerking. Hij kan er nog niet bij dat hij het zelf is, dat het zijn auto is. Hij is het ook niet zelf, in die auto zal hij een ander zijn. Net zoals die vrouw in de passpiegel pas tevreden is wanneer ze tot een ander is getransformeerd. Hij stapt in, schakelt, geeft gas, schakelt door en zo rijdt hij soepel weg van zijn oude, achtergelaten ik, waar nog geen schim van overblijft. Zodra hij invoegt op de snelweg is hij bevrijd.

Hij was zichzelf aan het kwijtraken, maar hier vindt hij zichzelf terug. Het is even wennen, het schakelen met de paddle shift aan weerszijden van het racestuur, maar na een paar keer uitproberen heeft hij het te pakken. Zijn duimen doen het al voordat hij het heeft bedacht. Het is wonderbaarlijk hoe snel de machine zich naar zijn lichaam voegt. Onder zijn rechtervoet trekt het gas, onder zijn duimen zindert de versnelling.

Als hij op de snelweg op een rustig stuk komt, kan hij het niet laten om even te knallen. Met zijn duimen aan de flippers accelereert hij deze supersonische flipperkast in no time naar tweehonderd, tweehonderdtwintig. Hij wordt achterovergedrukt in zijn stoel, alsof hij wordt gelanceerd, hij voelt het in zijn ingewanden. De adrenaline slurpende alertheid. De verleiding om nóg sneller te gaan. Hij rijdt niet, hij zweeft boven het wegdek. Hij wordt gedragen door iets wat hem te boven gaat.

Het is alsof de auto's die hij inhaalt aan het asfalt zijn vastgeplakt. Even dimmen dus. Schuldbewust schakelt hij terug naar honderdveertig, honderdtwintig. Als hij de snelweg verlaat, heeft hij alweer heimwee naar dat gevoel waarmee hij achterover werd gedrukt en door gigantische krachten uit zichzelf werd losgeslingerd. Al blijft het leuk om bij de stoplichten tot aan Blankendaal elke keer als een proleet weer weg te spuiten. Gas op de sportstand, zodat de brutale uitlaten brullen als op een racecircuit. Boys will be boys, zeggen we dan.

Als hij door het automatisch geopende hek zijn eigen terrein opdraait, herinnert hij zich weer dat Tessel heeft gebeld en dat hij niet heeft opgenomen. Ze zal wel schrikken van het gedempte geweld van dit goedgebouwde snelheidsmonster. Hij kan beter eerst even checken of ze een berichtje heeft achtergelaten. Een voorbereid man telt voor twee. Tegelijk tintelt de adrenaline zo lekker na dat hij geen zin heeft om over allerlei echtelijk gezeik te moeten nadenken.

Voordat hij uitstapt, belt hij eerst Jan-Diederik. Hij moet zijn sensaties kwijt. Hij moet het aan iemand vertellen, iemand die het begrijpt. 'Jezus, je hebt gelijk, JD. Ik voel me alsof ik ben vreemdgegaan met een waanzinnig lekker wijf. En nu sta ik voor m'n eigen huis en vraag ik me af: hoe vertel ik dit aan mijn vrouw?'

93.

Tessel beweert ijskoud geen Jaguar voor het huis te hebben zien staan. 'O dat,' zegt ze ten slotte, wanneer hij wanhopig naar buiten wijst. Wat!? Hoe kan iemand bij zijn volle verstand een donkergrijze Jaguar F-coupé over het hoofd zien? Dat bestaat niet.

Zelf kan hij aan niets anders denken dan aan die glanzende

beauty die hij zojuist vanbinnen heeft bezeten en die nu bezit van hem heeft genomen. Hij zou er zo wéér in kunnen stappen, zichzelf verliezen, God worden, you name it.

'Ach, Mark, hoe kun je op dit moment in godsnaam aan auto's denken?' Ze heeft heel andere dingen aan haar hoofd, zegt ze.

'Bedoel je –?' Hij wil Pips naam niet noemen.

'Onder andere.'

Het valt hem op hoe rustig ze is. IJzingwekkend rustig. Ongenaakbaar rustig. Dat alarmeert hem. Het betekent waarschijnlijk dat ze conclusies heeft getrokken. Een scheiding, bliksemt het in zijn hoofd. Ze wil toch niet serieus –? Nee toch? Snel weegt hij de kosten en de baten. Hij denkt aan de vrijkomende mogelijkheden (Sigi, Alexandra), maar ook aan de moeilijkheden (mediation, echtscheidingsprocedure, alimentatie, omgangsregeling voor de tweeling, shit, het huis).

Maar het blijkt te gaan over zijn voornemen tot een civiele procedure tegen mevrouw Rainville.

'O, gaat het dáárover.' Hij ontspant weer. 'Maar lieverd, die claim wil ik in de allereerste plaats voor jou. Ik zie je lijden, elke dag. Ik wil dat jouw affectieschade officieel kan worden vastgesteld. Schuldtoekenning geeft rust, een gerechtelijke uitspraak is daarbij essentieel.'

'Hou op, hou daar alsjeblieft mee op. Nee, Mark, daar gaat het níet over.'

Ze kijkt hem aan alsof ze in zijn gezicht iets probeert terug te vinden, iets waar ze wat aan heeft. Een teken.

Hij voelt de bui al hangen. Hij weet alleen nog niet welke bui.

'Merk je dan niet dat we er nooit over praten? We kunnen honderd rechtszaken aanspannen, we kunnen duizend keer wraak nemen. We kunnen er bijvoorbeeld voor zorgen dat een alleenstaande moeder in Amsterdam haar dochtertje aan haar ex-man zal moeten afstaan. Wil je dat? Waarom in godsnaam? Wat moeten we daarmee, Mark, weet jij 't? Wat heeft dat met óns te maken?'

Ze had zich nog zo voorgenomen niet te gaan huilen, maar bij dat dochtertje denkt ze natuurlijk meteen aan Pip.

'Waar zijn wij gebleven? Wij samen, bedoel ik. De afstand tussen ons maakt me bang. En dan heb ik het even niet over Dubai of Singapore. Ik moet van die afschuwelijke vent, die Van Eekeren, horen wat je aan het doen bent. Met hem praat je wel over haar, maar met mij nooit. Je bent soms een vreemde voor me, Mark. Het voelt alsof ik met Pip ook jou verloren heb. Dat maakt me bang, dat maakt me soms zo bang. Laat me niet achter, Mark, laat me niet alleen.'

Het lucht haar enorm op, het huilen en het hardop zeggen.

Alleen blijft Mark wel heel stil. Broedt hij op iets? Hij kan zo hard zijn, zo meedogenloos hard. Mede daardoor hebben ze zich dit huis kunnen veroorloven. Dat dan weer wel. Dus ze weet als geen ander dat je hem niet tegen je moet krijgen.

Toch zou ze niet ongerust hoeven zijn. Mark zwijgt omdat hij geen woord weet uit te brengen. In plaats daarvan zouden zijn handen, zijn lippen haar huid kunnen aftasten op zoek naar het juiste antwoord, maar in zijn lichaam is het gevoel uitgeschakeld. Dat voorkomt kwetsbaarheid. Hij is gewend om sterk te zijn, met zwakheid kan hij niet overweg.

Een arm, meer vraag ik niet, denkt Tessel, terwijl ze haar tranen wegveegt. Pak me vast, laat me in je onderduiken.

Maar hij zit klem in dat gevoelloze lichaam, dat geen zwakke plekken kent. Hij heeft medelijden met Tessel, dat ze hem niet kan bereiken, maar hij kan niet zwak zijn, sorry, hij kan het niet.

'Goed, dan zijn we nu bij het volgende agendapunt,' zegt Tessel, wanneer ze zich heeft herpakt. 'Jouw zoons.'

'Míjn zoons?'

'Ja, Floris en Mees, weet je nog?'

'Jaja, leuk hoor. Maar waarom zijn het ineens mijn zoons? Wat bedoel je daarmee? Is er soms iets?'

94.

Le Bonheur des Enfants heeft Mark en Tessel op de vestiging ontboden om te praten over het gedrag van hun tweeling. Dat gedrag wordt zorgwekkend genoemd.

Ze zijn een klein zijkamertje binnengeleid, waar ze aan één kant van de tafel worden geplaatst, terwijl de bezorgde verzorgers aan de andere kant plaatsnemen. Dat zijn Romy, de hoofdleidster, en ene Layla, die zich presenteert als 'peuterpsycholoog'. Deze Layla blijkt 'observaties' te hebben verricht en op basis daarvan een 'psychologisch rapport' te hebben opgesteld.

'Waarom weten wij dat niet?' Mark kijkt Tessel aan, die een verbaasd gezicht trekt.

'Daarom hebben wij u beiden uitgenodigd om te komen praten. Het zal meneer en mevrouw zijn opgevallen dat de jongens op de opvang weer een luier om moeten, terwijl ze voor de zomer nog zindelijk waren. In de slaapruimte van de baby's is door een van hen nota bene een keer poep op de muur gesmeerd. Ook hebben ze andere kinderen aangevallen en zelfs gebeten.'

Tessel weet niet wat ze hierop moet zeggen.

Mark wel. Die vindt 'de procedure totaal niet kloppen. Om te beginnen hadden wij als ouders van tevoren ingelicht moeten worden. U kunt niet zomaar iemand van buiten onze kinderen laten observeren, ook al is zo iemand, hoe noemde u het ook alweer...?'

'Peuterpsycholoog.'

'Ja, dat was het. U kunt niet zomaar op eigen houtje psychologische en pseudopsychologische rapporten opstellen over onze kinderen. Daar had u de ouders, ons dus, eerst toestemming voor moeten vragen.'

Hij weet niet eens of dit waar is, maar het kan geen kwaad zulke halfgeschoolde cursistentypes een beetje te intimideren. Voor je het weet zetten ze een of andere stempel op zo'n 'psychologisch rapport' en dan blijken ze je kinderen stiekem een 'rugzakje' te hebben aangesmeerd waar ze nooit meer van afkomen – stelletje pedagogische kwakzalvers.

Romy is totaal niet onder de indruk van zijn procedurele argument. 'Dat mag u vinden, maar vanuit mijn verantwoordelijkheid stel ik de veiligheid van de andere kinderen voorop, of u dat nou vervelend vindt of niet. Tegelijk maken wij ons natuurlijk oprecht zorgen over de emotionele toestand van uw zoontjes. Ik weet wat u is overkomen. Dat is verschrikkelijk.'

Romy kijkt nu alleen Tessel aan.

'Dus ik begrijp het als het bij u thuis niet –' Niet helemaal lekker loopt, had ze willen zeggen.

Tessel schaamt zich. Ze zou op dit moment het liefst onder de tafel kruipen. Ze is niet alleen een moeder die haar dochter niet heeft kunnen redden, ze is nu ook een moeder die haar zoontjes emotioneel verwaarloost.

'Het moet voor u heel moeilijk zijn om zo'n verlies –' Weer maakt Romy haar zin niet af. 'Dan zijn twee lastige peuters soms iets te veel van het goede.'

Mark ziet hoe deze domme dikke kleuterleidster zijn Tessel de schuld probeert te geven van misstanden waar de crèche in de eerste plaats zelf verantwoordelijk voor is. 'Ik zou het op prijs stellen als Le Bonheur des Enfants zich tot de eigen verantwoordelijkheid beperkt en niet gaat zitten speculeren over andermans privézaken. Eerst worden onze kinderen zonder enige aanleiding van allerlei zaken beschuldigd en inmiddels zitten mijn vrouw en ik blijkbaar ook in het beklaagdenbankje.'

Tessel legt haar hand op zijn pols. 'Mark,' zegt die hand, 'alsjeblieft.'

Het is goed dat ze hem de hand reikt, hij waardeert dat, want hij voelt zich helemaal niet goed. De woorden blijven komen, maar zelf hoort hij nauwelijks nog wat hij zegt. In hem groeit een stilte als een woud. Hij is verdwaald en staat ineens aan de rand van een onmetelijk groot verdriet. Hij weet niet wat hem overkomt. Hij is bang om te vallen, uit te glijden, kopje-onder te gaan. De procedures, de regels en wetten, de argumentaties, heel dat nominale stelsel dat hem altijd veiligheid heeft geboden, komt hem vreemd en totaal betekenisloos voor. Scoren en winnen, dat was zijn spel – maar voor wat, voor wie? Uitsluitend voor het eigen ego. Ondertussen heeft hij niets ondernomen om zijn gezin te beschermen. Alles en iedereen in de steek gelaten, dat heeft hij. Er is een afgrondelijk besef van falen. Pippa is doodgegaan, Flop en Mees smeren in radeloos betekenisverlangen hun poep op de muren. En hij – hij weet het niet meer. Het enige wat hij weet is: Tessel, please, laat me niet los.

95.

Grace wordt al de hele dag gekweld door een afschuwelijke droom waaruit ze vannacht gillend is ontwaakt. Maar toen ze wakker lag, was de droom er nog steeds, zo echt was het.

Ze zit in een onbekende auto die steeds groter wordt, zo groot dat ze op een gegeven moment niet meer bij de rem en het gaspedaal kan. Dan dringt het tot haar door dat ze Norah niet bij zich heeft. Heeft ze haar ergens achtergelaten? Maar waar dan in godsnaam? Waar is ze zelf trouwens? Ze is niet groot genoeg om over het dashboard heen te kunnen kijken. Het enige wat ze kan zien, zijn hoge bomen en een stukje van de lucht. En terwijl ze in paniek is om Norahs afwezigheid, begint de auto langzaam achteruit te rijden. Ze wil remmen, maar haar voet kan niet bij het rempedaal, hoe diep ze zich ook laat zakken. Is het de auto die steeds groter wordt of wordt zij zelf steeds kleiner? En hoe kan de auto vanzelf gaan rijden? Kennelijk loopt het hier af, maar ze zit te laag om naar buiten te kunnen kijken. De spiegels, de zijramen, de voorruit, alles is onbereikbaar hoog voor haar.

Ze voelt dat ze ergens tegenaan botst. Een hobbel, een rand misschien. Hierdoor komt de auto plotseling tot stilstand.

Een vrouw – waar komt die ineens vandaan? – slaat woest op de ramen. Ze schreeuwt ook, daar lijkt het tenminste op. De auto is een geluidsdichte cabine. Daarna beginnen handen de voorruit dicht te smeren met bloed.

Op dit punt schrikt Grace wakker van haar eigen gegil, dat het ijselijke krijsen is van een baby of een peuter.

Maar is ze wel wakker? Verward staat ze bij haar auto met bebloede handen. Is zij zelf die vrouw? Norah! schreeuwt ze. Norah ligt onder de auto! Ziet dan niemand dat? Ze gilt het uit en schiet rechtovereind.

'Norah!' hoort ze zichzelf gillen, terwijl ze naar het zijkamertje rent, waar haar dochtertje half en half wakker wordt, maar meteen weer verder slaapt.

Wat Grace in haar droom beleefd heeft, is zo griezelig echt dat ze haar kussen en haar dekbed pakt en naast Norah gaat liggen. Liggen kijken hoe haar kleine meid slaapt, hoe levend ze daar ligt te slapen. Wakker liggen om te voorkomen dat de nachtmerrie terugkeert. Wakker liggen en piekeren. En kijken hoe Norah ademt. Hoe wonderbaarlijk en vanzelfsprekend dat is, hoe wonderbaarlijk vanzelfsprekend. Ze durft het nauwelijks te geloven.

Toch moet ze op zeker moment in slaap zijn gevallen, want ze wordt gewekt door het ochtendlicht dat schel door het dunne witte rolgordijntje schettert. Naast haar, in het geïmproviseerde bed op de vloer, ligt Noortje opgerold tegen haar aan gekropen net te doen alsof ze slaapt.

Meteen is de herinnering er weer, ze kan er niets aan doen. Weer voelt ze hoe de reuzenauto onafwendbaar achteruitrijdt en het kind verplettert. Het is alsof ze een stoeprand raakt die ze niet heeft gezien. Even denkt ze dat ze zich eindelijk het ongeluk herinnert, maar dat kan niet. In het echt was het net omgekeerd. De Volvo reed vooruit, het kind is onder haar rechtervoorwiel terechtgekomen. Niet onder een achterwiel.

Maar het gillen dan? In de verwarring van haar droom dacht ze dat ze het zelf was, dat zíj gilde als een peuter. Nee, dat is raar. Het is waarschijnlijker dat ze die gil in haar droom hoorde. En toch, hij klonk zo duidelijk dat ze 'm echt gehoord moet hebben. Was het dan soms Noor die in haar slaap schreeuwde? Nee, dat had ze meteen gehoord. Blijft over dat de gil afkomstig is geweest van het meisje dat onder de auto is gekomen.

Daar is ze dus al de hele dag ziek van. De auto die over het meisje heen hobbelt en dan die ijselijke schreeuw: ze herinnert het zich zo helder dat het wel zo moet zijn gegaan. Zoiets verzin je niet. En nu ze het zo duidelijk heeft gevoeld en gehoord, kan ze zich niet voorstellen dat ze dit ooit nog zal kwijtraken. Het 'stoeprandgevoel' is deel van haar lichaam geworden. Het zit in haar, net als die gil die ze vannacht heeft gehoord.

96.

Herbert heeft de lichtsculptuur niet uit zijn hoofd kunnen zetten. Licht brengen in de duisternis, dat is nu meer nodig dan ooit, heeft Maudy gezegd. Soms zijn de dingen letterlijk zo simpel als ze klinken. Kwestie van de juiste stekker in het juiste stopcontact. Hier in het reservaat woont een gepensioneerde ondernemer die destijds het innovatieve lichtbedrijf Illuminations heeft opgericht. Deze man, Theo-Bert Strobos heet hij, bezit een gigantische collectie moderne kunst, maar wat belangrijker is: hij is elektrotechnisch ingenieur. Hij kan dus echt iets.

Via deze Strobos is Herbert in contact gekomen met een schijnbaar nogal beroemde Duitse lichtkunstenaar genaamd Kowalski. Hij had nooit van hem gehoord, maar dat zegt niks. Het leek hem in het begin een nogal arrogante vent. Herr Kowalski wekte de indruk dat hij het zonde van zijn tijd vond om geld te verdienen. Maar toen hij hoorde dat Maudy via crowdfunding een serieus bedrag had binnengehaald, werd hij ineens een stuk redelijker. Het verhaal over het doodgereden kind deed hem veel, merkte Herbert.

De lichtkunstenaar vroeg of Herbert hem foto's en filmpjes wilde toesturen van de plek waar de auto de tuin is ingereden, dan kon hij in zijn studio een concept gaan uitwerken. 'Een scenario' noemde hij dat zelf. Voor hem was de feitelijke locatie essentieel. Zijn werken beschouwde hij als 'ingrepen in de omgeving'. 'Iets zichtbaar maken' beoogde hij. Zelf hoefde hij overigens niet te komen kijken, zei hij, want zijn werk bestond immers alleen in het donker. Als hij maar een realistisch idee kreeg van de omgeving, dan was dat voor hem genoeg input om de verbeelding aan het werk te zetten.

Het werk waar hij mee kwam, drukte het gevoel dat Herbert en Maudy zelf hadden exact uit. Dat was iets wonderbaarlijks, vonden ze allebei. Dat zo'n man ergens in Duitsland precies kon uitdrukken wat zij honderden kilometers verderop voelden. Het was alsof hij de Hoge Duinweg persoonlijk kende, zo goed kwam zijn lichtontwerp tot zijn recht. In het model tenminste. Maar uit dat model bleek dat hij de situatie meer dan levensecht in kaart had gebracht: het was alsof ze hun eigen straat voor het eerst werkelijk zagen. Maudy moest zelfs een beetje huilen, maar dat kon ook komen doordat ze ontroerd was door het feit dat zo'n beroemde kunstenaar uit Duitsland haar eindelijk de erkenning bracht waar ze al zo lang naar snakte. Herbert wist wel beter: de magie kwam van Google Maps, maar dat vertelde hij Maudy er maar niet bij.

Het concept van Kowalski behelsde een zin die met neonlicht langs de Hoge Duinweg werd 'geschreven' en die in tweeën brak precies op de plek waar de auto door het hekwerk was geknald.

'*My absence is*' las je, in witte neonschrijfletters. Het schoonschrift van een schoolmeisje. En daarna kwam er niks. Een gat was het. In de zin, in de tijd, in het leven. Pas voorbij de bocht kon je het vervolg oppakken: '*your presence*.'

Maudy wist meteen wie er tot haar sprak: haar eigen kleine dode babyeekhoorntje. Die afwezigheid (*absence*) was alomtegenwoordig, dat werd haar klaar als wat. Maudy's aanwezigheid (*presence*) was zo prominent omdat ze een leegte had op te vullen.

Ze wist niet of ze dit aan Herbert moest uitleggen, maar ze dacht dat het beter was om het niet te doen.

Ook Herbert was ontroerd, maar dan op zijn eigen wijze. Hij had daar geen woorden voor. Gevoelens uitdrukken liet hij graag aan kunstenaars over. Zelf hield hij zich liever bezig met de technische kant: de installatie van het kunstwerk, de energietoevoer, het onderhoud en het beheer van een en ander. Daar kwam nog heel wat bij kijken waar zo'n kunstenaar misschien helemaal niet aan had gedacht.

Waar zo'n kunstenaar ook niet aan had gedacht, was aan de bureaucratische treitercultuur van de gemeenteraad van Blankendaal, een rampzalig samenraapsel van beurtelings gekrenkte en opgeblazen ego's die er een sport van maken om het nooit, maar dan ook nooit met elkaar eens te worden.

Herbert heeft nog wel even contact gehad met hun eigen advocaat. Die zag wel mogelijkheden, bijvoorbeeld om via een bodemprocedure de vergunning af te dwingen, maar Maudy wilde zoiets zuivers als het lichtkunstwerk van Kowalski niet verder bezoedelen met de lelijke taal die sommige raadsleden nu al hadden gebezigd.

Wat nu? Maudy kan het niet over haar hart verkrijgen om het project af te blazen. Opgeven ligt nu eenmaal niet in haar aard. Het ongeluk heeft een gat geslagen in de gemeenschap, in het vertrouwen, in alles eigenlijk. Dat heeft die Duitser ongelofelijk knap verwoord en verbeeld. Wat afwezig was, wordt dankzij de kunst aanwezig. Wat eerst alleen een gat was, heeft nu een naam. En dat geschenk mag Blankendaal zich niet laten afnemen door een stel gefrustreerde types.

'Desnoods plaatsen we het kunstwerk in onze eigen tuin.'

'Hoor wat je zegt, Herbert. Je bent soms nog slimmer dan je zelf weet. In onze eigen tuin, dat is het. We plaatsen het kunstwerk in onze eigen tuin. Dat gaan we doen. Dan kan de gemeente ons lekker niet meer dwarszitten.'

'En dan plaatsen we het kunstwerk zo, dat het licht ook op straat nog goed te lezen is. Voor de dialoog.'

'En de mensen in onze tuin binnen kijken zeker. Daar komt niks van in, Herbert. Alleen onze donateurs mogen komen kijken.'

'Donateurs, wat zeg je nou, Maudy?'

'Nou ja, onze crowdfunders. Die mensen hebben daar toch recht op. Of vind jij van niet?'

'Niet als ze 's nachts door onze tuin komen spoken.'

''s Nachts?'

'Ja, wanneer anders?'

'Daar heb jij weer gelijk in. Misschien moeten we ze alleen op afspraak laten komen.'

'Laten we eerst kijken of meneer Kowalski hierin mee wil gaan. Hij is erg van de openbare ruimte.'

'Ik kan niet wachten, Herbert. Ik zie het al helemaal voor me.'

Maar wat ze ziet, houdt ze liever voor zichzelf. Ze is veel te bang dat hij haar dan belachelijk vindt. Ze wil de letters laten 'zweven' boven de grond waar hun naamloze eekhoornbaby'tje in ligt begraven. Dat lijkt haar de perfecte plek.

Your absence is

Het vervolg kan dan op de gevel boven de voordeur worden geïnstalleerd: *my presence*. Herbert weet vast hoe je zoiets moet aanpakken. Of wacht – ho stop! Beter nog: *my presence* als een soort 'hemelboog' boven de toegangspoort. Want iedereen mag weten dat niets of niemand haar klein zal krijgen.

97.

Bij de Blijenbergs wordt een nieuw hekwerk geplaatst. Geen rustieke houten omheining zoals er eerst stond, maar een stalen spijlenhekwerk met palen die in beton worden verankerd. Knappe klootzak die daar nog doorheen weet te knallen. Erachter wordt een meidoornhaag geplant. Ook komen er extra bomen. Dat allemaal bij elkaar maakt het onmogelijk om op welke wijze dan ook via de weg de property te penetreren. De boys mogen zich nooit meer onveilig voelen. Daar is het Mark om te doen. Hun mag never nooit worden aangedaan wat hun zusje is overkomen. Dat was eens maar nooit weer. De jongens zijn nu het belangrijkste wat ze hebben, dat is hem wel duidelijk geworden. In die zin is het gesprek bij Le Bonheur des Enfants stevig bij hem binnengekomen.

Helaas zit hij momenteel midden in een vijandige overname, daar moet hij wel even z'n koppie bij houden, de vinger aan de pols zogezegd, opdat er geen gekke dingen gaan gebeuren. Vandaar dat hij een paar dagen naar de overkant moet om er samen met een paar jongens van het kantoor in New York even nauwkeurig naar te kijken. Het liefst was hij bij zijn gezin gebleven, dat geeft hij eerlijk toe, maar dat kan nu even niet – helaas. Om het op z'n Rotterdams te zeggen: soms mot er ook gewerkt worden. De boel moet ergens van betaald worden, mevrouw Van Alkemade.

Tessel kan al die voortvarendheid, die hyperactiviteit, die planningszucht van hem niet bijbenen. Ze wordt al moe als ze aan zijn dagindelingen denkt. God, nu zit zij in haar eentje opgescheept met die bouwellende, met Oost-Europees werkvolk dat ze in de gaten moet houden. Terwijl ze juist zo veel behoefte heeft aan afzondering. Weg van al die mensen. Als Pip ergens nog is, is het in de stilte. In de verinnerlijking die dan ontstaat, voelt ze haar dochters virtuele aanwezigheid.

Aan de andere kant is het goed dat ze wordt gedwongen om naar buiten te treden, want de tweeling heeft haar nu meer nodig dan ooit. Zeker nu ze door het conflict met de opvang de hele dag thuis zijn. Ze ervaart het als een soort boetedoening. Een straf wegens haar nalatigheid. En de Here sprak: Gij zult voortaan van de vroege ochtend tot de late avond voor uw kroost zwoegen.

Het is alleen zo dat ze, enkel door naar de jongens te kijken, Pip zo vreselijk mist dat ze ter plekke in huilen kan uitbarsten. Ze kan er niets aan doen, maar de tweeling zelf kan er zeker niks aan doen, arme lastige jongens. Zelfs het medelijden dat ze voor hen voelt, neemt de gedaante van Pippa aan.

Het was niet helemaal duidelijk of Floris en Mees door de hoofdleidster zijn weggestuurd of dat Mark en zij tijdens dat afschuwelijke gesprek zelf het contract hebben opgezegd. Volgens Mark is het formeel beter om het initiatief bij Romy te leggen. Dan kan de maandelijkse overboeking per direct worden beëindigd. Dat legt een stukje schade bij de tegenpartij, zegt hij. Je hebt er niks aan, maar het voelt net iets lekkerder.

Als Tessel vanuit de keuken naar de herstelwerkzaamheden staat te kijken, vraagt ze zich af waarom ze eigenlijk niet is meegegaan met Marks aanvankelijke voorstel om het huis te verkopen en in een andere omgeving een frisse start te maken. Maar het antwoord weet ze heel goed. Ze heeft het alleen niet aan hem durven bekennen. De reden dat ze hier wil blijven, is dat Pip hen anders niet kan terugvinden. Het idee dat haar lieve kleine meisje hier op een dag voor het hek zal staan en er andere mensen blijken te wonen, is niet te bevatten. Maar dit hardop zeggen durft ze niet. Mark zou haar voor gek verklaren. Ze heeft daarom het argument gebruikt dat ze Pippa's graf niet in de steek wil laten. Dat begreep hij, zei hij, al beleefde hij het zelf anders. Dus nu gromt er een graafmachine langs de erfafscheiding om het stalen hek met zijn palen en spijlen onwrikbaar diep in de grond te kunnen verankeren. Deze verdedigingswerken zijn ze aan de jongens verplicht – nee, aan alle kinderen. Haar gedachten gaan uit naar de teruggekeerde Pippa, treuzelend voor de elektronische toegangspoort – waar de intercom dezelfde is als altijd, zodat haar verloren liefste weet waar ze moet zijn. Ja, ze zullen voortaan veilig en beschermd zijn tegen iets wat nooit meer mag gebeuren.

98.

Op haar eigen kleine Haagse flatje heeft Stéphanie veel nagedacht over de bijzondere tijd die ze heeft beleefd direct na de dood van haar nichtje. Het was verschrikkelijk, maar ook heel mooi, superintens. Zo mooi en intens dat ze stiekem soms naar die heftige dagen terugverlangt. Ze heeft er met niemand over kunnen praten en er is dus ook niemand geweest die haar heeft kunnen troosten. Niemand zou haar trouwens begrijpen.

Dus toen Tessel haar vertelde dat Flop en Mees van de crèche zijn getrapt en ze iemand zocht die haar kon helpen om de jongens thuis op te vangen, hapte ze meteen toe. Natuurlijk, haar grote zus maakt weer eens royaal misbruik van haar, maar in dit geval laat ze zich graag misbruiken. In die bijzondere dagen zijn ze heel dicht bij elkaar gekomen. En ook op haar neefjes is ze erg gesteld geraakt. Gesteld? Gehecht! Ze is aan hen gehecht geraakt, aan die twee heerlijke boefjes. Het enige wat haar eventueel zou weerhouden van een nieuwe gang naar Blankendaal is de hautaine vanzelfsprekendheid waarmee Mark haar als personeel rondcommandeert – maar goed, die eikel zit vaker in het vliegtuig dan thuis aan de eettafel. Ze doet het ook niet voor hem, ze doet het voor haar zus en voor haar neefjes. En natuurlijk voor haar nichtje, dat ze veel heviger mist dan ze had verwacht. Ze droomt best vaak van haar, al kun je het beter nachtmerries noemen.

In de villa krijgt ze weer haar eigen kamer. Ach, hoe anders is het ditmaal. Ze merkt meteen hoe verwaarloosd het huis is – alsof alle liefde eruit is weggesijpeld. Over alles ligt stof en de plakkerige aanslag van bitterheid. Het blijkt dat Tessel de werkster heeft weggestuurd omdat 'dat mens' op haar zenuwen begon te werken. Maar dan wel een nieuwe auto kopen, stelt Stéphanie hoofdschuddend vast wanneer ze de Jaguar naast de Mercedes G en de Austin Mini ziet staan. Ze heeft Tessel en Mark altijd bewonderd om hun volwassenheid, maar dit lijkt nergens op, dat ziet zelfs zij, de niet-gesettelde. Drie glanzende auto's die klaarstaan voor een verwaarloosd huis. Drie vluchtauto's. Voor elk één en één voor de zekerheid.

Als ze in haar eentje het graf bezoekt ('Ik ben al geweest,' zegt Tessel), schrikt ze van de staat waarin het verkeert. Er is nog steeds geen steen of ander gedenkteken geplaatst en de meisjesogen zijn inmiddels verdord. Het perk ligt erbij als zo'n vergeten braaklandje dat van niemand is. Omdat ze het niet kan aanzien, begint ze de uitgebloeide stengels uit de grond te trekken. Bij het dienstgebouwtje leent ze een emmer om het tuinafval naar de groenbak te dragen. Het werkje doet haar goed. Het geeft haar het gevoel dat haar nichtje ziek op bed ligt en zij voor haar zorgt. Zolang ze iets voor haar kan doen, is ze nog een beetje hier. En alle beetjes helpen.

In het zorgen voor haar gestorven nichtje komt voor haar heel veel samen. Eindelijk kan ze daardoor rouwen om haar moeder, die de pech had om begraven te worden op de dag dat Pippa in een weeënstorm ter wereld kwam. Ongelukkige timing. Het rauwe levensgeluk van die eerstgeborene was zo heftig, dat er voor echte, doorleefde rouw even geen plaats was. Mama's begrafenis had zelfs iets ongeloofwaardigs. Niemands hoofd stond ernaar. Het was een lastige onderbreking van de dwingende hectiek die een baby veroorzaakt en waar ook zij aan onderworpen was, of ze nou wilde of niet. Ook zij draafde af en aan, als onbezoldigde en ongediplomeerde kraamhulp. Heerlijke, doodvermoeiende tijd. De wereld geurde naar pasgewassen lakens. De verbijsterende nieuwheid van alles. Mama werd met haar sterven een beetje als een spelbreker beschouwd. Maar sinds Pips dood mist ze haar moeder ineens heel erg. Eindelijk klopt de timing. Dus als ze nu aan haar nichtje denkt, denkt ze ook aan mama. Pip is makkelijker om van te houden, maar door hen allebei te missen, neemt ze mama als het ware in één moeite mee in haar rouw, die daardoor aanvoelt als een mengeling van gemis en schuldgevoel.

Als ze van de begraafplaats zuchtend en puffend heuvelop trapt naar de Hoge Duinweg, denkt ze eraan hoe ze vroeger van school langs de Scheveningse Bosjes terugfietste naar het ouderlijk huis aan de Van Lennepweg, fantaserend over de dag dat ze dat niet meer zou hoeven doen aangezien de grote wereld zich aanstonds gastvrij voor haar zou openen. Die glorieuze dag is voor haar helaas nog steeds niet aangebroken en daarom ploetert ze nu op haar fiets tegen de allemachtig steile helling op, richting villa Blijenberg, waar Tessel de rol van haar moeder speelt, Mark die van haar vader op zich heeft genomen en zij gewoon weer haar oude ondergeschikte zelf zal moeten zijn.

Door de werkzaamheden aan het hek ziet ze de ingang over het hoofd en rijdt ze te ver door, ook omdat daar de afdaling begint. Meteen al voorbij de bocht bemerkt ze haar vergissing. Wanneer Floris en Mees 'Stee! Stee!' roepend op haar afrennen, is ze het chagrijn, het verdriet en het gemis alweer vergeten. De boys zijn echt blij. En als zij het zijn, wordt zij het vanzelf ook.

99.

Sigi heeft binnen het team overlegd over Marks grensoverschrijdende gedrag. Persoonlijk kan ze daar niks mee, maar vanuit haar zorgplicht vindt ze het ingewikkeld om haar cliënt te laten vallen. Vanuit haar vrouw-zijn overheerst een gevoel van onveiligheid, maar professioneel gezien kan ze zijn emotionele vluchtgedrag goed plaatsen. Het team gaat daarin mee en heeft besloten om haar ondersteuning te bieden in de persoon van Martine de Voogd, een senior systeemtherapeut die prima thuis is in seksueel geweld. Martine heeft direct voorgesteld om ook de echtgenote uit te nodigen, zodat er meteen ook even naar de intimiteitsdynamiek in dit beschadigde gezin kan worden gekeken.

En zo rijden Mark en Tessel in de tijdelijke Jaguar binnendoor naar Hoofddorp.

'Waarom in godsnaam in dat anonieme betonnen gat?'

'Precies. Daarom. Anoniem, dat is het woord. Je ziet me toch niet in de bewoonde wereld hulp zoeken? Dan denkt straks iedereen dat ik zwak ben. Nee, Hoofddorp is prima, daar komt niemand.'

Tessel vindt het maar vreemd dat ze mee moet. Het is niet haar stijl: haar meest intieme en kwetsbare dingen bespreken met een wildvreemde die daar geld voor vraagt. Zolang ze het voor zichzelf houdt, is het van haar, dan heeft ze er controle over. Dan kan ze denken dat Pip op een dag gewoon weer naar huis komt – zonder dat ze dat hoeft uit te leggen aan iemand die haar raar vindt en in haar onderbewuste naar allerlei verklaringen gaat speuren. De therapeute die haar belde, verzekerde haar dat Mark hun cliënt is en niet zij. Ze wilde alleen wat dingen over hem te weten komen, dingen die zij haar misschien kon vertellen. Als ze niets over zichzelf kwijt wilde, was dat prima.

En toch blijft ze wantrouwend.

'Zeg Mark, het is toch geen huwelijkstherapie of, hoe heet dat, relatietherapie? Want daar heb ik geen zin in, hoor.'

Hij antwoordt dat het niet zijn idee is geweest om haar mee te nemen naar zijn rouwcoach. 'Wat die Martine de Voogd opeens komt doen, weet ik zelf ook niet. Ik ken haar net zomin als jij.'

Maar dat weet hij wel. Sigi heeft hem ervan op de hoogte gesteld. Ze heeft gezegd dat ze zich in een ruimte met hem alleen niet meer veilig voelt. Daarom heeft ze er een ervaren collega bij gevraagd. En die collega heeft op haar beurt gevraagd of Mark zijn vrouw mee wilde nemen. Het is natuurlijk te idioot voor woorden. Het liefst had hij het contract snel en zakelijk per mail opgezegd. Iets in hem zegt hem echter dat zoiets in deze tijd niet verstandig is. Voor je het weet, word je aan de digitale schandpaal genageld als seksuele onderdrukker of iets dergelijks. Die reputatieschade kan hij er even niet bij hebben. Hij is vooral teleurgesteld in Sigi. Hij dacht dat ze een verstandhouding hadden, en ook nog wel iets meer dan dat. Helaas kiest ze ervoor om hem te verraden. Nu is alles waardeloos. Het zij zo. Hij beschouwt dit ritje naar Hoofddorp dan ook als de afsluiting van iets wat mooi had kunnen zijn en op deze manier heel lelijk eindigt.

Het is wel lekker dat hij even de Jaguar kan pakken, al vindt Tessel het 'bloedirritant' als hij bij het stoplicht zo snel optrekt.

Daar wordt ze naar haar zeggen 'wagenziek' van. Vrouwen en hun gevoeligheden, ze kunnen het hem honderd keer uitleggen, maar helemaal snappen zal hij het nooit.

Als ze de Jaguar op de veel en veel te grote parkeerplaats alleen achterlaten en het bedrijvenverzamelgebouw binnengaan, ondergaat hij gelaten Tessels snijdende commentaar. Oké, het is hier lelijk, ja. Afzichtelijk, inderdaad. Hoe hier mensen kunnen wonen is, jazeker, ook hem een raadsel. Of het echt iets voor hem is, weet hij niet. Nu je het zegt, het zou kunnen ja, dat het iets te maken heeft met zijn Rotterdamse achtergrond.

Maar als ze in de lift staan, heeft hij er genoeg van. 'Sorry hoor, mevrouw Van Alkemade, dat ik met m'n Rotterdamse eelthanden niet chic genoeg ben voor jullie hoogbegaafde en -beschaafde familie. Vreemd eigenlijk, nu ik erover nadenk, dat we nooit naar je vader gaan. En gut, we zijn ook al niet naar de begrafenis van je moeder geweest.'

Zodra hij het heeft gezegd, heeft hij er al spijt van. De stilte die valt, wordt alleen opgeheven door de liftdeuren die sissend openschuiven.

Verdwaasd door hun eigen afzonderlijke emoties staan ze op een 'gezondheidsplein' waar de bezoeker met een waaier aan richtingaanwijzers alle kanten op wordt gestuurd. In een poging het weer goed te maken slaat hij een arm om haar heen, maar die wordt bruusk weggeduwd. Geïrriteerd hierover loopt hij alvast verder, haar impliciet uitnodigend hem te volgen. Hij kijkt niet om, want hij acht de kans te groot dat ze nog steeds op dezelfde plaats staat en hij past ervoor om haar te moeten smeken. Uiteindelijk gebeurt er toch wel wat hij wil. Zo is hij het gewend.

Hij drukt op de buzzer van de psychotherapeutische praktijk en de deur zwiept open. Op de een of andere manier had hij verwacht dat Sigi hem welkom zou heten, dat is ze wel aan hem verplicht, dacht hij zo. Maar de wachtkamer is leeg. Hij checkt de tijd. Hm, ze zou er nu toch moeten zijn. Kennelijk loopt de voorgaande sessie iets uit. Het idee dat Sigi nu een diepgaand gesprek met iemand anders heeft, terwijl hij hier op haar staat te wachten, is moeilijk te verteren.

Hij hoort de buzzer gaan en de voordeur openzwiepen. Hij hoeft zich niet om te draaien om te weten dat het Tessel is. Om zich een houding aan te meten houdt hij de blik strak op zijn smartphone en scrolt hij zomaar wat door zijn inbox.

Tegelijk zwaait er een andere deur open. Sigi! Zijn hart slaat over. Zijn pik schrikt wakker.

Helaas, het is niet Sigi, maar Martine de Voogd, een oudere vrouw met een clownsgezicht en stroachtig, geverfd haar.

'De heer en mevrouw Blijenberg?'

Zonder op een antwoord te wachten, nodigt ze hen uit de behandelkamer in te gaan.

'U zult wel verbaasd zijn dat mijn collega Sigi Kuntz er niet bij is, maar op haar verzoek voer ik vandaag het gesprek.'

Mark wil protesteren, dingen zeggen als: Dit is niet de afspraak. Maar hij ziet in dat hij al verloren heeft. Het verlies van Sigi komt boven op het verlies dat hij al voelde – terwijl het juist Sigi was die hem dat verlies deed vergeten, die hem geloof gaf en hoop, die hem met haar onoverwinnelijke jeugd de kracht gaf de ontzaglijke leegte aan te kunnen, er samen met haar doorheen te komen. Zulke dingen gaat hij niet tegen dit oude clownsgezicht zeggen met Tessel erbij. Hij gaat zichzelf niet verraden. Nee, het lijkt hem niet slim om zijn teleurstelling over Sigi in het bijzijn van Tessel als kwellende kwestie op tafel te leggen. Als Tess er niet bij was geweest, had hij deze onuitstaanbare vrouw zonder twijfel stevig aangepakt.

Martine de Voogd richt zich uitsluitend tot Tessel. Ze stelt haar op haar gemak, ze legt haar voor dat het verlies van een kind het verlies van alles betekent.

Tessel knikt heftig met elk woord mee. Ze wordt compleet meegesleept door de waarheid ervan.

'Je verliest niet alleen je kind, maar als je niet oplet, verlies je alles wat je hebt. Dus daarom zitten we hier: om samen na te gaan wat jullie aan het kwijtraken zijn. En met dat samen bedoel ik: jullie samen, jullie tweeën. Want wat jullie verloren hebben, jullie kind, jullie dochter Pippa, is wat jullie verbindt. En als je elkaar kwijtraakt, dan raak je haar dubbel kwijt. Of zie ik dat verkeerd?'

Ditmaal schudt Tessel heftig haar hoofd. Nee, ze ziet het niet verkeerd. Elk woord is haar uit het hart gegrepen. Zelf zou ze die woorden nooit hebben kunnen vinden, maar nu ze er zijn, weet ze zeker dat het haar eigen woorden zijn – al zou ze ze niet op eigen kracht kunnen herhalen.

Ze durft niet opzij naar Mark te kijken. Ook de blik van Martine probeert ze te vermijden. Ze kijkt geconcentreerd naar de gevouwen handen in haar schoot, wat onverlet laat dat er toch een traan drupt, en daarna nog een en nog een paar. Van schrik en schaamte verbergt ze haar gezicht in haar handen.

Martine kijkt bezorgd toe en richt zich dan nadrukkelijk tot Mark. 'Ik zie op dit moment tussen u beiden geen verbinding. Ik kan me voorstellen dat er tussen u verwijten leven. De schuld die je als ouder voelt wanneer je je kind kwijtraakt, is te veel voor een enkele persoon. Daardoor ontstaat de neiging daar anderen mee te belasten.'

'Ik weet eigenlijk niet waar u het vandaan haalt om ongevraagd ons huwelijk te becommentariëren. Het is een prima huwelijk. Mijn vrouw en ik hebben u daar echt niet bij nodig.'

Hij legt met een klap zijn Jaguar-sleutel op tafel en kijkt triomfantelijk naar zijn ineengedoken echtgenote. 'Nietwaar, Tess?' Hij is er zelfs bij gaan staan en grist de autosleutel weer van de tafel. Voor hemzelf straalt het daadkracht en onverzettelijkheid uit, op de beide vrouwen komt het behoorlijk intimiderend over.

Martine de Voogd vindt dat ze moet ingrijpen en verzoekt hem vriendelijk maar dringend om de kamer te verlaten, zodat zij met Tessel de situatie onder vier ogen verder kan bespreken.

Mark beseft dat de woede die hij voelt weinig tot niets te maken heeft met het gesprek zelf. Het is Sigi die onzichtbaar aan de touwtjes trekt, hem vanuit de verte als een marionet bespeelt. Hij wil weer gaan zitten, gewoon verdergaan waar ze gebleven zijn. Voor Sigi wil hij zich beheersen – voor haar wel, ja. Wat kijkt die ouwe clown ineens raar naar hem. Als Tessel haar emoties mag tonen, dan mag hij dat toch ook?

Het is nu Martine die erbij is gaan staan. Ze loopt naar de deur. 'Het spijt me ontzettend, meneer Blijenberg, maar alstublieft, ik wil dat u nu weggaat. U creëert op dit moment een onveilige situatie. Probeert u om in de wachtruimte weer tot uzelf te komen. Alstublieft, dat is voor iedereen beter. Dan roep ik u er straks weer bij.'

Het optreden van de systeemtherapeute heeft allesbehalve een kalmerend effect op Mark. Hij voelt de vlammen van zijn woede oplaaien. Onder concurrenten en collega's wordt hij geroemd om zijn koelbloedigheid. Dat is een onderscheidende kwaliteit waar hij trots op is. Emoties kunnen worden gedefinieerd als een compulsieve werking van de zenuwen. Die moet je met je verstand in bedwang houden, laten zien wie er de baas is. Het hoofd moet het lichaam vertellen wat het moet doen en niet omgekeerd. Dus hij besluit om rustig te blijven zitten en zich niets aan te trekken van de emoties van dit oude clowntje.

'Laten we verstandig zijn en als volwassen mensen rustig ons gesprek afmaken.' Hij loopt terug naar zijn stoel en met zijn armen over elkaar gaat hij zitten wachten tot ook zij weer op haar plek is teruggekeerd.

'Luister, dit is niet hoe we het hier doen, meneer Blijenberg. Ik verzoek u toch echt om voorlopig in de wachtruimte plaats te nemen.'

‘Ik ben uw cliënt niet en ik ben ook uw leerling niet, dus ik blijf hier rustig zitten wachten tot u weer tot een normaal gesprek in staat bent, mevrouw… ach, ik weet even niet meer hoe u heet.’

Tessel houdt wijselijk haar mond. Ze weet dat elke opmerking die nu volgt, het alleen maar erger maakt. Dit is zijn spel. Machtsspel.

Martine de Voogd staat nog steeds bij de deur. Ze gaat dit niet winnen, vreest Tessel. Even heeft ze gedacht dat deze onbekende hulpverlener haar zou gaan redden, en eigenlijk hoopt ze het nog steeds. Daarom stelt het haar teleur dat deze sterke vrouw de handdoek in de ring gooit. Zie je wel, niet Mark, maar zijzelf verdwijnt door de deur. Zonder een woord.

Mark kijkt opzij. ‘Snap jij hier wat van?’

Het is een rare situatie. Moeten ze blijven wachten of is de sessie beëindigd?

Maar voordat ze een besluit hebben kunnen nemen, dendert Martine de Voogd alweer de spreekkamer binnen. Tot opluchting van Tessel geeft ze niet op.

Martine wordt direct gevolgd door Sigi zelf. Ze is nog stralender dan anders, constateert Mark. Er schiet een elektrische schok door zijn lijf. Het lijkt of ze van binnenuit wordt verlicht. Haar ogen, haar lippen, haar huid, alles is onvergelijkelijk helderder dan bij de anderen in de kamer. Het is dit innerlijk licht dat hem trekt. Dat wil hij zelf ook. Hij wil van binnenuit ook zo helder kunnen schijnen.

Sigi geeft Tessel een hand en stelt zich voor. Voor Mark heeft ze alleen een knikje over, waarna ze gauw haar blik afwendt. Hij legt dit uit als verlegenheid.

Martine vraagt iedereen te gaan zitten. Zelf blijft ze staan en gaat pas zitten als iedereen dat heeft gedaan.

‘En dan geef ik nu graag het woord aan mijn collega Sigi Kuntz, die zal uitleggen waarom het voor haar ondoenlijk is om de heer

Blijenberg nog langer te begeleiden. Sigi, als je wilt?'

Sigi kijkt schichtig opzij naar haar collega, alsof ze daar een laatste beetje moed uit probeert te putten.

'Het belangrijkste doel van onze rouwtherapie is het omarmen van het verlies. Dat is hoe we hier werken. Als rouwcoach probeer ik de cliënt zo goed mogelijk te begeleiden in de afdaling in het eigen binnenste, in dat vaak duistere en onbekende dat in ons verborgen ligt. Want de dierbare die gestorven is, bevindt zich op den duur alleen nog in jezelf. Dieper en dieper trekt ze zich in ons terug, want buiten wordt het alsmaar onleefbaarder – alsof ook de wereld zelf gestorven is. Natuurlijk keert de afwezige geregeld vluchtig terug in de dingen die ons omringen: kledingstukken, speelgoed. En in bepaalde momenten: bedtijd, etenstijd, de manier waarop het zonlicht binnenvalt. Maar minder, steeds minder –'

Iedereen schrikt van de snok waarmee Tessel vergeefs een huiluithaal probeert te onderdrukken. Geroutineerd schuift Martine de box Kleenex naar haar toe.

'Sorry, het gaat wel weer.'

'Weet u het zeker?'

Tessel gebaart met wapperende handen dat ze door moet gaan.

Mark heeft even overwogen een troostende arm om haar heen te slaan, maar met Sigi erbij voelt dat niet gepast.

Met een bezorgd oog op Tessel gaat Sigi schoorvoetend verder waar ze gebleven was.

'Niet iedereen durft af te dalen in zijn eigen binnenste.'

Ze zou nu haar cliënt aan moeten kijken, maar dat vermijdt ze bewust, aangezien Mark haar onafgebroken aanstaart, gehypnotiseerd als het ware door de bewegingen van haar lippen.

'Wie niet afdaalt in zijn eigen duisternis, komt nooit bij zijn gevoelens. Die blijft gevangen in sociale routines en blijft dus zoeken naar wat de buitenwereld hem te bieden heeft. Soms gaat de ontkenning van het verlies zo ver dat iemand zich obsessief op nieuwe contacten richt. Het verlies of gemis wordt dan beleefd als een urgent tekort dat hoognodig elders moet worden aangevuld. Er wordt dan in de buitenwereld driftig naar emotionele compensatie gezocht. In het geval van Mark heeft die compensatie de vorm aangenomen van een erotische beloning waar hij recht op meent te hebben. Deze vorm van rouw komt bij mannen veelvuldig voor. Helaas is Mark in zijn zoektocht bij mij uitgekomen. Niet bij mij als rouwcoach, voor de goede orde, maar als privépersoon van het vrouwelijk geslacht. Hij ziet in mij de oplossing voor zijn emotionele tekort, een waanvoorstelling waar ik hem niet uit heb kunnen bevrijden. Inmiddels voel ik mij door deze grensoverschrijding ontzettend bedreigd en kan ik niet langer professioneel mijn werk doen, zodat ik in overleg met het team de behandeling heb moeten overdragen aan mijn collega Martine. Martine is weliswaar gespecialiseerd in relatieproblematiek, maar ze is ook in rouw en verlies uitstekend thuis.'

'Dankjewel, Sigi, voor je moedige verhaal.'

Sigi staat op, groet iedereen vluchtig – en weg is ze.

Mark voelt een leegte, die zich vult met wanhoop. Hij wil opstaan, achter haar aan rennen, zeggen dat ze het verkeerd ziet, hem niet heeft begrepen. Als Tessel er niet bij had gezeten, had hij alles recht kunnen zetten. Maar tegelijk is hij gekwetst, wil hij lelijke dingen tegen Sigi roepen, zichzelf ontlasten in een woedeaanval.

Martine richt zich net als Sigi uitsluitend tot Tessel.

'Ik op mijn beurt kan het coachingtraject helaas niet overnemen aangezien meneer mijn rol niet wenst te erkennen. Ik wil echter graag van de gelegenheid gebruikmaken om u, mevrouw Blijenberg, te bedanken dat u de moeite hebt genomen naar onze praktijk toe te komen. Ik zou u graag ter overweging willen meegeven dat het geen kwaad kan om eens met iemand te praten over wat u hebt meegemaakt en wat u nog steeds doormaakt.'

'Met iemand, zegt u?' Hij kijkt rond of hij soms iemand heeft gemist. 'Ben ik dan niet goed genoeg meer?'

'Met iemand, mevrouw Blijenberg, bedoel ik inderdaad iemand anders dan uw man. Het kan in uw situatie erg belangrijk zijn om te spreken met een professional, iemand die erin getraind is om te luisteren en die u de ruimte geeft.'

'Mijn vrouw en ik –'

'Ach, Mark, hou toch op. We praten samen nooit ergens over, dat weet jij net zo goed als ik.'

100.

Op de N201 terug naar huis zitten ze afwezig naar het onder de motorkap wegflitsende asfalt te kijken, ieder verzonken in zijn of haar eigen gedachten.

Tessel voelt dat er tussen hen iets bezig is definitief kapot te gaan, iets wat er misschien nooit werkelijk is geweest. Er is geen verbinding, heeft Martine gezegd. Elkaar kwijtraken, is Pippa dubbel kwijtraken. Of zei ze het anders? Het liefst zou ze teruggaan om alles opnieuw te horen. Rustig haar woorden tot zich door laten dringen. Ze was bang voor Marks woede, dat maakte haar in de war. Zo heeft ze hem niet eerder meegemaakt, zo out of control. Voorzichtig kijkt ze opzij, alsof ze wil verifiëren dat hij zelf het is die naast haar zit en niet een of andere vreemde man. Afdalen in het duister van je binnenste, zei dat knappe meisje – maar wie vindt hij daar? Zelf hoeft ze niet af te dalen, want voor haar is Pip overal. Als ze aan haar denkt, dan is ze er. Als ze denkt aan thuis, dan is ze daar. En als ze naar Mark kijkt, ziet ze Pips papa. Ze krijgt een opwelling hem te zoenen, net onder zijn oor, op dat zachte plekje in zijn nek, maar hij rijdt zo hard, dat durft ze nu even niet, dus laat ook maar. Het moment is al voorbij.

Mark vindt het verdomd lastig om zich met de Jaguar aan de

toegestane snelheid te houden. Dat gaspedaal vraagt er gewoon om. En anders vraagt Sigi er wel om. Hem eerst opgeilen en hem vervolgens verraden. Terwijl er tussen hen iets broeide, dat weet hij zeker. Het kwam niet alleen van zijn kant. Zeker niet. Met zijn duimen aan de flippers van de stuurschakeling caramboleren zijn gedachten als in een flipperkast door zijn hoofd. Haar alsnog laten zien wat voor man hij is. Daar heeft zo'n meisje geen idee van. Die denkt dat hij... ja, wat denkt ze eigenlijk? Hem vernederen waar Tessel bij zit. Wat zijn dat voor streken? Moet je daar psychologie voor gestudeerd hebben? Maar tegelijk heeft ze hem geraakt, dat moet hij erkennen. De dingen die ze zei, hij heeft het niet goed kunnen onthouden, maar het was allemaal wel waar. Hij loopt voor zichzelf weg, dat klopt, hij kan alleen met zichzelf leven als hij zich ziet zoals anderen hem zien: succesvol international lawyer, partner, clubje één, veroveraar van het hertenkoninginnetje, vrienden en vrouwen te over, het geluk aan zijn broek. Sigi begrijpt dat, ze ziet hem en doorziet hem, wat confronterend is maar ook uitdagend. God, wat zag ze er vanmiddag onweerstaanbaar uit.

'Mark, alsjeblieft, wat doe je nu? Je reed net door rood.'

'O, ga jij me nu ineens vertellen hoe ik moet rijden? Het was volgens mij trouwens oranje, maar goed, als jij wilt dat het rood is, dan is het rood. Wat wil je dat ik doe? In z'n achteruit terugrijden?'

Om zijn ergernis kracht bij te zetten blaast hij de Jaguar op de tweebaansweg over de linkerweghelft.

Tessel houdt haar mond. Elk woord zou hem alleen maar kwaaier maken. En hij rijdt al zo gevaarlijk. Als hij niet oppast, rijdt-ie straks nog iemand dood. Ze schrikt van haar eigen gedachte, want ze denkt meteen aan dat ene. En als ze met die bekende slinger in de weg de bebouwde kom van Blankendaal binnenrijden, schreeuwt ze dat hij moet stoppen, nu! nu! Ze krijgt het allemaal terug: die afschuwelijke auto, het moment dat ze beseft dat het Pippa is daar onder dat voorwiel, het mortuarium, ze schudt haar hoofd, ze wil dat het ophoudt, ze wil het uit haar hoofd schudden.

Mark slaat op de Boslaan het eerste het beste zijweggetje in en zet daar de Jaguar aan de kant.

Als hij de motor afzet, daalt er een overweldigende stilte neer, alsof ze de hele tijd onder water zijn geweest en nu eindelijk vanuit de diepte door het oppervlak heen breken. Onwennig kijken ze om zich heen, zich geen raad wetend met de vrijgekomen ruimte die nu in hun hoofden ruist en suist. Onwennig ook met zichzelf, met elkaar. Spreken lijkt iets bruuts en onbegrijpelijks ineens.

101.

Als Dave met zijn Range Rover 'zijn' Rozenlaantje inrijdt, ziet hij een donkergrijze Jaguar F in de berm staan. Die heeft hij hier nooit eerder gezien. En speciaal op dit stille stukje gaan staan, dat is verdacht. Iedereen parkeert hier op zijn eigen terrein – feestjes natuurlijk uitgezonderd. Dit onverklaarbare wildparkeren zorgt voor onrust, in elk geval in zijn hoofd. Voor de goede orde zou het beter zijn als deze auto, hoe fraai op zich ook, maar liever wegging. Zeker als het criminelen zijn, je kunt nooit weten. De baby is al ingedaald, het kan nu bij wijze van spreken elk moment zover zijn. Hij neemt zich voor om rustig te blijven en gewoon naar huis te rijden.

In de babykamer is Kelsey boven haar macht bezig de commode te verschuiven naar een plek die volgens haar veiliger is voor het baby'tje. Dave vindt dat ze zich niet zo moet inspannen. Bij deze tweede is hij honderd keer zo bezorgd als bij Norah. Destijds was hij vooral bezorgd over zijn eigen vrijheid en liet hij zijn ex met alle plezier aan haar lot over. Dat is een houding waar hij nu liever niet meer aan herinnerd wordt. Zijn eerste vaderschap verdient niet de schoonheidsprijs, daar kunnen we kort over zijn. Daarom hoopt hij zich met deze tweede poging glorieus te revancheren. Hij heeft sowieso het gevoel dat Kelsey hem de kans biedt zijn leven over te doen en de valse start met Grace en die honderd anderen op grandioze wijze ongedaan te maken.

'Ik heb het even 360 graden gefilmd voor Zizi, en zij vindt het oké dat ik de commode weghaal bij het raam.'

'Zizi? Zizi wie?'

'Dat weet je toch wel. Zizi heeft voor de genderrevealparty ons hele huis aangekleed. Weet je nog? Jij vond dat zo fantastisch, dat patroon met al die hydrofielluiers.'

'Oké, die Zizi dus. Maar heeft Zizi er ook iets over gezegd dat jij niet met zulke zware dingen moet sjouwen? Kom, laat mij het maar even doen. Waar wou je 'm hebben?'

Als hij naar het raam loopt, ziet hij door de kalende bomen de Jaguar nog steeds staan.

'Zeg Kel, wist jij dat je van hieruit direct op het laantje kunt kijken?'

'Hoezo?'

'Nee, niks, ik wist alleen niet dat we hier inkijk hadden.'

'O, op die manier. Als je wilt kun je de commode hier tegen de muur zetten. Dat vond Zizi ook een mooi plekje, al valt het ochtendlicht hier iets minder mooi op het aankleedkussen.'

Wanneer ze vindt dat het helemaal goed staat, probeert ze hem te omhelzen, maar door de omvang van haar buik kan ze er toch niet gemakkelijk bij. Opwelling weg. Dus laat ze het bij een vlinderkusje en een vingervlug aaitje over zijn wang.

Voor ze naar beneden lopen, kijkt hij toch nog snel even door het raam, al weet hij nu al dat de Jaguar er nog steeds staat. Hij houdt zich voor dat het onzin is om zich hierover ongerust te maken en toch maakt hij zich ongerust. Het gekke is dat hij zich bij Grace en Norah nooit ergens druk over heeft gemaakt. Maar dat gezin overkwam hem, daar heeft hij niet om gevraagd. Natuurlijk is hij hartstikke blij met Noor, dat is het punt niet. Bij

Kelsey is alles gepland. Hij heeft haar moeten veroveren. Dat is niet zonder slag of stoot gegaan. Als een veldheer heeft hij een voor een zijn veldslagen moeten winnen; in Amsterdam, in Parijs, in Milaan, overal heeft hij rivalen in het stof laten bijten. Ook daarna heeft hij zijn geluk zonnestraaltje voor zonnestraaltje bijeen moeten sprokkelen, want Kelsey laat niets aan het toeval over. Elke stap is zorgvuldig overwogen. Hun blij verwachte dochter, Aimée Bienfaite Martha de Boer (als deze naam nog steeds de bedoeling is), is zo gepland als een kind maar gepland kan worden. Hun villa aan het Rozenlaantje, door de verkopende partij een 'aristocratisch landhuis' genoemd, heeft hij verworven om zijn nieuwe gezin een 100 procent veilige leefomgeving te bieden, waarin hun dochter de kans zal krijgen om een perfect leven vorm te geven.

Het is onuitstaanbaar dat zo'n Jaguar daar zomaar stilstaat langs de weg. Maar wat doe je eraan? Grote kans dat er niemand in zit. En stel je voor dat er wél iemand in zit? Je kunt tegenwoordig niet voorzichtig genoeg zijn. Tegen Kelsey zegt hij er niets over. Hij wil niet dat ze zich van alles in het hoofd gaat halen. Een vrouw die bang is, kan niet baren. En een keizersnede overleeft ze niet. Hij moet er eerlijk gezegd ook niet aan denken: zo'n ontsierend litteken precies op haar bikinilijn.

102.

Mark waagt het niet om de Jaguar weer te laten brullen en soepel die paar lekkere laatste bochtjes naar huis te suizen. Tessel zou dat niet pikken. Zij durft op haar beurt niet uit te stappen en het portier boos achter zich dicht te slaan, want ze weet dat er dan iets kapotgaat, iets wat ook hun Pip in tweeën zal breken. Zo zitten ze daar gevangen in de stilte en de stilstand, gijzelaars van elkaars onmacht. Een onmacht die hun beiden het spreken beneemt.

Voor Mark is zo'n impasse eigenlijk niet te doen. Zijn motivatie haalt hij juist uit beweging en snelheid. Een beetje passief zitten nadenken vindt hij tijdverspilling. Reflectie is voor hem reactie. Denken moet je per omgaande omzetten in doen. Niet blijven hangen in de problemen maar direct doorstoten naar de oplossingen. Kom op, jongens, het gas erop, we moeten verder.

Als de aarde niet met zus en zoveel km/u door de ruimte zou suizen, dan zou ze bevriezen. Iets dergelijks heeft hij onthouden, al weet hij niet waarvan. Hij kan het ook niet beredeneren. Beweging is essentieel, dat is het idee erachter. Verder weet hij het ook niet. Planeten kennen geen stilstand, dat weet hij weer wel zeker. Alle hemellichamen bewegen met aan elkaar gerelateerde snelheden in vaste banen door de oneindigheid. Ook Tess en hij suizen nu door de onmeetbare ruimte en de ontelbare tijd, maar dan meer als één, twee losgeslagen meteoroïden waar de kosmische orde geen invloed meer op heeft. Sterrenkundig gezien valt zoiets waarschijnlijk onder ruimtepuin, vermoedt hij, maar dat zou hij moeten nakijken. Hij beseft dat hij aan het afdwalen is. Zodoende raakt de aarde steeds verder uit zicht.

Tessel voelt dat ze Mark kwijt is. Maar ze wil hem niet kwijt! Tegelijk weet ze dat elk woord dat ze uitspreekt hen onherroepelijk verder uit elkaar zal drijven. Dit stil naast elkaar zitten is het beste wat ze momenteel kan krijgen. Hoe langer ze hier vastzitten, des te meer begint de omgeving tot haar te spreken. Zo dreunt het bij haar binnen dat inmiddels de herfst blijkt te zijn ingetreden – terwijl Pip in de zomer is achtergebleven. De seizoenswisseling was haar helemaal ontgaan. Ze is al die tijd bij Pip gebleven. In haar gedachten is de zomer nooit voorbijgegaan. Maar nu, geparkeerd in dit kleine laantje waar ze nooit komt, wordt ze overdonderd door het schitterende goud waarmee de bomen van Blankendaal zo flamboyant de eindigheid vieren. Ze wil het niet zien, maar ze moet het zien.

Tessel wil niet geloven dat zij dit is, dat hij dit is, in deze idiote Jaguar. Hoe zal Pip haar ooit kunnen terugvinden als ze zichzelf niet eens meer kan terugvinden? Ze heeft zich altijd met haar lieveling vereenzelvigd. Zonder haar weet ze niet meer waar ze naartoe moet leven. Ze kijkt naar de ontbladering om zich heen en deinst terug voor de dode realiteit die aanstaande is.

Stef houdt haar voor dat ze depressief is. Maar dat is ze niet. Ze is alleen maar verdwaald. Ze is de weg kwijt in de tijd, dat is alles. Ze bedoelt de tijd die in haar hoofd gewoon bestaat, maar die ze niet meer herkent als ze om zich heen kijkt. De gigantische spijt om alles. De gemiste kansen die nooit meer goedgemaakt zullen worden. Geen liefde werkt zo sterk als onmogelijke liefde. Mama zou zeggen: God, onbereikbaar als Hij is, wacht toch altijd op je. Hoe dat zat, wist mama ook niet. Volgens papa was God gewoon beter in dieren dan in mensen. Maar het wachten van God spreekt Tessel wel degelijk aan. Heb geduld, dan komen de wonderen vanzelf. Waarom niet? Het leven is de moeite waard door de dingen die je niet hebt kunnen voorzien. Wat je kunt voorzien, is nou meestal net niet waar je op zit te wachten. Een wonder is niets bijzonders, het kan zich elk moment voordoen. Het is niets anders dan iets onvoorziens dat plotseling mogelijk blijkt te zijn. Je moet alleen geduld en vertrouwen hebben. En dat is het enige wat Tessel heeft. Ze wacht op Pip, ze kan niet anders. Ze kan het niet over haar hart verkrijgen om níet op haar te wachten. Stel dat ze thuiskomt en er is niemand. Daar moet ze niet aan denken. Daarom wacht ze tegen beter weten in. Omdat het betere weten verslagen moet worden door te blijven geloven in het onmogelijke.

Het leven gaat door, wordt er gezegd. Dat is niet waar, denkt Tessel. De tijd stopt. Hij is plotseling tot stilstand gekomen. Net als de zwarte SUV die door de omheining knalde en claxonnerend op het zomerse kindergeluk afvloog, maar die nu op wonderbaarlijke wijze in de lucht blijft hangen – als het laatste beeld van een vastgelopen film. Alsof plotseling niemand weet hoe het verdergaat. Daar is nu het wachten op. Ja, daar wacht Tessel op. Rouwen is wachten, weet ze nu. Elke dag wacht ze op het moment dat ze voor één keer niet te lang door de zeurende tweeling wordt opgehouden en ze eindelijk, eindelijk op tijd zal zijn. Waarna Pip opstaat en ze gewoon door kunnen gaan met waar ze al die tijd gebleven waren.

Verantwoording

Het motto op p. 5 is ontleend aan Anneke Brassinga's gedicht 'Hoe zuiver willen wij zijn op de graat?', dat begint met de regel 'Het ontbrekende is overal ofschoon dat niet aldoor opvalt' (In: *Crudités*, De Bezige Bij, 2024, p. 182 e.v.).

Het lichtkunstwerk in hoofdstuk 96, p. 316 e.v., is een verwijzing naar *my absence is your presence* van Mischa Kuball, dat te zien was tijdens het Amsterdam Light Festival 2023.